감방에서
남자주인공을
만났습니다

감방에서 남자주인공을 만났습니다

문시현 장편소설 ✗ 3

위즈덤하우스

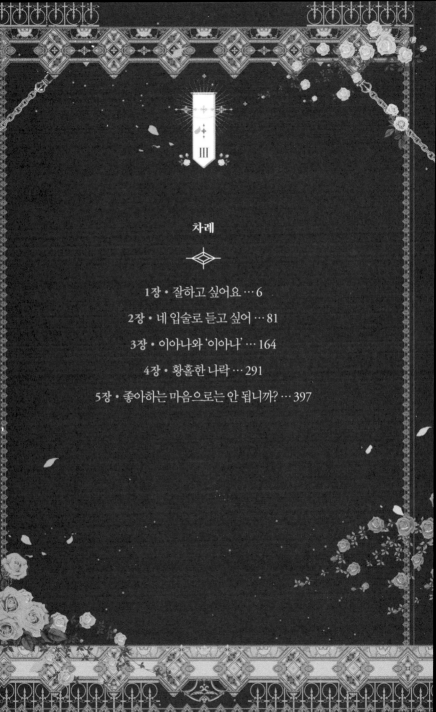

III

차례

1
잘하고 싶어요

머뭇거리던 내 손이 리케도르안의 어깨를 덮었다.

'어떡하지.'

난 위로엔 영 소질이 없는데.

정확히 무슨 일 때문에 이리 서럽게 가지 말라며 우는지 몰라도. 입조차 안 떼고 냉정하게 나갔던 이가 돌아올 만큼 심각한 일이란 건 알겠다. 스스로 이건 햇살같이 다정한 손이다. 약손이다. 속으로 세뇌하듯 되뇌고는 그의 어깨를 어색하게 두드렸다.

책 속의 그는 눈물이 없던 사람이었다. 언제나 정의롭고 은빛 검 끝은 옳은 것만을 향했다. 이런 남자를 보면서 참으로 신기했었다.

이 남자의 어린 시절은 불우했으며 결코 순탄치 않았다. 그럼에 도 곧게 자란 성정이 신기하기도 했고, 안타깝기도 했다. 비록 19금 에 피폐함이 섞인 소설이라도 주인공의 성정이 드러나지 않은 건 아니었으니까.

가끔은 정의롭기 위해 억지로라도 노력하는 것처럼도 느껴졌다. 절벽 위에 선 위태로이 선 맹수 같기도 했다.

하나 그랬던 사람이 형편없이 무너진 채 내 품에 고스란히 안겨 있다. 영락없는 싸움에 져 쫓겨난 듯 엉망인 몰골로.

어깨가 낮게 들썩이는 걸로 보아선…… 물을 때가 아닌 듯하다. 그렇게 이유를 묻는 대신 조용히 위로를 건네는 쪽을 택했다. 서투를지라도 전달되기를. 부디 어색함은 얼른 지워지고, 온화하고 다정하게 느껴지길 바라며 오래도록.

아주 오래도록.

어깨가 축축하게 푹 젖었지만 신경 쓰지 않았다.

옷이야 갈아입으면 되지 뭐.

리케도르안은 내 어깨에 얼굴을 묻은 채 떼어낼 줄 몰랐다. 기왕 이렇게 된 거 실컷 울고 일어나란 마음이었다, 나도.

'그보다…… 엄청 크네.'

그의 떨림이 살짝 잦아든 틈을 타 손을 벌리고, 길이를 재봤다. 정확하지는 않지만 4년 전에 잠시 마주했던 그의 성장 버전과 비교했을 때 기억하는 모습보다 더 큰 것 같다.

그래서 내게 파고든 건 리케도르안이지만 그가 안은 건지, 내가 파묻힌 건지 모를 구도가 되어버렸다.

예전에도 이런 일이 있던 것 같은데…….

그리 생각할 즈음, 리케도르안이 고개를 들었다.

무심히 그의 얼굴을 향하던 나는 그대로 멈칫했다.

"……이아나……."

짓무른 얼굴은 눈물로 엉망이었다. 흐트러진 은빛 머리칼 아래 붉어진 귀와 뺨, 눈 밑까지…….

숨 막히도록 아찔하고 선정적이었다.

거기다 얌전히 매고 있던 목장식과 단추는 어디로 간 건지 뜯어져 패인 셔츠까지. 항상 빈틈없이 깔끔하고 성스럽기까지 하던 청초한 낯이 이토록 엉망으로 흐트러져 있으니.

나는 숨을 꼴깍 삼켰다.

이럴 때가 아닌데, 생각하면서도 괜스레 긴장되는 건 어쩔 수 없었다.

이때, 리케도르안이 조심스럽게 내 손을 잡았다. 그것도 4년 전 감방에서가 떠오를 만큼 조심스럽고 미약하며 아프지 않게. 그리고는 그 손을 눈물로 촉촉한 제 뺨에 얹었다.

"제발, 나 버리지 마요."

손끝에 물기가 고스란히 괴였다. 파르르 떨리던 속눈썹이 느리게 뜨였다. 그 사이로 시리도록 투명한 눈동자가 드러났다.

"……응?"

……이제 와 갑자기 존댓말 하는 건. 작정했단 소리인가. 엉뚱한 소리로라도 이 긴장을 쫓고 싶었다.

아니면 손끝이 떨릴 것 같았으니까.

"……갑자기 왜 말을 높이는 건데요?"

"처음부터 그랬으니까."

숨 막히고 야릇한 공기가 내 목을 꼿꼿하게 잡아당기는 것만 같았다.

"계속 이러고 싶었어."

이러고 싶었다고?

"……용서하지 말랬잖아."

그가 나지막하게 털어놓았다.

"날 아프게 만드는 사람을."

나는 입을 다물었다.

"정의로운 것도 좋지만, 그게 어려울 땐 차라리 악당이 되어도 좋다고 해서, 줄곧 그렇게 행해왔어."

네 말대로. 하고 생략된 말이 들리는 것 같았다.

"이별은 잊고, 좋은 기억만을 남겨달라는 말에 너와의 기억만 수천 번 곱씹었어."

너의 모든 말을 성서처럼 지켰노라고.

"……."

"네가 약속을 지키지 않은 날에도. 그것만을 생각하고 곱씹었어, 수천 번을. 그래도 나는 네가 원망스러웠어."

그의 목소리가 천천히 낮아졌다.

"하지만 이아나……. 너만은 미워할 수 없는 것 같아."

목 안쪽을 거칠게 긁는 듯 애처로운 소리였다.

내 말을 아직 기억하고 있었구나. 4년이나 지난 말을.

내가 쏜 화살이 내게로 돌아오는 기분은 오묘하고도 난감하며, 이상한 설렘을 불러왔다.

"이아나, 제발."

한 손으로 내 손을 잡은 그가 한 손에 감싸 쥐고는 다시 내 품에 파고들었다.

"떠나지 마⋯⋯."

묵직한 건 어깨인데, 심장에 돌을 얹은 것처럼 느껴졌다. 시간이 흘러서 이토록 요망해진 이를 어쩌면 좋은지. 말이 제대로 나오지 않았다.

나는 이 순간 알아차렸다.

이건 보류해왔던 선택의 순간이란 걸.

―대답을⋯⋯ 못 하는 거야? 아니면.

선택해야 할 때였다

―대답, 안 하는 걸까.

체이서에게 돌아가느냐.

혹은 리케도르안에게 남느냐.

고민은 길지 않았다. 아니, 자연스럽게 대답이 흘러나왔다.

"⋯⋯그래."

항상 마음이 가는 대로 해왔다. 감방에서도. 족쇄를 찬 도퓰릿 저택에서마저도.

"여기 있을게."

동시에 머리 한구석에서 도퓰릿으로 돌아가야 한다는 생각이 의지와는 상관없이 강하게 들었지만, 무시했다.

적어도 내 의지로 있고 싶어진 첫 장소였다.

"정말?"

"그래."

고개를 들어, 믿기지 않는다는 듯한 얼굴을 한 그에게 '내가 언제 약속 지키지 않은 적 있냐……' 하고 말하려다가.

멈칫했다.

'아. 안 지켰지, 나.'

스스로의 양심 없음을 짧게 반성했다. 침울해지진 않았다. 앞으로 같은 실수를 다시 하지 않으면 되지 않겠나.

"……진짜니까 그런 얼굴 하지 말아요."

나도 신뢰를 줄 수 없어서 미안한 마음이니까. 이렇게 덧붙이려다 말고 입을 다물었다.

그가 나른한 눈으로 빤히 바라보고 있었다.

새삼 더는 소년이라는 생각이 들지 않을 정도로 커다란 품에 나를 가둔 채로.

……이상하네. 분명 그가 먼저 달려들었는데, 언제 이렇게 된 거지?

숨 막히는 정적이 내려앉았다.

조금 전과는 다른 의미의 정적이었다.

"그래. 이제 곁에 있어 주는 거구나."

그의 눈이 집요하도록 나를 담았다. 흡사 솜털 하나라도 놓치지 않겠다는 듯 꼼꼼하게 관찰하고, 응시하면서.

"곁에……."

눈물로 엉망이 된 얼굴에 미소가 피어났다.

울음 후에 응당 오는 권태가 섞인 미소는, 봄비 이후 피어난 물망초처럼 청초하고도 사람을 홀리듯 황홀했다.

"이아나."

그 미소에 눈을 빼앗겨 방심하는 사이, 그가 고개를 살짝 숙였다.

'앗차' 싶었을 때는 그의 얼굴이 가까워진 뒤였다.

"……해도 돼요?"

대공이 된, 아니, 성인이 된 모습으로 건네는 존댓말은 상상 이상의 파급력을 불러일으켰다. 이거, 묘한 상상력을 자극하잖아. 거기다 흰 셔츠 사이로 자꾸만 탄탄한 선 따위가 보이는 게…….

시선을 피하고 싶어도 피할 곳은 없었다.

"……내가 오해하게 말하지 말랬지."

나는 어쩔 수 없이 그의 눈을 마주했다.

"이건 기억 안 나?"

"나."

그의 말은 숫제 반말과 높임말을 오갔다. 이게 그 유명한 반존대인가 싶었다. 아, 홀리면 안 되는데.

"그러니까 해도 돼?"

아니, 그러니까. 뭐가. 물으려던 말은 그의 청초한 눈웃음에 지워졌다. 아울러 몹시도 야살스러운 웃음이었다.

"……그래. 해. 해."

뭐든 간에 일단 해보란 말을 담은 순간.

입술로 푹신한 것이 내려왔다. 흡, 소리를 내기가 무섭게 아랫입술을 가르고 무언가 들어섰다.

눈을 뜨면 나를 바라보던 리케도르안이 느릿하게 눈을 휘었다.

네가 허락했지 않느냐는 듯.

동시에 허리로 단단한 팔이 파고들었다.

손을 들어 그의 흔들리는 머리칼을 콱 잡아챌까 생각도 했지만, 그 생각은 곧 마구 흐려졌다.

그가 생각씩이나 하도록 두지 않았던 탓이다.

"하아…."

조급한 숨소리 섞인 소리가 귓구멍을 파고들었다. 뱀처럼 깊은 곳까지 파고든 소리에 나도 모르게 움츠러들었다. 그러나 리케도르안은 내가 물러나도록 두지 않았다.

입술은 떨어지지 않았다. 추격자같이 집요하게 쫓아온 입술이 다물지도 못하게 혀로 파고들어 내 안을 가득 채웠다. 오고 가는 소리란 숨소리밖에 없었다. 치열을 핥고 입천장을 가득 메우는 혀가 갈급함을 채우는 짐승의 것과 다르지 않았다.

4년의 간격을 오늘 이 시간으로 모두 채우기라도 하듯 사납게 덮쳐오는 기세를 막을 길이 없었다.

까슬까슬한 손이 옆머리를 뺨을 쓸어내렸다. 굳은살인지 우둘투둘한 감각이 예민하게 살갗에 감겼다. 오싹 소름이 돋는다. 그는 점차 내려와 파르르 떨리는 목을 그대로 감싸 안았다. 커다란 손에 감긴 내 목이 막 태어난 사슴의 것처럼 너무나 가녀리고 연약하게 느껴졌다.

"홋, 흐으……."

긴긴 입맞춤이 이어지는 사이 숨이 모자랐다. 그마저 사막에 표류된 듯 오아시스마냥 갈구하던 리케도르안이 잠시 멈췄다. 그도 잠시 다시 움직였지만 이전과는 달랐다.

날것에 가까운 혀와 입술의 움직임이 점차 느려지더니 잠시 떨어졌던 입술이 틈을 허락했다. 잠깐이지만 물밖에 나온 사람처럼 거친 날숨을 콜록 토해냈다. 리케도르안이 움찔하더니, 머뭇거리며 입술을 쪽쪽 쪼아댔다. 그뿐 아니라 입술 옆, 턱에도 마구 키스를 남겼다. 좋아 어찌할 줄 모르는 아기 짐승 같았다.

나는 기침을 하면서도 공연히 흘러나오는 웃음을 막을 길이 없었다. 뒷목에 감겼던 손이 뱀처럼 스르륵 타고 내려와 차례로 빗장뼈와 우묵하게 파인 쇄골의 골을 간지럽혔다. 처음 만져보는 것처럼 조심스럽지만 여전히 갈급함을 품은 채로.

간지러워. 난 숨소리 섞인 목소리로 중얼거렸다. 그러자 그가 눈을 마주했다. 푸르른 눈에 아득한 무언가가 휙 스친 것 같았다. 깊고 집요했다. 그것으로 모자라 그는 자신의 손을 덮은 내 손을 입술로 가져와 툭 건드렸다.

손끝에 닿는 말랑거리는 입술의 감촉이 나쁘지 않았다. 그는 그대로 손끝에 입술을 촉 맞추다가 그대로 톡 깨물었다. 선홍빛 혀가 새어나온 것이 보인다. 몹시도 선정적이었다. 이런 와중에도 그의 시선은 한시도 내 얼굴에서 떨어지지 않았다. 꿀꺽 나는 숨을 삼켰다. 어느새 손은 축축하게 젖어 있었다.

"……."

잠시간 느슨해졌던 선이 다시 팽팽하게 당겨진 것 같았다.

그가 손을 놓기 무섭게 다시 입술이 다가왔다. 나는 눈을 지그시 감았다가 뜬다. 그의 다른 손이 가슴에 놓인 끈을 만지작거리는 것이 느껴졌다. 스르륵 당겨진 끈을 방관했다.

그가 내 허리를 잡아 번쩍 들어 올렸다.

잠시 떨어진 입술에서 쌕쌕, 숨이 새어 나왔다. 체력이 이래저래 좋아 보이는 그보다 한참 모자랐던 탓이다. 어느새 무릎을 세워 한쪽 다리에 날 앉힌 리케도르안이 아래에서 나를 올려다보고 있었다.

내가 윽, 소리를 내며 물러서는데, 등으로 벽이 닿았다. 맞닿은 다리로 작은 진동이 넘어왔다. 리케도르안이 작게 소리 내며 웃는 탓에 넘어온 것이었다.

"이아나."

낮게 쉰 목소리가 나를 불렀다. 심장에 얼음을 와르르 쏟아 넣은 듯 짜릿함이 느껴졌다.

자세가 바뀌었다. 나는 벽에 등을 기댔고 그는 나를 덮는 듯한 자세였다. 살짝 벌어진 다리 사이로 단단한 허벅지가 파고들었다. 조금 놀랐지만 움츠러들지는 않았다. 도리어 조금 놀라 그의 허벅지를 꾹 조였다. 그러자 새하얀 이마가 구겨지는 것이, 찡그려 생긴 곡선이 무척이나 매혹적이었다. 숨을 참을 만큼.

스르륵 흘러내린 천을 느꼈다. 어느새 얇은 옷의 천이 내려가 어깨를 드러내고 있었다. 지금 가슴을 붙잡아 잡고 있지만 얇은 속옷의 선이 노골적으로 보일 터였다. 잠시 그의 시선이 흔들린 것도 같았다. 바닥을 보았다가 돌아온 그의 시선이 더욱 색정적으로 진해졌다.

"……나, 잘하고 싶은데."

"뭐를?"

난 미간을 살짝 찌푸렸다. 리케도르안은 그사이 내 손에 깍지를 조심스레 끼고는 제 상체를 안으로 기울였다.

그가 훨씬 큰 탓에 그는 몸을 꽤 숙여야 했지만 아랑곳하지 않는 기색이었다. 그제야 깨달은 거지만 그의 옷도 엉망이었다. 거친 몸짓에 단추가 몇 개 터져나갔다. 이는 탄탄하게 굴곡진 가슴 때문인 것 같았다. 새하얀 살결 아래에 꽉 조여진 근육의 결이 선명하게 보였다.

"알려주면 안 되나?"

눈물로 울긋불긋한 눈이 반달을 그렸다. 탄탄한 골격을 갖춘 몸이라곤 상상할 수 없을 만큼 청초했으나 모순적으로 야릇한 얼굴이었다.

"응? 알려줘요."

붉어진 그의 얼굴은 수줍음과 농익음이 공존했다. 나는 침을 삼켰다.

뭘 알려줘. 여기서 이 뜻을 모르면 바보 되는 거 아니냐고. 말을 잇는 대신 숨을 꾹 눌러참았다. ……이거 어째, 잘 차려진 밥상 같은데. 냄새가 좋다고 냅다 달려들어도 되는 건가.

그는 사납게 달려든 것이 언제냐는 듯 얌전히 모든 손길을 멈춘 채로 허락을 기다리고 있었다. 그렇다고 우리 자세가 건전하느냐, 내가 손만 떼어내면 살결이 그대로 보일 터였다. 다른 손은 리케도르안이 끌어다 제 가슴에 올려놓은 뒤였다. 얇은 천 아래의 몸이 자꾸만 궁금해졌다. 위험한 호기심이다. 자고로 눈앞에 미남이 유혹하는데 장사 없댔는데. 추가 자꾸만 기울었다.

그러다 문득 깨달았다. 지금 내가 보는 리케도르안은 처음 이 방에 달려왔을 때와 비교해서 웃는 모습이라거나 표정 변화가 판이하게 다르다는 것을.

마치 4년 전 마법으로 인해 강제로 나타났던 성장 모드로 보았던 모습처럼……. 농염하게 익은 모습에 얼굴을 붉힐 것 같다가도 기묘한 붉은 경고등이 땡땡 경종을 울렸다.

하지만 오래 생각할 겨를은 없었다.

리케도르안이 가슴 위에 있던 내 손을 잡고 제 입술에 비볐으니까. 이것으로 모자라 허리를 더욱 숙여 나와 눈을 마주했다. 그는 한쪽 무릎마저 접어 가슴에 멈춘 옷자락을 쥔 손등에 입을 맞췄다. 경건하지만 결코 이대로 넘어갈 수 없는 팽팽하고도 외설적인 시선을 품은 채로.

"허락해줬잖아요."

그가 나른하게 눈을 깜빡였다.

"이아나가 알려주면 좋겠어. 알려주면 안 되나?"

눈물로 인해 붉어진 입술을 끌어올리며, 녹진한 음성과 함께.

"잘하게 될 때까지."

……지금 이 남주님이 뭐라고 하는 거야. 나는 당황 어린 눈으로 그를 응시했다.

이 남자가 무얼 두고 이런 말을 했는지, 모를 리가 없다.

그만큼 그의 의지는 노골적이었다.

문제는 첫 번째.

'오해할 것 같잖아!'

말의 내용에 오해할 여지가 많아도 매우 많았다는 점이었다. 이미 분위기에 휩쓸려 그렇고 그런 걸 성큼 진행한 뒤지만 이 뒤는 또 다른 얘기였다. 나는 입술을 뻐끔뻐끔 움직였다. 그에게 붙잡힌, 가슴 옷자락을 꾹 쥔 손을 보기도 했다.

저건 특히나 상상이 어디까지 튈지 모를 말이기도 했다. 그 증거로 내 망상은 폭주 기관차처럼 날뛰고 있었으니까.

아마 리케도르안이 내 손을 잡고 있지 않았다면, 얼굴을 마구 비볐을 거다.

그만큼 어찌할 줄 모를 기분이었다.

'덩치는 이렇게 커져서는.'

체이서가 온갖 요망을 떨어도 눈 하나 꿈쩍하지 않았는데, 리케도르안에게는 그게 잘 되지 않았다. 그렇다고 느낌이 비슷한 것도 아니다. 둘 다 황홀한 듯 야릇하게 웃어도 감상은 전혀 달랐다.

체이서는 유혹에 타고난 사람처럼 능글맞고, 다정했으며 그 사이로 사람을 살살 녹일 듯 웃는 남자였다. 미소에 능한 만큼 그가 작정하고 흘리면 심드렁하던 나조차도 잠시 잠깐씩 시선을 빼앗기곤 했다.

하나 반면에 리케도르안은 미소에 인색했다.

이건 4년 전에도 마찬가지라, 수줍어하고 쩔쩔매는 모습은 있어도 생각보다 잘 웃지는 않았다. 그렇기에 미소가 흔치 않았고, 유혹할 듯 흘리는 웃음은 더욱더 희귀했다는 거다.

심지어 얼마 전까지 내게 무척이나 차가웠지 않았던가? 그랬던 만큼 대비를 이루는 모습이 더욱 아찔했다. 나는 입술을 꾹 다물었다가 고개를 돌렸다.

'이게 더 요망해지면 다야?'

괜히 시선을 빼앗기지 않으려 속으로 투덜거려 보았다. 별 소용은 없었지만. 리케도르안은 더 입술을 앗는 대신 허공에 뜬 내 손을 잡아 입술을 묻은 채 가만히 있었다.

추측하자면 기다리는 것 같은데…….

'하는 짓이 밥 주기 전의 푸딩이랑 똑같냐.'

푸딩이 들으면 발끈 화를 낼 이야기였지만 푸딩은 현재 내 안에서 잠들어 있었다. 아주 가끔 잠 비슷하게 조용해지곤 했는데, 이것이 인간이 잠을 자는 행위와 다를 것이 없어서 나는 잠을 잔다고 표현했다.

아퀼라와 라탄은 이러지 않았던 걸 보면, 아무래도 진짜 주인이 아닌 사람과 계약한 탓인가 싶기도 했다. 그건 그렇고 본론으로 돌아와 그가 얌전히 기다리는 모습은 정말 붉은 장미의 조그만 수호신과 다를 바가 없었다.

다른 점이라곤 저 푸른 눈이 요망하기 짝이 없다는 거라지. 나는 리케도르안의 손이 느슨해진 틈을 타 손을 빼냈다. 빠져나간 손을 턱, 그의 눈 위에 올렸다.

"……그런 눈으로 보지 마, 좀."

망설임 끝에 나온 목소리는 내가 들어도 연약하고 미약했다. 그래서 내 말이 끝나기 무섭게 리케도르안은 눈이 가려진 채로 양쪽 입술 끝만 끌어올렸다.

"어떤 시선요?"

"그렇게 웃지도 말고."

리케도르안이 눈을 가린 내 손을 쥐고 살짝 내리더니, 고개를 비스듬히 기울였다.

"그럼, 좋아해 줄 거야?"

반쯤 가려진 눈을 본 순간 숨이 절로 넘어갔다. ……홀딱 벗기는 것보다 반쯤 벗기는 게 더 야하다더니 반만 걸친 시선은 더욱 진하고 농밀하게 느껴졌다.

여기가 호화로운 방이 아니었다면 감방인 줄 착각했을 거다. 리케도르안의 덩치가 한참 큰 것도 간과하고서.

'이건 개인지 사람인지.'

여기서 나온 두 번째 문제.

뭔가 이상했다.

'……분명 리케도르안이긴 한데.'

분명 눈앞에 있는 건 리케도르안이건만 느낌이 색달랐다는 거다. 조금 전 눈물을 뚝뚝 흘리며 가지 말라고 할 때까지는 그 차갑던 사람과 동일 인물 같았는데…… 그땐 적어도 이질적인 느낌은 들지 않았단 거다. 하나 지금 나를 올려다보는 그는 느낌이 달랐다.

굳이 같은 감상을 찾자면……. 4년 전 감방에서 마법을 걸고, 처음으로 성장한 그의 모습을 마주했을 때와 비슷했다.

아니다. 똑같다.

'만약 그때 그대로 성장했으면.'

이런 모습일 것 같은데.

생각할 시간은 길지 않았다. 리케도르안이 내 손을 가만히 두질 않았으니까. 나는 망설이다가 그의 머리칼을 쓰다듬었다. 일단 조금 전처럼 무턱대고 입술을 부딪치진 않았다.

'싫지 않긴 했지만.'

그렇다고 차가운 모습이라거나 얼핏 보였던 이성이 있는 모습은 보이지 않았다.

체이서와 3년이나 보낸 탓에 내가 사람에게서 느끼는 감은 매우 발달한 상태였다. 어제까지 얌전히 시중을 들던 이가 독을 넣고 단검을 목에 들이밀던 환경이었으니 말이다.

"이아나."

그가 낮은 음성으로 나를 불렀다. 그치고는 너무 낮고 쉰 음색에 나도 모르게 흠칫 어깨를 떨었다.

"나, 언제까지 기다리면 돼요?"

"……존대를 하든 말을 낮추든 둘 중의 하나만 해."

리케도르안은 대답 대신 눈을 휘었다.

"이렇게는 안 돼?"

그의 엄지가 손바닥을 부드럽게 문질렀다.

"이쪽을 더 좋아하는 것 같아서요."

엄지가 멈춰 선 곳은 손목 안쪽, 쿵쿵 맥박이 뛰는 곳이었다.

"네 심장이."

더 좋아하긴 뭘 좋아해. 나는 바싹 마른 입술을 축이며 그의 머리를 살짝 밀었다.

"알았으니까. 일단 뒤로 물러나요."

"왜?"

"왜긴 왜야. 일어나야지. 다리 아파."

그러자 리케도르안은 망설이면서도 순순히 물러나 주었다. 아니, 그런 줄 알았는데 착각이었다. 몸이 붕 뜨더니 단단하면서도 따뜻한 것에 앉혀졌다. 그의 허벅지 위였다.

"여긴, 편할까?"

흐트러진 머리칼이 흔들리며 그의 푸르른 눈을 살짝 가렸다가 다시 드러냈다. 다시 한번 숨 쉬는 소리마저 느껴질 만큼 가까워졌다.

"……떨어지기 싫어요."

나는 설레는 대신 옷자락을 쥔 채 그를 지그시 응시했다. 역시, 이
상했다. 이런 게 싫은 건 아니지만 널을 뛰는 변화는 이질감만 불러
일으켰다.

지금의 그는 내가 보았던 여러 모습이 공존하면서도 어우러지지
않은 느낌이었다. 숨이 차차 가까워질 즈음, 달칵. 문 쪽에서 소리가
들렸다.

벌컥.

"각하."

문이 열리고 나타난 제이르는 그대로 들어오려다 말고 멈칫했다.
어깨가 다 드러난 내 모습과 막 입술이 닿을 듯 말듯한 우리를 발견
한 탓이겠지. 한숨을 쉬고 싶었다.

곁눈질로 본 제이르의 낯에 진동이 일었다. 보는 게 다가 아니라
고 말해도 늦었을 성싶었다.

"…눈 돌려."

"감은지 오래입니다!"

제이르가 어색하게 웃었다.

"각하……."

지금 너무 가까워 리케도르안의 표정을 잘은 볼 수 없었지만, 웃
음이 사라진 건 알겠다. 허허허, 제이르의 헛기침 소리가 선명하게
들렸다.

"어른이 되셨군요?"

그 순간 나와 리케도르안은 약속이라도 하듯 차게 식은 표정으로 제이르를 쳐다봤다. 아니, 리케도르안은 잘 안 보이니 몰라도 나는 그러했다.

한심을 담아서.

지금 뭐라는 거야.

"으음……."

잠시 후, 우리 셋은 의도치 않은 삼자대면을 가졌다.

"오해라고요."

정정한다. 정확히는 나와 제이르의 대면이었다. 리케도르안은 내게 몸을 묻은 채 잠이 든 탓이다.

〈각하?〉

제이르가 들어온 지 수 분도 지나지 않아, 우리가 소파에 마주 앉자마자 리케도르안은 내 몸에 쓰러지듯 고개를 기대고 눈을 감았다. 처음엔 눈만 감은 줄 알았는데, 다음 순간 들려오는 깊은 숨소리로 알았다.

〈잠들었는데요?〉

잠들었단 걸. 그것도 아주 깊이 말이다. 수 초 만에 이럴 수 있나 싶었지만 그럴 수도 있겠지 싶었다.

"아가씨?"

내가 제이르에게 답변하는 대신 리케도르안만 보고 있자, 제이르가 한마디 했다.

"……잠을 자지 못하긴 하셨습니다."

나는 그제야 고개를 돌렸다.

그저 리케도르안이 워낙 불편하게 자고 있어 괜찮을까 싶어 쳐다본 것이었다.

"왜 못 자요?"

많이 바쁜가? 나는 지난 시간 리케도르안을 떠올렸다. 매일같이 내 방에 오길래…… 그리 바쁘지 않은 시기인 줄 알았는데 말이다.

"바쁘시니까요. 그리고 자의로 주무시지 않은 것도 있습니다."

"안 잔다고요?"

"예."

"설마, 한숨도?"

"네. 한숨도 안 주무셨지요."

미묘한 뉘앙스에 나는 혹시나 하고 물었다. 그리고 놀라운 대답이 돌아왔다.

"매일 밤을 아가씨 방 방문 앞에 기대고 앉아 계셨습니다."

"네?"

"저희가, 저희가 대신 서 있겠다, 아무리 이야기해도 듣지 않으셨지요."

제이르가 절레절레 고개를 저었다. 리케도르안이 하겠다는데 누가 이기겠냐면서.

"……제가 여기 온 지 일주일이 다 되어가는데."

아무리 리케도르안이 짐승 같은 체력을 가졌다지만. 내내 한잠도 자지 못했다고? 심각한 일이다. 사람이 엿새나 자지 않고 버틸 수 있을 리 없다. 리케도르안씩이나 되니까 가능했겠지.

"예."

제이르의 표정을 보아, 그에게도 쉬운 일이 결코 아니었을 것이다.

"대체 왜요?"

"그거야, 아가씨가 사라지지 않길 바라시니까요."

제이르는 웃으며 말했다. 하나 눈만은 진지했다.

"아가씨께서 도망치셔도 도망이 성공할지는 둘째치고, 각하가 잡으실 수나 있을지 의문이었지만 말이지요."

"그건 또 왜."

"저희가 쳐다보는 것도 아까워하시는데, 오죽하겠습니까."

나는 할 말을 잃었다. 그동안 리케도르안이 고집스럽게 식사를 가져오고, 매일같이 눈도장을 찍던 것이 스쳐 지나갔다.

참으로 아득한 느낌이었다.

본래 사람은 이해할 수 없는 것 앞에서 대면할 때 도피를 택하거나 보류를 택하곤 했다. 나는 입술을 꾹 다물었다. 묻고 싶은 것이 많았지만 제이르에게 물을 것은 아니다.

조금 전 그가 보인 거칠고 널을 뛰는 감정의 파도에 나도 같이 휩쓸렸다. 싫진 않았지만 그렇다고 신중했느냐 하면 그렇지도 않았다. 나는 섣부른 감정과 관심이 어떤 결과를 부르는지 이미 알고 있었다. 그리고 뼈저리게 느꼈다. 내 실책이란 생각에 뼈가 아팠다.

잠깐의 유예를 두고, 다른 것을 묻기로 했다.

"그보다 묻고 싶은 것이 있는데요."

내가 말을 돌리는 방식은 썩 세련되지 않았지만 제이르는 기꺼이 응해주었다.

'제이르는 푸른 장미에 대한 것도 알고 있었지.'

나는 푸른 장미와 조금 전 리케도르안을 비교하다 먼저 한쪽을 택했다. 급한 것부터 물어보자.

"조금 전에 리케도르안의 상태가 약간 이상했는데요?"

"이상했다니요?"

제이르의 자세가 달라졌다. 이러니저러니 해도 충실한 오른팔인 모양이다. 그의 눈빛이 진중했다. 나도 거기 응하듯 진지하게 임했다. 조금 전 리케도르안의 상태를 빠르게 설명했다.

그의 변화를 빠르게 눈치채지 못했단 죄책감이 남아있었다.

"굳이 같은 예시를 찾자면, 4년 전 감방에서 성장한 모습을 마주한 느낌이었거든요?"

"예. ⋯⋯부작용 말이지요?"

"네. 그 모습요. 분명 처음 방에 들어왔을 때의 모습과 이질적이었어요."

"그럴 겁니다."

제이르가 쓰게 웃었다. 나는 눈을 동그랗게 떴다.

"아가씨는 감이 좋으시군요. 한눈에 알아보지 못하는 사람도 있어서요."

덤덤한 수긍이었다. 하나, 씁쓸함이 담긴 어조였으니까.

"알아보지 못한다는 건."

"예. 생각하신 그대로입니다."

웃고 있던 제이르의 얼굴이 처음으로 흐려졌다.

"4년 전, 각하의 인격이 3개로 나뉘어져 있었던 걸 기억하실 겁니다."

그는 손가락을 3개 뻗었다. 왈왈 짓는 짐승 같은 모습, 이성이 있는 모습, 그리고 성장한 모습. 모두 기억한다.

"4년이 지난 지금 그 인격들은 아직도 모두 통합되지 못했습니다."

나는 눈을 크게 깜빡였다. 제이르의 손가락이 모두 펴지며 그의 손이 나를 가리켰다.

그의 눈이 말하는 것 같았다.

리케도르안은 여전히 인격 혼동을 겪고 있다.

그리고 이건, 나와 관련이 있다고.

4년 전이라 하면 나와 만났던 때다. 나는 망설이지 않고 물었다. 이런 건 직설적으로 묻는 편이 좋겠지.

"지금 그게 나와 관련 있다는 건가요?"

나와의 일 외에도 많은 일이 있을 수 있겠지만, 제이르가 굳이 4년 전이라 콕 짚어 말한 이유가 있을 거였다.

내가 아는 제이르는 녹록지 않은 인물이었다. 4년 전 캄브라캄에서 선한 얼굴로 시킨 행동을 떠올려보라. 저 때도 저리 생글생글 웃으며 새벽에 날 지하감방에 가게 만들었지.

"하하, 경계하실 것 없습니다. 아가씨."

그에게서 대답 대신 엉뚱한 말이 흘러나왔다. 제이르는 내게 경계를 풀라는 듯이 양손을 흔들어 보였다. 그러나 나는 넘어가지 않았다.

"지금 대답하지 않으셨는데. 한 번 더 여쭐까요?"

"흐음. 참, 그냥 넘어가실 것 같으면서도 틈이 없는 아가씨란 말이죠."

리케도르안이 잠들어 있는 탓일까. 그의 말투가 조금 가벼워졌다. 마치 감방에서 편히 대화를 나누던 그날처럼 친근하기까지 했다. 그가 그러건 말건 별 신경 쓰지 않았다.

"그래서 내 탓이에요?"

제이르가 잠시 나를 물끄러미 응시했다.

"아가씨 탓이라······."

그의 얼굴에서 잠시지만 장난스러운 미소가 가셨다. 선량한 눈매로 진지함이 어렸다.

"글쎄요, 솔직하게 말해서 잘 모르겠습니다."

나는 미간을 찌푸렸다.

"잘 모르겠다니요?"

아니, 기면 기고 아니면 아닌 거지. 잘 모르겠다는 뭐야. 회색지대에 머문 대답이 이상하게 느껴졌다.

"4년 전 이후로 의심할 요소가 너무 많아서 무엇인지 저도 짐작할 수 없다는 얘기입니다. 아가씨."

"많다고요?"

"네. 아가씨도 이 중 하나를 차지하는 요소라 생각했습니다. 하지만 전적으로 아가씨 탓인지는 모르겠네요."

뜬구름을 잡는 듯한 말에 갈피가 더욱 멀어진 기분이었다.

"어떤 것이요? 그 요소가 뭔데요? 애매하게 말하지 말고, 제대로 얘기해봐요."

모름지기 난 직구밖에 모르는 사람이다. 직구 아니면 사구다. 대면하거나 철저히 피하기. 어중간한 건 질색이란 얘기다. 이번 또한 굳이 돌려 이야기하고 싶지 않았다.

"4년 전 아가씨께 설명해드린 적이 있지요. 감방에서 보셨던 각하의 짐승 같은 모습은 대대로 내려오는 저주와 같은 것이라고요."

"네."

자세히 설명한 적은 없지만 그리 말하긴 했지. 나는 제이르가 설명하지 않은 것까지 알고 있었다.

"각하는 이상하게도 그 저주를 특히 강하게 타고 나셨습니다."

내 안에 잠들어 있는 수호신을 떠올렸다. ……이건 아마 푸딩이를 잃은 탓이 크지 않을까? 합당한 추론이었다.

"각설하고, 이 저주를 풀기 위해서는 즉, 인격 통합을 위해서는 3가지가 필요했지요."

"3가지라면……."

제이르가 설명해드리겠습니다, 하고 손가락을 세 개 펼쳤다.

"첫 번째, 각성을 앞두고 의식을 견딜 수 있는 튼튼한 몸."

나는 리케도르안이 여주인공을 만났던 시기를 생각했다. 확실히 성인이 된 후였지.

"두 번째, 날 때부터 주어진 구속구를 풀어내는 것."

제이르가 검지와 중지로 제 목을 톡톡 두드렸다. 리케도르안의 목에 있던 것을 기억하냐는 말에 끄덕였다.

"세 번째로 '동반자'의 존재."

제이르의 손가락은 이제 검지 하나만을 남겨두고 있었다.

세 번째? 동반자?

조금 이상했다.

"아, 이 부분은 생소하시겠군요."

제이르는 내가 알아듣지 못했다 여긴 것인지 '동반자'에 대한 설명을 이었다. 당연하겠지만 내가 동반자에 대한 것을 모를 리 없었다.

왜 모르겠어. 여주와 남주를 꿰뚫는 핵심이었는데.

"……해서 연인이자 영혼을 계약한 관계라는 겁니다. 평생을 함께하는 존재이죠."

"아, 네."

내가 묘하게 여긴 건 그 부분이 아니었다. 제이르의 설명이 조금 이상했다. 왜 구속구와 동반자를 나눠서 설명하는 거지?

이 둘은 묶여 있는 개념이 아닌가?

책 속에서 프란시아는 리케도르안이 날 때부터 차고 있던 구속구를 풀어낸다. 그리고 훗날 그녀가 '동반자'였기에 구속구를 풀 수 있었다는 설명이 나온다. 두 가지는 떼려야 뗄 수 없는 관계란 소리다.

한데 지금 제이르의 설명은······.

"각하의 경우 여기서 문제가 발생한 겁니다."

제이르의 얼굴이 심각해졌다.

"어떤 문제요?"

"각하의 몸은 성장함에 따라, 각성을 견딜 수 있는 튼튼한 몸을 갖추셨습니다. 그리고 유달리 강대한 힘도 마법을 사용해서 미리 진정시켜두었지요······. 아가씨 덕분에 말입니다."

나는 질문을 보류하고 그에게 집중했다.

"그리고 그날이 왔습니다. 각하께서 계신 지하 수감실에 나타난 이가, 구속구를 벗기는 것을 도왔지요."

······프란시아다.

원작대로 두 사람이 캄브라캄에서 만났다는 이야기일 터. 그래서 지금 리케도르안이 대공이 되었을 테니까.

여기에 무슨 문제가 있었다는 거지?

"문제는 여기, 여기에서 최악의 문제가 발생합니다."

나는 숨을 삼켰다.

이 이야기의 주인공인 리케도르안은 여전히 소리 없이 깊이 잠들어 있었다.

"각하의 구속구를 풀어버린 이와 '동반자'가 각기 다르다는 최악의 사실 말입니다."

나는 손을 움찔했다. 내 떨림에 리케도르안이 깨지 않길 바라며 흘끗 잠든 그를 바라보았다가 시선을 옮겼다.

"⋯⋯다르다는 건."

"말 그대로입니다."

제이르는 더는 설명하지 않았다. 설명하지 않아도 충분히 알 수 있는 사실이라 생각한 것일 거다.

"여기서 어떤 결론이 나오겠습니까?"

"⋯⋯."

제이르의 생각처럼 나는 그가 말하지 않은 것들을 느꼈다. 더는 느낄 수 없을 정도로 충분히.

"저주는 반드시 조건이 충족될 때 풀립니다. 튼튼한 몸, 구속구를 푸는 이와 동반자가 일치할 것."

나는 입술을 달싹였다.

"저희는 이것을 이렇게 말합니다."

"⋯⋯."

"최악의 문제. 최악의 결론."

전혀 냉정하지 않은 음성으로 말하건만 모든 말들이 얼음장처럼 차갑게 느껴졌다.

"그 누구도 예상하지 못한 겁니다. 구속구를 푼 이와 동반자가 서로 다른 이일 거란 건."

제이르가 쓰게 웃었다.

"하아…… 또 다른 문제는 천년의 역사를 통틀어서도 이런 사례를 찾아보기가 어렵다는 점이지요."

그는 소맷자락으로 제 얼굴을 슬슬 문질렀다. 정신을 차리려는 듯했다.

"겉으로 보기에는 그리 큰 문제가 없어 보입니다. 하나 가끔 일어나는 충동성 강한 모습이 각하를 위험한 상황에 처하게도 해서……."

그가 길게 숨을 내뱉었다.

"강하신 분이지만 적이 적인 만큼 언제나 안전할 수는 없으니까요."

적, 굳이 도튤릿을 입에 담는 대신 돌려 말해준 모양이다. 굳이 배려해주지 않아도 되는데. 제이르의 설명으로 대부분의 의문이 풀렸다. 하나 여전히 풀리지 않은 것도 있었다.

"한 번씩 이성이 사라지고 충동에만 내맡기시는 건 염려가 됩니다. 아주."

푸딩은 제가 있어야 각성이 완성된다 하였다. 본래는 붉은 장미 후계자 몸속에 당연히 존재해야 할 수호신이 없다. 동반자도 곁에 없다. 그럼에도 구속구를 풀고 지금의 모습이 되었다?

"리케도르안의 현재 상태는 힘도 불안정한 거란 건가요?"

"아니요. 각하께서는 각성하셨습니다. 힘만은 완전한 붉은 장미이시지요."

이는 푸딩이 말한 것과 일치했다. 각성했다고.

"……그게 어떻게 가능하죠?"

"각하께서 지옥 같은 부작용을 견디고, 어떻게서든 해내셨으니까요."

제이르가 담담히 말했다. 그러나 그의 음성은 담담하지만은 않았다.

"지옥 같은 부작용?"

본디 과거의 나라면 그랬구나, 하고 넘겼을 일이었다. 굳이 들으려 하지 않았겠지. 그러나 이젠 달랐다. 그렇기에 물었다.

"그게 뭔데요."

"그건……"

제이르가 입술을 뻐끔거렸다. 그는 말을 하려다 말고 멈칫했다.

"하아, 각하께 들으시지요. 제가 말씀드릴 것은 아니니."

그렇게 말하는 제이르는 더 물어도 대답해 줄 것 같지 않은 얼굴이었다. 나는 깔끔히 포기하고서 다른 것을 물었다.

"좀 엉뚱한 질문인데, 그 구속구를 풀었다는 사람. 리케도르안과 연인은 아니죠?"

이리 묻는 내 말엔 확신이 담겨 있었다. 그래서인지 생뚱맞은 질문임에도 제이르는 고개를 갸웃하면서 대꾸했다.

"당연하지 않습니까?"

이건 무슨 질문이냐는, 어처구니없음이 보이는 낯에 나는 슬쩍 미소로 무마했다.

아이고, 역시나.

리케도르안의 상태를 보고 짐작했지만. 원작의 두 주인공 관계는 내가 알고 있는 것과 다른 관계가 된 모양이다. 이 남자가 한 번에 둘을 마음에 품을 성격이라고는 생각 안 했으니까.

그러니까 그 '동반자'가 그래.

어, 음……

나는 뺨을 쓸어내렸다.

'소거법으로 나란 소리인데.'

그러나 곧 헛웃음이 새어 나간다. 소거법까지 갈 게 있나. 이미 알고 있으면서 모른 척이 될 리가 없지.

'후보자도 선택지도 나밖에 없잖아……'

나는 복잡함을 가득 담아 미소를 지었다. 이 대책 없는 짐승을 어쩌면 좋을까? 아무 생각 없이 색색 잠든 이 커다란 똥강아지 짐승의 코를 퉁 때리고 싶었다.

─흐암, 인간? 무슨 일이냐. 감정이 강렬한데. 냥……

'일어났어?'

때마침 내 안에 잠들어 있던 푸딩이 일어났는지 말을 건네왔다.

'너, 잘 일어났다. 한 대만 맞자.'

─냥? 무, 무슨 말이냐?

곤히 자는 사람을 때릴 수는 없잖아. 나는 한차례 터무니없는 소리를 하고서야 생각을 정리했다. 후, 내게서 차분한 날숨이 새어 나왔다.

"그럼 말이에요, 제이르 씨."

한 가지 더 확인해볼 게 있다. 아니, 이건 한 가지 가정이었다.

"더는 왈왈 짖지는 않는단 얘기죠?"

지금 맥락상 리케도르안이 더는 개처럼 짖는 건 아닌 것 같고.

"예, 아마도요. 그런 모습은 몇 년간 한 번도 보지 못했습니다."

"그건 다행이네요."

하기야 그랬다면 공식 석상에 나가거나 활동도 어려웠겠지. 그런 것 같아 보이진 않았다.

'두 가지란 말인데.'

결국 지금 나눠진 건 이성이 있느냐, 이성 없이 본능만 남은 짐승처럼 구느냐 이건 것 같다. 조금 전 내게 닿는 게 세상 전부인 양 굴었던 그의 모습처럼.

"만약에 '동반자'가 다시 나타난다면 돌이킬 방법이 있나요?"

돌고 돌아 내가 그의 곁에 오지 않았던가. 숨을 잠시 참았다가 덧붙여 물었다.

"인격을 통합할 방법이요."

"아니요."

제이르의 대답은 너무나도 단호했다.

"기회는 이미 지나가 버렸습니다. 구속구를 푼 이상 그 방법은 쓸 수가 없더군요."

전대 대공이 살아있을 적 헤르님에서는 리케도르안에게 구속구를 다시 채우고, '동반자'가 재차 푸는 방법을 제시했으나, 이미 풀어버린 구속구는 다시 채울 수도 채울 방법도 없다고 하였다.

"이제는 '동반자'가 나타난다고 한들……. 각하의 힘을 좀 더 안정시키는 것 외에 할 수 있는 게 없을 겁니다."

이후 전대 대공은 죽고, 몇 년간 제이르와 헤르님 측근이 수만 가지 문서를 뒤지며 찾아낸 결론이었다 한다.

"그렇게 뭐든 뒤져보다가 찾아낸 것이 '푸른 장미'였던 거지요……."

제이르가 씁쓸하게 말을 맺었다. 그러더니 그는 부드러이 고개를 돌려 눈을 마주했다.

"아가씨, 혹시나 해서 드리는 말씀인데. 저희가 방법을 찾아 헤맨 건 각하가 아가씨를 찾아 헤맨 것과는 관련 없습니다."

"네, 뭐. 리케도르안이 나를 도구로 보고 있지는 않다. 이런 말을 하고 싶으신 거죠?"

내 적나라한 말에 제이르가 움찔하더니, 이내 고개를 주억거렸다.

"예."

오해 안 한다. 이제 와서 새삼스럽게. 거기다 의심 할만한 요소조차 그가 직접 지워버린 참이다. 나는 무심히 잠든 리케도르안의 얼굴을 담았다가 고개를 들었다. 참 잘 자네. 날 베고서.

'불편해 보이는데 말이지.'

어쨌거나 대화의 마무리를 지어야 했다.

"방법은 없는 건가요?"

"……수많은 고민과 실패 끝에 하나 찾아낸 것이 있습니다."

오, 방법이 없진 않다. 나는 귀를 기울였다.

"돌고 돌아 본론입니다만,"

제이르는 진지한 낯으로 나를 응시했다. 지금까지가 그냥 커피였다면 마치 이제부터는 'T'를 붙여야 할 것 같은 얼굴로.

저희가, 하고 운을 떼었다.

"고심 끝에 돌아온 것이 '푸른 장미'의 존재였습니다. 한데 그 또한 아가씨였던 것이지요."

'최악의 사실. 최악의 결과.'

나는 줄곧 한 가지 생각에 빠져 있었다. 전부 제이르가 이야기한 말들이었다.

리케도르안이 이성을 잃은 모습일 때, 어떤 모습이 되는지는 잘 알고 있다. 언제나 내 말을 잘 들어주는 그였지만 이 모습일 때에는 가장 말을 듣지 않기도 했고. 조금은 멋대로고 충동적이었으며……. 가장 당황스럽게 한 모습이기도 했다.

아무튼 간에 제이르의 이야기를 듣고 시간이 조금 지난 지금 생각을 정리하고서야 깨달은 점이 있다.

……보통, 이 정도를 두고 최악의 결과라고 하던가?

리케도르안의 문제를 가볍게 취급하려는 게 아니다. 엄밀하게 상황을 따져보았을 때, 리케도르안은 현재 대공으로서 굳건히 잘 해내고 있다. 대외적 위치라든지, 업적이라든지. 체이서가 경계할 정도로 무섭게 세를 불리면서.

물론 제이르는 이것이 상당히 아슬아슬하게 이루어졌다고 얘기했으나, 어쨌거나 크게 보았을 때 성공이었고 여기까지 왔다는 거다.

지금까지의 성공과 앞으로 올지 모를 아슬아슬한 상태 속 위험, 보통은 이를 두고 위험하지만 조심스러운 상태, 라면 모를까 '최악의 결과'라고 까지는 말하지 않는다.

거기다 제이르는 충성스러운 사람이지 호들갑을 떠는 이는 아니었다. 능글맞음 속에 영리하게 치고 빠질 줄 아는 이였다. 또한 맺고 끊음이 정확하단 거다. 이처럼 계산속이 정확한 남자가 선불리 '최악'을 말할 리 없다.

반복해 되짚어 본 끝에 결론을 내렸다.

'내게 말을 하지 않은 게 있구나.'

이렇게 생각하면 아귀가 들어맞는다.

"허. 어처구니없네."

연신 심각한 척하더니 정작 중요한 것은 말을 안 한 거다. 이 능구렁이 같은 인간이.

뭐. 이해 못 하는 바는 아니었다. 내 신분도 신분이겠다. 믿지 못할 수도 있겠지. 그래도 말이지…….

거기까지 생각하는데 손끝이 간질간질했다.

아니, 조금 전부터 간지러웠지만 이젠 그저 무심히 넘길 수 없을 정도가 되었다.

나는 고개를 들었다.

"저기."

이에 나처럼 고개를 숙이고 있던 이가 함께 머리를 들었다. 은발이 사르르 흩어졌다. 조금 전부터 내 옆을 차지한 이였다.

"나한테 화 풀린 거야?"

내 질문에 리케도르안은 푸른 눈동자를 느릿하게 감았다가 떴다. 머리색과 같은 속눈썹이 움직이는 모습은 마치 조각이던 것이 살아 움직이는 것처럼 주책스러운 감탄을 불러일으켰다.

……뉘 짐승인지 몰라도 미모 하나는 정말 끝내주네.

"……안 풀렸습니다."

리케도르안이 툭 읊조렸다. 듣기 좋은 음성이 가져다주는 울림은 좋았지만 아쉬웠다.

저 입술에서 나오는 말도 듣기 좋으면 좋으련만. 나는 턱을 괴었다.

"나한테 입까지 맞췄으면서, 풀리지 않았단 거야?"

"……."

"옷까지 반쯤 벗겼으면서."

리케도르안이 차게 굳혔던 얼굴을 휙 돌렸다. 워낙 새하얗던 귀 끝이 붉게 물들었다.

동백꽃 꽃잎이 톡 물든 것처럼.

이런 모습을 보아선 모로 보나 이성이 있는 쪽이다. 4년 전의 그가 그러했듯이 인격은 바뀌어도 기억은 공유하는 듯했다.

뺨까지 붉어진 얼굴이 증거였다.

"아, 안 풀렸습니다."

"누가 뭐래요?"

나는 턱을 괸 채 피식 웃었다. 웃음이 절로 나오는 상황이었다.

'안 풀렸다면서 뺨은 왜 붉히는데?'

아무래도 그날 방까지 달려온 쪽은 이성이 있는 쪽이 맞는 듯했다. 이쪽은 눈도 마주치지 못하는 걸 봐서는 다음에 다른 인격이 나와서 날 덮쳤던 거고. 정말 획 바뀌었단 말이지. 성장한 만큼 파괴력은 무시무시했고. 나는 흘끗 손을 보았다.

'손은 잡고 있으면서.'

리케도르안은 고개를 돌린 채로 내 손을 꾹 잡고 있었다. 고백건대 이 남자, 10분 전 내 방에 들어오자마자 이랬다. 멍하니 앉아 창문을 보고 있는데, 누군가 문을 열고 조심히 들어오더니, 대뜸 내 옆에 쪼그리고 앉아 손끝만 잡는 게 아닌가.

그러다가 내가 보지 않으니 손을 움찔 움직이기도 하고, 엄지로 살살 문질러도 보고. 손을 처음 핥아보는 강아지도 이러지 않겠다 싶었다. 그러면서 화 풀렸냐고 물었더니, 또 아니란다.

"저기요, 대공님. 화 안 풀리셨다면서."

나는 손끝을 살짝 움직였다. 그가 움찔했다.

"손은 왜 놓지 않는 건데요?"

그의 고개가 홀끗 나를 향해 돌아왔다. 그는 나를 보더니 다른 손의 손등으로 제 얼굴을 가렸다.

"안 풀렸는데……."

가려봤자 눈 밑이 발긋 물든 걸 이미 보았는데도 다시 휙 고개를 돌리며.

"……손이 멋대로 잡고 있는 거야."

이런 소리나 해주시었다. 이 커다란 저택의 주인께서 말이다.

나는 웃음이 나오려던 것을 꾹 참았다. 우리 남주님은 손과 머리의 인격이 따로인가 보다. 4년 전 저세상 숙맥 삼중인격에 이어서 4년 후인 지금엔 손에까지 인격을 부여하셨단다. 놀랍기도 하지.

그르릉. 그르릉.

내 발밑에는 짐승이 둘이었다. 하나는 왜인지 대공씩이나 되어서 의자 끝에 걸터앉은 리케도르안이 그러했고. 내 발목 옆에 머리를 가져다 대며 골골골. 이마를 비비적거리고는 꾸벅꾸벅 조는, 오늘도 고양이 모습인 3살 수호신님이 그러했다.

참 웃음이 나오는 광경이었다.

"근데, 왜 말이 높아졌다, 반말이었다. 반복해?"

불편하지 않나? 그냥 물어본 건데, 리케도르안은 어찌 느꼈는지 표정을 굳혔다.

그러고는 생각에 잠겨 있다가 천천히 입을 떼었다.

"……높임말을 쓰는 쪽을 좋아하나?"

"아니, 뭐. 어느 쪽이든 상관없는데."

어쩐지 떠보는 듯한 어조라, 괜찮다는 의미로 담백하게 대답했다. 나야 불편할 건 없다.

"당신이 불편하지 않나 싶어서 물었지."

이리 답하자 그는 왜인지 잠깐이지만 눈꼬리를 축 내렸다. 얼른 원래의 차가운 표정으로 돌아왔지만.

근데, 본인은 모르나?

반쯤 붉어진 얼굴로 차가운 표정을 해봐야…….

'음, 알려주지 말아야지.'

보기 좋으니까.

내가 싱긋, 눈웃음을 흘리자 리케도르안이 슬쩍 시선을 돌렸다. 대신 내 손끝을 잡은 힘이 조금 더 강해졌다.

방 안은 고요했다. 하기야 그와 나, 그리고 이 조그만 수호신밖에 없으니 당연했다.

여기 오자마자 절대 모습을 드러내지 않던 푸딩은 내가 리케도르안에게 가라는 말을 더는 하지 않자, 안심했는지 몇 시간 전부터 모습을 드러냈다. 우스운 건 리케도르안도 푸딩의 모습을 보았는데, 보고도 모른 척한다는 거다. 서로가 붉은 장미의 힘을 느끼면서 말이다.

마치 약속이라도 한 듯이.

초원에 서식하는 물소와 가젤같이 서로를 모른 척한다. 그저 웃겼다.

'똑같은 것들끼리 뭐 하는 거람.'

납치당한 입장에 평화롭다는 것이 그저 신기했다. 내 다리에 얼굴을 비비던 푸딩이 몸을 일으켰다. 그러더니 내 다리 사이를 통과하며 그릉그릉 울다가 양 앞발을 허벅지에 올렸다.

-냥, 인간아. 이 집은 신기하다 냥. 비명이랑 울부짖음이 들리지 않는다, 냥.

'그거야, 암살하러 달려오는 놈이 없잖아.'

푸딩의 푸른 눈이 끔뻑였다.

-아하, 냥. 이제 안전한 거냐?

'글쎄.'

나는 슬그머니 손목을 향했다.

벌써 이곳에서 머문 지 일주일이 넘어가건만…….

'체이서가 말을 걸지 않아.'

나도 검은 장미 문신은 제대로 써보지 않아 어떤 기능을 하는지 모른다. 혹시 내 쪽에서만 말을 걸 수 있는 건가? 그럴 리는 없다고 생각한다.

〈위급할 때, 불러줘. 이아나.〉

어쨌거나 나는 체이서에게 연락하지 않았다. 그리고 이것이 무슨 결과를 초래할지 알면서도 하지 않은 것이기도 했다.

숨이 살짝 넘어간다.

'상상이 가. 다음 상황이.'

나는 리케도르안에게서 손을 빼내어 손목을 덮었다. 눈을 감고 지워낸다. 이런 고민은 조금만, 조금만 더 보류하자. 그러고는 눈을 떴다.

"하아……."

일단은 생각을 정리할 겸 좀 걷자.

어차피 리케도르안이 내준 방은 체이서가 내준 방 못지않게 무척이나 넓었다.

어디 나갈 것 없이 가볍게 걷기엔 충분했다는 거다. 한데 우스운 건 내가 자리에서 일어나자 기다렸다는 듯이 두 짐승이 졸졸 쫓아왔다. 걷다 말고, 눈을 깜빡였다.

아니……. 푸딩은 둘째치고. 리케도르안은 왜?

"왜 쫓아와요?"

"……안 되나요?"

"아니, 안 될 건 없는데."

방 안에서 움직이는 건데? 의아함이 들었지만 이내 몸을 돌려 움직였다. 꼬리를 두 개나 줄줄이 이어 달고서.

'진짜 높임말 쓰네.'

덩치도 이렇게 큰 사람이. 눈치 보면서 쓰는 건 또 뭐람. 입꼬리가 절로 올라갔다.

"나, 산책해도 돼요?"

사실 내 말도 높임과 반말을 이리저리 왔다 갔다 했으니 남 말 할 처지는 아니었다.

"원한다면."

리케도르안에게서는 의외로 선선한 허락이 떨어졌다. 의외네. 한 번쯤 왜라거나, 안 된단 말을 할 줄 알았는데. 발목이 너무 가벼운 것도 조금 이상하고.

"어딜 가보길 원하지, 아니. 원해요? 안내해줄 수 있어요."

"푸흡, 그건 무슨 말이에요. 존대도 아니고 반말도 아니고."

어딜 가보고 싶으냐라. 딱히 정하고 물은 건 아니었다. 일단은 굳이 찾자면 정원을 구경하고 싶은데. 나는 괜스레 발목을 살랑 흔들어 보았다가 창문 근처로 가보았다.

나를 쫓아온 리케도르안이 물었다. 그는 찬기 어린 낯으로 조금 망설이다가 물었다.

"이아나."

토라졌다기엔 참으로 달콤한 부름이다.

"하고 싶은 건 없나요?"

차가운 얼굴을 한번 대면해서일까, 이성이 있을 때의 높임말은 영 자연스럽지 못했다. 대공 노릇이 익숙해졌단 얘기겠지. 스스로도 느낄 텐데도 애써 자행하는 어색함이 조금 귀엽게 느껴졌다. 이렇게 덩치가 크고, 물먹은 백합처럼 청초한 사람이 절절매는 것도. 나쁘지 않고.

"하고 싶은 거요?"

"네."

"없는데."

난 고개를 갸웃했다. 리케도르안이 살짝 미간을 찌푸렸다.

"갖고 싶은 건?"

"······없는데?"

"좋아하는 건."

"없어요."

"······먹고 싶은 건."

"······아무거나 잘 먹어요?"

그의 어조가 갈수록 딱딱해졌다.

"그럼. 해보고 싶은 건."

"······같은 질문이지 않나요?"

처음이랑. 나는 눈을 크게 깜빡였다.

"난 하고 싶은 것도 갖고 싶은 것도 딱히 없어요."

그렇게 말하고는 한마디 더 붙였다. 그가 하고 싶은 말이 뭔지를 모르니······.

"······그게 꼭 있어야 하나?"

그러자 리케도르안이 잠깐이지만 울 것 같은 얼굴을 했다. 영문을 알 수 없었다. 울면, 눈물을 닦아줘야 하나. 그리 생각했지만 그는 울지 않았다. 그저 침묵할 뿐이었다. 생각할 시간이 필요한가 싶어 등을 돌려주었다. 창문 밖을 구경하는 척할 요량이었다.

마침 창문 밖이 꽤 시끌시끌했다. 조금 전까진 고요했는데, 무슨 일이지? 시선을 주는 척하려다가 시선을 빼앗겼다.

─인간, 사람이 아주 많다!

'그러게.'

푸딩의 말처럼 사람이 아주 많았다. 왜 보지 못했나 싶을 정도로 바글바글했다. 차림을 보아서는 대부분이 시종인 같은데.

"사람이 왜 저리 많지?"

작게 중얼거리는데, 허리로 단단한 것이 파고들었다. 그리고 등으로 벽 같은 것이 느껴진다. 나는 나를 파고든 리케도르안을 밀어내지 않고 그냥 두었다.

"곧 커다란 행사가 있어서 그래요."

곧 내 중얼거림에 대한 답이 돌아왔다. 아주 작게 말했는데, 어떻게 들은 걸까. 그보다. 나는 온몸을 긴장했다. 끝을 느릿하게 늘리는 어조. 쉬어버릴 듯 잔뜩 낮아진 음성. 목소리만으로도 알 수 있었다.

"가신 행사가…… 있을 거거든."

절로 등줄기가 펴진다.

이건, 다른 쪽 리케도르안이다.

당황스러운 기분이었다.

'……예나 지금이나 변화가 갑작스럽기 짝이 없네.'

하나 티를 내지 않기 위해 숨을 살짝 들이켰다.

"저기."

"응."

촉.

"저기 있잖아?"

"응."

촉.

"리케도르안……."

"네."

촉.

"모, 목에 그만……."

대답 한 번에 목으로 잔 키스가 이어졌다.

나는 참지 못하고 목을 한 손으로 가렸다. 그러자 피식, 바람 소리가 들리나 싶더니, 이번엔.

촉.

손등 위로 푹신한 감각이 느껴졌다.

"……싫어요?"

그걸 그렇게 물으면. 아니 이렇게 파고들어서 물으면 싫다고 어찌 말하나? 나는 얼굴을 싸매고 싶은 심정이었다. 이건 정말이지 반칙이었다. 귀에다가 이런 식으로 속삭이는 게 어딨어? 감각이 예민해지다 못해 달팽이관 솜털도 곤두서겠다 싶었다.

아니. 이게 짐승이야, 사람이야.

커다란 몸에 푹 안긴 채로 한숨을 폭 쉬었다. 하나 이미 이런 모습을 익히 여러 번 본 바로 말하건대, 붙잡혔을 시점에서 해결책은 없었다.

'그래, 네 맘대로 해라.'

반쯤 체념한 채로, 이성이 돌아오기를 기다리는데, 그가 돌연 내 목에 얼굴을 파묻었다. 그 상태로 한참을 숨을 크게 들이쉬었다가 내쉬었다.

"미안해요……."

수분 뒤 차분해진 음성이 돌아왔다. 돌아온 것인지 한결 가라앉고 한숨이 섞인 음색이었다. 나는 그의 손등을 톡톡 두드려주었다.

"괜찮아요. 적응 한번 해볼게."

반쯤은 내 책임도 있겠다. 그의 인격이 통합되어야 하는 가장 큰 이유를 아직 듣지 못했지만, 어찌 됐건 협조할 생각이었다.

왜인지 내 말에 리케도르안은 오래도록 말이 없었다. 날 안고 있던 팔이 풀리지도 않았다. 기왕 이렇게 된 거 궁금한 거나 물어보자 싶었다.

"아직 진정되지 않았으면, 대화나 나눠 봐요. 궁금한 것도 있으니까."

"응……."

그가 내 허리에서 팔을 풀지 않고서 대답했다. 끝이 늘어지는 대답이다. 미묘한데. 아직 오락가락하는 건가?

"정신 꽉 붙잡고."

"…응……."

나는 그가 정신 차릴 수 있게 손끝을 톡 잡았다 놓았다.

"있잖아, 당신 오래전에 목에 구속구를 차고 있었잖아요. 그거, 어떻게 풀어낸 거예요?"

그에게서 답이 돌아오지 않았다. 손이 조금 굳어있다. 나는 이에 덧붙였다.

"음, 대답하기 싫으면 하지……."

"억지로 잡아 뜯어서."

"아, 억지로 잡아 뜯어……. 응?"

잠시만. 뭐라고?

얼떨결에 그의 말을 되풀이 하다 말고 멈칫했다. 잠깐만. 그 구속구, 프란시아가 풀어준 거잖아.

……그럼 프란시아가 맨손으로 잡아 뜯었다고?

말도 안 된다 생각하려 하는데, 문득 오래전 한번 보았던 프란시아의 모습이 스쳐 지나간다. 수호신인 곰을 안고 있는 모습이라거나. 거대한 망치를 가볍게 들고 있는 모습.

생각이 순식간에 바뀌었다.

'……가능하려나?'

보고 경험한 것이 인식을 확 뒤바꿔놓은 것이다. 음, 우리 여주는 가능할 것 같은데. 솔직히 지금쯤 그 아기곰이 성인곰으로 진화, 아니. 성장했을 것 아니야.

'몇 년째 똥팽이인 이놈과 다르게 말이지.'

–똥고양이라닛, 냥! 이 몸은!

'그래그래.'

푸딩이랑 때아닌 머릿속 싸움을 이어가는데, 뒤쪽에서는 여전히 말이 없었다. 슬슬 걱정되려는 찰나, 리케도르안이 작게 숨을 내쉬었다.

등 뒤로 소름이 오오소 돋았지만, 유혹하는 행위라기보다는 한숨에 가까운 것 같았다.

"이아나."

그가 고개를 숙였다. 숨소리와 함께 목소리가 흘러나왔다.

"나는 같아지고 싶지 않으니까……."

그가 내게 얼굴을 파묻은 채로 중얼거렸다.

같아져? 무엇과?

뜻을 알 수 없는 말이었지만, 귀를 기울였다.

"말할게요."

"뭐를요?"

리케도르안이 천천히 일어나더니 나를 돌려세우지 않은 채로 속삭였다.

"……당신이 여기 온 지 일주일이 넘은 지금."

창문 밖에는 여전히 마차가 들어서고 수많은 이들이 분주하게 움직이고 있다.

"누군가 대대적으로 사람을 풀고."

잔디밭 위 사람들이 움직이는 사이에서, 그의 음성이 선명하게 들렸다.

"당신을 애타게 찾는 가문이 있어요."

그 말에 나는 체이서를 떠올렸다. 당연히 도튤릿이리라 생각했다.

"그래요?"

나는 옷자락을 쥐었다가 놓았다. 예상하지 못한 상황은 아니었다. 도튤릿에서 어떤 생활을 했는지 떠올리면, 오히려 늦은 감이 있다.

'……그렇게 사라졌으니.'

벌써 추적의 규모가 커진 건가. 이미 추적이 없지는 않으리라 생각했다.

"……도퓰릿이야?"

"아니."

그러나 리케도르안에게서 나온 것은 전혀 다른 이름이었다.

"발테이즈."

리케도르안은 전혀 말하고 싶지 않다는 음성으로 말했다.

"발테이즈야, 이아나."

발테이즈, 노란 장미.

……르나그의 가문이었다.

내게 발테이즈라 말한 리케도르안의 음성은 후회하는 것 같기도, 혹은 홀가분한 것 같기도 했다.

나는 의문 대신 다른 것을 물었다.

"그걸 내게 알려주는 이유가 뭐예요?"

리케도르안으로서는 내가 모르는 쪽이 나았을 사실이었다.

"……당신은 내가 모르는 쪽이 낫지 않아요?"

나는 리케도르안의 품 안에서 빠져나와 몸을 돌렸다. 그러고는 고개를 들어 올렸다. 리케도르안은 시선을 피하지 않았다.

"알려주고 싶었으니까."

그는 내가 이곳에 계속 있기를 바란다. 그렇다면 내가 돌아가고 싶게끔 마음을 먹게 하면 안 되는 거 아닌가?

내 마음은 제쳐두고서, 이해하기 어려운 일이었다.

"내가 도망가면요? 그럼 어쩌려고요?"

그는 잠시 느릿하게 눈을 굴리다가 말고 하아, 숨을 내쉼과 동시에 고개를 숙였다. 얼굴을 쓸어내리는 손에 복잡함이 담겨 있었다.

"……그렇게 말하지 말아요. 벌써 후회하고 있으니까."

마치 툭 치면 울 것 같은 낯이었다.

"하지만 이아나, 나는 당신을 감금하지도 납치하고 싶지도 않으니까요."

내게 달려와 안겨 속삭이던 음성을 떠올렸다. 연신 미안해, 미안하다. 반복해 되풀이하던 음성을.

"……네가 하고 싶은 것이 생겼으면 좋겠어. 이아나."

그는 한 손에 얼굴을 묻고 같은 말을 다른 방식으로 이야기했다.

"당신이 좋아하는 것이 생겼으면 좋겠어요. 이아나."

왜 이리 말하는지 이해할 수 없었다. 나는 평온했고, 평화로웠고, 큰 변곡점 없이 지내왔다.

"먹고 싶은 것도 해보고 싶은 것도 당장 내일 하고 싶은 것이, 간단해도 좋으니까 뭐든 생겼으면 좋겠어. 당신은 그저… 창문만 바라보니까."

조금만 적응하고 순응하면 그리 어렵지 않은 일상이었다.

"내가 가슴 아파 미칠 것 같아······."

나는 늘 느긋하고 또 안락하게 살아왔는데. 오히려 감방에서 더 오래 머물렀을 리케도르안이 고생을 했지 않았나. 왜 이렇게 힘들어하는 것인지.

"음, 나 잘 살아왔어요. 대공님."

그렇다고 좋아하는 게 없어서, 하고 싶은 게 없어서 이상한 사람이냐. 이런 논쟁은 하고 싶지 않았다. 할 생각도 없었고. 나는 손을 뻗어 내 손을 가져와 제 뺨에 기대고는 그 상태로 아무런 말도 하지 않는 이 침묵을 기다려주었다.

"그래요, 이아나."

침묵 끝에 그는 이렇게 속삭였다.

"그럼 여기서 만들어 봐요. 좋아하는 것도 하고 싶은 것도."

좋아하는 것, 하고 싶은 것.

"이것만 부탁할게."

그가 천천히 눈을 들어 올렸다. 그윽함이 담긴 시선이었다. 이렇게 애타게 바라보지 않아도 들어줄 수 있는 이야기인데. 그는 세상 서럽게 부탁하고 있었다.

"들어주면, 안 돼요?"

영문을 알 수 없었지만, 나는 끄덕였다. 어렵지 않은 부탁이었다.

한편으로는 다른 생각이 들었다.

-인간, 우린······ 안전한 거냐, 냥?

'글쎄.'

르나그가 날 찾고 있다. 그 남자는 역할에 언제나 충실했고, 지금도 날 염려해 찾고 있는 것일 거다.

'말해준 걸로 보아서, 만약 도뮬릿이 날 찾았다면 이 또한 말해주었겠지.'

이상하고도 불길한 생각이 머리를 파고들었다. 왜 체이서는 가만히 있는 거지?

〈내 사랑스러운 동생.〉

날 위해 웃으며 어떤 일이든 서슴지 않고 할 수 있는 악당. 본래 그는 누구보다 적극적으로 움직일 사람이었다. 설사 체이서가 르나그 뒤에 있는 것이라 한들 발테이즈 이름으로 움직이게 하진 않았을 거다.

나는 그를 잘 알았다.

오히려 내가 알아차릴 수 있게 도뮬릿의 이름으로 행동할 사람이었다. 그러니 발테이즈가 날 찾는 것은 르나그의 독자적인 결정일 거다.

'끙, 걱정 많이 했나 봐.'

나도 이럴 작정이 아니었으니 어쩔 수 없었으나, 이후 르나그에게만 소식을 전할 방법이 있었다면 좋았을 텐데. 하는 아쉬움이 들었다. 입술을 물었다가 떼어냈다.

"이아나."

난 고개를 들었다. 리케도르안이 뜻을 알 수 없는 시선으로 나를 응시하고 있었다.

"아까 말했듯이 곧 내 저택에서 가신 회의가 있어요."

그는 뺨을 문은 채로 다른 이야길 했다.

"……음. 사람이 많이 와요?"

나는 기꺼이 그의 화제 돌리기에 동참해 주었다.

"싫은가요?"

"아니, 그런 건 아닌데."

나는 고개를 살래살래 저었다. 상념도 일단 함께 떨치면서. 뒤에 가서 한번 생각해보자. 르나그에겐 소식을 전달할 수 있을지. 지금은 당장 고민해봐야 답이 나오지 않는 문제다. 나는 그 사람에게 폐도 염려도 끼치고 싶지 않으니 반드시 찾을 생각이었다.

"줄곧 사람을 본 적이 없어요. 사람이 많이 모여 있는 자리나. 그런 거, 이번 황궁 연회가 처음이라서요."

그보다 속으로 줄곧 리케도르안에게 묻고 싶던 말이 있다.

당신은 내가, 체이서의 동생이라도 괜찮은 걸까?

"이전까지는…… 장례식에서 본 것이 전부예요."

"장례식?"

난 잠시 멈칫했다가 말했다. 이미 뱉어버린 말이다.

"전 도뮬릿 공작의 장례식."

"아……."

리케도르안의 하얗고 청초한 낯에 형언할 수 없는 증오가 서서히 떠올랐다. 그러나 날 보는 순간 이것은 사라졌다.

그럼에도 똑똑히 보았다.

〈고심 끝에 돌아온 것이 '푸른 장미'의 존재였습니다.〉

이 순간 머리를 적신 것은 지나간 제이르의 말이었다.

〈푸른 장미는 다른 장미에 걸린 모든 저주를 무효로 만들 수 있습니다. 이 밖에도 많은 능력이 있지만 저희가 필요한 능력은 이렇습니다.〉

리케도르안은 내가 푸른 장미인 걸 알고 있다.

그리고 그날 제이르의 말을 통해서 나와 체이서가 친남매가 아니란 것도 알고 있음을 알았다.

〈오빠여도 좋고.〉

너는 날 애타게 여기지만, 내가 그곳에서 살아왔던 시간을 부정할 수는 없으리라.

〈오빠가 아니어도 좋고.〉

나는 알았다. 리케도르안이 나를 애달프게 여기는 만큼.

〈내 이아나.〉

나는 여전히 그 남자의 가장 소중한 무언가이리란 것을. 이 순간 유혹할 듯 황홀하고 관능적인 음성이 스쳐 지나갔다.

〈언제든 기다릴 수 있어. 네 곁에서.〉

……그 남자는 날 포기하지 않겠지.

-인간, 괜찮나, 냥!

'괜찮아. 아무것도 아니야.'

눈을 깊게 감았다가 떴다. 언젠가는 한번 나눠야 할 화제였다.

줄곧 그것을 피한 것은 이것이 그에게 상처가 될까 봐 염려되어서였지 않은가. 나도 마주하기 싫어서였기도 했지만.

이제는 피할 곳이 없었다.

"당신은 도뮬릿이 싫지 않아? 내 오빠도."

"물론 그 남자가 싫어."

리케도르안의 말이 짧아졌다. 그것조차 느끼지 못하는 것 같았다.

"증오스럽고, 혐오하지."

리케도르안이 부친에게 가진 모순된 감정을 알고 있다. 학대의 기억에 고통받으면서도 억울한 죽음에 화를 내고야 마는 정의로운 성격이었다.

"그런데, 이아나. 사실 나는…… 네 생각 이상으로 나쁘고 못된 인간이기도 해."

그가 뺨에 대고 있던 내 손을 겹쳐 쥐었다. 그러고는 '언젠가 네가 표현한 악당처럼.' 하고 덧붙였다.

"이 순간에 내가 내 부친을 죽인 사람을 계속 미워하고 있다면."

푸른 눈동자로 깊은 불꽃이 일렁이는 것 같았다. 그는 수줍고도 애달프게 미소했다. 우연하게도 그는 검은 장미 문신이 그려진 손목에 입을 맞췄다.

"네가 날 더 봐주지 않을까, 불쌍히 여겨주지 않을까."

아마도 저대로 이를 꾹 누르면 그 남자의 문신이 나올지도 모를 자리에 입술을 보니 긴장감이 들었다. 그가 천천히 눈을 들어 올렸다.

"못된 생각을 하고 있으니까."

푸른 눈이 날 것에 가깝게 일렁이고 있었다. 긴 속눈썹이 반그림자를 그렸다.

그림자에 잠긴 눈은 아찔할 정도로 깊고 선정적인 느낌을 자아냈다. 잠시 청초함이 가려질 정도로.

"내가 망가질 정도로, 너를 원해. 이아나."

나는 침을 꿀꺽 삼켰다.

할 말은 많았지만 빠져나오지 못한 채 목 끝을 맴돌았다.

할 말도 할 말이지만 그것보다도 다른 곳에 시선을 빼앗겼다. 줄곧 리케도르안의 입술이 향한 곳.

검은 장미 문신이 있는 곳.

그가 저기서 힘만 조금 더 준다면…… 피가 맺히듯 문신이 나타날 것이다. 괜스레 등줄기가 펴지고, 뻣뻣한 긴장이 느껴졌다.

문신이 나타나면 자연스럽게 체이서와 연결될 거야.

이 상황에서 그리되는 건 좋지 못했다. 그것도 그가 체이서를 향한 진한 증오와 환멸을 드러낸 순간이라면 더욱더.

나는 천천히 숨을 내쉬며 손을 쥐었다가 폈다.

리케도르안은 내게 '부친을 죽인 사람을 계속 미워하고 있다면.'라고, 말했다. 그건 다시 말하자면 씻을 수 없는 증오가 이미 존재한다는 말도 되었다.

그런데 이마저 내게 연민을 얻는 도구로 쓴다니. 안타까운 마음이 드는 동시에 이것이 무엇을 말하는지 잘 알았다.

"그런 생각 하지 마."

나는 손가락을 살짝 움직였다. 그대로 오므려 그의 손가락을 잡았다. 거머쥔 손이 잠시 움찔했다.

"당신 마음은 잘 알았어."

망가질 정도로 누군가를 원한다는 마음은, 대체 어떤 마음일까 짐작도 가지 않았다.

"내게 이런 말 할 자격이 있는지 모르겠지만."

그가 4년 전과 다르지 않은 것이 있다면 이런 것이었다.

"그런 생각하지 않았으면 좋겠어."

그는 항상 온몸으로 부딪쳐왔다. 결과는 생각하지 않고, 이렇게 날것에 가까운 시선과 낯으로. 자신이 가진 모든 것을 줄 것처럼. 4년 전 철창에 매달려 울 때의 당신도 이러했다.

"있어."

"어?"

"자격, 있다고."

내가 빠져나가려 하는 것을 느낀 것인지 그가 좀 더 애타게 손을 붙잡았다.

이제 이 손을 잠깐 놓아도 나는 도망가지 않을 텐데도.

"당신에게 자격이 왜 없어요?"

이제는 숫제 내 손을 양손으로 쥐고 이마에 가져다대며 이렇게 말했다.

"내, 모든 것을 주고 싶은데."

마치 신에게 기도하는 듯 경건한 모습이었지만 흘러나온 음성은 낮고 쉬어서 끊어질 듯 연약했다.

"……나로는 부족해요?"

그가 물속에 빠져 다급해진 사람처럼 숨을 거칠게 몰아쉬었다. 그런 그의 모습을 보며 푸딩의 발톱이 콕콕 가슴을 찌를 때처럼 살짝 가슴이 아릿했다.

안타깝고.

나는 굽은 등을 보다 잡히지 않은 손을 뻗었다.

리케도르안의 얼굴을 잡아 위로 끌어올렸다. 곧 물기 어린, 그러나 애써 눈물을 참아 붉어진 낯이 나를 향했다.

"이렇게 굽은 등을 보려고 한 소리는 아니야."

나는 잠시 망설이다가 그의 눈 밑을 살살 문질렀다. 그가 음미하듯 느릿하게 눈을 감았다가 뜬다.

"그리고 당신에게 부족이란 말은 어울리지 않아요. 내가 판단할 일도 아니고."

여전히 붙잡힌 문제의 '손목'을 보다 날숨과 함께 토해냈다.

"그저 당신이 좀 더 스스로를 소중히 했으면 하는 생각에 한 말이에요."

4년 전에 바란 것도 그것뿐이었는데. 이것만은 진심으로 바랐건만.

〈각하께서 지옥 같은 부작용을 견디고, 어떻게서든 해내셨으니까요.〉

리케도르안은 내가 바랐던 한 가지만 그대로인 채 등장했다. 제이르의 말에서 추론하기론 그가 각성의 대가로 얻었던 것은 보통의 부작용이 아니었을 것이다.

건강히 살아만 달라고 부탁했더니, 말은 들어주지 않은 채로 과거보다 더욱더 애타는 시선과 함께 서 있었다. 여기에 울음을 품었지만 이제는 더욱 깊고 형언할 수 없는 것을 잔뜩 품은 눈을 한 채로.

나는 이런 눈을 본 적 있던가?

비슷한 것을 본 적은 있다.

'체이서.'

하나 분명 체이서가 보이던 집착과는 달랐다.

"이제 그래도 되는 위치잖아."

나는 그의 부작용을 입에 담는 대신 이렇게 말했다. 그러나 입술에 맴돌던 것을 끝내 참지 못하고 덧붙였다.

"이렇게 되기까지 어떤 고통을 겪었어요?"

리케도르안이 멈칫했다. 내가 말하는 것이 무엇인지 모를 리 없을 거다.

"아팠죠."

물음이 아닌 확신이 담긴 내 말에 그는 시선을 잠시 내리더니, 다시 나를 보았다.

"그저, 아주 잠깐 아팠을 뿐이야, 이아나."

그는 고통을 부정하지 않았다. 4년 전에 아픔이 아픔인 줄 몰랐던 때와는 달랐다. 그건 다행이지만. 리케도르안이 내 손을 엄지로 매만졌다. 유혹하려는 몸짓은 아니었다.

"네가 아픔을 알려준 덕분에 나는 아픈 것을 알았는데."

그의 엄지가 손바닥을 꾹 눌렀다. 아프진 않았지만 리케도르안이 뭔갈 참는다는 건 느껴졌다.

"이제 당신이……."

이리 말을 하던 리케도르안이 돌연 작게 웃었다. 환한 미소보다는 조금 쓴 미소에 가까웠다.

"대답을 강요하진 않을게요."

그는 내가 대답하지 않은 것을 정확하게 짚었다.

"그렇게 행동해봐야, 그 남자와 다를 것이 없으니까."

그러고는 고개를 내려 내 손끝에 입술을 맞췄다. 이리 하는 행동은 틀림없이 체이서와 같은데.

"기다릴게요."

청초하고, 처연하게 그리고 눈을 내리깔며 섧게 웃는 얼굴은.

〈지금부터 너를 납치할 거야.〉

나를 납치한 순간 체이서가 언뜻 잠시지만 겹쳐 보였던 감상을 지우고, 또 다른 것을 남겼다.

당신은 다르구나. 하고.

며칠 뒤.

리케도르안이 말한 것처럼 많은 이들이 헤르님 저택에 당도했다. 사실 많은 사람들을 직접 본 건 아니고 수많은 마차들을 보았다.

"와, 또 하나 들어오네."

지금처럼 난간에 기대어 아래를 바라보면서.

헤르님 대공가.

이름에서 알 수 있다시피 대공이란 권력, 그 이름답게 거주지는 성이라 부르고 싶을 만큼 컸다. 체이서의 경우 세력은 헤르님 못지 않으나 그는 통제할 수 있는 저택을 선호한 반면, 리케도르안은 전통이 담긴듯한 이 성에 사는 듯했다.

'이런 것만 봐도 참 반듯하단 말이지.'

헤르님, 붉은 장미가 상징하는 것은 정의, 도덕, 정열. 제국민 모두가 자랑스러워하는 가문이자 황실의 정의로운 수호자로 각인된 가문이었다.

하지만 누구도 짐작하지 못했겠지. 그 존경받는 가문의 가주가 감옥에 갇힌 제 아들을 학대했다는 것은.

"사람 일 참 모른다니까."

현재 내가 있는 곳은 내 방이 아니었다.

이 장소를 설명하자면 며칠 전으로 거슬러 올라간다.

그저께인가. 리케도르안이 제이르를 대동하고 또 다른 사람과 함께 들어왔다.

〈메를린입니다.〉

정장을 걸치고 딱딱하게 웃는 40대 여인은 이곳의 시중인 총관 리인이라고 한단다.

〈믿어도 괜찮아요.〉

리케도르안은 제이르를 포함해 이 사람까지는 믿어도 된다고 이야기해주었다.

〈기억나요? 메리다. 메를린은 메리다의 딸이에요.〉

기억했다. 어린 리케도르안에게 다정하고 친절했던 몇 안 되는 사람. 주변을 의심하는 건 굳이 리케도르안이나 체이서가 아니어도 우두머리에 선 자라면 당연한 일이었다.

두 사람이 조금 더 특수하긴 하지만.

〈각하께서 공중 정원 산책까지는 허락하셨습니다.〉

공중 정원. 이곳의 성은 구조가 살짝 특이했다. 4층 즈음에 작은 정원을 만들어놓았다. 아래를 보면 도시 정경과 성 앞이 고스란히 보이는 멋진 정원이었다.

〈아, 죄송합니다. 허락이란 표현을 쓰지 말라고 하셨는데.〉

이곳에 있으면 허공에 붕 뜬 듯한 기분이 들었다.

〈아가씨는 어디든 가셔도 됩니다.〉

하늘을 날고 싶은 건 사람이 한 번쯤 해볼 법한 생각인데, 이곳에 있으면 그 꿈 같은 소망이 조금 이루어지는 느낌을 주었다.

"어디든지라."

나는 피식 웃었다.

'감방 같네.'

모순적이지만 그러했다. 캄브라캄, 그곳에서도 내가 가지 못할 곳은 없었으니까.

'……르나그의 뒷배 덕에 말이지.'

현재 리케도르안은 잠시 자리를 비우고 없었다. 아무래도 객이 연속해서 방문하고 있으니. 그 객이 가신이라 하여도 집주인으로서 얼굴을 비치지 않을 순 없는 모양이었다.

그런 것치고는 조금 전까지 여기 붙어 있다가 갔다. 그것도 잠시 인격이 바뀌어서는 목에 진득한 입술을 남긴 채로.

'그 모습은 봐도 봐도 적응이 안 되던데.'

나른한 짐승 같은 모습을 떠올리면 괜히 긴장된다. 반사적인 기분이었다.

'시간이 좀 더 필요하려나.'

나는 고개를 들었다.

푸딩은 저 멀리서 나비를 마구 쫓다가, 혹은 꽃 향기를 킁킁 맡다가 잔디에 몸을 마구 비비고 있다. 영락없이 길팽이 같은 모습이다.

막 냥냥, 우는 3살 수호신님에게서 눈을 떼어내며 하늘로 향했다.

'르나그는 괜찮을까.'

리케도르안의 말을 떠올렸다. 그 남자가 나를 찾고 있다니, 괜스레 미안해졌다.

'항상 걱정만 끼치는 것 같네.'

푸른 하늘은 르나그의 어떤 색과도 관련이 없었지만 그가 가진 서늘함을 생각나게 했다. 인상과는 전혀 다른 느낌을 주는 내 약혼

68

자를.

"끙. 어떻게, 르나그에게만 연락을 취할 방도가 없나."

한 손에는 보이지 않지만 체이서의 검은 장미 문신, 다른 한 팔에는 제이르가 준 팔찌. 소식을 전달하고 싶은데 방법은 요원해 보였다. 이리 생각하던 중 다 놀고 온 것인지 푸딩이 슬그머니 다가왔다.

-인간, 너는 내려가 보지 않냐, 냥?

"왜?"

-정원을 좋아했지 않냐, 냥.

나는 공중 정원을 흘끗 응시했다. 여기도 정원인데? 나는 대답하는 대신 사람이 와글와글한 밑을 한 번 눈에 담았다.

"사람 많은 건 별로라서."

손을 무심하게 휙휙 휘저었다.

"사람이 많은 걸 보면, 삼삼오오 모여 있던 하녀들 사이에서 갑자기 누가 검을 뽑고 달려든 게 생각 나."

푸딩이 눈을 깜빡였다.

-그게 무서웠냐, 냥?

"아니. 그건 아닌데."

나는 고개를 저었다.

"……그 후에 같이 있던 하녀들이 죄다 죽을 뻔한 게 무서웠지?"

그때 그 하녀들은 다행히 모습을 숨긴 암살자와 함께 있었던 이유만으로 죽지는 않았지만. 사라진 그녀들이 어디로 보내졌는지는 끝내 알 수 없었다.

체이서는 그런 남자였다. 나를 위해서, 라는 목적을 두면 무엇이든지 서슴지 않고 행했던 사람. 4년간 본 것은 그것뿐이었으니… 판단할 근거는 차고 넘치는 상황이었다.

나와 어느 정도 마음이 통하는 푸딩이 아무런 말도 하지 않았다. 대신 폭신한 이마를 내 다리에 비볐다. 난 괜찮은데 말이지. 하지만 살며시 웃으며 허릴 숙여 푸딩을 들어 올리려 할 때였다.

파아앗.

-인간?

어라. 손끝에서 혼탁한 검은 연기가 흘러나왔다. 아니. 연기가 아니라 빛이다.

검은빛을 본 순간 내 얼굴이 딱딱하게 굳었다.

몸에서 나온 검은 빛. 이것이 흘러나온 곳은 내 손목이었다.

피가 맺히듯 검은 장미 문신이 그려진다. 도드라진 흑장미는 만개할 것처럼 매혹적이었다. 곧 장미 문신에서 흘러나온 빛이 찬란한 날개 문양을 갖췄다. 아퀼라의 날개 같은 느낌을 주었다.

그리고 꾸물꾸물 뭉친 빛 덩어리가 그대로 폭발해 팟! 눈부신 빛이 반짝였다. 나는 빛을 피하려다가 발을 헛디뎠다.

시야가 붕 흔들린다.

'윽. 넘어진다.'

눈을 꾹 감았다가 떴다.

바람이 살랑살랑 불었다. 따뜻한 바람이었으나 만끽할 시간은 없었다.

넘어졌음에도 아프지 않았다. 누군가 내 허리를 붙잡고 넘어지지 않게 잡고 있었으니까.

눈을 뜨면 익숙한 낯이 앞에 있었다. 말이 나오지 않았다.

장인이 정성스레 빚은 것같이 아름답고도 황홀한 얼굴, 유혹할 듯 휘어진 눈매.

눈이 마주치자, 오묘한 눈매가 간드러지게 휘어졌다.

붉은 눈동자였다.

"안녕, 내 이아나."

체이서가 빙긋 웃었다.

"잘 지냈어?"

떨어진 시간이 무색하게 너무나도 태연한 인사였다.

나는 그만 할 말을 잃었다. 아니, 할 말을 찾지 못했다.

체이서가 이곳에 나타났다고? 대체 어떻게? 그보다…….

'체이서 쪽에서 먼저 연락할 수 있는 거였어?'

혼란스러웠다.

그가 내게 먼저 연락할 수 있었다니. 그렇다면 왜, 어째서… 지금까지 연락을 하지 않았던 거지? 할 수 있던 거면서 일주일이 넘게 하지 않았다. 지극히 체이서답지 않았다.

내가 아는 이 남자는 결코 그럴 사람이 아니었다.

그랬다면 도뮬릿 저택에서 탄광으로 끌려가거나 불구가 된 이가 4할은 줄었으리라. 말을 찾지 못하고 당황한 사이, 체이서의 느릿한 시선은 나를 향해 고정되어 있었다.

천천히 관찰하듯 살피는 것 같기도 했다.

난 이런 시선을 알고 있다.

〈다친 곳은 없어, 이아나?〉

암살자가 나타났을 때, 독을 탄 것이 밝혀졌을 때……. 내게 가해진 위협을 깔끔하게 치워버린 그가, 치워버린 뒤에 이런 눈을 하곤 했다.

내게 이상이 없는지 꼼꼼하게 살피는 눈. 나는 주먹을 꾹 쥐었다가 폈다.

"……이거 놔줘."

나는 여전히 체이서의 품에 갇혀 있었다. 넘어지지 않게 붙잡아준 것은 고마우나, 지나치게 가까웠다. 체이서는 내가 밀어내는 모습을 물끄러미 보다가 입꼬리를 끌어올렸다.

"유람이 길어. 내 동생."

"……."

그는 내 요청에 답하는 대신 엉뚱한 대꾸를 했다. 그 대답에 몸이 멈칫 굳었음은 물론이었다.

지금까지 의지와 상관없이 자꾸만 도뮬릿으로 가고 싶은 기분과 생각이 들었던 건, 이 순간을 예감해서였을까?

"네가 얼마나 보고 싶었는지 몰라."

거리가 가까운 탓에 그의 황홀한 음성이 그의 커다란 몸통을 타고 둥둥 울렸다. 몸이 바짝 긴장했다. 이 음성이 아주 가까워서 들어오는 탓도 있을 것이다.

"여기가 어디야?"

체이서는 대답하지 못하는 내게서 눈을 떼어내지 않았다.

"대답이 없네. 그럼 내가 맞춰볼까, 이아나?"

체이서의 낯이 가벼운 미소를 담았다. 그가 이곳을 모를 리 없었다. 다름 아닌 리케도르안의 성을 말이다.

"헤르님의 성이네."

유혹하듯 아름다운 곡선을 그린 입술에서 정답이 흘러나왔다.

역시나. 가벼운 소름이 돋았다. 체이서의 눈이 '그렇지' 하고 묻고 있기 때문이었다. 하지만 나는 티를 내는 대신 눈을 느릿하게 깜빡였다. 당황이 눈과 얼굴에 머무르지 않도록, 태연하게 보이게끔.

"그래서?"

다행히 목소리에서 떨림이 묻어나지는 않았다.

나는 그게 어쨌냐는 시선을 숨기지 않았다. 체이서는 타인의 거짓을 눈치채는 데 능했다.

그러니 그는 내가 진심으로 이리 생각하는 것을 알 것이다.

이게 뭐 잘못되었느냐고.

"……유람이 많이, 즐거웠나 봐. 이아나."

체이서가 웃음을 잃지 않은 채 손을 들어올렸다. 허리를 잡지 않은 다른 손이 내 옆머리를 잡아 귀 뒤로 넘겨주었다.

자못 다정하고 온화한 손길이었다. 지금 이 부드러운 웃음처럼.

그러나 나는 한순간이지만 광기가 스친 붉은 눈을 놓치지 않았다.

그대로 체이서의 손을 붙잡아 멈췄다. 그러고는 그의 손을 떼어 내 천천히 아래로 내렸다.

"여긴 어떻게 온 거야?"

나는 내게로 돌아온 화살의 방향을 바꿨다.

체이서가 하는 질문에 줄줄이 답해서는 체이서가 원하는 방향으로밖에 갈 수 없다. 그의 옆에서 많은 이들을 보며 깨달은 것이었다.

"내가 가지 못할 곳은 없어, 이아나."

그렇겠지. 세상 잘 나신 악당이었으니. 나는 작은 헛웃음을 머금었다.

"그런 걸 물은 게 아니란 걸 알잖아?"

"그럼 알지. 내 동생도 알 거고."

뭐? 맥락에 맞지 않는 말에 미간을 찌푸렸다.

"뭘 알아?"

"내가 네게 거짓말을 하지 않는다는 걸 말이야."

일주일 넘게 보지 않았건만 여전한 아름다움을 자랑하는 낯이 나긋하게 미소했다.

"널 위해서라면 적진 가장 위험한 곳이라 해도 서슴없이 올 수 있다는 것도."

적진, 그리고 위험한 곳. 체이서는 스스로 시인했다. 아무리 그라고 해도 이곳이 위험한 곳이란 것을.

내가 당황을 숨기지 못하는 순간에도 이 남자의 얼굴은 여유로웠다.

"내가 널 위해 오지 못할 게 무에 있겠어."

체이서는 고개를 숙여 내 손바닥 깊이 얼굴을 묻었다. 마치 지금까지 쉬지 못했던 숨을 쉬기라도 하듯이.

더욱 가까워지고서야 알았다.

"이제 그만 돌아와, 내 이아나."

그의 눈 밑이 마지막으로 본 것보다 새까맸다. 잠을 자지 못한 사람의 몰골같이. 체이서는 눈을 감고, 숨을 들이켰다.

"……네가 있어야, 잠이 와."

날 붙잡은 손이 쇠사슬처럼 단단했다. 내게 얼굴을 묻은 그에게서 나온 것은 그라고 믿지 못할 만큼 작은 음성이었다. 그는 그대로 손바닥에 코를 비볐다. 애교를 부리는 거대한 짐승같이.

"돌아와서, 나 재워줘."

내 이아나, 달콤한 음성이 귀를 가득 채웠다. 약하게 들려서 잘못 들었나 싶을 정도로 여리게 흘러나왔다.

"응?"

한순간 정신을 놓았다면 내가 이 남자와 정말 이리 달콤한 사이였다 믿을 정도로 녹진한 목소리였다.

"……왜 항상 내게 능력이 통하지 않을 걸 알면서, 쓰는 거야?"

나와 그의 시선이 교차했다.

"언젠가 통할까 봐."

"통하면?"

아래에서는 시중인들이 짐을 옮기는 소리로 시끌벅적했다. 4층에 올라올 즈음 돼서는 희미한 잔음만 남기는 소리였다.

체이서가 감았던 눈을 느릿하게 떴다. 피처럼 붉고 투명하리만치 맑은 눈동자가 자리했다.

"이상하지, 통하면 더할 나위 없이 효율적일 것 같아서, 언제나 통했으면 하고 바랐는데."

효율, 다분히 그다운 말이었다.

"이제는."

체이서는 아래에서 들려오는 소음에 아랑곳하지 않은 채 말했다.

"통하지 않기를 바라기도 해."

"통하지 않는 건."

체이서의 의뭉스러운 말에 넘어가지 않았다. 나는 입을 열어 핵심을 토했다.

"내가 푸른 장미라서야?"

제이르가 말한 대로라면, 내가 체이서의 능력에 영향받지 않는 이유도 알 수 있었다.

〈푸른 장미는 다른 장미에 걸린 모든 저주를 무효로 만들 수 있으니까요.〉

체이서의 얼굴은 변함없었다. 웃는 그대로였다.

"……네가 푸른 장미라 내 능력이 통하지 않는 건 맞아. 이아나."

체이서는 담담히 인정했다. 다정하게 휘어진 눈웃음과 함께.

"그리고?"

"그리고라니?"

"그리고 더 궁금한 건 없어?"

그의 태도는 자연스러웠다. 마치 이렇게 될 줄 알았다는 듯이. 오히려 상황도 잊을 만큼 자연스러운 시선으로 무슨 질문이든 받아주겠다는 태도였다.

흡사 이곳이 적진 한복판인 것을 잊은 사람처럼.

"아니면 이건? 내가 연회에서 네게 하려던 말이 무엇이었는지."

체이서가 내 손에서 얼굴을 떼어냈다.

"이건 궁금하지 않아?"

조금만 더 가까워지면 날숨이 닿을 것 같았다.

붉은 수묵화 물감을 떨어트린 듯 온통 핏빛인 눈동자가 집요하게 나를 응시했다.

"돌아가자, 이아나."

그는 마치 유람을 종결짓는 것처럼 부드러이 이야기했다.

소풍이, 피크닉이 여기까지인 것 같이. 우습지도 않은 이야기였다.

"가지 않으면?"

체이서의 눈이 둥근 곡선을 그렸다.

"내가 어찌 강제하겠어."

그 답지 않은 말이었다. 아니, 발목에 족쇄를 채워둔 미친 인간이 할 소리는 아니었다.

"쇠사슬이라도 채워 끌고 가려고?"

"그럴 리가."

체이서의 나긋나긋한 시선이 처음으로 내게서 떨어졌다.

붉은 시선이 향한 곳은 내 발치였다. 조금 전부터 체이서를 향해 털을 곤두세우고, 사나운 소리를 숨기지 못한 푸딩을 향해서였다.

나는 황급히 말했다.

"건드리지 마."

4년이 지난 지금, 그가 무슨 생각을 하는지 말하지 않아도 알 수 있었다. 긴 시간동안 감쪽같이 사라진 사람을 본 이라면 누구라도 짐작했을 것이다.

"왜? 처음부터 내가 잡아 온 것이잖아?"

체이서가 고개를 갸웃했다. 영문을 알 수 없다는 듯이 무구한 얼굴로.

그러나 이 남자가 지금 보이는 표정만큼 무구할 리가 절대 없었다. 나는 푸딩을 발로 슬쩍 뒤로 보내는 동시에 사납게 눈을 좁혔다.

"내게 준다고 했어."

"이아나, 네 이 표정은 정말 오랜만인 것 같아."

체이서는 경계를 풀라는 듯 부드럽게 웃으며 손바닥을 들어올렸다.

"조금 가까워졌던 하녀 아이에게 검을 겨눈 뒤로 처음인가?"

"체이서."

"그래. 그때 그 아이는 독을 탔었지. 먹으면 단 3초 만에 심장이 멎고 마는 독을."

잊고 있던 기억이 스쳐 지나갔다. 체이서가 말하는 날은 내가 도뮬릿 저택에 오고 나서 그리 오래되지 않았을 때였다.

납치와 불바다를 겪고, 얼마 지나지 않아 내게 배정된 하녀였으며, 다정하고 친절한 소녀였다.

"그래, 네가 원하지 않으면 건들지 않을게. 저 수호신은."

체이서가 순순히 물러났다. 그가 남긴 행간이 묘했다. 아니. 적어도 푸딩은 건드리지 않겠다는 것을 알아들었다.

그가 내 손을 놓은 덕에 우리 사이가 조금 떨어졌다. 그러나 그에게 붙잡힌 허리는 여전히 그대로였다.

잠시 고개를 뒤로 돌렸다. 뒤에는 난간뿐이었지만 난간 아래에는 수많은 사람이 있을 것이다.

또 층층마다 사람이 있을 것이며, 그중에는…… 리케도르안도 있을 것이다.

아주 잠깐, 그는 오지 않는 건가. 생각했다. 아니다. 차라리 오지 않는 것이 나을지도 모른다.

"이아나, 우리 주변을 둘러싼 모든 것은 너를 노릴 거야."

체이서가 나를 마주한 채로 단호하게 선언했다.

"너도 알잖아?"

헤르님은 완벽한 방패가 될 수 없어. 체이서가 황홀한 음성으로 나직하게 읊조렸다.

"나는 도뮬릿이 아니었잖아."

"네 이름은 도뮬릿이지."

"난 네 동생이 아니야."

그러자 그는 말을 듣지 않는 아이를 보듯이 조금 난감한 얼굴을 했다.

"이아나, 조금 착각하고 있는 것 같은데, 도뮬릿이 될 수 있는 건 핏줄만이 아니야."

뒤이어 포근한 이불처럼 다정하고 깃털이 간지럽히듯 보드라운 음성이 조곤조곤 귀를 파고들었다.

그윽한 음성과 동시에 바람이 불었다.

그의 팔에서 몸이 자유로워졌다. 거리가 생겼으나 그에게 여전히 붙잡혀 있는 기분이 들었다. 이 감각은 생생하기만 했다.

고개를 들면 바람 사이에서 체이서의 시선이 느껴졌다.

"내 반려도 도뮬릿이 될 수 있는데."

그가 선량한 오빠를 흉내 내듯 머리칼을 잡아 정돈하는가 싶더니, 몇 가닥 잡은 그대로 들어 올렸다. 그러고는 제 입술에 가져다 댔다.

그의 시선이 내게로 올라왔다.

줄곧 다정하던 눈으로 위험한 빛과 더불어 아슬아슬한 미소가 스쳤다.

허락만 한다면, 더는 참지 않겠다는 듯이.

"이쪽이 좋겠어?"

아찔한 음성과 함께.

2

네 입술로 듣고 싶어

순간 무슨 말을 하는 거냐고 그에게 되물을 뻔했다. 하지만 끝내 되묻지 않은 까닭은…… 나도 알고 있기 때문이다.

이 남자가 나를 어떤 눈으로 보고 있는지. 잘 알고 있지 않나.

그 스스로도 밝혔다.

원한다면 오빠가 되어주겠노라고.

분명 그건 '유예기간'을 주는 말이었다.

〈언제든 기다릴 수 있어. 네 곁에서.〉

정원에서의 대화가 머리를 꽉 메우고, 빠져나가지 않았다. 무슨 말이든 해야 했지만 입만 달싹일 뿐이었다.

말이 나오질 않는다. 나를 보는 붉은 눈에 사로잡힌 듯 꼼짝할 수 없었다. 그의 눈은 붉으면서도 때때로 빛에 따라서 밝기가 달리 보였다. 가장 밝은 빛 아래에서는 최상급 홍옥처럼 맑은 빛을 드러냈으나, 그림자 아래에서는 이렇게……

선명한 핏빛을 드러내기도 했다.

그만큼 오늘 체이서의 눈은 검붉고 또 붉었다.

"이아나."

내 시선에 응하듯 그가 달콤한 미소를 지었다.

그리고 역광 아래 잠긴 눈은 지금까지와는 다른 판이한 눈을 하고 있었다.

내가 섣불리 말을 꺼내지 못한 이유이기도 했다.

'이상해.'

간신히 태연함을 가장하고 있었지만 지금 보이는 체이서는 분명 지금까지 모습과는 조금 달랐다.

나는 흘끗 그의 상의를 응시했다.

그답지 않게 단추 하나가 풀려 있다. 겨우 하나라고 하나, 그를 아는 이라면 깜짝 놀랄 몰골이었다. 그는 누구든 유혹할 것 같은 낯과 다르게 빈틈 하나도 허락지 않는 남자였으니까.

"대답이 없으면 섭섭하잖아."

살짝 가라앉은 눈, 눈 밑에 진 피로한 검은 그림자.

그러나 이러한 것들이 평소의 금욕적인 모습을 지워내며 오히려 향락적이고 퇴폐적인 느낌을 자아냈다.

그의 뒤로 보이는 것이 한낮이 아니라 깜깜한 밤이었다면, 지금 그의 모습을 밤 뒷골목 어딘가에서 보았다고 해도 이해할 수 있을 것 같은 분위기였을 만큼.

"내 이아나, 모를 거라 생각했을까?"

"……뭐를?"

생각지 못한 질문에 침묵하던 내 입술이 열리고 답변이 흘러나 갔다.

체이서가 내 머리끝을 잡고 있던 손을 놓았다. 그와 동시에 한 걸음을 옮겼다. 나는 주춤 물러나다 말고 발목이 묵직하지 않음을 느꼈다. 발이 가볍다.

'이곳은 도뮬릿이 아니야.'

새삼 깨달았다. 그동안 발목이 얼마나 무거웠던 건지.

변화를 깨닫고 잠시 멈칫하는 사이, 성큼 다가온 체이서가 내 손 끝을 잡았다. 그는 그대로 날 잡아당겨서 지금도 검은빛이 흘러나 오는 문신에 지그시 입술을 묻었다.

리케도르안과 겹치는 모습이었으나 전혀 다른 느낌을 자아냈다.

"내, 모든 것을 주고 싶은데."

그는 입술을 옅게 비비고는 천천히 입술을 열었다.

"나로는 부족해요?"

존댓말? 아니, 잠깐만. 몸이 그대로 굳었다.

……저건 리케도르안이 한 말이잖아.

체이서가 그대로 눈을 휘었다.

"내가 망가질 정도로, 너를 원해. 이아나?"

등 뒤로 소름이 오소소 돋았다.

"걱정 마, 내 동생."

체이서는 웃음을 지우지 않은 채, 손목에 입술을 묻었다가 떼었다.

"들은 건 이것뿐이야."

과연, 저 말이 사실일까?

"아무리 나라도 헤르님 한복판에 있는 소리를 듣기는 어려워서."

그의 엄지가 문신을 진득하게 문지르고 떨어진다. 이 검은 장미를 통해 들었다는 걸 피력하듯이. 그는 내게 거짓말을 하지 않는다. 하지만 나는 경험으로 알고 있었다.

거짓을 말하지 않는 게, 모든 진실을 말하는 것과 같은 말은 아님을. 거짓을 말하지 않는 대신 진실은 능히 숨길 수 있는 남자였다.

"그래서 무어라 대답했어?"

"……들었을 거잖아."

내 담담한 음성에 체이서는 답하지 않았다. 아니, 잠시 침묵했다. 그러고는 잠시간의 침묵 끝에 조용히 읊조렸다.

"듣고 싶어."

입술을 손목에 파묻어 조금 뭉개진 발음이었다.

"네 입술로 듣고 싶어, 이아나. 들려줘."

나는 그제야 깨달았다. 지금 보이는 웃음이 다정하지만은 않은 까닭을.

"응?"

그의 눈에는 미미한 분노가 함께 어려 있었다. 아니다.

과연 이게 미미한 분노일까?

납치당한 나를 데려와 불바다로 만들 때도 보지 못한 얼굴이었다. 수많은 감정이 사슬처럼 엮인 표정, 그중 도드라진 것이 평소의 다정함과 이와 마구 뒤엉킨 분노. 체이서가 입술을 열었다. 말을 하려는 것이 아니었다.

할짝.

솜털이 곤두서고 허벅지에 절로 힘이 들어갔다.

"웃……."

그의 입술이 가볍게 손목을 문지르는 것으로 모자라 손목을 가볍게 핥고 떨어졌다. 짐승이 하듯이. 아울러 맹금과도 같은 날카로운 광기가 담긴 시선이 나를 향했다.

이 순간과 어우러지지 않게 비단처럼 부드러운 웃음과 함께.

"들려줘, 어서. 응?"

늘상 있던 온화함만 깃든 미소는 아니었다.

"나는……."

"응, 내 이아나는."

내 입술이 달싹이다가 이내 단호하게 떨어질 때였다.

"더는……."

"이런."

체이서가 갑작스럽게 눈을 가늘게 좁혔다. 동시에 가볍게 중얼거렸다.

쿵쾅쿵쾅.

그의 나붓한 목소리와 동시에 모든 걸 부술 듯한 거대한 소리가 들렸다.

발소리 같기도 문을 부수는 것 같기도 한 소리는 점차 가까워지고 있었다. 체이서의 눈이 옆을 곁눈질하는 것 같았다. 그의 고개가 향한 곳은 등 뒤에 위치한 문이었다.

체이서는 그대로 돌아와 고개를 숙이며 살짝 웃었다.

"아쉽네."

듣기 좋은 울림을 하고 있었지만 많은 것이 담긴 음성이었다.

그가 눈을 들어 올렸다.

"이아나, 난 네게 기회를 줬어."

그가 허리를 더욱 숙이고, 거리가 훌쩍 가까워진다. 흘끗 나를 잡은 손을 바라본 체이서가 말을 이었다.

"네가 바란다면 곁에서 언제까지고 기다릴 수 있다고."

"……."

오빠이길 원하냐고 묻던 질문이 머리를 스쳤다. 나는 대답하지 않았다.

"참 아쉽다."

그가 들릴 듯 말 듯 중얼거린다.

"아직, 여기까지 능력이 미치지 않는다는 것이."

발밑에서 검은빛이 일렁거리며 올라오고 있었다. 이는 쉬르멜라에서의 이동을 떠올리게 했다.

하나 조금 달랐다.

"다음엔 네 선택을 들으러 올게."

그가 내 손목을 살짝 잡은 채로 작게 속삭였다. 입술이 거의 닿을 것처럼 가까워 숨소리마저 그대로 느껴졌다.

"내 이아나. 이 유람은, 길지 않을 거야."

나는 그의 몸을 밀어냈다. 그는 순순히 밀려났다. 아무것도 강제하지 않겠다는 듯이.

그가 손목을 놓았지만 여전히 잡힌 것 같은 느낌이 남아 있었다. 이 느낌을 지우려 애쓰며 태연하게 입을 열었다.

"나는 가지 않아."

내 말에 체이서가 잠시 눈을 크게 떴다. 그러고는 반사적으로 웃었다.

아무것도 듣지 못한 것처럼.

그러나 그의 눈꼬리가 희미하게 떨리고 있었다.

체이서의 발밑이 점차 희미해지고 있었다. 내게 뻗은 손끝도. 더는 웃음을 머금지 않은 눈이 나를 직시했다. 아니. 집착적이다 싶을 만치 떨어질 줄 몰랐다.

"데리러 올게."

그와 함께 쾅! 문이 열렸다.

"이아나!"

그곳엔 머리가 잔뜩 흐트러진 리케도르안이 서 있었다.

간발의 차였다. 체이서가 사라지기가 무섭게 문이 열렸으니까.

이미 체이서는 온데간데없었다. 찰나 간의 차이로 체이서의 모습이 깨끗하게 사라지고 나타난 것이다. 그럼에도 리케도르안이 모르지 않을 거라고 생각했다. 체이서가 남긴 검은 빛의 잔상이 찢어진 종이처럼 내 주변에 머무르고 있었으니.

이는 마치 흩날리는 흑장미 꽃잎 같기도 했다.

'이래서야 광고하는 꼴이네.'

나는 상황도 잊고 헛웃음을 머금었다.

흑장미, 그 남자는 자신이 가진 장미와 너무나도 비슷한 남자였다.

실제로 도큘릿에 한가득 피어 있던 흑장미는, 참 탐스럽고 아름다웠다. 아름답지만 쉬이 건드리지 못하는, 건드리면 다칠 것 같은.

검은빛 잔상 사이로 리케도르안이 성큼성큼 걸어왔다.

파직, 파지지직.

그가 걸어올수록 그의 몸에 묘하게 일렁이는 붉은 빛과 검은빛이 부딪쳐 번개 같은 작은 스파크가 튀었다. 몇몇은 리케도르안에게 튀어 그의 옷 끝을 검게 태우기도 했다.

그러나 그는 아랑곳하지 않는 얼굴이었다. 아니, 타들어가는 옷을 눈치채지 못한 것처럼 시선조차 주지 않았다. 이윽고 내 앞에서 멈춰서 내 어깨를 잡았다.

추궁하려나?

하나 예상과는 달리 그는 다친 곳은 없나 보기라도 하듯이 연신 내 몸을 훑느라 바빴다.

이를 증명하듯 푸른 눈동자가 바삐 움직였다.

특히나 검은 장미 문신이 미처 사라지지 못한 손목을 보았을 때,

시선이 집요하도록 오래 머물렀다.

나는 그가 하는 것을 물끄러미 보며 그대로 시선을 내주었다. 마침내 확인을 끝내고 고개를 들 때까지. 눈이 마주치자 붉은 입술이 우물거린다. 할 말이 많은 표정이었다.

"다친 곳은 없어요?"

분명 내 주변에 머문 검은 빛의 뜻을 모르지 않을 텐데 이렇게 묻다니, 나는 잠시 눈을 깜빡이다가 이내 작은 미소를 터트렸다.

"응, 괜찮아요."

그 남자는 결코 날 다치게 하지 않는다. 세상에서 이를 가장 잘 알고 있는 사람이 바로 나였다.

체이서와 나의 관계는 너무나도 모순적이었다.

그 남자는 족쇄를 채우고 나를 가둬버린 미친 인간이었지만 동시에 내 목숨을 수없이 구한 인간이기도 했다.

목숨을 빚졌으나 혈육도 남도 될 수 없는 관계. 나는 지난 4년간 그리고 지금에서도 나와 그 남자의 관계를 정의하지 못했다.

"……그 남자가 나타난 거죠."

리케도르안이 손이 파르르 떨렸다. 그의 손이 내 어깨에서 떨어진다. 내리깐 눈꺼풀이 바람에 흔들리는 민들레처럼 진동했다.

그러나 아주 조금만 떨어졌을 뿐 리케도르안의 손은 허공에 살짝 떨어진 그대로 날 다시 잡지도 못한 채 머뭇거렸다.

"갈 건가요?"

'날 버리고?' 그의 말 앞에는 이런 말이 생략된 것 같았다.

나는 웃음을 품은 채로 고개를 저었다.

"아니."

그러고는 어깨 위에 있는 그의 손을 잡고 토닥였다.

"안 간다고 했어."

여전히 체이서와 나의 관계를 정의하지 못했다. 그러나 나는 차차 깨닫고 있었다.

〈그렇게 행동해봐야, 그 남자와 다를 것이 없으니까.〉

체이서가 내게 채웠던 족쇄가, 해왔던 행동이…….

내가 익숙해졌던 모든 것이 사실은.

생각하던 것보다 더, 이상하고 미친 일이었단 걸.

"정……말인가요?"

"응."

그의 얼굴에 눈에 띄게 안심이 어렸다. 그것이 부끄러웠는지, 이내 고개를 살짝 돌렸다. 귀 끝이 조금 붉었다. 이런 게 부끄러운가? 엉뚱한 것에 수줍어하는 모습이 퍽 귀여웠다.

'아. 안 간다고 말했으니까.'

문득 든 생각에 나는 리케도르안의 손을 놓고 그대로 바닥으로 몸을 숙였다. 그러고는 체이서가 가기 전부터 연신 애옹애옹! 정원이 떠나가라 울고 있던 푸딩이를 안아 들었다.

-이, 인간! 무서웠다, 무서웠다, 냥! 무서웠다!

'그래그래.'

좀처럼 약한 소리를 잘하지 않는 푸딩이 내 몸으로 마구 파고들었다. 달달 떠는 고양이를 최대한 조심스럽게 토닥이고 쓰다듬어주었다.

4년 전 처음 푸딩을 발견하고, 내가 갖기로 한 뒤로 체이서는 푸딩에게 적대 어린 행동을 취하지 않았지만, 푸딩은 짐승답게 체이서의 이면을 한눈에 간파하곤 했다. 아울러 평소 체이서를 얼마나 두려워하는지 잘 알고 있었다.

-이, 인간. 흐, 흑장미는 나를 죽이려 했다, 냥.

'내가 그렇게 두지 않았어.'

머릿속에서 푸딩이 구슬프게 울었다. 안아주고 있었지만 떨림은 쉬이 가라앉지 않았다. 울음소리 사이로 미약한 음성이 새어 나왔다.

-하지만 그렇게 되더라도…… 이 몸은 인간 너를 지켰을 거다, 냥.

푸딩이를 쓰다듬던 손이 잠시 멈칫했다. 그러다가…… 이내 푸딩이를 힘주어 꽉 안았다. 평소 푸딩이가 하듯이 이마를 푸딩의 이마에 가져다 대고는 숨을 내쉬었다.

'고마워.'

그렇게 눈을 뜨자, 단단하게 서 있는 허리가 보였다. 아마도 리케도르안은 내가 푸딩이를 진정시킬 때까지 기다려준 것 같았다.

그가 눈을 깜빡였다. 내게 향한 한 쌍의 눈동자가 어찌나 온순한지, 쳐다보고 있노라면 저 눈이 단 며칠 전까지만 해도 차가웠단 것을 잊어버릴 것 같았다.

감정이란 이렇게도 사람을 다채롭게 바꿔놓는 걸까. 문득 궁금해졌다.

열렬하게 쳐다보는 리케도르안의 눈은 우습게도 지금 안고 있는 푸딩이와 너무나도 닮아 있었다.

그래서 한숨과 함께 결심했다.

'그래, 한 번은 물어봐야겠지.'

나는 애옹애옹, 애교스럽게 우는 푸딩을 들어 올렸다.

영화 '라이온킹'에 나오는 한 장면처럼 푸딩이를 들이댄 내 모습과 당황한 리케도르안은 언젠가 쉬르멜라에서 보였던 것과 비슷한 구도였다.

"……뭘 하는 건가요?"

리케도르안도 이를 떠올린 것인지 표정이 묘해졌다.

"대공님, 이제 이쪽이 어떤 존재인지는 알고 있죠?"

"대공이라니. 갑자기 호칭이 바뀐 까닭을 알 수 없는데요."

"으음, 별로였어요? 그럼 리케도르안."

그러자 리케도르안의 미간이 펴졌다. 본인이 단순하다는 자각은 할까? 리케도르안의 눈이 푸딩을 향했다.

"아무튼 알고 있죠?"

그는 작게 고개를 끄덕였다.

"알아요. 붉은 장미의 수호신."

"네, 맞아요."

역시나 모를 리 없었다. 그나저나 영 거리가 멀게 느껴지는 어투다. 본인이 붉은 장미이면서 말이다.

"이 애 데려갈래요?"

양쪽에서 반응이 터졌다.

-싫다, 냥!!

"⋯⋯데려가라고?"

푸딩이 마구 몸부림쳤다.

아차 싶은 순간에 한 손에 힘이 빠지고, 그 틈을 틈타 내 가슴으로 돌아간 푸딩이 마구 발버둥 치며 내 품에 발톱을 박고는 파고들었다.

'아니, 그래도 한 번은 얘기해봐야 할 것 아니야.'

-너무한다, 인간. 배신이다, 배신이다, 냥!

'그, 아니다. 알았어. 네가 싫다면.'

그저 한 번쯤은 묻거나 짚고 넘어가려던 것이었지만 아기 수호신 님이 이렇게 놀라서야.

'진짜 물어만 본 거라니까?'

-배신자다! 배신자다, 냥!

이래서는 리케도르안이 좋다고 해도 안 될 판이었다. 나는 흘끗 그의 눈치를 보았다.

"뭔지 몰라도 싫어하는 것 같은데요."

"하하하⋯⋯."

대체 자기 장미한테 하악질하는 수호신이 어디 있겠냐 싶었지만, 생각보다 리케도르안은 태연했다.

"나도 싫어요."

오히려 아무렇지 않은 낯으로 단호하게 말했다.

"……왜?"

각성에 수호신이 반드시 필요하다 했지만, 리케도르안은 다른 대가로 부작용을 겪고 완벽한 장미가 되었다.

푸딩도 말했듯 더는 자신이 필요 없다고 했지만 그래도 매번 얼굴을 보는데 아주 이야기하지 않는 것도 이상해서 꺼낸 것인데.

"됐어요. 주지 말아요."

리케도르안이 허리를 숙여 나와 눈을 마주쳤다.

"내겐 더는 필요 없어요."

짐짓 다정한 행동이었지만 흘러나오는 말은 단호하고 단정 짓는 목소리였다. 수줍음마저 가신 음성에서 그의 뚜렷한 의지가 보이는 듯했다. 내가 푸딩이라면 섭섭할 것 같은데, 정작 푸딩은 그러기는 커녕 그거 보라는 듯 의기양양하게 나를 째려봤다.

-거, 봐, 봐라, 인간! 붉은 장미도 내가 싫다고 하지 않냐, 냥!

'아니……. 너 슬퍼해야 하는 것 아니야?'

-나도 쟤 필요 없다, 냥!

푸딩이가 마구 몸을 치대듯 비벼왔다.

-인간, 너만 있으면 된다, 냥. 버리지 마라.

나는 리케도르안과 푸딩이를 번갈아 보다가 어처구니없는 웃음을 터트렸다. 서로 싫다고 단언하는 인간과 수호신의 모습이 너무나도 똑같았기 때문이었다. 아니. 이렇게 닮아 있으면서 싫긴 뭐가 싫대. 동족 혐오도 아니고? 어쨌거나 양쪽이 싫다고 하는데 굳이 강요할 생각은 없었다. 앞으로 여기서 지낼 처지에 정말 한 번은 묻고 싫었던 거니까.

"그래요, 싫다면야 어쩔 수 없긴 한데."

나는 고개를 갸웃했다. 그래도 이건 물어야겠다.

"왜 거절한 거예요?"

푸딩이야 나와 오래 지내서라고 쳐도. 그는 수호신이 있는 쪽이 좋은 게 아닌가. 리케도르안은 잠시 복잡한 표정을 했다.

"……붉은 장미의 수호신은 몸의 일부나 다름없다고 해요."

아. 그건 알지.

"그러니까 가지고 있어요."

"어. ……어?"

"아니, 가지고 있어 주세요."

리케도르안의 손이 푸딩의 등을 만졌다가 떼어냈다. 의외로 푸딩은 질색하지 않았다. 갑자기 왜 만지냐는 시선으로 한 번 쳐다봤을 뿐.

"내 일부라면서요."

리케도르안이 눈을 느릿하게 깜빡였다. 조금 냉한 기운이 도는 얼굴 아래 그의 입술이 우물우물 움직였다.

"내 일부니까, 가져요."

어떻게 말하면 좋을지 모르겠다는 표정 같기도 했다.

"……그럼 언제나 함께인 거잖아요."

그리 말하고는 뺨을 붉혔다. 스스로도 어찌하지 못하는 현상인 듯 그가 얼른 제 뺨을 가렸다.

이미 다 봤는데.

"할 수만 있다면. ……영원히 가져줬으면 좋겠어요."

그는 손등으로 얼굴을 가려, 눈 밑이 살짝 붉은 모습을 보이면서도 제 할 말은 했다. 집요하게 나를 응시하면서.

"……으음, 내가 오래 산다면 그러겠지만."

좀 당황스러운 마음에 이렇게 중얼거렸더니, 리케도르안이 돌연 놀란 낯을 했다.

"이아나, 아파요?"

그는 손등에서 얼른 손을 내리고 다가와 물었다.

나는 고개를 저었다.

"아니, 아니. 실수로 오해의 여지를 남겼는데 그건 아니에요."

얼른 해명했다.

"이 아이가 처음부터 내 수호신은 아니니까. 나와 수명이 다를 수는 있다고 하던데요."

이건 조그만 흑마법사님이 해준 이야기였다. 체이서의 최측근답게 그는 장미에 대해서도 해박했던 그는 이따금 장미에 관한 유용한 이야기를 해주었다.

당시엔 괜한 관심을 받지 않으려 많은 것을 묻지는 못했으나 몇 가지 들은 사실을 종합하면 이러했다.

마쉬멜은 내가 푸딩과 계약한 사실은 몰랐으나 붉은 장미 수호신과 계약은 불가할 것이라 했고. 설사 계약하더라도 수명이 다를 확률이 높다고 했다.

이는 힘의 차이로 인해 어쩔 수 없다고.

머뭇거리던 리케도르안이 나를 조심스럽게 품에 안았다.

"하아……."

머리 위에서 날숨이 터져 나왔다. 이성이 있는 쪽치고는 대범한 행동이었으나 움찔거리는 몸을 보아서는 인격이 변하거나 유혹을 위한 행동은 아닌 것 같았다.

"놀랐어요. 당신이 아픈 걸까 봐……."

"난 건강해요."

리케도르안이 숨을 몰아쉬었다. 많이 놀란 모양이었다.

"건강 빼면 시체인걸. 그리고 오래 살고 싶어요."

나는 망설이다가 팔을 들어 그의 등을 어색하게 토닥여주었다. 내 실수로 오해하게 한 거니 자업자득이다.

"조금 전에 이야기한 거요."

리케도르안은 이런 내 어깨에 머리를 댄 체 작게 속삭였다.

"그건 괜찮을지도 몰라요. 수명이요."

"왜?"

그에게서 금방 답이 흘러나왔다.

"당신은 푸른 장미니까."

나는 놀라는 대신 아 그랬지. 하고 받아들였다. 나도 장미니까, 괜찮은 거구나. 어느새 난 내가 장미란 사실을 천연덕스럽게 받아들이고 있었다.

여기저기서 알려주는 데다 나름의 능력이 쏙쏙 드러나니 외면할 수가 있으랴. 다만 이런 생각은 든다.

'거창한 능력은 아니네.'

체이서의 능력이 통하지 않는다거나, 다른 장미의 수호신과 계약이 가능하다거나. 생각보다 좀 자잘한 능력이지 않은가? 제이르는 내가 다른 장미에 걸린 저주를 무효화할 수 있다고 했지. 이 외에도 다른 능력도 있다고 했는데, 또 뭘 할 수 있는 걸까?

그리고.

'푸른 장미에게도 수호신이 있을까?'

자연스럽게 수호신의 존재에 당도했다. 그러나 그 생각은 곧 지워졌다. 리케도르안이 내 어깨에 얼굴을 살짝 비볐기 때문이었다. 그러고는 얼굴을 꾹 묻어 조금 뭉개진 발음으로 속삭였다.

"정말, 갈 거. 아니죠?"

"그럼요."

말한 건 반드시 지킨다……라기엔 양심에 찔리긴 한데.

"이젠 말한 걸 지킨단 장담은 못 하겠지만."

잘못한 게 있으니. 잠깐 손을 멈칫했다가 다시 그의 등을 두드렸다.

"정말이에요."

성인 남자가 이렇게 우는 소리를 하며 끙끙대면 징그러울 법도 한데, 그런 느낌은 전혀 들지 않았다. 오히려 커다란 짐승이 나 하나만 보고서 온몸을 다해 의지하는 느낌이 들었다.

'여기에 귀랑 꼬리만 있으면 완벽할 것 같은데.'

바람에 흔들리는 머리카락에서 기분 좋은 향기가 느껴진다.

축축한 지하 감방에서도 홀로 향기가 나더니 감방을 나온 지금에도 그에게선 그때의 향기가 났다. 오히려 이 청량하고 기분 좋아지는 향기가 더 진해진 데다가 성숙해지고 깊어진 것 같다.

가마마저 그답게 단정한 모습을 보다 살짝 웃음을 터트렸다.

나는 그가 이렇게 계속 머뭇거리고, 고개를 떼어내지 못하고, 속으로 염려하는 바를 모르지 않았다. 그의 손이 붙잡고 꼼지락거리는 부위는 내 손목이었으니까. 검은 장미가 있던 자리를 정확하게 잡고 문지르고 있었다.

"신경 쓰여요?"

움찔.

고개를 들면 그는 잘못을 들킨 사람처럼 어쩔 줄 몰라 했다. 그러면서도 내 시선을 피하거나 나를 놓지는 않았다.

참 올곧다니까, 이 남자도.

나는 그에게서 천천히 떨어져 손목을 내밀었다.

"이미 봤겠지만 여기, 검은 장미 문신이 있거든요?"

난 그가 보았단 걸 뻔히 알면서도 말로 꺼내어 표현했다.

"……알아요."

그가 내 손목을 차마 쥐지 못하고 바로 앞에서 주먹을 쥐었다. 난 주먹이 살짝 떨리는 것을 목도했다.

"아는데, 싫어요. 아니. 슬퍼요."

그가 찬 목소리로 읊조렸다.

"이아나, 당신이 미운 게 아니라 난 이 장미가 밉고."

"응. 알아."

그가 못내 우울해하는 것 같아서 환기하듯 손을 흔들어 보였다.

"그럼 당신이 이 장미 숨겨줄래요?"

"……네?"

"아니면 지워줘도 좋고."

진심으로 하는 말이었다. 체이서에게 가진 모순적인 감정을 둘째 치더라도 이 문신은 내게 있어도 그만, 없어도 그만이었다.

그러나 만약 이 문신이 리케도르안이 하는 말을 체이서에게 모두 전하는 거라면 우리 모두에게 좋지 않았다. 내가 하는 말이야 전해 지든 말든 상관없지만……. 나로 인해 이곳에 위험한 일이 일어나 는 건 바라지 않았다.

"이거, 이따금 내 오빠에게로 소리를 전달하는 것 같거든요."

이미 위치야 발각된 것 같고.

"계속 둬서는 안 될 것 같아요."

사실 지우는 방법은 없을 것 같지만, 리케도르안은 숨기는 정도 의 방법은 알 것 같았다. 아니면 기능을 못 하게 하거나.

"뭐든 조치를 해야 할 것 같은데."

나는 말끝을 늘어트리며 고개를 들었다.

"혹시 방법이 있나요?"

"있어요."

리케도르안이 빠르게 대답했다. 제가 너무 빨리 대답한 것을 깨달았는지 멈칫했다.

"뭔데요?"

동시에 그의 얼굴에 열꽃이 피어났다. 이유를 알 수 없는 수줍음이었다.

왜 그러는 거지?

"그⋯⋯."

"그?"

그는 한참이나 말을 잇지 못했다. 이어서 붉디붉은 열꽃이 펑펑, 터질 것같이 그의 귀와 눈 밑을 점령했다. 그가 손등으로 입을 가리고 고개를 숙였다. 언뜻 흰 깃 사이로 보이는 목까지 붉어지고 말았다. 흡사 4년 전 지하 감방에서의 모습과 동일했다.

왜 이러는 거지?

재회하고서는 거의 보지 못했던 완전히 붉어진 모습에 나는 고개를 갸웃했다.

"⋯⋯내, 내 장미를 네게 새기는 거요."

그 말에 나는 잠깐 할 말을 잇지 못했다.

이게 그렇게 붉어지면서 할 말인가?

그러나 이어진 리케도르안의 말에 나는 숨을 멈췄다.

"문, 문신을 새기는 방법이⋯⋯."

"방법이요?"

"조금⋯⋯. 그래서."

⋯⋯뭐해? 야해? 청초한 남자의 입에서 나온 부정확한 야릇한 말

이 상상력에 불을 지폈다.

진정하자. 착한 생각. 착한 생각.

'……사실 나 붉은 장미 문신도 있는데.'

가만히 듣고 있던 푸딩도 이상한 듯 고개를 갸웃했다.

-인간, 이미 문신이 있지 않냐, 냥?

'그건 그런데…….'

……차마 위치가 위치라 말을 못 하겠다.

-말 안 하냐, 냥?

'응, 안 할래.'

결심은 빨랐다.

'보여주려면……. 아니, 좀 변태 같잖아.'

그도 그럴 것이 이 3살 수호신님과 계약하며 생긴 붉은 장미 문신은…… 무려, 허벅지 안쪽에 있었다. 아무리 입술을 부대끼고 할 것 좀 했다고 해도 쉬이 보여주고 싶은 곳은 아니었다.

"새, 새겨도 괜찮다면……."

어쩌지. 저쪽은 기대하고 있는 것 같은데.

지나치게 반짝거리고, 해사한 낯을 보고 있으려니 어째 일단은 말을 돌려야 할 것 같은 기분이 든다. 어떻게 돌리지? 그렇게 생각하며 막 난간 쪽을 응시했을 때였다.

쿠웅!

거대한 소리가 들렸다. 나와 리케도르안의 시선이 약속이라도 한 듯 마주쳤다. 거대한 땅 울림이 들렸다.

땅 울림뿐만 아니었다.

뿌우우우-.

마치 근처에 출정식이 있다고 해도 믿을 수 있을 것 같은 거대한 뿔고동 소리, 함성을 가장한 웅장한 소리도 함께였다. 너무나 큰 소리였다.

'뭐지?'

다만 다른 것은 놀란 나와 다르게 리케도르안은 태연했단 점이다. 나는 몸을 완전히 돌려 난간을 향해 다가갔고, 곧이어 소리의 원인을 곧 알 수 있었다.

멀리 보이는 성벽으로 거대한 마차가 들어오고 있었다.

……아니, 마차라기엔 충격적인 비주얼이었다. 저런 걸 보통…… 마차라고 그러나?

여태까지 내게 가장 충격을 준 마차는 체이서의 20마리 말이 이끄는 이른바, '그것이 알고 싶다 : 말 학대 마차편'이었다. 그런데 저건……. 그것과는 비교도 안될 크기였다.

'말이 이끄는 것 같진 않은데.'

엄청나게 거대했으니까. 다른 의미로 충격적이었다. 크기를 표현할 수 없을 만큼 커다란 마차는 새하얀 색이었는데, 여기에 금박 무늬를 화려하게 장식했다. 마차 앞에 말이 매여 있긴 한데, 웬걸 장식으로 줄만 매어둔 것 같고 홀로 움직이는 것 같았다.

저 거대한 크기를 고작 3마리 말로 끌 수 있을 리 없지 않은가.

"저게 대체……."

뭐야? 마차 맞아? 그렇게 마차가 정문에 들어서자마자 멈췄다. 왁자지껄 모여 있던 시중인들이 일사불란하게 갈라진다. 마차 문이 열리고 마차 앞으로 요상한 것이 대동되었다.

—인간, 저게 뭐냐, 냥?

함께 지켜보던 푸딩마저도 이상했는지, 내게 물었다.

'……가마…… 같은데.'

가마는 가마인데 마차 못지않게 사람이 어마어마하게 달려들어서 몰고 있다. 거기다 가마를 짊어진 이들이 하나같이 새하얗고 멋진 투구를 쓴 것이, 흡사 기사의 차림새…… 같은데.

왜일까. 모두 상체를 탈의하고 있었다.

'이건 또 무슨 좋은 광경이래…….'

몸은 좋은데, 상황이 묘하고 기괴했다.

마치 금욕을 상징하는 것 같은 고결한 백금 투구와 상의를 탈의한 기사들이라니. 나는 줄곧 이렇게 놀람을 감추지 못하고 있는데, 리케도르안쪽이 내내 조용하단 점이 마음에 걸렸다.

흘끗 쳐다보면. 그는 난간 밑 상황엔 관심도 없는 것처럼 보였다. 그저 아래를 바라보면서 재회한 날처럼 매우 차갑고, 조금은 불만 어린 눈이었다.

마치 이런 광경이 익숙한 사람처럼.

이윽고 가마 위로 누군가 올라섰다. 마차에서 내리자마자 거대한 양산이 그 사람을 가렸기에 누군지 볼 순 없었다. 그러다 가마로 막 올라서며 형상이 드러나는 순간, 나는 눈을 크게 떴다.

'프란시아?'

찰랑찰랑. 흔들리며 우아하게 굽이치는 머리카락 아래 곱디고운 얼굴은 분명, 프란시아였다. 크기가 너무나 달라져서 알아보지 못할 뻔했지만…… 내게 저 머리색을 못 알아 볼 리 없었다.

프란시아는 자연스럽게 가마에 올라섰다. 곧이어 가마 위로 거대한 양산이 펴지며 그녀의 얼굴이 사라졌다. 이제 소녀라고도 부를 수 없는 모습이었다. 그제야 프란시아가 타고 온 마차, 거기에 그려진 이빨을 드러낸 짐승과 가시넝쿨이 휘감긴 십자가를 보았다.

저건, 신전의 상징이다. 내게 상식을 마구 때려 넣어준 조그만 흑마법사님 덕에 문장을 알아볼 수 있었다.

"아니……."

이게 무슨 일이야.

신전.

황실과 대공가 및 공작가, 이 둘과 함께 제국의 권력을 나눠 가진 세력이다. 하나 이는 어디까지나 과거의 광영일 뿐 현시대에 들어서는 쇠락하고 패퇴의 길로 접어들었다.

세력이 예전만은 못하단 소리다.

그렇기에 감방에 있을 때, 귀족 죄수들도 신전에 대해서는 자주 언급을 하지 않았다. 그만큼 중요하지 않은 세력이란 얘기도 되겠다. 물론 이빨 빠진 호랑이도 호랑이이듯 여전히 주축 세력인 대단위 치유 능력 부대와 신성력으로 싸우는 전투 성기사를 주축으로 무시 못 할 세력임은 맞다.

……까지가 마쉬멜의 의견이었는데.

그리고 원작에서 여주인공이 갑작스럽게 나 성녀예요! 외친 이후로 일명 주인공의 버프를 받아 눈부신 성장을 이루어, 마침내 무시 못 할 세력이 된다. 여기까지가 원작 내용인데.

문제는 원작 상 프란시아가 성녀가 되어 선언하는 시기는 한참 뒤였다. 내가 여주인공을 놓아준 만큼 원작에서 어긋나는 점이 있을 거라 생각하긴 했지만.

나는 복잡한 눈으로 가마를 보았다.

저런 건 처음 보고 듣는데요…….

반쯤 홀딱 벗은 성기사들이 들고 가는 가마라니, 그런 게 있었을 리 없다. 왜 확신하냐고? 이 소설이 빨간 책이었기에 있었다면 서술이 안 될 리가 없다! 피폐하거나 도색적이며 향락적인 부분은 과도한 묘사를 해서라도 표현하던 책이었다.

그래서 좋아했지. 씬도 참 많고…… 큼큼. 아무튼.

……저 사람들 성직자 아닌가?

성직자와 살갗이라니 정말이지 어우러지지 않는 광경이었다.

"언니!"

오늘부터 헤르님에서 대대적인 큰 회의가 열릴 거라고 했다. 신전은 헤르님의 가신은 아니었으나 협력자로서 이 자리에 참여한 것이란다. 그래서 프란시아가 같은 공간에 있지만, 우리가 보게 된다면 한참 뒤의 일일 거라 생각했다. 적어도 회의 몇 차례나 끝난 뒤 말이다. 그러나 이런 생각이 무색하게 프란시아는 방문한 바로 그날 바로 찾아왔다.

심지어 난간 아래로 본 지 한 시간도 안 된 시점이었다.

"언니, 정말 너무 보고 싶었어요. 잘 지냈어요? 네?"

사실 나는 그녀가 내게 달려올 때만 해도 알아보지 못하고 눈을 느릿하게 깜빡였다.

그도 그럴 것이 가까이서 본 프란시아는······.

"···프란시아?"

"네!"

완벽한 '성인'이 되어 있었다.

"멋진 여자가 되었죠? 응?"

물론 그녀가 나보다 한 살 어릴 테니 성인임은 맞다.

"약속했잖아요."

다만 4년 전 너무나 앳되다 못해 성장하지 못해 어린 모습을 보았던 나로서는 놀랄 수밖에 없는 변화였다.

'분명 '성장'해서 보자고는 했지만.'

이렇게까지 다를 줄은 몰랐네. 놀랍다. 그녀는 책 속에서 아름답고 착한 아가씨하고 누구이 표현하던 것처럼 아니, 그보다 더욱더 아름답고 선량한 얼굴이었다. 숫제 책을 보며 상상했던 모습 그대로 성장했다.

"놀랐어요?"

눈앞에서 미인이 나를 보며 활짝 웃어주니 감개가 무량하고 황송할 지경이다.

"어, 조금 놀라긴 했어."

"헤헤. 나 성장했어요!"

흰 장갑을 낀 손이 내 손을 잡고 붕방붕방 흔들었다.

동그랗고 선량한 눈매 안쪽엔 여전히 한쪽은 은빛, 한쪽은 녹색과 은빛이 뒤섞여 오묘한 빛깔을 띤 파이 아이와, 오드 아이가 여전했다. 시간이 흘러 색이 더욱 진해진 눈동자는 신비로운 느낌을 자아냈다. 지금 걸친 새하얀 의장과 잘 어우러졌다.

'성스럽기까지 하네.'

왜 책 속에서 두 주인공의 분위기가 비슷하게 느껴졌는지 알겠다. 두 사람 다 신이 정성 들여 빚은 것처럼 청아하고 우아했으며, 범접할 수 없는 무언가가 있었다.

현재 프란시아와 만난 장소는 다름 아닌 내 방이었다. 정확하게는 내 방 옆방에 딸린 자그만 응접실이다.

내 옆에는 팔짱을 낀 리케도르안이 '나 불만 있음'을 차가운 얼굴로 여실히 드러내고 있었으며. 반대로 프란시아의 옆에는 처음 보는 낯의 미남이 리케도르안의 눈치를 보며 진땀을 삘삘 흘리고 있었다.

'누구지?'

나는 처음 보는 이에게서 의문을 숨기며 프란시아를 향했다.

"많이 놀라긴 했어."

주워온 콩이 〈잭과 콩나무〉의 콩나무였나 잠깐 엉뚱한 생각을 할 정도로 그녀는 나와 비슷하거나 조금 더 커 보였다. 이렇게 보니 활발하면서도 성숙해 보이는 인상이다. 자연스럽게 웃음이 흘러나왔다.

"하지만 건강하니 다행이다. 훨씬 보기 좋아."

비단 그녀가 커지고 아름다워진 것을 말하는 것은 아니다. 지금 모습이 비쩍 마르고 날카롭던 그때보다 훨씬 생기 있어 보였다. 동생처럼 어여뻐하던 기억 때문인지 여전히 사랑스러웠다.

"정말?"

"응."

내가 소파에 먼저 앉자, 프란시아가 기다렸다는 듯 쪼르르 달려와 내 옆에 앉았다. 그녀가 콧잔등을 설핏 찡그리며 내게 팔짱을 꼈다.

"언니, 언니. 제가 여기 오려고 얼마나 애타게 허락을 구했는지 몰라요."

흡사 일러바치는 듯한 음성이었다.

"이곳의 주인이 들여 보내주지 않으려 한 거 있죠?"

흘끗 프란시아의 눈이 리케도르안을 가리켰다. 이를 본 리케도르안이 눈을 가늘게 좁혔다.

"쓸데없는 소리 마."

이리 보면서도 그는 맞은편에 앉는 대신 문 쪽으로 걸어가 팔짱을 끼고 이쪽을 지그시 보았다. 마치 감시라도 하듯이. 프란시아도 지지 않고 응수했다.

"치사한 게 누군 줄 알고 저런 말을 하시는지? 찾으면 보여주기로 약속했으면서."

그리고 낯선 미남은 프란시아와 리케도르안 사이에서 눈을 데굴데굴 굴리더니 자연스럽게 소파 뒤쪽에 가서 섰다. 유약한 인상이나 마른 체격을 보아서는 호위는 아닌 것 같은데.

"저기, 저 사람은?"

"아아. 교황이에요."

나는 그렇구나 끄덕이다 말고 멈칫했다.

……잠깐만, 교황?

"천천히 설명할게요, 언니."

프란시아가 싱긋 웃으며 고갯짓하자 남자는 얼른 끄덕이더니 알아서 문을 열고 밖으로 나갔다. 이제 방 안에는 나와 리케도르안, 프란시아. 세 사람밖에 없었다.

'아니 4년간 무슨 일을 했길래 무려 교황이, 아니 그보다. 무슨 애완동물처럼……'

아니. 이건 방금 그 미남에게 실례인 것 같다. 얼른 지우고 일단 다른 것을 생각하기로 했다. 그러다 문득 사고의 방향이 엉뚱한 곳으로 쇄도했다. 생각해보면, 몇 년 전 프란시아를 도망가게 했을 때 이를 도와준 것은 르나그였다.

어쩌면 프란시아라면 르나그와 연락할 방도가 있지 않을까?

'내 소식만이라도 전할 수 있게.'

되도록 체이서를 거치지 않고 소식을 전달하고 싶었다. 나는 괜찮다고, 잘 지낸다고. 그리 생각할 즈음에 프란시아가 입을 떼었다.

"언니, 푸른 장미라면서요?"

시작부터 홈런 급 직구였다. 무슨 이야기가 시작부터 산 중턱에서 시작하는지. 웃음과 함께 날아온 핵폭탄에 나는 눈을 크게 깜빡거렸다.

"아버지와 제가 찾던 것이 있었다고 했던 거 기억해요? 그게 바로…… 푸른 장미거든요."

이렇게 가까이 있을 줄은 몰랐지만. 하고 프란시아가 옅게 입술을 끌어올렸다. 나는 놀랐지만 이내 태연히 고개를 끄덕였다.

"음, 그렇다고 하네."

"뭐예요, 언니. 왜 이렇게 심드렁해."

보아하니 이쪽도 이미 알고 있었나 보네. 하긴 뭐. 리케도르안의 조력자가 되었다면 알 수도 있겠거니 했다. 이쯤 되면 나만 빼고 아는 정보였나 싶기도 하고, 그랬어도 상관없지만…….

동시에 잘 됐다는 생각이었다.

그렇지 않아도 나 또한 슬슬 궁금해지기 시작했으니까.

"말이 나왔으니까, 말인데."

나는 푸른 장미에 관해 아무것도 알지 못했다.

리케도르안은 자연스럽게 나오는 체이서 얘기에 묻기가 꺼려졌고, 다시 볼 기회가 없어서 그렇지 제이르라도 다시 만나면 물어볼까 싶었던 것이었다.

"푸른 장미는 어떤 장미며, 어떤 능력이 있는 거야?"

프란시아가 눈을 데굴데굴 굴렸다. 이내 그녀의 뾰족한 표정이 닿은 곳은 리케도르안이었다.

"이봐요, 대공님. 당신 제대로 설명 안 했어?"

리케도르안이 대답하지 않자, 그녀의 표정이 더 찡그려졌다. 그러나 내게 돌아왔을 때는 다시 활짝 웃는 낯 그대로였다.

"아무래도 저 대공님은 언니를 물고 잡고 끙끙대느라 아무것도 설명 안 해줬나 보네요. 열받게."

"어어?"

"로제니아, 네게 허가된 시간은 한 시간뿐인 걸 명심하도록."

"아, 네네. 네네네."

프란시아가 귀찮다는 듯이 손을 휘젓고는 나를 보았다. 그러고는 샐쭉 미소했다.

"하기야, 저쪽은 처음부터 푸른 장미가 아니라 언니라는 사람 자체만을 애타게 찾았으니까 당연한가."

심드렁한 어조와 말이 영 매치가 되지 않았다.

"근데 저라도 그랬을 것 같아요. 나도 그랬으니까요."

프란시아가 내 손을 꼬옥 쥐었다가 놓았다. 성장한 미인이 날 향해 경계 없이 허물어졌다.

"언니가 푸른 장미이든 아니든 상관없이 언니를 찾아갔을 거예요."

그녀는 보디빌더들이 하듯 팔을 구부려 근육을 보이는 시늉을 했다.

"그자의 성문을 부수기 위해 열심히 힘을 길렀거든요."

어째, 과거보다 훨씬 활발하고 씩씩해진 건 맞는 것 같네. 잠깐이지만 어린 모습만 보아서일까. 성숙해진 지금도 귀엽게만 보였다.

피식 웃으며 끄덕였다.

"질문해주신 걸로 돌아가서요."

"말 편히 해도 돼. 마지막에 인사할 땐 아니었잖아?"

"그래도 돼요?"

그럼 당연하지, 그리 대답하자 프란시아의 낯이 새싹처럼 피어났다. 그러고는 천천히 자리에서 일어나 내 앞에 쪼그리고 앉아서, 내 양손을 쥐었다.

"그럼 이 얘기만 하고서요."

우리가 처음 만난 날엔 내가 이렇게 손을 잡았던 것 같은데, 어느새 성인이 된 그녀가 나를 잡았다. 감회가 새로웠다.

"언니, 제가 아버지와 애타게 찾았다는 것이 푸른 장미였단 건 조금 전에 이야기했죠?"

"그랬지."

"언니, 우리는 언니를 위해 존재해요."

나는 멈칫했다. 프란시아의 낯에서 차차 미소가 지워지며 진지함이 자리했다.

"모든 장미는 각성 후부터 언니를 따르고픈 마음을 절로 품은 채 존재하며."

색이 다른 눈동자가 나를 향했다. 은빛 눈동자로 장미 문양이 그려졌다 지워진 것 같았다.

"언니를 찾고요."

"……날 찾아?"

"네. 흑장미가 언니를 꼭꼭 숨겨둔 까닭은 그들이 독차지하고 독점할 생각이었겠지요."

나긋하게 설명하던 목소리 속에 가시가 박혔다.

"그네들의 본능처럼."

프란시아에게 어린 시절 같은 사나운 빛이 어렸다.

"어쩌면 독차지한 채 말라가는 걸 보려던 심산인지도 모르죠."

이가 딱딱 갈리는 소리가 그녀의 음성 속에 스몄다. 그러나 이도 날 보는 순간 누그러졌다.

"……그만큼 집착을 이끌어 내는 대상이라는 거예요."

그녀는 이렇게 사납게 말할 생각은 없었는데. 하며 잠시 어쩔 줄 몰라 하는 표정을 지었다. 과거 그녀가 도튤릿에게 어떤 일을 겪었는지 아는바 이해하지 못할 일은 아니었다.

"언니는 모든 장미들의 중심, 모든 장미들의 본능은 푸른 장미를 찾아 헤매는 것."

프란시아의 손이 나를 살짝 붙잡았다. 잡은 손이 장미 넝쿨처럼 느껴졌다.

"언니는 우리들의 왕이니까요."

그 순간 나도 모르게 리케도르안을 쳐다봤다. 답을 구하듯 보았던 걸까?

'이게 무슨 소리야.'

왕이라니. 터무니없는 소리 아닌가? 이리 말한들 아 그렇군요. 할 일은 아니었다. 황당했다. 장난치는 거 아니지? 아닐 거 아니야.

그러나 머리로 감방에서 보았던 벽화가 스쳐 지나간다.

장미들로 둘러싸여 있던 그 중심에 있던 자리. 이제야 이 위치가 이해되는 순간이었다. 아울러 누군가 파낸 듯 뻥 비워진 흔적이 함께 스친다.

혼란스러웠다.

"그런데 말이죠. 보통의 장미들은 각성 전에 장미를 느끼는 감각이 희미해요. 그러니까 미숙해서 바로 앞에 두고도 잘 모른단 거죠!"

프란시아는 대답할 틈도 주지 않고 얼른 말했다.

"그러니까 제가 언니를 좋아하는 마음은 따로예요. 알았죠?"

프란시아가 성숙한 얼굴에 무구함을 품고 조잘조잘 설명했다. 성숙해졌지만 여전히 커다란 눈망울 때문인지 낑낑대는 조그만 강아지 같았다.

여기서 리케도르안이 차갑게 헛소리다, 그건 아니다 해주기라도 하면 안정이 될 것 같았다. 그럴 일은 없을 것 같지만…… 그만큼 적응이 되지 않았다. 왕이라니. 모든 것이 너무나 생소한 단어였으니.

'그럼 리케도르안은 어떨까?'

본능이라며. 그에게 집중한 순간 리케도르안이 천천히 끄덕였다. 그러고는 모양 좋은 입술을 열었다.

"맞아요. 경배와 사랑은 달라요, 이아나."

초조함과 애달픔이 담긴 목소리였다.

"각성 전에 희미하게 느끼는 게 맞아요. 하지만 나는 다른 장미들과 다르게 이미 수호신을 어린 시절에 잃어서인지. 인지능력이 없었거든요. 푸른 장미를 찾아야 한다는 본능도."

얼핏 느끼기로는 혹시라도 오해하지 않도록 덧붙이는 것 같았다.

"전혀 몰랐어요."

곧 그 목소리에는 확신이 담겼다.

"당신이 푸른 장미인 줄 느끼지 못하던 때에도 당신을 동반자 삼아, 당신을 사랑했듯이요."

사랑. 그 울림에 손이 저절로 멈췄다. 최대한 담백하게 담으려 한 듯했으나 그 속에 담긴 것까지 담백하게 숨길 수는 없었다.

나도 모르게 바닥을 향했던 눈이 그를 다시 담았다. 얼굴이 궁금해졌던 탓이다. 리케도르안의 눈동자는 기다렸던 것처럼 나를 응시하고 있었다. 아니, 나만을 응시해온 것 같았다. 미미하게 뺨을 물들인 것 같았지만 시선을 피하지는 않았다.

"와, 저렇게 대놓고 얘기하는 사람은 처음 봐요."

흡사 둘만 있던 것 같은 분위기를 가르고, 프란시아가 끼어들었다.

"고백한 거지? 무슨 고백을 이렇게 한 대."

프란시아가 다리를 꼬았다. 그녀의 하얀 치마 위로 무릎이 불쑥 솟는다. 그녀가 팔짱을 낀 채로 씩 웃었다.

"되게 멋없게."

……응?

잠시 잘못 들은 줄 알았다. 하나 프란시아를 바라 보면 제가 무슨 말을 했냐는 양 선량한 얼굴이었다. 미소는 산뜻했고, 목소리 또한 피크닉이라도 간 듯 온화하기 그지없었다.

이는 성녀라는 직책에 너무나 잘 걸맞은 성스럽고 신비로우며 따뜻한 외양이었지만.

"나였으면 도망갔다. 도망갔어."

나오는 말은 전혀 달랐다. 가냘프고 어여쁜 목소리에 삐딱한 말을 담으면서도 표정에 한점 흐트러짐이 없었다.

"안 그래요, 언니?"

내게 동의를 구하는 말에 나는 긍정도 하지 못하고 그렇다고 부정도 하지 못한 채 애매하게 표정을 흐렸다.

이걸 어떻게 반응해야 하는 거지.

분명 구속구가 벗겨진 것을 보고 리케도르안과 프란시아가 무언가 관계가 있을 거라곤 생각했다. 리케도르안이 달라졌으니 책 속과 같은 관계는 아닐 거라고 생각했었지.

적어도 사랑하진 않을 거라고. 하지만 그렇다고…….

'이렇게 서로 노려보는 광경을 생각한 건 아니었는데.'

할 말이 나오지 않았다.

내가 인상 깊게 본 책의 주인공이 서로를 원수지간인 양 쳐다보고 있다. 특히나 리케도르안은 아예 눈을 가늘게 좁히며 프란시아를 싸늘하게 노려보았다.

"한번 이야기한 적 있지. 너는 그 입을 조심하는 편이 좋을 거라고."

"어머나. 그 말은 정정되는 것이 좋겠어요. 대공 각하."

프란시아가 생긋 웃었다.

"본디 말을 조심해야 한단 소리는…… 그 말을 책임질 권력을 쥐지 못한 자들에게 주어진 주의사항이지요."

그녀의 고개가 우아하게 기울어졌다. 활기가 넘치는 낯이었지만 그 위로 위엄이 덧입혀지는 모습이 생생하게 느껴졌다.

"난 아니고."

프란시아의 한 손이 자신의 가슴을 가리켰다.

"난 할 말 정도는 하고 살아요."

프란시아의 가슴에는 원형 목걸이가 늘어져 있었는데, 납작한 판 안 쪽에 마차에서 보았던 것과 같은 신전의 표식이 있었다. 훨씬 간단하게 표현된 형상이었으나 금이란 재질에서 범접하지 못할 화려함이 느껴졌다.

"그러려고 여기까지 기어 올라왔는데. 그래야죠."

모르긴 몰라도 저게 높은 사람이 하는 것인 듯했다. 이리 붙잡은 걸 보아서는.

"허락했잖아요, 대공 각하도?"

118

프란시아의 말은 다시 존대로 돌아왔지만 그녀의 표정은 흡사 '이제 와 왜 말을 바꾸느냐.' 하는 듯한 언짢음이 스쳐 지나갔다.

"그보다 언제까지 거기 계실 거죠?"

이어지는 프란시아의 말에 리케도르안의 미간 주름이 하나 더 겹쳤다.

"여긴 내 방인데?"

이 둘의 뒤로 어쩐지 거대한 고양잇과 맹수와 곰이 우워우워, 울부짖는 것 같다. 나는 눈을 느릿하게 깜빡였다.

……너희 대체 왜 서로 못 잡아먹을 것처럼 으르릉대는 거니?

남자주인공과 여자주인공이 서로를 노려보는 광경이 몹시 생경했다.

"말은 바로 하셔야죠. 언니의 방 아닌가요?"

"네가 딛고 있는 바닥이 헤르님 저택이지."

아니. 적어도 니네가 책 속처럼 불같이 사랑은 안 할 거라곤 생각했는데. 왜 불같이 투기를 불태우는 것인지. 어쩐지 퀴즈 쇼 방청을 하러 왔다가 서바이벌 복불복 예능을 보게 된 기분이 이러할까. 나만 외따로 떨어진 도토리가 된 기분이었다.

"본인이 유치하다는 자각은 있으신지?"

"세상에서 내게 그따위 수식을 붙이는 건 그대가 유일할 테지. 판단력이 모자란다고 생각해주겠다."

"와. 지금 내숭 떠시는 건가?"

내숭? 리케도르안과는 전혀 어울리지 않는 단어에 고개를 갸웃했다. 잠깐이지만 리케도르안의 얼굴로 난감함이 스쳐 지나갔다.

"이아나가 오해할 단어는 말아주지?"

"뭐가요. 보니까 딱 답이 나오네. 푸른 장미 얘기 안 한 것도 푸른 장미라서 찾은 것인 줄 알까 봐 안 한 거죠?"

"……."

이에 리케도르안이 얼굴을 짚었다. 작게 숨을 내쉬는 것도 같았다.

"……정말 잊은 거야."

그가 한숨과도 같이 말했다.

"생각할 겨를조차 없었으니까."

그러고 보면 스쳐 지나가는 것이 있긴 했다. 제이르가 푸른 장미를 열심히 운운하는 동안에도 그가 무슨 말을 하든 내게만 시선이 꽂혀 있던 모습을.

거기다가 얼마 지나지 않아서 헐레벌떡 달려와, 미안하다며 엉엉 울었지? 납치해서 미안하다고 하면서 말이다. 그 이후로는 물을 겨를이 없긴 했다. 그가 영 불편해하는 듯해서 묻지 않은 거기도 했고.

"흐응, 익히 알고는 있었지만 대단하시네요."

프란시아의 표정이 살짝 누그러졌다. 그렇다고 살가운 얼굴은 아니었다. 비꼬거나 뾰족함은 없는 말투였다.

"그렇게 여유가 있으실 상황이 아닐 텐데."

"프란시아 올르 로제니아."

"네네."

프란시아가 가녀린 어깨를 으쓱했다. '알아서 하시길 바라죠', 하고 중얼거리는 것 같기도 했다. 감각이 뛰어난 리케도르안은 이 소리도 놓치지 않고 들었을 터였다.

두 사람의 사이엔 조금 전과 같은 날선 견제는 전혀 없어 보였다. 그저 오래 본 동료, 아니. 그것도 사이좋지 않은 직장 동료를 보는 듯한 미묘한 공기만 느껴질 뿐.

"그보다, 이젠 언니랑 이야기 좀 할게요?"

프란시아가 손을 뻗어 내 손을 살짝 잡았다.

"우리 약속이 다른데요. 아니 그런가요, 붉은 장미님?"

그녀는 그 채로 내 손을 들어 올려 잡은 손을 리케도르안에게 휘휘 저어 보였다.

"나 언니랑 단 둘이 이야기할 거라고요."

마치 보여주려는 의도가 팍팍 느껴지는 행동에 리케도르안이 또한 번 찌푸렸지만 무어라 하지는 않았다.

"꽉 쥐지 마."

"왜요?"

"이아나 손목 부러져."

"아하."

프란시아가 끄덕이더니 정말로 손에서 힘을 풀었다.

……얘네가 지금 뭐래는 거지.

"……저기, 그 정도로 부러지지 않거든?"

그녀는 내 말에 그래요? 하고 웃으면서도 손에 다시 힘을 주지 않왔다. 그러고는 리케도르안을 돌아봤다.

"각하."

부름과 동시에 프란시아에게서 뚝뚝 격식을 갖춘 우아함이 흘러나왔다.

"한 번 더 이야기 드립니다. 우리 약속이 다른데. 언제까지 거기 계실 참이신가요?"

두 사람이 또 한 번 서로를 노려보았다. 볼수록 사이가 무지 좋지 않은, 애니메이션 속 고양이와 조그만 생쥐를 떠올리게 했다.

"언니를 만나면 둘만 있게 해주겠다고 하셨잖아요."

마침내 궁금했던 약조의 정체가 흘러나온 순간, 두 사람의 시선이 한치의 양보도 없이 팽팽하게 맞섰다.

"……문 앞까지다."

결국 한 걸음 물러난 것은 리케도르안이었다.

"여부가 있겠어요?"

프란시아가 제 가슴을 짚고 앉은 채로 인사하는 시늉을 했다. 물론 진정성이 전혀 느껴지지 않는 인사였다.

리케도르안이 방에서 나갔다. 아무래도 문 앞이란 표현은 문 앞에서 대기하겠다는 소리인 듯했다.

"음, 문 앞에 있는 거면, 다 들릴 텐데."

나와 프란시아, 둘만 남은 상황에서 내가 이렇게 말하자 그녀가 입술을 휙 휘었다.

"헤르님 성은 모든 방의 문에 방음 마법이 걸려 있어요, 언니."

그녀의 설명에 잠시 그녀를 보았다가 살짝 웃으며 대꾸했다.

"말 편히 해."

"앗, 그래도 돼요?"

"당연하지. 안 될 게 뭐 있어."

이젠 이쪽이 훨씬 높으신 분인데 말이다. 아니다. 훨씬은 아닌가?

'내가 도뮬릿 둘째라도. 일단 도뮬릿 권력은 체이서가 다 가진 거니까.'

그리 생각하는 동안 프란시아가 함박웃음을 머금었다. 이 웃음만큼은 나와 함께 지냈을 때와 다르지 않았다.

"너무 좋아!"

프란시아의 몸이 나를 폭 감싸 안았다. 아마도 그녀는 내 품에 안기려던 모양이었으나 이제는 그녀가 조금 더 커진 탓에 내가 안긴 모양새가 되었다.

"아마 붉은 장미의 능력이라면 마법을 무시하고 대화가 들리겠지만…… 상관없어."

그녀는 그래도 좋은지 내 어깨에 마구 고개를 비볐다.

"언니랑 둘만 있고 싶었으니까."

나는 잠시 당황했으나 이내 토닥토닥 두드려주었다. 어린 시절, 아니. 도뮬릿 저택에서 잠시 머물 때도 하던 행동이었다. 이제는 나보다 조금 더 커버린 아이지만, 아주 잠깐 도뮬릿에 있었던 시절에 그것도 키운 것이라고 싫지 않았다.

생각해보면 나도 프란시아가 있던 시간에 많이 웃었던 것 같으니까. 내게도 친구가 필요했었던 거구나. 싶었지. 푸딩은 반려동물 같은 느낌이니까.

애옹?

제 생각을 하는 걸 느꼈는지 발치에서 푸딩이 한번 울었다.

"어휴, 쫓아내기 참 힘드네."

그사이 내 어깨에 머리를 파묻었던 프란시아가 푸하, 소리를 내며 고개를 들어 올렸다.

"세상에, 미련이 줄줄 넘친다는 건 알았지만. 이렇게 보니까 신기하기도 하고."

"리케도르안 말이야?"

프란시아가 고개를 끄덕였다.

"네, 아니. 응."

그녀는 잠깐 문 쪽을 향하더니 콧잔등을 찡그렸다.

"정말 시간 안 주는 줄 알고 얼마나 간이 쫄렸던지."

"그렇게 보이진 않던데."

"아닌 척 한 거지. 쫄아서야, 원하는 걸 얻어내겠어."

그녀가 고개를 절레절레 저으며 여차하면 망치라도 꺼내야 하나 싶었네, 하고 덧붙였다.

"그나저나 기쁘고 행복한 건 알겠지만 본인이 저럴 때가 아닐 텐데 말이지."

"저럴 때가 아니라니?"

거기까지 혼잣말이었는지, 프란시아가 눈을 깜빡였다. 그러더니 배시시 웃었다. 이어 뺨을 긁적이는 모습에서 망설임이 얼핏 보였으나 이내 그녀는 어깨를 한번 으쓱였다.

"붉은 장미, 대공 각하요. 수명이 얼마 남지 않았잖아요."

가벼이 스쳐 지나가는 말이었으나 그 내용은 결코 가볍지 않았다.

나는 흠칫했다. 프란시아는 내 떨림을 느끼지 못한 것인지 손을 들어 자신의 목을 톡톡 두드렸다.

"이걸, 억지로 끊은 덕에 한참 줄어버렸죠. 생명이?"

이것. 무언가를 가리키는 지칭어였으나 대번에 알아들었다. 목을 가리켰으니까.

분명 '구속구'를 말하는 걸 거다.

이미 여기에 대해선 제이르한테 들은 바 있었다. 정해진 조건에서 풀어내지 않고 푼 것이라고. 그때 분명 억지로 손으로 잡아 뜯었다고 말한 게 기억하는데.

"리케도르안과는 언제 만난 거야?"

혹시 몰라 물은 질문에 곧바로 대답이 돌아왔다. 프란시아는 비밀도 아니라는 듯 곧바로 이야기했으니까.

"아, 캄브라캄에서 만났어요. 아니, 만났어. 그때…… 잠시 아버지의 죄를 대신해서 들어갔었거든."

프란시아가 자신의 말투를 자각했는지 얼른 짧게 줄였다.

"사실 아버지도 누명을 쓴 거였지만 말이야."

감방에서 만난 것은 알고 있는 것처럼 원작과 같았다.

"나 그때 많이 힘들었어, 언니."

프란시아가 울상을 지었다. 나는 머뭇거리다가 그녀의 머리를 쓸어주었다. 그러자 프란시아가 금세 표정을 풀어냈다. 봄에 막 틔운 꽃잎처럼, 혹은 새싹이 돋듯 파릇하고 아름다운 낯이었다.

"감방에서면 리케도르안이 목에 구속구를 차고 있었을 거고."

"맞아."

"너와 만날 때, 뜯은 거야?"

"음, 음……. 그렇지? 붉은 장미들도 참 미친 것 같아. 어떻게 자기 자식한테 그런 걸 채우는지."

프란시아가 턱을 괴고 투덜거리듯 말했다. 리케도르안을 그리 좋아하는 태도는 아니지만 그럼에도 구속구는 편치 않은 감상을 남겼던 모양이었다.

"하긴 방랑하는 흰 장미가 할 말은 아닌가."

"방랑?"

"응……. 멀쩡한 영지 두고, 푸른 장미를 찾아서 방랑한다고 해서 붙은 거."

프란시아는 짧게 덧붙였다.

"그게 흰 장미의 숙명이거든. 푸른 장미를 치료해야 한다."

잠시 할 말을 찾지 못하고, 입을 다물자 프란시아는 바로 말을 돌렸다. 이전에 하던 이야기로 돌아갔다.

"처음 만났을 때, 붉은 장미 대공이 무지, 무지무지 사나웠어. 얼마나 사나웠냐면 쇠사슬이 없으면 날 잡아먹었겠구나 싶었어."

……실제로 잡아먹긴 했을걸. 의미가 달라서 그렇지.

나는 굳이 덧붙이지 않았다.

아마 상황이 달라졌으니, 저 사나움은 더는 십꾸금한 사나움은 아니었으리라. 아니다. 똑같은 십꾸금인데 잔인한 쪽의 사나움이었을지도. 처음 봤었을 때 으르렁거리던 리케도르안의 모습은 내가 봐도 살벌했으니 말이다.

"아무튼 조금 지났을 때였나, 목에 있던 구속구를 스스로 억지로 벗어버렸는데. 얼마나 어처구니없고, 묘하고 조금 무섭고. 그랬는지 몰라. 세상에 그런 미친놈은 흑장미만 있는 줄 알아서……."

하나 추억을 반추하는 시간은 길지 않았다. 프란시아가 가벼이 던진 돌은 생각보다 무거운 주제를 품고 있었으니까.

"붉은 장미는 가슴의 문신, 거기서 꽃잎이 떨어지는 저주를 막아야 하는데 그렇지 않으면 죽을 테니까."

프란시아가 조금 불편한 표정을 지었다.

"동반자가 있는 것도 아니고 보호해줄 수호신도 없는 상태에서. 정말 미친 짓이었지."

프란시아의 말이 계속 이어졌다.

"근데 나한테 네가 흰 장미냐, 자길 도와달라고 하더라고."

그녀를 토닥이던 내 손이 멈칫했다.

"자기는 어떻게든 밖으로 나가야 한다고."

여기서부터는 제이르에게도 듣지 못했던 이야기였다.

"이 망할 힘을 디딤돌 삼아서 꼭 찾아야 할 게 있다고."

"······."

"뭐랬지. 약속을 어기고 나타나지 않았다나?"

그녀의 말 속 주체가, 목적어가 누구를 가리키는지 모를 리 없었다.

'나구나.'

이미 알고 있던 사실을, 아니. 짐작하고 있던 사실을 되새김질 당하는 기분이었다.

"자칫 죽을지도 모르는 상황에서 태연하게도 행동하더라고. 그때 다시 한번 느꼈지. 역시 장미들은 미친놈만 있는 게 분명하다고."

그 말에 나는 잠시 르나그를 떠올렸지만 금세 사라졌다.

책 속의 모습을 생각하면 그쪽도 정상은 아닌가. 아무튼 간에 프란시아의 말을 곰곰이 곱씹었다.

〈각하께서 지옥 같은 부작용을 견디고, 어떻게서든 해내셨으니까요.〉

그날, 제이르는 끝내 이 '부작용'이 어떤 것인지 알려주지 않았다.

그저 리케도르안에게 직접 들으라고 말하며. 이제야 알게된 사실에 난 입술을 꾹 다물었다.

'지옥 같은 부작용, 견뎠다며.'

끝난 것이 아니잖아. 당장에 찾아가 쏟아내고 싶었다. 거칠게 멱살을 쥐고 싶었다. 어쩐지 조금은 아귀가 맞지 않던 퍼즐이 맞아떨어진 기분이었다.

사실 리케도르안의 수하 입장에서 나를 반길 이유가 없다. 그것도 철천지원수인 도뮬릿 공작의 여동생이라면 더욱더.

그럼에도 반발은 전혀 볼 수 없었던 제이르의 얼굴, 오히려 감방에서 보았을 때보다 더욱 능글능글하게, 기쁘게 받아들이는 것 같은 얼굴. 푸른 장미로 포장하기엔 좀 부족하지 않나 싶었더니.

내가 리케도르안의 생명을 구할 걸 알아서였나.

더는 당황하는 대신 찬찬히 상황을 정리했다. 놀라지 않은 건 아니지만 어차피 일어난 일이라면, 당황하는 것보다는 방법을 찾는 것이 효율적이니까.

'그래.'

프란시아가 리케도르안의 구속구를 풀어줬……. 잠깐만.

나는 고개를 홱 들어 올렸다.

"프란시아."

"으응? 응, 언니?"

그때까지도 조잘조잘하던 입술이 꾹 다물어졌다. 말 잘 듣는 새 같았다. 이 귀여운 모습을 감상할 새도 없이 얼른 말했다.

"그 구속구, 네가 풀어준 거 아니야?"

"구속구? 아, 대공의?"

프란시아의 근력은 익히 알고 있었다. 몇 년 전 도뮬릿 저택에서 자기 몸보다 거대한 망치, 자기 무기를 보이며 증명하지 않았던가.

장미들의 신체가 확실히 보통 인간보다 도드라지는구나 한 번 더 느낀 계기이기도 했다. 그래서 프란시아가 맨손으로 잡아 뜯은 것도 아무렇지 않게 믿었지.

한데 그녀는 조금 전 분명, 리케도르안 '스스로' 풀었다고 했다.

"나 아닌데? 아니야."

프란시아가 눈을 깜빡이며 고개를 기울였다. 질문의 의도가 궁금하다는 얼굴이었지만 순순히 대답했다.

"난 목이 찢어져서 과다 출혈로 죽을 뻔한 걸 치료해준 것밖에 없는걸."

그때를 떠올리는지 프란시아가 자신의 목을 매만졌다. 조금 미간을 찌푸리면서.

"피가 어찌나 많이 나오는지. ……그때 붉은 장미 시체 치우는 줄 알았어."

그녀의 눈이 질끈 감겼다가 뜨였다.

"능력을 쓰고 또 쓰고, 고갈 날 때까지 썼어. 그때 입힌 은혜는 평생 갚아도 모자랄걸. 내가 겨우, 살렸으니까."

프란시아가 작게 중얼거렸다.

"목에 흉터도 남았을걸. 잘 안 보여서 그렇지."

그러면서 덧붙이는 말이 자신이 아무리 치유 능력을 지녔지만 그때는 정말로 애를 먹었다며. 보통 상처가 아니었다고, 보통 사람이었으면 쇼크로 죽었을 거라고도 덧붙였다. 동시에 제이르와 헤르님에게 실로 내가 간절했던 이유를 깨달았다.

"문신의 꽃잎, 얼마 남지 않았을 텐데."

해가 기울어진다.

나는 하루 중에서 석양이 지는 시간을 가장 좋아했다.

해가 뜰 때와 해가 지는 때는 하늘의 색이 비슷하다. 이 비슷하면서도 조금 다른 오묘함과 모순이 좋았다. 도퓰릿에서도 하늘을 바라보고 있노라면 시간 가는 줄 몰랐다.

〈……아가씨는 이 저택이 답답하지 않으세요?〉

사실 도퓰릿에게 원한을 품은 이 중에서 내게 정을 준 이라거나 나를 안쓰럽게 여긴 이들이 있었다.

그러나 마지막엔 하나같이 복수를 택했지.

그런 이들은 항상 내게 묻곤 했다. 왜 멍하니 계시냐. 답답하지 않냐. 무섭지 않으시냐…….

'무섭진 않았지.'

아무튼 나는 그들의 생각과 다르게 멍하니 시간을 보내는 것을 싫어하지 않았다. 나름대로 좋아했다. 다만 지금은 평소처럼 평온함이 가져다주는 잔잔함에 잠기지 못했다.

머리가 복잡했다.

이렇게 혼란스러웠던 일이 언제 있었더라. 감방에서 헤르님 대공이 오기 전까지 어떻게든 리케도르안을 아프게 하려 했을 때.

출소하고 도퓰릿 저택에 막 도착하고 바로 탈출을 위해 맹렬히 머리를 굴릴 때. 아울러 3차 시도가 될 때까지 열심히 시도해볼 때.

'그 시도가 성공해도 밖에서 편히 못 사는구나 깨닫기 전까진 그랬었지.'

몇 안 되는 복잡함이 들던 때에 끝에는 언제나 해결책이 나타나곤 했다. 어떻게든 말이다.

푸른 장미가 가진 '무효화'.

사실은 별것 아니라고 생각했던 능력이 이렇게 누군가에게 필요할 줄은 몰랐다. 그리고 모르는 사이에 리케도르안의 생명이 차차 사라지고 있는 줄은.

……애옹.

푸딩이 다가와 축 늘어트린 손에 이마를 비볐다. 평소처럼 애교를 부린다기보다는 위로를 하는 느낌이었다. 일부러 머리로 말을 걸지 않는 것도 내 복잡함을 마음을 통해 느껴서이리라.

"괜찮아."

나는 푸딩의 머리를 쓰다듬었다.

"난 언제나 괜찮았어."

눈을 한번 내렸다가 다시 들어 올렸다.

"앞으로도 괜찮겠지."

그래. 그럴 것이다. 나는 느긋하지 않은 적이 없었고, 괜찮지 않은 적이 없다. 고개를 완전히 들면 조금 전에는 없던 이가 고요하게 서 있었다.

"그러니까 그렇게 보지 않아도 괜찮아."

왜 이제야 깨달았을까만은.

리케도르안, 당신의 눈은 언젠가 나를 안쓰럽게 여기며 복수와 연민 사이에서 갈팡질팡하던 이들의 눈과 닮아 있었다.

내게 복수를 품었단 얘기가 아니다. 안쓰럽게 여기는 그 눈, 왜 이제 보았을까 싶었다. 복수를 품은 이들은 끝내 지난 세월 켜켜이 쌓인 원한을 외면하지 못했지만 당신은 그러지 않을 거란 걸 안다. 확신했다. 이 올곧고도 맹목적인 눈을 보노라면 누구나 느낄 것이라고.

"이리 와요, 왜 서 있어."

리케도르안이 말없이 다가와 내 앞에 무릎을 꿇고 앉았다.

나는 작게 웃음을 터트렸다.

맞은편에 앉으란 소리였는데. 내 앞에 커다란 짐승처럼 무릎 꿇고 앉은 모습이 감방에서의 그를 떠올리게 한달지. 참 그답다는 생각이 들었다.

프란시아는 본인의 얘기를 끝내고 돌아갔다. 리케도르안의 얘기뿐만 아니라 자신과 관련한 많은 이야기를 하고 싶다고 했다. 하나 시간이 많지 않아 전부 할 수는 없었고, 결국 다음을 기약하며 돌아갔다. 그는 오늘 낮 나와 프란시아의 대화를 모두 들었을 터였다. 그럼에도 아무런 변화가 없는 얼굴이었다.

혹시 몰라 한번 물어보았다.

"모두 들었죠?"

주어도 목적어도 없는 말을 곧잘 하더니, 그는 알아듣는 것도 곧잘 알아들었다.

"⋯⋯흰 장미와의 이야기를 말하는 것이라면, 네."

제 목숨이 얼마 남지 않았다는 이야기를 하고 있는 건데. 그는 몹시도 태연했다. 나는 쓴웃음을 지었다.

"왜 얘기 안 했어요? 생명이 얼마 남지 않은 거."

리케도르안이 잠시 멈칫했다.

"중요한 얘기잖아."

내 목소리에서 조용히 요동치고 있는 것을 그도 느꼈을 것이다. 나의 모든 것에 예민하게 감각을 세우는 남자였으니까.

"이봐요, 대공님."

점차 바뀌는 목소리와 내 호칭에 리케도르안이 설핏 몸을 굳혔다.

"나는, 내 얘기를 타인에게 잘 하지 않아요. 사실 예전엔 나도 나에 대해 딱히 궁금하지 않기도 했고."

그저 편히 살 수 있을 줄로만 알았던 날의 이야기.

"이미 일어난 건 얘기해봐야 소용없기 때문이에요."

이와 비슷한 이유로 나는 화를 잘 내지 않는다. 목소리를 높이지 않는다. 굳이 그럴 이유가 없다면 하지 않는 것들.

"그리고 사실 남들이 무슨 생각을 하는지, 크게 관심이 없어요. 그냥 내 등 따뜻하고 잘 먹을 수 있으면 충분하니까."

그렇게 여기며 살아온 날들. 내 안위만 있다면 다른 것들은 상관없었던 날들.

"그런데 왜 당신은."

나는 그에게 잡힌 손을 빼냈다. 나치고는 크고 단호한 동작에 리케도르안의 눈이 커진다.

"왜 나를 후회하게 해?"

웃으려 했지만 잘 되었는지 모르겠다. 두려움과 무서움과 낯섦으로부터 태연함을 가장하기는 쉬웠는데 반대는 영 쉽지 않다.

우화 속 나그네의 옷을 벗겨버린 따뜻하고 간질간질한 것들은 오히려 매서운 감정들보다 나를 취약하게 만들었다.

당신의 맹목은 나를 곤란하게 만든다.

"나는 다시 돌아가도 당신에게 미안할지언정, 지금보다는 무겁게 생각할지언정. 당신과 약속을 지키지 않은 것을 잘한 일이라고 생각해."

입술을 살짝 깨물었다가 놓았다.

평소 감정에 주의를 기울이지 않는 사람은, 무심하게 놓아버린 사람은 가슴에 이는 불길에 당황하곤 한다. 나처럼.

〈1년 뒤. 이, 이곳에서 벗어나는 날, 나……랑 만나주세요!〉

4년 전 그때 나는 용기가 없었고, 책임을 지기 싫었으며, 책임질 방법 따위도 몰랐다.

"그게 제일 나았던 일이니까."

그러니 돌아가면 또다시 리케도르안을 버릴 거다. 나는 그런 사람이었다.

"말했잖아요. 나 이기적이고 참 뻔뻔하다고."

그래. 나는 몇 번이고 돌아가더라도 당신을 위한다며, 당신의 의사를 고려치 않은 이 이기적인 이유를 대며 당신을 가장 우선시하지 않을 거다. 버릴 거다. 약조를 지키지 않을 거다.

"아까워요. 아깝다고. 나한테 주기에는 당신의 모든 것이."

아깝고 안타깝고 안쓰럽다.

"미쳤어요? 목숨을 걸게?"

당신은 내가 안쓰럽나? 나는 당신이 안쓰럽다.

"그게 뭐라고 목숨을 걸어요!"

석양을 바라보며 실로 오랜만에 평온하지 못했다. 체이서가 피를 묻힌 검을 들고 온 날에도 무심히 하늘만을 바라보았건만.

머릿속에는 온통 프란시아가 전해준 이야기뿐이었다.

내가 위험을 감수하고 푸딩을 데리고서 쉬르멜라로 향했던 이유가 무엇이던가. 당신이 살길 바랐다.

기왕이면 행복해지길 바랐다.

그런데 이미 그가 엉망이 되어버렸다니. 그것이 나로 인해 일어난 일이라니. 어찌 허탈하고 화가 나지 않을 수가 있을까.

이 미련한 사람에게.

"……화, 났어요?"

이 순간에도 리케도르안은 어쩔 줄 몰라 하며 나를 살폈다. 자신보다 나를 우선하는 모습이었다.

만약 어린 리케도르안을 두고 가지 않았다면 어땠을까. 그가 출소하는 날까지만이라도 곁에 있었다면. 아니. 그의 손을 잡고 차라리 헤르님으로 갔다면.

소용없는 가정은 이 순간에 필요치 않은 것이었다. 그리고 내가 평소 하지 않는 일이었다.

이성과 평온을 흐트려놓는 일. 비합리적이라 여겼다. 그러나 이제는 재회할 때의 냉정함이 온데간데없이 사라진 남자를 보며 허탈함을 품은 미소밖에 나오지 않았다.

강아지는 버림받았을 때 무정한 주인을 원망하는 대신 자신의 탓을 한다고 한다. 이전 세계에서 본 적 있다. 내가 발이 느려서 쫓지 못한 것이다, 생각하면서 떼어놓고 또 떼어놓아도 낑낑대며 상처입은 발로 끝내는 제 몸보다도 훨씬 큰 자동차를 쫓아온 티브이 속 강아지를.

리케도르안 또한 그랬다.

그를 보고 있노라면 평생 한 주인만을 바라보는 짐승을 보는 기분이었다.

"……협조할게요."

좀처럼 시선을 피하는 법 없던 내가 먼저 고개를 돌렸다.

"당신 몸에 걸린 그 저주, 어떻게든 내가 풀어줄 거야."

결자해지란 말이 있다. 결국엔 내가 묶어버린 것이라면 푸는 것 또한 내 몫이다.

"정말, 내가 푸른 장미가 아니면 어쩌려고 그랬어요!"

사실 이것이 가능한 건 그나마 내가 푸른 장미라서다. 물론 내가 푸른 장미가 아니었더라도, 제이르와 헤르님에서 어떻게든 '푸른 장미'를 찾았겠지만. 그 사람이 협조하지 않았다면? 이미 죽었었더라면? 아무리 생각해도 그는 가능성이 희박한 도박을 했다.

급하고 절박했다고 해도 그렇지. 판돈에 제 목을 걸어놓다니!

나는 고개를 돌리며 손등으로 뺨을 훔쳤다. 입술이 꾹 다물어졌다. 한숨이 흘러나왔다.

"······사람이 어쩜 그렇게 미련해요."

다른 손으로는 리케도르안이 날 보지 못하게 손으로 눈을 가려버렸다. 아마도 엉망일 얼굴을 보여주고 싶지 않았다.

하나 감각이 짐승같이 발달한 남자라 했던가.

"······이아나."

그가 머뭇거렸다.

"울어요?"

나는 대답하지 않았다. 그렇기도 했고 그렇지 않기도 했다. 고작 한줄기 흘린 것 가지고 누가 울었다고 한단 말인가.

민망함에 말도 나오지 않았다.

"아니요."

리케도르안이 입술을 달싹였다.

"거짓말. 울었잖아요."

그의 혀가 천천히 자신의 아랫입술을 축였다.

"나 때문에."

리케도르안의 목소리가 한껏 낮아져 있었다. 높낮이뿐만 아니라, 살짝 쉰 듯 유혹이 흘러나왔다.

이는 인격이 변했다는 증거였다. 하필이면 이럴 때······.

나는 난감함을 느끼며 손을 떼어내려 했다. 그러나 그보다 먼저 허공에서 잡아채였다. 리케도르안이 내 손을 잡고 나른하게 웃고 있었다.

"나 때문에 울어주는 거구나."

청초한 눈매가 가늘어지며 우아하게 접혔다. 그러나 평소에는 볼수 없던 농밀함이 뚝뚝 떨어져 내렸다.

"기뻐요."

그가 배시시 미소하며 내 손을 뺨에 비볐다. 아까와 그리 다를 것이 없는 동작이었으나 전해지는 느낌은 달랐다.

"목숨을 건 보람이 있네."

"지금 그게 할 말이에요?"

"응."

태연자약한 음성에 울컥해 무어라 하려 했지만, 그의 얼굴을 보는 순간 쏙 들어간다.

"하, 그렇게 웃지 말아요."

아래에서 위로 올려다보는 물먹은 백합같이 청아하고도 야살스러웠다. 모순된 모습을 자아낸다.

"……뭘 잘했다고 웃어요. 웃기는."

한숨과 함께 그의 이마를 살짝 밀어냈더니 살살 뒤로 밀려나 주었다. 거기서 끝이 아니라 그대로 상체를 일으켰다. 일으키는 것으로도 모자라 다리도 펴니, 어느새 커다란 그림자에 갇혀 있었다.

나는 미간을 살짝 찌푸렸다.

"리케도르안."

"응."

그에게 뻗은 손이 그대로 그의 입술에 삼켜졌다. 리케도르안은 내 손바닥에 입술을 묻은 채로 시선을 내렸다.

"듣고 있어요. 이아나. 당신의 말이라면 언제든."

다른 날보다도 갈증이 느껴지는 시선이었다.

그가 그대로 고개를 기울여 내 뺨에 입을 맞췄다. 그치고는 가벼운 입맞춤이라 생각했을 때였다.

할짝.

내 뺨을 살짝 핥기 전까지는.

소름이 오소소 돋았다.

"짜네."

"뭐…… 뭐 하는 거예요?"

황급히 떨어지려 했지만 이미 소파는 만석이었다. 등받이에 푹 기대서 눈을 깜빡였다.

"정말, 나를 위해 울어준 거구나."

리케도르안이 눈 밑을 발긋 물들이며 입꼬리를 말아 올렸다.

"기쁘고, 행복해요."

손을 끌어올려 그의 목을 잡았다. 아니, 그가 붙잡게 한 것이었다. 그사이 그의 손가락은 살살 아래로 내려간다.

〈목에 흉터도 남았을걸. 잘 안 보여서 그렇지.〉

프란시아의 음성이 귀로 생생하게 재현되었다.

아직은 선명한 석양이 떠 있는 시간이었다. 창문 앞 소파는 조명 없이도 밝았다. 그래서 나는 희미한 흉터를 발견할 수 있었다. 새하얀 피부 위로, 자세히 보지 않으면 보이지 않을 옅은 흉터를.

프란시아는 이리 말했다. 붉은 장미는 어떤 상처도 재생하는 몸을 가졌다고. 실제로 그의 부친이 한 학대 흔적들은 시간이 지나면 말끔히 사라지곤 했다.

그런데 그럼에도 흉터가 남은 것이라고. 완벽한 치유력을 자랑하는 흰 장미의 치유를 받았음에도.

〈흉터를 일부러 남긴 건지. 어쩔 수 없이 남은 건지는 몰라도요.〉

프란시아는 조금은 짓궂게 덧붙였으나 상황의 심각성만은 충분히 전해졌다.

"이아나, 내가 얼마나 못된 사람이냐면요."

리케도르안이 툭, 나와 이마를 맞대며 속삭였다. 나른한 숨결이 느껴졌다. 누워있던 등줄기가 저절로 펴진다. 평소의 그라면 절대 할 수 없을 대범한 접촉이었지만, 이미 그는 평소의 그가 아니었다. 하나 기억과 감정을 공유하는 그에게서 진심이 흘러나왔다.

"이 흉터를 보면서 이아나가 죄책감을 가지지 않을까. 그런 못된 생각을 했어."

나는 피하지 않는 대신 그의 뺨을 살짝 잡았다.

"……정말 못됐네."

"응."

그가 소리 죽여 웃었다.

"그 정도로 절박했으니까."

목숨은, 생명까지는 생각할 겨를이 없었단 말로 들렸다. 그는 그 말이 더 미련하고 안쓰럽게 느껴진다는 걸 아는지 모르는지.

나는 매끄러운 뺨을 엄지로 살살 문질러 보았다. 그러다 천천히 입술을 열었다.

"벌 받아야겠네."

눈을 내리깔며 이렇게 중얼거렸다.

"너무 못돼서, 벌 받아야겠다. 당신은."

오래전 강아지처럼 낑낑대는 인격을 떠올리며 달래듯 그리 중얼거렸더니, 리케도르안이 고개를 기울여 시선을 맞췄다.

그러고는 느릿하게 눈을 휘었다.

"벌로 키스해줘."

아주 요망하게.

누구도 위협하지도 겁박하지도 않았건만 팽팽한 긴장감이 이 짧은 거리 안에 존재했다.

나는 그런 그를 오래도록 바라보다가 작게 내뱉었다.

"……눈 감아."

사실 리케도르안은 키스해 달라, 말하고서도 기대하지 않는 눈치였다. 그저 깍지 낀 손에 내 손가락을 굴렸을 뿐 아무런 행동도 취하지 않았다는 것이 증거였다.

그래서일까. 내 한마디에 인격이 변한 채임에도 놀란 눈을 숨기지 못했다. 그러나 그는 말을 잘 듣는 짐승이었다. 지금 이성을 놓은 상태라면 더더욱 충실한 짐승이리라.

"나는 눈감는 쪽을 좋아해."

비록 이성이 없는 쪽은 다소 제멋대로이긴 했지만 큰 알맹이는 다르지 않았다. 나를 최우선으로 하는 마음, 그건 지금도 다르지 않아, 아프지 않게 뒷목을 쓸어내리더니, 그가 천천히 눈을 감았다. 은발과 같은 색의 속눈썹이 팔랑 내려간다. 유려한 눈꺼풀이 닫히는 것을 바라보며 나는 숨을 살짝 삼켰다.

망설임은 길지 않았다.

나는 그의 옷깃을 잡고 그대로 입을 맞췄다. 그저 입술을 맞대는 요령 없는 입맞춤이었다. 하자고 말하고서 빼기는 좀 그랬지만 실상 이 이상은 그다지 할 생각이 없었다.

그러나 언제나 그랬듯 상황은 뜻대로만 흘러가지 않는 법이었다.

몸이 그대로 스르륵 흘러내렸다. 깍지를 낀 손이 나를 고쳐잡았다. 놀라 눈을 홉뜨며 입술이 살짝 벌어진다. 애써 일으키던 몸이 다시 소파에 눕혀졌기 때문이었다.

"리케, 흡."

그리고 그 순간을 놓치지 않은 입술이 내 아랫입술이 가르고 들어왔다. 언젠가 감옥에서 사탕을 입에 머금었을 때처럼 아찔한 감각에 발가락이 그대로 곱아들었다.

살짝 들썩이는 어깨를 단단한 손이 쭉 그었다가 놓았다. 목과 어깨 사이 매끄러운 피부로 닿는 감각, 굳은살로 울퉁불퉁하고 거친 손끝은 막 예민해진 살갗에 오히려 자극이 되었다.

신음이 흘러나왔다.

누군가 등줄기로 짜릿한 전기 신호를 보낸 것만 같았다. 입술로 빠져나온 소리는 정말 내 목소리가 맞나 싶은 목소리였다. 가녀리게 흘러나오는 소리에 얼굴이 빨개질 것만 같았다.

정신이 혼미한 틈에서도 한줄기 엉뚱한 생각이 들었다.

분명, 4년 전에도 지금에도 내가 처음일 것이다. 다른 사람은 없었을 거라 생각한다. 그런데…….

왜 이렇게 잘해?

똑같이 처음인데 이 차이 나는 능력치는 신이 남자주인공에게만 특별히 내려주신 능력인가.

별생각이 들었다.

내가 다른 생각을 하는 것을 알아차렸는지, 리케도르안이 살살 가르고 들어와 툭 한곳을 자극했다.

정신이 번쩍 들었다.

내가 숨이 모자라자, 그가 살짝 입술을 떼어내며 부드러이 살살 문질렀다. 톡톡, 새가 부리로 쪼는 듯한 키스였다.

"저기."

그러나 나는 입술에만 신경을 쓸 수 없었다.

"리본은 왜 당기는데?"

입술을 떼어낸 리케도르안이 고개를 기울였다. 어느새 가슴을 장식했던 끈은 스르륵 풀려 그의 손에 들려 있었다. 이것을 푼다고 옷이 벗겨지는 것은 아니었지만, 그의 손에 들려 있는 걸 보니 기분이 묘했다.

사실 그가 잡아당겼다기보다는 소파에 누우면서 풀린 것 같긴 한데. 반신반의했다. 리케도르안은 나와 리본을 번갈아 보다가 어느 순간 얼굴을 화끈 물들였다.

"이, 이건…… 내가 벗긴 게."

"아닌 거 맞아?"

"아, 아니. 아니……에요."

그는 이성이 돌아온 듯했다. 어느 순간에 돌아온 건지 몰라도 붉어진 채 손사래 치는 모습은 진짜였다.

"아니야?"

"아, 아니에요!"

나는 고개를 갸웃했다가 이내 수긍했다. 뭐. 아니라면 다행이긴 한데. 내 인생 아직은 전연령가이고 싶으니 말이지.

"입술 아파."

움찔.

리케도르안이 잔뜩 붉어진 얼굴로 눈을 굴렸다.

"당신, 거친 거 좋아해요?"

"네, 느, 어, 네?"

"농담."

저돌적으로 달려든 건 본능이었으려나. 마지막에는 살살 부드러워졌지만 잠깐 동안은 그대로 삼켜지는 줄 알았다.

이걸 뭐라고 하더라.

'낮져밤이?'

아니다. 하지 말라면 또 하진 않으니 낮져밤져인가. 영 엉뚱한 생각을 하며 고개를 슬며시 저었다.

'저런 표정은 변함이 없네.'

저 모습을 보고 있으려니, 감방에서의 그의 모습이 떠올라 살풋 웃음을 터트렸다. 웃고 나니 그가 멍하니 나를 바라보고 있었다.

"내 위에 계속 앉아 있을 거예요?"

"네? 아……."

4년 전의 그였다면 화들짝 놀라 얼른 비켰을 터였다. 하나 리케도르안은 머뭇거리면서도 몸을 옮기지 않았다. 대신에 단단한 손으로 소파 등걸이를 잡았다가 놓을 뿐이었다.

그러더니 붉어진 얼굴로 나를 그윽하게 담았다.

"…번만. 한 번만 더 해도 되나요?"

뻔히 보이는 수작이건만 넘어가지 않을 수 없는 자태로다가. 이걸 대체 어떻게 이기란 말인가? 결국 내 끄덕임에 그의 고개가 다시 내려왔다.

"그럼 나도 바라는 게 있는데."

"…뭔데요?"

"만져 봐도 되나요?"

"네?"

붉어진 눈가가 끔뻑였다. 나는 그가 오해하기 전에 얼른 말했다.

146

"그쪽이 만진 만큼만요."

말하고 보니 그다지 건전한 소린 아니긴 한데, 뭐 어때. 공평하잖아. 리케도르안은 잠시 망설이다가 끄덕였다. 서로의 동의하에 나는 천천히 손을 가져다 댔다. 처음은 뺨이었다.

그는 온도 차에 놀란 듯 잠시 움찔했다가 이내, 내 손바닥에 뺨을 기댔다. 커다란 짐승이 몸을 내맡긴 기분이었다. 전쟁에도 참여한 대공이라더니, 피부는 어찌나 좋으신지. 나는 보드라운 솜털을 쓸어내리다가 목에서 멈췄다. 검지로 목선을 사아악 쓸어내린다. 파드드득! 놀란 리케도르안이 내 손을 잡고 나를 보았다.

"이, 이아나?"

"쉬이, 약속했잖아요."

나는 그에게서 부드럽게 손을 빼내어 조금만 더 아래로 내려갔다. 마침내 가슴에서 손을 멈췄다. 쿵쿵. 얇은 셔츠 아래로 미친 듯이 뛰는 박동이 느껴졌다.

이미 한 손은 그에게 깍지를 잡혀 붙잡혀 있으니, 다른 한 손만으로 단추를 툭 건드렸다. 내 손아래서 희롱당한 단추가 투둑 풀린 건 순식간이었다. 와, 역시 생각한 대로네. 조금 엉큼한 소리지만 절경이었다. 셔츠 사이 탄탄한 근골의 곡선이 숨을 쉬는 대로 오르락내리락하고 있었다. 흘끗 위를 보면 신기하게도 그는 새하얀 목이 이렇게나 붉어질 수 있음을 보여주었다.

나는 살짝 미소 지었다.

"당신이 그렇게 위에서 내려다보고 있으니, 굉장히 선정적이네요."

손을 뻗어 그의 깃을 콱 잡아당겼다. 순순히 이끌려오는 남자는 얼떨떨하고도 수줍은 얼굴이었다.

"계속 내 위에 있으려고요?"

톡, 입술이 겹치자 그는 참지 않고 파고들었다.

내 위에 앉아 있을 거냐고 묻긴 했지만 리케도르안은 내게 무게를 싣기는커녕 자신의 힘만으로 버티며 입을 맞췄다. 솔직히 그의 덩치가 나를 덮다 못해 자리가 한참 모자랐으니 좀 더 거칠었다면 이 소파가 견디지 못하지 않았을까 싶기도 했다.

아무리 봐도 최대 3인용인 작은 소파인 것 같으니까. 물론 어디까지나 내가 그와 그럴 생각이 있었다면 말이다. 나는 리본까지 내려온 손을 꼬옥 쥐었다.

"저기, 리케도르안. 이 타이밍에 미안한데."

나는 평소답지 않게 말을 망설였다. 리케도르안이 붉어진 채로 귀를 쫑긋 세워서 미안해졌다.

"나 파렴치한 같은 소리 좀 해도 돼요?"

이렇게 말하고 보니, 정말 나쁜 사람처럼 느껴졌다. 더군다나 그의 모습은 엉망이었다. 단추, 나 두 개밖에 건드리지 않은 것 같은데 아래 몇 개가 또 찢어져 있다. 대체 힘이 얼마나 센 건지. 리케도르안이 드물게 순진하게 눈을 깜빡이며 더욱더 눈을 키웠지만 나는 모른 척 말했다.

"먼저 당신의 마음에 제대로 답을 준 것도 아닌데, 입 맞춰서 미안해요. 음, 좀 파렴치한 짓을 한 것도요."

일단 사과할 것부터 하고 넘어가기로 했다.

"아, 아니에요! 나도……. 내가, 머, 먼저 했으니."

"응응. 무슨 말 하고 싶은지 알아요. 일단 들어줄래요?"

저쪽이 청하고, 분위기에 휩쓸렸다고 한들 내가 먼저 한 건 맞으니. 나는 그를 달래며 말을 이어갔다.

"내가 감정에 무뎌요. 음……. 정확하게는 내 감정에도 상대의 감정에도 크게 신경을 쓰지 않아요."

사실이었다. 나는 평온하게 지낼 수만 있다면 상대를 깊이 들여다보지 않았고, 나 스스로라 할지라도 돌아보지 않았다.

"그래서 감정을 생각하고, 마주 보는 것에도 시간이 걸린다는 얘기에요, 나는. 그런데 지금은 신중히 생각하고 싶거든요."

나는 소파 위에 얹힌 그의 손을 잡았다. 그가 했듯이 손에 깍지를 끼고 그의 손끝에 툭 입을 가져다 대 보았다.

멈칫. 그가 멈칫하더니 손끝마저 붉어진다. 참 미모사 같은 남자였다. 반면에 나는 입술을 가져다 대도 무언가 커다란 느낌을 받지 못했다. 그가 어떤 기분으로 맞추는지 궁금해서 해봤는데.

잘 모르겠다.

조금 전 입을 맞추던 때처럼 조금은 간질간질하고 달콤하던 것, 더욱 깊이 파고들고 싶은 녹진한 기분을 느끼진 못했다는 거다.

"이를테면, 나는 당신이 좋아요."

좋다. 그렇지 않으면 내내 마음에 걸리지도 않았을 것이고, 결국엔 마음의 돌부리가 되어 이곳에 눌러앉지도 않았을 것이다.

"그런데, 얼마만큼 깊은지 또 어떤 색을 했는지, 모양은 어떤지. 나 스스로도 잘 모르겠어요."

물론 감정을 어찌 모양이며 색깔로 재단하고 판단하랴. 그러나 특별한 것이라면 특별하게 대우해야 하지 않을까.

"마주 보고 살지 않았거든요."

줄곧 이런 것들을 신경 쓰지 않았지만 당신이 내게 보이는 태도를 보노라면, 어쩐지 나도 내 스스로를 좀 더 소중히 여겨야 할 것만 같다.

당신이 내게 보이는 것처럼.

만지는 것만으로도 소중해 어쩔 줄 모르는 태도를 볼 때마다, 가슴 안쪽에서 느껴지는 것들을 더 알고 싶다.

"입을 맞춘 마당에 참 미안한데. 조금만."

"당연히."

리케도르안이 내 말을 끊고 들어왔다.

"기다려줄 수 있느냐 묻는 거라면. 당연한 얘기예요."

리케도르안이 진지한 눈으로 깍지를 낀 손을 가져왔다.

"이대로 평생 기다려달라고 하더라도 가능하니까요."

나는 잠시 침묵했다가 대꾸했다.

"……당신 현재 평생 못살잖아요. 누굴 속이려 들어요."

움찔.

"그건 말이 그렇단……."

"말을 그럴싸하게 하기 전에 본인부터 소중히 여겨요. 알았어요?"

"그건 이아나야말로."

"나요?"

눈이 마주치자, 리케도르안이 입을 달싹였다. 흐음, 하고 싶은 말이 많은 표정이네. 나는 우물거리는 입술을 보다 살짝 웃었다.

"알았어요. 나도 그렇게 해볼게요."

하고 싶은 것, 가지고 싶은 것. 그리고 해보고 싶은 것. 그가 내게 물었던 이유를 알 것 같았다.

"하고 싶은 것도, 갖고 싶은 것도 한번 찾아볼게요."

나는 리케도르안의 손등에 얼굴을 살짝 비볐다.

"노력해볼게요."

뻔히 보이는 답을 두고 돌아가는 내가 어째 하룻밤 자고 나서 우리는 하루 즐긴 거야 말하는 나쁜 인간이 된 것 같지만.

한 번쯤 소중히 여겨보고 싶었다.

내 삶은 흐르는 물과 같았다. 감방에서 도퓰릿으로, 도퓰릿에서 다시 헤르님으로. 지금까지 그저 흘러가는 흐름에 몸을 맡길 뿐이었다. 그중에서 처음으로 있고자 선택한 곳이 당신이 있는 곳이니까. 이것이 무엇인지 나는 더 파악하고 싶었다.

당신에게 미안하게도 내 모든 감정의 온도는 워낙에 낮아서, 미지근한 이것이 진짜 사랑인지 생각할 시간이 필요하다고. 그저 입술이 주는 온도가 좋아, 몸이 먼저 오가는 관계는 되고 싶지 않았다.

"그, 그럼……."

천천히 손을 놓아주자 리케도르안이 내 몸을 일으켰다. 말이 일으켰다지, 나를 한 번에 번쩍 들어 제대로 앉혀주었다. 누가 짐승 같은 능력을 가진 붉은 장미 아니랄까 봐. 정말 사람을 번쩍번쩍 드는구나 싶었다.

"앞으로도……."

"앞으로도?"

"입……. 맞춰도 돼요?"

계속 머뭇거리더니, 이 말이 하고 싶었던 걸까. 나는 대답하는 대신 엉뚱한 것을 물었다.

"대답하기 전에 나 궁금해서 묻는 건데, 혹시 문신을 새기는 방법이 키스예요?"

"네? 아. 아뇨. 그건 아닌데……. 이건 장미마다 방법이 조금씩 달라요."

"그래요?"

나는 고개를 갸웃했다.

"붉은 장미는 어떤데요?"

볼수록 장미마다 각각 특성이 참 두드러지는구나 싶었다. 한 가지 행위를 하는데도 각각이 방법이 다르다니. 체이서는 힘들이지 않고 새긴 것 같았는데. 뭔가 더 있었던 걸까?

그사이 리케도르안이 고개를 푹 숙였다.

"……요."

"네? 안 들려요."

152

"……방법……. 잠요."

잠?

그렇게 되묻다 말고 깨달았다.

……설마 하룻밤 보내는 거라고?

순화해서 표현했지, 관계하란 소리 아닌가. 리케도르안에게 되물었더니 정말 한참 만에 어렵사리 대답이 흘러나왔다. 맞다고.

이것 참. 낭만적이라고 할지. 설정 한번 엉뚱한 곳에서 십구금스럽네.

'어쩐지 새겨도 되냐고 물은 뒤로 말을 못 꺼내더라니.'

혹시 처음 물을 때만 해도 내가 아는 줄 안 건가. 바로 아니란 걸 안 거고? 덕분에 나는 앞으로의 일이 좀 망설여졌다.

'사실 푸딩 때문에 이미 붉은 장미 문신을 가지고 있긴 한데.'

허벅지 안쪽에 있다는 말을 했다간 간신히 풀어진 분위기가 이상야릇해질 것 같았다.

"안, 안 새겨도 돼요. 내가 말을 잘못했어요. 그건 나중에……."

아니. 당장에 새기진 않더라도 문신 얘기는 해볼까 했더니 결국엔 리케도르안이 먼저 말을 넘겨버렸다. 내가 어물어물하는 사이에.

"그리고 나는 괜……찮아요. 기다려도."

그사이 리케도르안이 고개를 푹 숙인 그대로 이어 말했다.

"……계속, 아니. 영원히 기다려도 좋아요."

잠깐 영원히라니. ……그럼 기다리다가 죽어도 좋단 말인가?

너무 극단적이다 못해 그의 저 한마디 덕에 내가 더 파렴치한이
된 것 같았다. 나는 웃음을 터트렸다.

"좋아한대도요."

그러고는 고개를 끄덕였다.

"오래 걸리지 않을 거예요."

눈앞에서 청초한 남자의 얼굴이 꽃처럼 피어났다. 그의 미소를
보아온 나조차도 놀랄 정도로 해사한 얼굴이었다.

촉.

그가 고개를 기울여 입을 살짝 맞추고 떨어진다. 그리고 나를 바
라보며 붉어지면서도 시선을 피하지 않았다.

동백꽃처럼 붉고 가려하게 물든 얼굴을 보노라면 가슴에 피어나
는 의문이 있었다.

"혹시 변하지 않는 건, 장미들의 특징이에요?"

문득 물었다.

체이서는 지난 4년간 참으로 한결같았다. 한결같이 하나를 갈구
했다. 프란시아도 잠깐 본 것으로도 알 수 있을 만큼 줄기는 변하지
않았으며 르나그 또한 그렇다. 이중 최고봉은 눈앞의 리케도르안이
었다.

"……보통 사람보다는 조금 오래 사니까."

리케도르안은 푸딩이 그러했듯 제 뺨에 내 손끝을 살짝 문질렀다.

"그래서 변하기 힘든 걸지도 몰라요."

언젠가 수호신은 장미의 마음과 행동에 영향을 받는다는 말이 떠

154

올랐다. 내게 집착하고 헌신적이던 체이서 그리고 아퀼라와 라탄처럼 푸딩과 리케도르안도 닮아 있었다.

"어린 나무는 언제든 옮겨 심을 수 있지만 고목은 불가능한 것처럼."

그의 맑은 푸른 눈이 나를 향했다. 심해처럼 깊은 눈이었다.

"당신 마음 또한 그렇다는 거예요?"

"네."

리케도르안이 망설이지 않고 대답했다. 석양 아래서 석양만큼이나 붉은 물을 들이며.

"당신을 사랑해요."

정말이지, 직구 말고는 던지지 못하는 남자구나 싶었다.

헤르님 성에서 열렸다는 회의. 자세히는 알지 못하지만 꽤나 오래 걸리는 일인 모양이었다. 그러나 일주일 내내 이어질 일은 아니었는지 시간이 지날수록 성 앞에 놓인 마차가 하나씩 하나씩 사라졌다. 설명해주는 이 말로는 중요하지 않은, 말단 이들이나 급한 일이 있는 이들부터 돌아가는 것이라나.

'가신이 부하랑 같은 말은 아니라는데.'

나는 푸딩이를 안은 채 창문 아래를 내려다보았다.

마차가 꽤나 사라졌다고 하나 아직 상당수가 남아 있었다.

'같은 말인 것 같기도 하고.'

–부하 말이냐, 냥?

'응.'

그리고 사라지지 않은 마차 중에는 누가 보아도 눈에 띄는 번쩍 번쩍한 새하얀 마차가 포함되어 있었다. 신전의 마차다.

프란시아가 타고 온 마차.

'정말 눈에 띈다니까.'

다들 하나둘씩 돌아가는 와중에도 프란시아는 여전히 헤르님의 성에 머물고 있었다. 리케도르안은 영 못마땅한 눈치였지만 의외로 나가라고 꺼내지는 않았다. 추측하기로는 아마, 이것도 두 사람 사이에 모종의 약속이나 거래가 있었던 것 같단 말이지.

–아하, 냥! 알았다, 인간. 부하란 말이지.

그사이 내 손가락을 가지고 휙휙 장난치던 푸딩이 고개를 홱 들어 올렸다. 푸딩은 모처럼 본연의 모습, 아기 설표의 모습이었다.

–인간, 너와 나 사이를 말하는 것 아니냐, 냥!

'허?'

설마 내가 부하라는 건가. 맞나 싶어서 물었더니 맞댄다. 그것도 의기양양하게 두툼한 앞발을 척 올리며 얘기하더라.

–인간, 이 몸이 널 돌보아주고 있지 않겠느냐, 냥!

'돌보긴 누가.'

나는 평소처럼 심드렁히 넘어가는 내신 푸딩이를 소파에 내려놓았다. 며칠 전 리케도르안과 입을 맞췄던 그 소파였다. 나는 그대로 푸딩이의 뺨을 꾹 잡아 쭉쭉 늘였다.

"누가, 네 부하라는 거야. 응?"

캬옹, 캬옹캬옹, 캬아아옹!

"우리, 푸딩이. 그동안 조용했다, 응? 그치."

캬앙, 캬옹!

-인간, 인간 잘못했다, 냥! 수염 빠진다, 냥!

"어차피 영체로 만든 거라며."

-그래도 아픈 건 똑같다, 냥!

3년이란 시간이 흘러 3살 수호신은 동물의 나이로 치면 나름 청년기(?)에 접어들었지만 본연의 모습을 했을 땐 아직도 다소 작은 편이었다.

아직은 아기라 부르는 쪽이 맞을 정도로.

'일부러 아기 동물 같은 모습을 하는 건지. 아니면 성장을 하지 못한 건지.'

물어도 이를 알려주지 않으니 알 수가 없다. 가끔 이 점이 조금 신경 쓰였다. 나와 계약해서 성장하지 못한 거라면 미안한 마음이었으니까. 이런 마음이 드는 건 네 원래 계약자인 붉은 장미로 충분한데 말이지.

나는 푸딩이의 머리를 쓰다듬었다.

푸딩이와 마음이 통한다는 건, 이따금 푸딩이 내 마음을 읽고 조용해지거나 위로하듯 머리를 비비는 것과 같이, 반대로도 가능하단 점이었다. 내게도 푸딩이의 마음이 느껴지곤 했다.

아직 어린 수호신님답게 그리 깊은 생각들은 아니다. 그리고 전해지는 생각 중에 가장 큰 건…….

자신이 더는 어디로 보내지지 않는 것에 대한 '안심'이었다. 하아, 어쩜 이런 것도 붉은 장미끼리 똑같은 건지.

가끔은 리틀 리케도르안을 키우는 기분이다. 털이 보송보송하고 귀와 꼬리가 달린 리케도르안이랄까.

……가만.

'나쁘지 않은데.'

─……인간, 또 무슨 본태 같은 생각을 하는 거냐, 냥?

나는 피식 웃으며, 푸딩이의 머리를 아프지 않게 꽁 두드렸다.

"너야말로. 마쉬멜 말투는 언제 배운 거야?"

본태, 하는 발음은 우리 조그만 흑마법사님의 주특기였으니. 맨날 나더러 의아하게 보면서 독설을 툭툭 뱉곤 했지.

잘 지내려나.

체이서의 최측근이었다. 내게 잘해준 좋은 사람이었지만 다시 보는 건 어려울지도 모른다. 생각해보면 이곳의 인연들은 참 얕은 것 같다. 얄팍하고 덧없는……. 감방에서의 귀족 동기들과 그러했고, 도퓰릿에서의 조그만 흑마법사님과 그러했듯이.

이전 세계에서도 난 비슷한 성격이었지만 주변에 사람이 없진 않았는데 여기에선 영 다르다. 마치 소중한 것은 굳이 만들지 말라는 듯이. 실없는 생각이지만 가끔은 누가 이렇게 이끄나 싶은 생각도 들었다.

끼익.

문이 열리는 소리에 고개를 돌렸다. 그러나 웬걸 사람이 있어야 할 곳엔 아무도 없었다.

'어라.'

고개가 저절로 아래로 내려간다. 그리고 바닥을 보았을 때 저절로 입꼬리가 올라갔다.

"안녕?"

그곳엔 조그만 곰이 있었다. 아기 곰이다.

나는 놀라지 않고 조그만 곰을 반겨주었다. 내 인사에 살짝 놀랐는지 아기 곰은 두리번거리다 말고 문 뒤로 몸을 숨겼다. 그러고는 고개만 내밀었다.

빼꼼.

'흐응, 되게 귀엽네.'

곰을 보고도 놀라지 않은 건 이미 한차례 본 적 있기 때문이었다. 예전에 프란시아가 도뮬릿 저택에서 열심히 자랑하던 수호신이다.

〈많이 컸죠!〉

거기다 이미 그저께 한차례 보여준 아이이기도 했다.

캬옹, 캬아아옹!

옆에서 푸딩이 이 몸이 더 귀엽고 위대하다며 존재감을 피력했지만 슬그머니 무시했다. 조그만 발톱이 쿡쿡 팔을 찔렀으나 이 또한 함께 모르는 척했다. 아예 푸딩이를 잠시 내려놓고 손을 펼쳤다.

"이리 와."

아기 곰은 기웃거리며 머뭇거릴 뿐 다가오지 못했다.

아마 수호신이 계약자 의지 없이 막 자유로이 움직이진 못할 거고, 흰 장미 프란시아가 보낸 것일 터다.

으음, 이름이 뭐라고 했더라.

"……칼리스토?"

곰의 새카만 눈동자가 깜빡, 깜빡였다. 그러더니 두 발로 일어난 것으로 모자라 발을 땅에 디디더니. 네 발로 이쪽을 향해 뛰어왔다.

쿵.

곰의 돌진은 내 다리에 부딪히고 나서야 멈췄다. 아기 곰이라 표현했다지만 무게가 제법 있어서 나도 모르게 휘청거렸다.

"에고, 놀라라…."

나는 그대로 중심을 잡고 쪼그려 앉아 곰을 마주했다. 칼스토도 내가 신기한지 얼른 두 발로 서 보였다. 내 손을 잡고 낑낑대며 지탱하는 모습이 퍽 귀여웠다.

"안녕, 우리 구면이네?"

칼리스토가 낑낑대며 내 손을 잡았다가 놓았다. 나를 올라타려고 하기도 했다. 나는 곰의 이마를 잡아 슬그머니 진로를 막았다.

"으음, 안 돼. 여기 무서운 설표가 하나 있거든."

소파를 흘끗 보았다.

그렇지 않아도 꼬리를 탁탁 두드리며 심기가 불편함을 고스란히 드러낸 푸딩이 털을 곤두세웠다.

-인간, 안지 마라, 냥! 안지 마!

'안 안았어.'

피식 웃으며 푸딩 옆에 자리 잡고 앉았다.

그와 동시에 문이 활짝 열리며 누군가 들어섰다. 누군가 했더니 이 귀여운 아기 곰 수호신의 계약자였다.

"언니!"

프란시아가 옷자락을 붙잡고 뛰어왔다. 하얀 바지 자락은 붙잡지 않아도 될 터인데 더 빠르게 뛰고 싶다는 듯 야무지게 쥔 손이었다. 그 모습이 조금 전 네 발로 뛰어오던 조그만 곰의 모습과 똑같아 웃음을 터트렸다.

"회의는 끝났어?"

"응. 끝났지!"

프란시아가 내게 안기듯이 달려들어 소파 밑에 털썩 앉았다. 그녀에게서는 은은한 장미 향기가 났다.

"그나저나 언니는 참 대단한 사람이야."

"갑자기?"

프란시아가 몸을 파묻으며 웃었다.

"그냥. 푸른 장미가 아니었어도 대단한 사람이었겠다 싶어서."

회의 이야기를 하다 말고 뜬금없는 이야기에 나는 눈을 굴렸다.

"붉은 장미가 언니한테 꽉 잡혔다면서?"

"어?"

"회의를 하는데 말이야. 이 회의에 수장 노릇을 해야 할 사람이 도통 정신을 못 차리네?"

프란시아가 양손으로 내 허벅지 위에 턱을 괴었다. 조금은 심통 난 얼굴이었다.

"지금 일이 되게 많거든. 헤르님이 세력을 펼친 곳이 어디 한두 곳이어야 말이지. 그 와중에도 대공은 나가겠다, 니네 알아서 해라. 하지. 그래놓고 갈 곳이 어디겠어?"

"으음."

"아래 이들은 졸졸 쫓아다니며 이것만 보시고 가라……."

그녀가 어깨를 으쓱했다.

"아주 가관이었어."

어쩨 프란시아의 설명으로 상황이 눈앞에 그려지는 기분이었다. 현재, 리케도르안에게 대답을 건넨 지 사흘이 지난 시점이었다.

'삼 일동안 리케도르안의 방문이 전보다 조금 뜸해졌다 싶더니.'

이를 두고 내 대답에 실망이라도 했나 싶었다. 고백에 대한 대답으로 시간을 달라고 했으니 아닌 척하지만 사실 태연할 수는 없었던 게 아닐까 하고.

톡톡. 다리에서 조그만 노크가 느껴졌다. 프란시아가 상념을 깨우듯 톡톡톡 내 다리를 두드리고 있었다.

"언니."

"응?"

"언니, 나보다 그 인간 더 좋아하지 마. 응?"

프란시아가 예쁜 얼굴을 갸웃하면서 시무룩한 얼굴을 했다. 내 턱에서 내 손가락을 떼어내 붙잡고 어리광부리듯 흔들었다.

"그쪽이 더 먼저 만난 건 어쩔 수 없지만. 나도 좋아해 줘."

나는 손끝을 잡은 가느다란 손가락을 보다 이내 미소를 터트렸다. 그녀에게는 미워할 수 없는 면모가 있었다.

"이미 좋아하는데."

"정말?"

그녀가 실로 기쁜지 방긋 미소를 지었다. 그러고는 이제는 내 손을 잡아 붕방붕방 흔들었다.

"으음, 그럼 난 뭘 주지. 언니, 얘 가질래?"

내 손을 놓고서 프란시아가 들이민 것은 다름 아닌 아기 곰 수호신이었다.

"……네 수호신이 놀라는데."

칼리스토도 놀란 듯 눈을 끔뻑이고 있었다.

"왜? 대공은 언니한테 수호신을 바쳤다며."

"그건 바친 게 아니야."

"아니야?"

"그래. 아니니까. 내려놔. 네 수호신이 울먹이잖아."

아니나 다를까. 그녀의 수호신 칼리스토가 눈물을 뚝뚝 떨어트릴 것 같은 울먹이는 눈으로 나와 프란시아를 바라보고 있었다.

자그만 앞발로 프란시아 옷자락을 잡는 것이…….

나 버리지 마, 잘할게! 하고 외치는 아이 같았다. 그 덕에 졸지에 이산가족을 만들 뻔한 나로서는 황당한 기분이었다.

3
이아나와 '이아나'

"으음, 언니가 그렇다면 어쩔 수 없지만."

"'어쩔 수 없지만'이 아니라."

나는 프란시아의 이마를 톡 두드렸다.

"네 수호신을 소중히 여겨야지. 울잖아."

"아냐, 중요하지 않아서 주는 게 아니라."

프란시아가 곰을 안고, 내 다리에 턱 머리를 올렸다.

"언니도 중요하고, 칼리스토도 중요하니까. 내가 좋아하는 것끼리 함께 있으면 좋잖아."

그리 말하며 배시시 눈웃음을 보였다. 그 모습을 보고 있으려니, 이 모습에 넘어가지 않을 수는 없었겠구나 싶었다. 나는 그녀의 손을 살짝 잡으며 함께 웃어 보였다. 그러다 잠시 망설인 끝에 입술을 열었다.

"혹시, 프란시아. 내 부탁 하나 들어줄 수 있어?"

그동안 품어왔던 것이었다.

어떤 부탁? 프란시아가 초롱초롱한 눈으로 물었다. 그런 그녀에게 나는 줄곧 생각하던 것을 털어놓았다.

"혹시 발테이즈 후작과 연락할 수 있겠어?"

르나그와 연락할 수 있는지를.

⌘

다음 날.

문득 생각해보면 나는 책을 읽을 때 여주인공을 제일 좋아했던 것 같다. 그 이전에 내용에 충실한 라이트 독자였긴 해도 여기서 최애를 찾자면 프란시아였달까.

사실 캐릭터보다 좋아한 건 꾸금한 장면이었지만, 이렇게 말하면 변태 같은데 난 그저 욕망에 충실했던 거다. 솔직하다고. 그저 '다 같이 살고 말지.' 생각했던 소설 속에 들어올 줄은 몰랐을 뿐이지. 오늘도 착한 생각을 외치게 하는 어여쁜 남자주인공의 성, 헤르님.

이곳의 이들은 아주 바빴다. 물론 막바지 회의가 끝나지 않아 본디 바쁜 시기이긴 하나 그 외의 일로도 바빴다는 거다.

그 외의 일.

바로 리케도르안의 수명을 되돌릴 방법이었다. 이들이 가장 사활을 걸고 있는 일이기도 했다.

"이 많은 책을······."

"예. 모두 보았지요."

나는 천장까지 쌓인 책을 보며 작게 감탄을 토해냈다. 사실 더 큰 소리를 내고 싶었지만 그랬다간 위태롭게 쌓인 책이 넘어질 것 같았다. 그만큼 책이 많았다. 돌돌 말린 양피지 또한.

"만져봐도 괜찮습니다."

"아, 아뇨."

제이르는 마법으로 쌓인 책이니 넘어지지 않을 거라고 했으나 그래도 조심스러웠다. 여기 온 건, 리케도르안에게 약조한 것, 그의 저주를 풀어주겠단 약속을 위해서였다.

이를 위해선 제이르를 먼저 만나야 할 것 같았는데. 마침 그가 찾아와 흔쾌히 이쪽으로 데려와 준 것이었다. 흔쾌히도 아니었지. 아주 쌍수를 들고 반기더라.

"푸른 장미께서 협조해주신다면야, 더할 나위 없이 감사한 일이지요. 마음껏 보십시오."

이걸 언제 다 보란 말이지. 허망한 눈을 본 건지 제이르가 농담이라며 씩 웃었다.

"역시 내가 푸른 장미라서 도뮬릿 공작의 여동생인 건 신경 안 쓴 거군요?"

"들켰습니까?"

그는 부정도 하지 않았다. 대신 감방에서처럼 장난스레 끄덕여 보인다.

"네. 그렇습니다."

이미 알고 있던 사실이었기에 새삼 놀랄 것도 없었다. 곧이어 제이르가 내미는 것을 받았다. 지난 몇 년간 사활을 걸고 조사한 것이라나. 손때 묻은 서류에서 그들이 얼마나 필사적이었을지 느껴지는 것 같았다.

"각하께서는 현재 마지막 회의를 진행 중이십니다."

"네, 들었어요."

오전에 내 방을 방문한 리케도르안에게 들은 사실이었다. 오후 늦게야 다시 올 수 있을 것 같다고.

〈나 잊으면, 안 돼요?〉

오전과 오후 사이가 길면 얼마나 길다고. 이런 요망한 말을 남기고 갔었지. 어디 요망한 말뿐이랴.

〈훗, 그…… 그만. 거긴…….〉

〈조금만 더요, 응?〉

입술도 잔뜩 남기고 갔다. 그것도 중간에 인격이 바뀌며 눈이 돌아가는 바람에 푸딩을 끌어 들여가며 겨우 말렸다.

〈애 보기에 선정적이라고요!〉

뭐든 그러려니 하는 내가 이런 소리까지 하며 말렸다니. 아침을 생각하면 얼굴이 붉어질 지경이었다. 정작 애(?)가 된 3살 수호신은 저게 뭐 어떠냐며, 순진하게 머리를 갸웃했지만 말이다.

ㅡ뭐냐, 또 생각하는 거냐, 냥. 입술 비비는 거야, 3년 전에도 하지 않았냐, 냥?

'조용히 해.'

내 몸에 몸을 숨긴 채 재잘재잘 떠드는 푸딩의 말을 한 귀로 흘려 넘겼다. 이를 모르는 제이르가 설명을 시작했다.

"그곳에는 아가씨에 대한 이야기도 적혀 있습니다."

"네."

나에 대해 조사했다는 말이네. 이 또한 놀랄 일이 아니었다.

"근데 용케 나에 대해 알아냈네요? 내 입으로 이야기하긴 좀 그렇지만, 내 오빠는 결코 만만찮은 사람이 아니었을 텐데."

"아, 그건."

제이르가 자기 턱을 문질렀다. 잠시 고민의 기색이 스쳤지만 이내 곧 지워졌다.

"각하의 공작원을 총괄하는 '쉐로'란 자가 있습니다. 그는 오랫동안 도뮬릿 내부에 사람을 들여보내기 위해 애를 썼고."

"성공했다는 말이군요."

"네. 이미 도뮬릿 공작의 동생이 푸른 장미가 아닐까 하는 전제로 추론하던 참이었으니까요."

남은 건 확인하는 일이었단 얘기다. 그 말에 끄덕이는데, 때마침 문이 열리고 누군가 들어왔다. 처음 보는 얼굴인가, 싶었더니 아니었다. 나는 눈을 크게 떴다.

'저 사람은……'

기억에 있는 얼굴이었다. 남자 또한 나를 보았는지, 인자하게 웃으며 고개를 숙였다. 정중한 인사였다.

"안녕하십니까?"

"⋯⋯구면이네요."

나는 인사 대신 놀람이 드러난 대답을 돌려주었다. 그도 그럴 것이 남자는 4년 전 내가 감방에서 보았던 간수였다.

'이름이, 안톤이었던가?'

리케도르안이 산책하던 중 폭주를 일으켰을 때 간수를 지휘하던 유능한 상급 간수. 내게 시동어를 외쳐달라고 소리치던 사람이었고, 또 그날의 상황이 원체 잊지 않을 상황인지라 똑똑하게 기억했다.

"당신, 안톤이죠?"

"미천한 이의 이름을 기억해주시니 영광입니다."

그가 예의 바르게 미소 지어 보였다. 그러면서 다시 소개하기를 헤르닙 대공가 기사단 부단장 '안톤'이라고. 하, 제이르가 감방에 동료가 많다고 하더니. 그 또한 그중 하나였던 모양이었다.

뭐. 하기야 헤르닙의 하나뿐인 후계자를 감방에 들여보내면서 아무런 조치도 하지 않았겠느냐마는.

나는 순순히 수긍했다.

"이런 말씀 드려도 되는지 모르겠으나, 이곳에서 아가씨를 다시 뵙게 되니 새삼 반가운 기분입니다."

그는 르나그의 명으로 간수가 싹 바뀌기 전까지 나와 자주 마주하던 간수였다. 이것도 추억이라면 추억인지, 나는 가볍게 끄덕여 수긍했다.

"인사드릴 기회가 있을까 싶었는데 말이지요. 하하하."

그는 호탕하게 웃고는 내가 들고 있던 보고서를 가리켰다. 그곳엔 자신이 증언한 것도 있다며.

"아가씨가 도뮬릿가 영애이자 푸른 장미인 것, 거기다 감옥에 있던 사실이 밝혀졌을 때. 저는 감옥에서 있었던 일을 보고했었지요."

그렇겠지. 사실 감방에서의 나라고 해봐야 특별한 것은 없었을 거다.

"뭐. 특별한 것은 없었겠네요."

그러자 안톤은 잠시 눈을 크게 굴렸다. 딱 봐도 그건 아니라고 말하고 싶은 표정인데.

왜?

"으음, 그렇다기엔 감방에서의 아가씨의 존재감이……."

"제가 왜요?"

"좀, 눈에 띄었다고 할지. 예. 눈에 띄었습니다."

그는 일단 외양부터 평범하지 않지 않냐고 말했다. 나는 흘끗 내 머리카락을 보고서 동의했다. 좀 드문 머리색이긴 하지.

죄수들도 자주 언급하긴 했다. 그럼에도 그들 중 누구도 내가 누구인지 몰랐지만.

"하긴, 내 머리색이 특이하긴 하죠."

"아뇨, 머리색이 아니더라도……."

안톤이 무어라 말을 하려 하더니, 이내 아니라며 고개를 저었다. 그러고는 남자는 제 뺨을 긁적이며 조금 난감한 얼굴을 보였다.

"사실 생각해보면 각하께서 계신 지하 수감실에 다녀가실 때라거

나. 응접실에 갈 때가 보기 좋아 보이긴 했습니다. 생기 있어 보이셨지요."

"네?"

이해할 수 없는 이야기에 고개를 갸웃 기울였다. 지하 감방에 다니던 때? 제이르는 흥미롭다는 듯 나와 안톤을 볼 뿐 안톤을 제지하지는 않았다.

"……혹시 이전의 저를 본 적이 있으신가요?"

지하 감방을 오가기 전이라면 이 몸의 주인이 내가 아닐 때다. '이아나'일 때.

"예? 예. 있습니다."

안톤이 보였던 난감함은 이 때문이었나.

"아가씨께 별로 좋은 일이 있으셨던 건 아니라, 얘기하기 조금 꺼려졌습니다만."

그는 이전에 지하 감방 총괄을 맡기 전, 귀족 죄수 층 순찰을 총괄했다고 한다. 그때 이따금 나를 한 번씩 본 적 있었다는데.

내가 심장마비로 쓰러지던 때도 바로 옆에서 목격했었다고.

르나그가 불문에 부쳐 아무에게도 이야기하지 못했단다. 물론 그의 본진인 헤르님에게는 토해냈지만, 뭐 이런 건 상관없었다.

"사실 지금의 모습이 훨씬 생기 있고, 좋아 보이십니다."

내가 아무런 반응을 보이지 않자 긍정으로 여겼는지 그가 덧붙였다. 외람되지만 더 좋아 보인다고.

"이전에는 언제 보였는데요?"

"이전에는 뭐랄까. 항상 핏기없고, 유약한 인상이셨지요."

그건 그랬다. 내가 막 눈을 떴을 때만 해도 이아나의 몸은 병약하고 극도로 약해진 상태였다.

"음, 그리고 불러도 대답이 없으신 데다가 눈동자도 끄응……."

나는 그를 독려하듯 사근사근하게 얘기했다.

"괜찮으니, 있는 그대로 얘기해주세요."

"제가 배운 사람이 아니라 적당한 표현을 못 찾겠군요. 그…… 그때의 아가씨의 눈에 초점이 좀. 없었다고 할지……."

초점이 없었다?

"간수들 사이에서도 이야기가 나오곤 했습니다. 끼니도 거의 하시지 않았으니까요."

심각한 표정을 하다 말고, 안톤이 커다란 손으로 뒤통수를 벅벅 긁었다. 자신이 말을 잘못한 것 같다는 말을 덧붙이면서.

그는 실수한 것 같은 얼굴이었다.

"제가 너무 무례했던 것은 아닌지 모르겠습니다."

"괜찮아요. 아무렇지 않은걸요. 그럼 정확히 어떤 느낌이었다는 거예요?"

"정리하자면 말입니까?"

"네."

내가 괜찮다고 말해보라 했더니, 그에게로 에라 모르겠다는 표정이 스쳐 지나갔다. 나는 그에게 집중했다. ……왜일까. 그냥 지나갈 이야기가 아닌 것 같았다.

"으음, 표현하자면 말입니다. 그때의 아가씨는…… '인형' 같은 느낌이었지요, 아마?"

단조로운 평가 한 마디에 나는 눈을 깜빡였다. 그러고는 이내 천천히 가늘게 좁혔다. 유약하고, 눈에는 초점이 없어 보였으며, 밥조차 잘 먹지 못했다.

정황상 이전의 '이아나'는 체이서를 사랑했고, 그에게 마음을 보답받지 못했다. 그리고 부친의 눈에서 벗어나기 위해 체이서에 의해 감방에 왔고. 그 이상은 모른다.

하지만 당시의 '이아나'의 상태는 이 사실과 관련 있지않을까?

곱씹어볼수록 조금 이상하게 느껴졌으니까. 안톤 또한 그렇기에 이야기한 걸 거다. 전과 달랐으니까 이야기한 거겠지.

안톤은 내 눈치를 보는 것 같았다. 나는 괜찮다는 뜻으로 산뜻하게 웃어주었다. 그러자 긴장이 풀렸는지 미미하게 굳어 있던 그의 눈꼬리가 내려갔다.

"제이르, 이 보고서는 가져가서 봐도 되나요?"

보고서는 한 번에 읽기에는 양이 꽤 많았다.

한번 훑어본 것으로 판단하기론 그동안의 리케도르안의 상태와 '푸른 장미'를 찾아온 여정, 그리고 푸른 장미에 대한 전반적인 정보가 적혀 있는 듯 하다. 상당히 깔끔했기에 내용을 파악하는 건 어렵지 않았다.

"아가씨 방으로 가져가셔서 말씀입니까?"

"네."

이건 어렵지 않을까 싶었는데, 의외로 제이르는 순순히 허락했다. 오히려 물어본 내가 놀랄 정도였다.

"이거 중요한 거 아니에요?"

"맞습니다. 대공가 최고 기밀에 해당하는 것이지요."

그래. 대공의 목숨이 오가는 일이 보통 보안을 요하는 일이 아닐 거다.

"하지만 아가씨, 문제없습니다."

"왜요?"

"아가씨께서는 현재 헤르님 성에서 가장 보안이 철저한 방으로 가져가시는 것이니까요."

나는 말을 잇지 못했다.

"무려 대공 각하께서 밤새워 지키시는데 누가 들어가 보거나 가져오겠습니까?"

"잠시만요."

얼른 머리를 짚었다.

"그 사람 아직도 그래요?"

"예."

제이르가 빙글빙글 웃었다. 일부러 말한 것이 분명했다.

"혼내주십시오. 잠도 안 자고 지키십니다."

"……"

리케도르안이 막 나를 여기 데려왔을 때, 잠도 자지 않고서 내 방 앞을 지켰다는 건 알고 있었다. 그리고 그에게 대답을 건넨 지금, 없어진 줄로만 알았다. 실제로 밤이 되면 자연스럽게 방에서 나갔단 말이다!

'그대로 방문 앞을 지키다니.'

당신이 뭐 집 지키는 강아지냐고. 머리가 지끈지끈 아팠다. 분명 그러지 마라고 하면. 시무룩한 얼굴을 할 게 뻔했고.

〈왜, 안 돼. 응? 이아나. 입술로 알려주면 안 돼요?〉

〈말은 당연히 입술로 하죠?〉

〈입술을 입술에 붙여서요.〉

따위의 말을 할 거다.

'실제로 겪었으니까.'

며칠 만에 리케도르안의 인격이 변하는 지점을 대충 알겠더라고? 기억을 공유하지 않았다면 짐승처럼 구는 쪽은 내게 한 번 얻어맞았을지도 모른다. 말만 하려 하면 이렇게 요망한 말을 내뱉어서 막으니 말이다.

"······알았어요, 얘기할게요."

이전에도 이야기한 바 있지만 아무리 체력이 짐승 같은 붉은 장미라도 잠을 내도록 안 자고 버틸 수는 없다. 그럼 신이지 사람이겠나. 내 방을 지킬 때마다 거의 안 잔다고 하니, 이건 필히 문제가 있다.

"······내 방에서 재워야 하나."

내 중얼거림에 안톤과 제이르가 움찔했다. 제이르 쪽은 잠시 미소를 지웠다가 이내 다시 웃었다.

"식은 언제 준비하면 됩니까?"

"무슨, 앞서나가도 30년은 앞서나갈 준비를 해요?"

"오, 생각은 있으시단 겁니까?"

"아니요. 댁이 터무니없는 소릴 했다는 얘기죠."

"……한마디도 지지 않으시는군요."

제이르가 낮게 숨을 내쉬며 고개를 절레절레 저었다. 그러면서 퍽 진지한 어조로 말했다.

"저희 각하는 생각보다 더 순진하십니다."

"그래서요?"

"방에 들이시는 건 진지하게 생각해보시길 바라겠습니다. 자고로 한 방에 자는 건 그렇고 그렇지 않습니까?"

"…뭐가 그렇고 그런데요?"

"모르시면서 하는 질문은 아니시지요?"

나와 제이르의 시선이 교차했다. 뭐. 무슨 얘기를 하고 싶은지는 알겠는데. 그는 마치 사춘기 소년의 부모가 된 양 이렇게 말했다.

"신중하게 생각하십시오. 역대 붉은 장미 기록을 보아서는……."

제이르가 눈을 굴렸다. 그러고는 장난스레 휘었다.

"정말이지, 장난 정도가 아닐 겁니다."

제이르와 만나고 난 뒤 방으로 돌아왔더니. 머지않아 프란시아가 방을 방문했다.

"오늘도 별 소득은 없었어."

그녀가 내 앞 소파에 푹 파묻히면서 중얼거렸다. 아마 이제 하루 인가 이틀쯤 남았다는 회의를 말하는 모양이었다.

"회의?"

"응."

프란시아를 볼수록 내가 책을 볼 때 여주인공 언니가 짱이다 하고 봤다는 걸 떠올리게 된다. 프란시아를 향한 무한한 호감은 여기서 기인하는 것이 아닐까. 이제는 모두 커버렸지만 도튤릿에서처럼 애교를 부리는 그녀가 싫지 않았다. 그녀는 내게 와 이런저런 이야기를 하는 것을 좋아했다.

그래서 지난 며칠간 리케도르안의 방문이 뜸한 시간은 그녀가 찾아와 채우곤 했다.

프란시아가 내 허벅지에 푹 묻었던 뺨을 떼어냈다. 프란시아가 기댔던 자리에 그녀와 잘 어울리는 산뜻하고 청아한 향기가 남았는데, 아무래도 고유 향기는 장미들의 공통점인 듯했다.

"오늘도 고리타분한 이야기들뿐이었어. 언제까지 지지부진한 이야기만 할 건지."

프란시아가 심드렁하게 덧붙였다.

"전쟁이 끝난 지가 언젠데."

듣기로 이 제국은 몇 년간 동쪽 왕국과 국지전을 벌였단다. 본래라면 더 오래 끌 전쟁이었으나 여기서 활약한 세력이 있었으니, 바로 성녀가 이끄는 부대였다고.

'상상한 것 이상의 거물이 되었지. 이쪽도.'

본래 신전의 우두머리는 둘, 각기 성녀와 교황을 이른다.

수장인 둘인 형태였으나 전통적으로 교황의 권위가 비교할 수 없을 정도로 강했다. 이전 세계의 연예계 소속사를 예시로 들자면 책 속에서 여주인공이 맡았던 성녀가 기획사 간판스타라면 교황은 소속사 사장과 같은 느낌이랄까. 겉보기 화려함은 성녀가 모두 가져가되, 실리는 교황이 모두 취하는 형태였다.

'프란시아의 모습을 봐서는 지금은 조금 다른 것 같지만.'

그때였다. 조그만 발소리가 들렸다. 고개를 돌리니 낯설다고 할지. 아니, 얼굴은 한 번 본 이가 서 있었다. 활짝 열린 문으로 들어온 사람은 프란시아뿐만이 아니었던 모양이다.

'저 사람은, 첫날 봤던 사람인가.'

쭈뼛쭈뼛, 머뭇거리는 남자는 이곳에서 프란시아와 재회한 날 한 번 본 적 있던 남자였다. 교황이라고 했던가? 줄곧 저기 서 있었던 것 같은데. 프란시아의 존재감에 시선을 빼앗겨 보지 못했나보다.

찬찬히 살펴보면 남자 역시 빼어난 미모를 지녔다. 갈색 눈동자에 근사한 백금발을 가진 유약한 인상의 미남이라고 할까. 첫날 이후로 보지 못한 이였기에 호기심이 들었다.

"저 사람은……."

"아, 언니. 이미 얘기한 적 있죠?"

프란시아가 생긋 웃었다.

"교황이에요."

쿨럭.

다시 들어도 놀라운 사실에 헛기침이 절로 흘러나왔다.

'그래.'

백번 양보해서 저 남자가 교황이라 치자. 그럼 신전의 모든 수뇌가 여기 있는 것이고…… 따라서 헤르님은 신전과 완전히 결탁한건가.

연이어 우물쭈물하는 남자에게 시선을 주었다. 사실 빨개지지 않는 것만 제외하면 누군가를 떠올리게 하는 자세다.

'리케도르안 어릴 때 모습 같네.'

외양이 같다거나 그렇다는 말은 아니다. 어딘가 소심하고 눈치를 보는 모습이 그러하단 거지.

"음, 그래. 너는 성녀고 저쪽은 교황이면…… 그, 둘 중 한 사람은 원래 신전을 지켜야 하는 것 아니야?"

"그럴 필요 없을걸? 지켜야 할 것은 여기 있는걸."

프란시아의 손가락이 교황을 한 번 가리키고 천천히 돌려 자기 가슴을 향했다.

"거기다 지킬 게 사람이라면 이동이 자유롭지."

프란시아의 검지가 제 가슴을 꾹 찔렀다.

"그렇지 않아도 호시탐탐 자릴 갈아치우려는 세력이 있어서 데리고 다니는 쪽이 편해."

그러자 교황의 가녀린 어깨가 들썩 움직였다. 으음, 어째 교황 씨의 간이 그리 커 보이지는 않는데. 괜찮은 건가.

"너는 어떻고."

"나? 나야 문제없지. 각성하고서는 더욱이. 누가 날 건드리겠어?"

프란시아의 눈이 예쁘게 접혔다.

"나, 언니에게 장담한대로 됐거든."

"가장 강한 하얀 장미?"

"응."

나는 프란시아의 거대한 망치를 떠올리며 끄덕였다. 그런 걸 휘두르는데 누가 덤비겠냐마는. 푸흐, 작게 숨을 내쉬며 웃었다.

"정말 멋지게 자랐네."

내 중얼거림에 프란시아가 씩 미소했다.

"언니가 그랬잖아, 입맛에 길들여 만들라고."

내가? 내 시선이 돌아갔다.

"저 그래서 그렇게 했어요."

프란시아가 얇고 긴 손가락을 쭉 뻗었다. 그녀의 말투는 어느새 어린 시절로 돌아가 있었다.

"맨 처음엔 신전의 밑바닥에서부터 시작해서, 전쟁에서 공을 좀 세우고."

그녀의 손가락이 하나 접혔다.

"마음에 안 들면 좀 부수고."

……뭘 부숴? 난 눈을 끔뻑이면서도 잠자코 들었다.

"일단은 도뮬릿의 눈을 오래 피할 곳이 거기밖에 없었거든요. 발테이즈 후작의 의견도 같았고."

프란시아는 잠시 망설이다가 제 손을 내려다보았다. 손가락은 아직 세 개가 남아 있었다. 그러나 그녀는 그대로 모두 접어버렸다. 그러고는 밝게 웃어 보였다.

"여차저차해서 내가 앞에서는 성녀, 뒤에서는 교황이야."

……여차저차가 많이 빠진 것 같은데. 그리 생각하면서도 덧붙이지는 않았다.

지난날 그저 흘리듯 지나간 한마디가 이런 영향을 주었을 줄은 누가 알았겠는가. 그러나 사람은 본디 누구나 제 인생만의 시련을 겪기 마련이고 나는 묻지 않길 바라며 넘어간 것을 파고드는 취미는 없었다. 프란시아 또한 더는 잇고 싶지 않았는지 말을 돌렸다.

"언니, 묻고 싶은 게 하나 있는데."

"응."

잠깐이나마 진지했던 녹색과 은색 눈이 별처럼 초롱초롱한 눈으로 돌아왔다.

"발테이즈 후작과는 왜 연락하려 하는 거야?"

그 말에 나는 어제 프란시아에게 부탁했던 것을 떠올렸다.

〈혹시 발테이즈 후작과 연락할 수 있겠어?〉

〈어렵지 않지. 해볼게.〉

그녀는 이유를 묻지 않고 흔쾌히 대답했다. 하지만 사실 무엇 때문에 찾는지 궁금했던 걸까?

"흐음, 글쎄. 그 사람이 필요해서?"

깜빡이는 오드 아이를 보고 있으려니, 장난기가 샘솟았다. 프란시아가 눈을 깜빡였다. 생각지 못한 반문이었던지 그녀는 조금 놀란 얼굴이었다.

하나 다른 생각을 한 것인지 자신의 가느다란 턱을 붙잡고 고개를 끄덕였다.

"노란 장미의 능력이 필요한 거야?"

그녀는 조금 달리 받아들인 듯했다.

"누구 숙삭하게?"

무구하게 고개를 기울이면서 자기 목에 손을 그어 보이기는 모습이 스산하기까지 했다. 도리어 내가 당황할 만큼.

"어어?"

"마음에 안 드는 놈이라면, 우리 애들도 해줄 수 있어."

"응? 그런 게 아니라."

그녀는 내 말을 끝까지 듣지 않은 채 벌떡 일어났다.

"성기사단, 성기사단 하는데. 솔직히 애들이 말만 성검이니 성창 들었지 들개들이나 다름없어서."

"프란시아."

짝. 나는 얼른 박수를 쳤다. 주변을 환기하는 효과를 주었는지 프란시아가 말을 멈췄다. 나는 일단 상황정리부터 했다.

"아니, 농담이야. 내가 그 사람을 찾는 건 그런 건 아니고. 일단 그보다…… 저 교황님은 저렇게 세워둘 거야?"

유약한 교황님이 나와 눈이 마주치자 화들짝 놀랐다.

"아, 아니. 아니."

그가 손을 마구 휘저었다.

"저는 신경 쓰지 마세요!"

빨개지진 않았지만 난감해하는 표정이 역력했다. 그렇게 말하면서도 프란시아의 눈치를 보는 것이 앉을 생각은 전혀 없어 보인다.

나는 프란시아에게 돌아와 눈짓으로 교황님 쪽을 가리켰다.

"대체 어떤 사이인 거야?"

"음, 부하? 보좌? 으으음, 그 중간 사이?"

만약 프란시아가 정말 내 이야기를 따라 겉으론 성녀의 입장을 취하되 뒤에서는 모든 권력을 잡은 것이라면 저쪽은 말 그대로 허수아비 교황이란 얘기다.

"처음에는 전략적 동맹이었다가 점차 내 아래로 들어온 사이."

"합의 하에?"

"응. 합의 하에."

프란시아가 손바닥을 펼쳐 보였다. 일견 무구해 보이는 낯이었지만 실상 그 아래 사정은 그렇지 않았으리라.

사실 3년이란 시간은 이렇게 자리 잡기에 짧은 시간이다. 리케도르안의 경우 핏줄이라도 있었지. 헤르님이나 도뮬릿과 다르게 프란시아의 가문은 그리 큰 가문이 아니었다. 신전에서도 그리 큰 힘을 발휘하지 못했을 터였다.

책 속에서도 프란시아가 성녀가 되는 과정은 개연성이 있는 건가 싶을 정도로 뜬금없었다. 녹록지 않은 자리였단 거다. 그런데 프란시아는 원작 시간대로도 아니고 심지어 원작보다도 일찍 그 자리를 거머쥐었다.

'대단하다고 할지.'

난 고개를 살짝 숙였다.

'하지만 결코 쉽지 않았겠지.'

신전 기존 세력이 아무리 노쇠했다고 하나, 프란시아가 자리 잡기가 쉽지는 않았을 터 그녀의 피눈물 나는 고생이 눈앞에 그려지는 듯했다. 흰 장미의 능력과 이름, 그리고 본인의 힘만으로 여기까지 올라온 것이 참으로 대단하다 못해 마음이 아릴 만큼.

그리고 빠른 변화, 즉 혁명은 언제나 커다란 반발 반대 세력의 부상을 불러오는 법이었다.

'교황 교체를 노리는 이들이 호시탐탐 노린단 걸 보니까 말이지.'

그리고 아직 정리가 채 되지 않은 듯했고. 그러니까 결국 저 교황님은 헤르님의 제이르나, 도뮬릿의 마쉬멜 같은 존재란 거네.

"그렇구나."

생각을 정리하며 끄덕였다.

"음, 언니 근데 그래서 노란 장미는 왜?"

르나그의 능력은 대략적이나마 알고 있었다.

주연이 아니었을 뿐이지 그는 체이서의 오른팔 격 악당으로서 이런저런 모습을 보였으니까. 더군다나 감방에서 제이르에게 듣기도 했다. 이게 노란 장미란 개연성 덕이었단 건 이 나중에서야 알았지만.

"누굴 죽이려 하는 건 아니야. 다치게 하려는 건 더더욱 아니고."

르나그의 능력은 '첩보'와 '암살'에 매우 적합했다. 괜히 매혹안을 가진 체이서가 옆에 둔 사람이 아니다. 더구나 일신의 무력 또한 뛰어난 걸로 알고 있다. 내가 감방에서 그를 두려워했던 것에는 날카로운 얼굴 말고도 이런 능력 탓도 있었으니까.

"그냥 연락을 좀 할 수 있었으면 해."

하나 나는 이제 알고 있다. 그 남자는 사실 내 솜털 하나도 건드리지 못할 사람이란 것을. 오히려 연회에 가기 위해 손잡는 것조차 쩔쩔매던 남자였다.

"지금쯤 날 찾고 있을 테니까."

작은 미소가 새어나갔다. 미안함이 담긴 미소였다.

"아, 후작이 사람을 풀어 약혼자를 찾는다곤 들었는데."

"그게 나야. 너도 알고 있겠지만."

"응. 알지."

모를 리 없었다. 몇 년 전 직접 나와 르나그의 대화를 보았으니까. 그녀 또한 떠올렸는지 끄덕였다.

"그랬구나. 난 또 이게 도튤릿 공작의 계략이라도 되나 싶었지."

"그 남자는……."

나는 고개를 살짝 기울였다.

"나와 관련한 계략엔 손을 빌려주지 않을 거야."

그런 사람이니까. 난 미소를 지우지 않은 채 무심히 말했다.

"그리고 내 오빠는 눈에 뻔히 보이는 계략은 쓰지 않을걸."

프란시아는 그런 나를 빤히 보다가 수긍했다.

"그건 그래. 그건 언니가 제일 잘 알겠다."

그녀의 눈이 잠시 내 발목 쪽을 담는 것 같았다.

"하긴 아빠의 얘길 들어도 흑장미란 이들은 언제나 그랬다고 해. 갖고 싶은 건 꼭 가져야 하고."

프란시아의 음성은 뒤로 갈수록 점차 얼음처럼 차가워졌다.

"소유에서 힘을 얻는 이들이니까."

그녀 또한 도뮬릿에 씻을 수 없는 원한이 있는 사람이었다.

"흐음, 아무튼 그래. 난 걔들이 좋아질 수가 없네."

무거운 공기를 지우고자 한 듯 프란시아가 애써 가벼이 미소했다. 그러고는 다른 화젯거리를 찾으려는지 제 수호신을 번쩍 들어 품에 안았다. 칼리스토는 아마 성체가 되었을 텐데 어째 이쪽도 아기 곰의 형태를 하고 있다. 여전히 딱 저 정도 크기를 유지한 채로 말이다.

"언니, 그보다 내가 생각해봤는데. 우리 칼리스토를 안 받아줬잖아."

"……안 받아준 게 아니라."

얘도 동의했겠니, 칼리스토의 얘기도 들어봐야 한다, 이거.

"으음……. 모습이 마음에 안 들어? 대공이 언니가 작고 귀여운 고양이를 좋아한다고 했는데. 그래서 우리 칼리스토가 작아진 건데……."

프란시아가 시무룩한 얼굴을 했다.

"고양이가 아니라서 그래?"

그 말에 나도 모르게 푸딩이를 향했다. 어디서 저런 오해가 생긴 건가 하니……. 아무래도 리케도르안은 푸딩이의 모습을 보고 작은 오해를 한 모양이었다.

"미안해. 고양이로 만들 수는 없거든."

"아니. 아니아니."

난 손사래를 쳤다.

"미안해하지 않아도 돼. 그런 거 아니니까. 그리고 그건 오해야."

어째 장미들은 하나같이 내게 뭘 주지 못해서 안달인 걸까. 혹시 이것이 장미의 공통 특성인가 싶은 의문도 들었다.

"혹시 자꾸 내게 뭘 주고 싶은 것도 장미의 의지인 거야?"

"응? 그냥 언니한테 주고 싶은 건데."

프란시아가 산뜻하게 대답했다. 그러면서 살짝 원망 어린 눈을 숨기지 않았는데, 이는 마치 내 진심이 그렇게 보였단 말이야? 묻는 것 같았다.

"엄밀히 따지면 아주 없는 건 아니지만. 그래도 의지를 대신할 순 없어."

"응. 미안해."

"응. 계속 오해했다면 슬펐을 거야."

순순한 사과에 프란시아는 본인의 입술을 툭툭 두드리더니, 눈을 반짝 떴다.

"대공님의 말처럼 숭배와 감정은 다르니까. 사실 과거로 거슬러 올라가도 대대로… 단순히 군림하고 지배받는 관계는 아니었어. 푸른 장미와 우리는."

그녀는 시무룩함은 금세 지워버린 뒤였다.

"꼬이고 꼬여 버렸지만, 과거의 기록을 찾아볼 때마다 생각하고
는 해."

"뭐를?"

프란시아가 내 허벅지를 톡톡 두드렸다.

"푸른 장미가 사라지지 않았다면 어땠을지를."

장난스레 웃는 얼굴은 도뮬릿에 있을 적 어린 모습을 떠올리게
했으나 곧 성숙함이 그 위를 덮고 진지하게 물들였다.

"우리는 아마 결핍을 겪는 대신 완전한 채로 존재했겠지? 과거의
장미들처럼."

"결핍이라니?"

"붉은 장미나 내가 겪고 있는 거. 사실 오랫동안 누군갈 애타게 찾
아야 한다 의무감이 드는 거, 사실 그리 달가운 기분은 아니었거든."

푸른 장미를 찾아야 한다고 느끼는 감각은 참을 만했지만 지속
적으로 들어오는 자극과 같단다. 프란시아가 검지와 엄지로 입술을
문질렀다.

"언니, 대공 각하하니까 생각난 건데, 붉은 장미의 '동반자'가 나
타난 건 푸른 장미가 사라지면서부터인 거 알아?"

"뭐?"

내 질문에 질문이 답으로 돌아왔다. 프란시아는 웃으며 설명
했다.

"푸른 장미는 몇 세기 동안이나 사라진 존재였거든. 최근에서야
흑장미들이 왕을 독차지한 게 알려졌지만. 이게 다른 장미들에게는

아주 곤란한 일이었단 거지."

이 시대뿐만 아니라 과거 긴 시간 동안에 푸른 장미가 아주 나타나지 않았던 시기가 있었단다.

이 시기 장미들은 스스로 결핍을 채우기 위해 수단을 강구했고, 이 중 붉은 장미는 '동반자'라는 것을 만들어냈다나.

"원래라면 그들이 사랑과 열정을 바칠 존재는 푸른 장미인데, 매번 나타나지 않잖아. 그래서 동반자가 생겨난 거야. 힘을 받아줄 반려를 만들어 생존해왔던 거지. 이건 붉은 장미뿐만이 아니야."

프란시아가 잠시 제 손을 내려다보았다.

"흰 장미는 치료를 필요로 하는 자를, 보호를 위한 노란 장미는 보호가 필요한 자를, 그리고 흑장미는 집착할 상대를."

붉은 장미의 동반자와 같은 개념으로 다른 장미들 또한 각기 파트너 혹은 반려를 필요로 했다고.

"고대 시대에 푸른 장미가 없으면 숨조차 쉬지 못하던 시대보다는 나아진 거야. 기록에 의하면 그땐 푸른 장미 없이는 죽기도 했다니까."

프란시아는 그리 덧붙이며 청아하게 미소를 맺었다.

"사실 발테이즈 후작에게는 연락을 취해뒀어."

"정말?"

바로 어제 말했건만 상당히 빨랐다.

"응. 몇 년간 연락을 하지 않았긴 한데 수단은 남아있었거든."

프란시아가 곧 눈을 가늘게 좁히며 입을 삐죽였다.

"근데 그쪽에서는 언니 소식을 알려달라고 해도 안 해주더라?"

그녀는 그리 말하고는 툭 덧붙였다.

"쪼잔하기는. 장미들은 다 똑같아. 하나에 빠져서는."

프란시아는 그래서 저도 르나그와 연락을 끊었다며 투덜거리듯 이야기했다. 시선이 제법 매섭기도 했다. 곧 온순한 얼굴을 했지만.

"곧 그쪽에서 대답이 올 거야."

"고마워."

내가 진심을 담아 말하자, 프란시아가 고개를 저었다.

"가벼운 거니까 인사하지 않아도 돼. 언니는 내게 인사하지 않아도 되는 사람이니까."

프란시아의 새끼손가락이 내 다섯 번째 손가락에 걸렸다. 약속하듯이 마주하면서.

"언니가 바란다면 언제든. 날 살려준 은혜는."

입술이 잔잔한 곡선을 띠었다. 그녀의 뒤로 청초한 흰 장미의 잔상이 보이는 듯했다.

"되도록 평생 갚고 싶어."

곧 프란시아의 미소는 함박웃음이 되었다.

"그럼 언니 옆에도 평생 있을 수 있겠지?"

눈을 배시시 아름답게 휘면서.

이튿날.

제이르와 다시 만났다. 이번에 만난 장소는 책이 산처럼 쌓여 있던 방은 아니었다. 의외로 꽃이 만발한 정원이었다.

"어쩐 일로 이런 곳에서 다 만나자고 하네요."

"아, 서재는 다른 보조 마법사들이 차지하고 있어서 말입니다."

보조 마법사? 제이르의 부하 같은 사람인가.

"사람이 많나 보네요."

"그렇다기보다는……."

제이르가 곰곰이 생각하는 표정을 하며 대꾸했다.

"아가씨께서 마주칠 이들을 주의할 필요가 있으니까요."

"아, 도퓰릿의 첩자일 수도 있으니까?"

"그럴 가능성도 있겠습니다만, 비단 그렇다기보다는 솔직히 헤르님 성에 있는 사람이라고 다 믿을 수 있는 상황이 아니다보니 말이지요."

그가 설명했다.

"완전무결한 가문은 없듯 저희 또한 도퓰릿 외에도 적이 없는 건 아닙니다."

흐음, 내부 첩자는 어딜 가나 경계의 대상이지. 이해 못 할 바는 아니라 끄덕였다. 나를 가둬두려고 하는 것이 아니라 혹시라도 있을 위험 요소로부터 보호하고자 하는 것이니까.

아울러 리케도르안이나 그의 수하들이 나를 배려해 말을 고르는 모습이 느껴질 때마다 기분이 묘했다.

"그래서 왜 정원에서 만나자고 한 거예요?"

그런데 정원에서 보기엔 이런 곳은 뻥 뚫려 있지 않나. 오히려 보안에 취약할 것 같은데.

"이곳은 특별한 정원입니다."

제이르가 이곳은 아무나 올 수 없는 정원이라 보안이 철저하다고 했다. 그러면서 피어 있는 장미를 가리켰다.

"붉은 장미 중에서도 헤르님에서만 피는 장미입니다."

탐스럽게 피어난 붉은 꽃, 보통 장미보다 크기가 훨씬 컸다. 얼핏 보면 크기가 동백만 한 것 같기도 했다. 그래서인지 생기가 훨씬 넘쳐 보이며 향기 또한 진하기 그지없었다.

"아득한 세월동안 오직 헤르님 영지에서만 자라던 꽃입니다. 수장의 안전을 지키는 장미라고도 불립니다."

이곳엔 리케도르안이 허락한 자가 아니면 발조차 들일 수 없다고.

"아마 각 장미별로 이런 공간이 있을 겁니다. 도뮬릿에는 없었습니까?"

"아……."

나는 문득 체이서의 정원을 떠올렸다.

흑장미로 가득했던 정원.

그러나 그곳엔 흑장미만 있지는 않았었다. 붉은 장미만 피어 있는 지금 이 정원과 다르게 그곳에는 두 가지 장미가 공존했다.

"있었던 것 같네요."

도물릿의 정원 또한 체이서 그 남자를 닮아 흑장미가 유달리 탐스러웠다. 거기다 수줍게 피어난 주황 장미가 군데군데 장식하듯 피어 있었지. 내가 좋아했던, 나름의 볼거리가 있던 곳이었다.

"아무튼 안전하다니 다행이네요. 당신이 건넨 자료 모두 봤어요."

"빨리 보셨군요."

"밤을 새웠으니까요."

사실 리케도르안이 내 방 앞에서 밤을 새운다는 얘길 듣고 정말 내 방에서 재울 생각을 했었는데……. 한 가지 생각으로 인해 관뒀다.

'진짜 문신 새기자고 하면 어떡하나?'

솔직히 말해서 나로선 땡큐…… 가 아니라 크흠. 뭐 내가 혼전 순결주의자라거나 이런 사람은 아니다. 근데 저쪽에서 임하는 태도가 다르니 어찌 신경이 쓰이지 않겠나. 온몸을 부딪친 사람에게는 진심을 돌려주고 싶은 마음이다.

아울러 한 가지 이유를 더 대자면, 물리적인 것도 있다.

아니, 수하가 대놓고 장난이 아니라잖아. 거기다 다른 말이지만 이성이 없는 모습이 대책없이 던지는 모습만 봐도…… 내가 아침에 일어날 수는 있는가 싶은데.

'그놈의 처음이에요! 소리 그만 듣고 싶은데 말이지.'

이제 와서 리케도르안의 처음을 누굴 줄 수는 없으니 결국은 내 거란 소린데……. 어째 다 차려놓은 밥상을 외면한 기분이긴 했다.

"흠흠, 보고서 얘기로 들어가서요, 흥미로운 이야기가 있던데."

"어느 부분 말입니까?"

아무튼 리케도르안이 문 앞에서 밤을 지새우는 동안 결국 나도 방 안에서 지새웠다는 얘기다.

보고서를 모두 읽으면서 느낀 건데, 대부분은 내가 아는 이야기더라. 책 속에서 읽었던 리케도르안이 감방에 있어야만 했던 이유라거나 전대 헤르님 대공의 만행. 그리고 내 감방 생활 이야기와 프란시아를 통해 들은 푸른 장미의 이야기 등등.

피차 서로 아는 김에 서론은 치우고 본론, 즉 처음으로 알게 된 이야기를 꺼냈다.

"캄브라캄이요. 오래전에는 감옥이 아니었다던데?"

그랬다. 나와 리케도르안이 있던 감옥은 본래부터 감옥이 아니었단다. 오래된 건물인 건 알았지만……. 놀랍게도 수없이 오래전엔 영혼을 묶거나 정화, 진정시키는 신전이었다고 한다.

"아, 거기까지가 저희가 미리 찾아낸 이야기입니다. 저희는 어째서 붉은 장미의 힘을 가지고 태어난 대공가 자제를 가둔 곳이 하필 캄브라캄의 지하 수감실이었나. 근원적 의문을 파고들었으니까요."

제이르는 진지한 표정으로 설명을 이었다.

"그래서 붉은 장미는 아주 오래전부터 후계자들을 그곳으로 보내왔던 걸 알게 되었지요."

"예전에 신전이었으니까?"

"예, 아직 그런 힘이 남아 있다는 모양입니다. 영혼을 묶고, 정화시키는 것이지요. 그래서 황실에서도 그곳을 특별 관리하는 겁니다. 고대의 힘이 남은 곳이니까요."

고대의 힘, 내가 지하 감방의 동굴에서 본 것도 그것과 관련 있는 것일까? 그럴 것 같았다.

"그래서 저희 또한 '푸른 장미'를 찾으면 각하와 함께 그곳으로 가게 할 생각이었지요."

"저주를 풀게 하려고?"

"예. 장소는 그곳이 되어야 한다는 것까지는 확인했습니다. 문헌을 통해서요. 보셨습니까?"

"네, 봤어요."

보고서에는 앞으로의 계획 또한 쓰여 있었다.

"그럼 내가 할 일은 감옥으로 돌아가, 저주를 푸는 것이고요?"

"일단 푸른 장미와 또 장소가 필요하니 이론상으로는 그렇습니다만……."

제이르가 망설였다. 그가 무엇을 말하고 싶어 하는지 알 수 있었다. 이들의 보고서는 꼼꼼하고 일견 완벽해 보였지만 한 가지가 빠져 있었다.

"그곳에 도착한 뒤에 어떻게 하느냐. 그건 당신들도 모른다는 것이죠?"

푸른 장미가 '어떻게' 저주를 푸느냐. 이것은 적혀 있지 않다.

"……예."

푸른 장미가 무효화를 시킬 수 있는 건 맞다. 그 장소가 캄브라캄이 된다는 것도. 그러나 아무리 뒤져도 푸른 장미가 어떤 방법을 쓰는지, 정확하게는 어찌 힘을 쓰는지 모른다는 거다.

문제는……

'나도 모른다는 거지.'

이제야 푸른 장미가 무엇인지 알게 된 내가 알 수 있을 리 없었다. 혹시나 싶어 내 안에 몸을 숨긴 푸딩이에게도 물어봤더니 모르겠다는 대답이 돌아왔다.

"그, 추측하기로는……."

"푸른 장미의 수호신과 관련 있을까요?"

"예. 마침 그 말을 하려 했습니다."

그럴지도 모른다. 수호신들은 생각보다 자기 장미에 대해 잘 알고 있었으니까. 푸딩이만 해도 가르쳐주지 않은 것들을 알고 있었다.

"근데 나 내 수호신에 대해서 잘 몰라요. 내게 없기도 하고."

"예?"

제이르가 놀란 얼굴을 했다가 수긍했다. 일이 이렇게 쉽게 풀릴 리가 없다며 중얼거리는 것도 같았다.

'프란시아는 알고 있을까?'

난 곧 고개를 저었다. 아니, 모를 것이다. 알았다면 진작 재잘재잘 이야기해 주었을 테니까. 사실 이를 잘 아는 사람이라면 역시…….

'체이서인데.'

나는 눈을 가늘게 좁혔다. 체이서, 내 오빠를 가장한 남자가 알려 줄 리가 없었다. 그렇다면 이 정보를 알 것 같으면서도 체이서와 가깝고, 그러나 체이서의 편은 아니면서 내 편을 들어줄 수 있는 자.

……난 이미 그런 사람을 알고 있네.

"혹시 헤르님에서 발테이즈 후작과 연락 안 돼요?"

이미 프란시아를 통해 연통을 넣은 참이었다. 그러나 신전을 잠시 떠나온 프란시아보다는 헤르님에서 넣는 게 빠르지 않을까.

"발테이즈 후작요? 설마 그…… 후작을 말하는 겁니까? 캄브라캄의 지배자?"

"저희가 아는 발테이즈가 또 있었나요?"

제이르가 경악하는 표정을 지었다. 그러나 내가 덤덤하게 응수하자 차차 차분함을 되찾았다.

"아가씨, 무슨 생각이신지 모르나…… 연락을 취하는 건 어렵지 않습니다. 하지만 재고해주시겠습니까?"

"잘 생각해봐요. 그쪽도 장미라면서요. 노란 장미."

사실 내가 푸른 장미인 것 이전에 르나그는 푸른 장미가 아니라도 날 도와줄 것 같았다. 내가 근거를 들어 설득하자 제이르도 차츰 감화되는 기색이었다.

"으음, 그의 협조를 받을 수 있다면 좋겠지만……."

제이르가 뒷목을 긁적였다.

"도퓰릿의 편 아닙니까?"

"아니에요."

그렇게 대답한 동시에 제이르의 뒤편으로 누군가 성큼성큼 걸어왔다. 한 사람이 아니었다. 리케도르안? 그리고 프란시아?

두 사람이 경쟁이라도 하듯 성큼성큼 걸어오고 있었다.

"내 편을 들어줄 거예요."

나는 일단 마저 할 말을 이었다. 그리고 주인을 등지느라 접근을 눈치채지 못한 제이르가 마침내 수긍했다. 깨달았다는 듯이 씩 웃으면서.

"아, 약혼 관계셨지요!"

목소리가 매우 우렁찼다. 그러고도 그는 생각에 골몰하느라 지척에 온 리케도르안을 눈치 못 챈 것 같았다.

"두 분 깊은 사이셨습니까?"

……음, 그걸 지금 굳이 물어야 할까. 나는 슬쩍 리케도르안의 표정을 살폈다. 리케도르안은 몇 걸음을 앞둔 채로 가만히 나를 응시했다. 그러고는 잠시 제이르의 뒤통수를 응시…… 아니 차갑게 노려본 것 같았다. 그리고 프란시아는 재밌다는 듯이 흥미진진한 눈으로 리케도르안과 제이르를 번갈아 봤다.

"그럼 발테이즈 후작을 이쪽으로 불러도 좋겠군요."

"뭐…… 네…… 음."

그럼 일단 나야 좋은데. 가장 최우선 과제는 리케도르안의 저주를 풀고 생명을 구하는 거니까.

하지만 아무래도 나와 생각이 같으신 헤르님 대마법사님께서는 리케도르안의 목숨을 구한다는 사실에만 여념이 없는 나머지 한 치 앞을 못 보신 게 분명했다.

"확실히 약혼 관계시라니 협조를 구하기도 쉽겠군요. 그쪽도 강력한 장미니 아가씨 보호를 맡겨도 좋고요."

……이 사람이 이렇게 눈치가 없는 인간이 아니었는데. 보스를 살리겠다는 의지가 정말 강하긴 한 모양이었다. 보다 못한 프란시아가 한마디 했다.

"대공님, 당신 보좌는 눈치가 좀 없는 것 같다."

조금 전까지 흥미롭게 웃던 프란시아의 눈은 식어 있었다.

"듣자하니 뻔히 나를 두고, 다른 장미를 끌어들이네?"

음, 그쪽이 화가 난 걸까. 나는 눈을 슬쩍 굴려 리케도르안을 향했다. 옆에서 히익, 가, 각하! 소리가 들리는 걸 보니 제이르는 이제야 그의 존재를 알아차린 모양이었다.

때는 이미 늦었지만.

다행히 나는 별말 안 한 것 같은데. 이게 다행인 건지, 스스로 되새겨보는데 문득 손이 붙잡혔다. 리케도르안이 내 손끝을 잡고, 표정을 굳혔다.

"리케도르안?"

그가 입술을 달싹였다.

"……약혼."

"응. 하긴 했어."

없는 사실은 아닌지라 수긍했다. 날 조사했으니 그도 모르진 않을 것 같은데. 아닌가? 그러나 리케도르안은 정말 몰랐던 것처럼 아니, 그보단 진짜인 줄은 몰랐던 것처럼 충격받은 표정을 했다.

……당신 몰랐어?

그는 마치 버려진 강아지 같은 낯을 하다 무슨 생각을 한 건지 천천히 표정을 가라앉혔다. 그러더니 진지하게 입술을 떼었다.

"나랑은 결혼해."

……네?

정신 차려보니 그가 얼굴을 붉히고 있었다. 그러면서 그는 또박또박 말했다. 떨리는 음성으로.

"아니, 겨…… 결혼해주세요."

어느새 붉어진 눈가가 그렁그렁했다. 그러려고 의도한 것인지 꾸며내기라도 한 것인지 몰라도.

"……잘……할게요."

"뭘 잘해?"

"……밤새도록?"

파괴적이었다.

무어라 할 말을 찾지 못하고 입술만 뻐끔거리고 있었더니, 누군가가 나를 대신해 입을 열었다. 프란시아였다.

"와, 끝내준다."

나도 모르게 시선을 돌리면 산뜻하게 웃는 얼굴이 있었다. 표정은 흡사 자애로운 성녀의 얼굴을 하고서.

"욕해도 돼요, 언니? 응?"

……하며 해맑게 물었다. 물론 여기에 리케도르안이 미간을 찌푸렸음은 물론이었다.

"대공 각하께서 줄곧 저렇게 꼬셨어? 언니는 저런 게 좋아?"

"어……."

좋으냐고 물으면 싫지는 않은데, 대답은 무어라 할 수가 없지. 이 상황에? 솔직한 말이 목 끝에서 나올 듯 말 듯 했다. 그러나 프란시아가 먼저 내 표정을 알아차린 모양이었다.

"흐응, 언니!"

프란시아가 내 손을 양손으로 잡았다.

"그럼. 나도 저렇게 꼬시면 돼? 나 봐줄 거야?"

목소리를 낮추긴 했으나 내게는 몇 년 전의 어린 모습이 겹쳐 보일 뿐이었다. 나는 그녀의 이마를 아프지 않게 살짝 두드렸다.

"아니, 넌 너다운 쪽이 어울려."

엄지로 프란시아의 손등을 톡톡 쳐주었다. 그녀가 배시시 웃었다.

"좋아, 이렇게 언니만 열심히 보면 된다는 거지? 맞아, 나한테도 기회가 있어야지."

프란시아가 내게 팔짱을 꼈다. 참으로 자연스러운 일련의 흐름에 나조차도 이상함을 느끼지 못했다.

"언니 언니, 푸른 장미는 모든 장미를 굽어 보살펴야 한대요."

"보살펴?"

"네. 원래는 언니가 없으면 살 수 없는 존재였으니까요."

이제는 아니더라도 여전히 푸른 장미를 향한 각인 같은 것이 남아 있다며, 프란시아가 덧붙였다.

"그러니까 저한테도 무관심하면 안 돼요. 음, 그러니까 흰 장미랑 붉은 장미만 예뻐해 줘."

프란시아의 말속에는 리케도르안과 자신을 말하고 있었지만 뉘앙스는 붉은 장미도 선심 써서 넣어준다는 느낌이 강했다. 이를 못마땅하게 보던 리케도르안이 막 입술을 달싹일 때였다.

"각하!"

아주 멀리서 외침이 들려왔다. 낯선 이의 목소리였다. 그 소리는 결코 작지 않아 내게도 들렸다.

감각이 예민한 리케도르안은 더 크게 들었을 것이다.

이어 이쪽으로 새 한 마리가 날아왔다. 조그만 카나리아 같았는데, 발목에 긴 줄이 감겨 있었다. 그리고 줄 끝에는······.

"편지?"

흰 봉투가 매달려 있었다. 척 봐도 범상치 않은 봉투였다.

"아, 서신이 온 겁니다."

"서신이라니요?"

설명한 사람은 지금까지 침묵하고 있던 제이르 쪽이었다.

"이곳은 각하께서 허락한 이가 아니면 아무도 들어오지 못하니까요. 그래서 밖에서 청을 할 일이 있을 땐 이렇게 새를 보내곤 합니다."

"동물은 되고요?"

"그렇지요."

참 신기한 체계네. 그렇게 생각하는 동안 리케도르안이 봉투를 열었다. 그 순간 봉투에서 희미한 금빛이 흘러나왔다.

"마법인가."

리케도르안이 눈을 가늘게 좁혔다.

마법? 리케도르안의 손에서 빠져나온 편지가 저절로 펴졌다. 그리고 읽어보던 리케도르안의 표정이 굳었다.

"무슨 내용이길래 그래요?"

호기심을 이기지 못한 프란시아가 슬쩍 고개를 내밀었다가 함께 표정이 굳었다.

왜 그러지?

"황실의 문양입니다."

제이르가 옆에서 작게 설명했다. 그제야 봉투 밖에 새겨진 장미가 보였다. 장미와 왕관, 그리고 왕홀. 확실히 도뮬릿에서도 본 적 있었다. 나를 초대하는 황궁 무도회 초대장을 보았을 때.

"매우 황당하네."

프란시아가 콧잔등을 찡그렸다.

"이거, 언니한테도 보여줘요."

"……."

나? 내가 저런 편지를 볼 이유가 무에 있다고……. 그러나 리케도르안은 순순히 내게 편지를 넘겼고, 나는 자연스럽게 내용을 보게 되었다.

중간중간 미사여구를 제외하면 핵심은…… 이런 내용이었다.

「……하여, 도뮬릿의 보물이 그대의 성에 있다지?」

도뮬릿의 보물.

이는 다름 아닌 나를 말하고 있었다.

「도퓰릿에서 문제를 제기하고 싶다는데, 어찌 생각하나. 나는 보류하고 있네만.」

문제를 제기한다. 여기 있는 누구도 이 말의 뜻을 모르지 않을 터였다. 그렇게 함께 보던 리케도르안이 그랬듯 내 표정도 슬며시 굳어졌다.

그리고 마지막, 편지의 주인이 물었다.

「어떤가. 황궁에 오는 것은?」

편지의 주인이 누군지는 익히 짐작이 가나 조금은 장난스러운 기색이 있는 물음이었다. 고개를 들면 나를 향한 시선들이 느껴졌다. 쉽사리 말이 나오지 않았다. 놀라거나 당황해서는 아니었다.

천천히 생각을 정리하고, 또 정리했다.

나는 눈을 한번 굴렸다.

"내 오빠가 전쟁이라도 하자던가요?"

차분하게 흘러나온 말에 움찔 어깨를 떨었다. 아니, 어깨를 떤 사람은 제이르뿐이었다.

프란시아는 태연하게 리케도르안을 쳐다봤다.

"비슷한 말을 하긴 했죠?"

리케도르안은 대답이 없었으나 그의 침묵은 긍정에 가까웠다. 나와 눈이 마주치자 슬며시 시선을 피했으니까.

"별것 없는 말이었어."

그가 고개를 돌린 채로 말했다.

"……신경 쓰지 않아도 돼요."

금세 존댓말로 흘러나왔지만 나는 알 수 있었다.

'하긴 했구나.'

하기야 그 남자라면 능히 그럴 수 있을 것이다. 아니. 오히려 체이서가 아무런 행동도 취하지 않았다면 그쪽을 믿을 수 없었으리라. 특히나 리케도르안의 반응을 보아선 체이서가 무언갈 해도 제대로 한 것 같은데.

"이아나, 당신은… 당신이 원하는 공간에 있을 수 있어요."

리케도르안이 확신을 담아 말했다. 그의 시선이 천천히 내게로 돌아온다.

"헤르님은 충분히 견딜 수 있어요."

때로는 무의식에서 나온 표현이 진심을 대변하기도 한다.

견딘다.

아무리 헤르님이라 한들 도퓰릿의 공격에 태연할 수는 없단 얘기였다. 그렇다고 당장 돌아가야겠다, 이런 생각이 든 건 아니었지만……. 아니, 정말 그러한가? 입술을 지그시 깨물었다.

'또 이러네.'

머리 한구석, 그리고 마음 한편에서 도퓰릿으로 돌아가야 한다,

외치고 있었다. 내 의지와는 전혀 무관한 일이었다.

"언니, 신전도 좌시하지 않을 거야. 결코."

프란시아가 생긋 웃었다. 자애로운 낯이었으나 그 위로 결연한 표정이 스쳤다.

"대공 각하의 말처럼 언니는 언니가 하고 싶은 대로 뭐든 할 수 있어. 내가 그렇게 만들어 줄게."

그녀가 아직 끼고 있던 팔짱을 풀고 내 팔을 잡았다.

"있고 싶은 곳에 있어."

그녀 또한 확신에 찬 어조였다. 사실 갑작스럽게 진행되는 상황에 얼떨떨함이 없진 않았던 차라 이 말이 고맙게 느껴졌다. 난 작게 미소했다.

"그래, 고마워."

실상 나는 내가 보호받아야 한다는 생각도 누군가에게 이렇게까지 소중히 여겨질 만한 가치가 있다는 생각도 하지 않았다.

그렇다고 내가 못났다고 생각하는 건 아니었으나 그저 보통 이들이 생각하듯 스스로를 평범했다 여겼던 그런 게 있다. 그렇기에 이 순간 남의 이야기를 보듯 초연한 듯한 기분이 든다는 것.

-인간, 그건 그냥 느긋한 거다, 냥.

'그런가?'

하긴. 지켜주겠다고 나서는 이들이 워낙에 쟁쟁한 데다 나보다 더 아우성이라 이쪽은 도리어 느긋해진 걸지도 모른다.

웃다 말고 검은 그림자가 앞으로 어른거리는 듯했다. 이런 기분은 착각이었으나 어쩐지 이곳이 도튤릿 저택 같고, 체이서가 거짓 말처럼 앞에 나타날 것 같다는 기분을 지울 수가 없었다.

'4년이 너무 길었던 걸까.'

매일매일 보던 얼굴을 보지 못하는, 이곳이 아직은 완전히 익숙하지 못한 탓일까. 어쩔 수 없이 도튤릿의 생각과 그 남자의 낯이 스쳐 지나가곤 했다. 관성처럼 말이다.

"이아나, 잠깐 다녀올게요."

그사이 리케도르안은 프란시아와 이야기를 나누더니 자리를 잠시 비우겠다고 했다. 정원 밖 대기하는 이와 이야기를 잠깐 나눠야 겠다고. 프란시아 또한 리케도르안과 함께 다녀오겠다고 했다. 거기에 제이르까지 자리를 비우니 나는 금세 혼자 남아 있게 되었다.

'이곳이 헤르님 성에서 가장 안전한 곳이라니.'

제이르가 이곳은 아무도 오지 않는데다 안전할 테니 안심하고 있어 달라고 했다. 그 말은 사실일 거다. 나는 눈을 크게 깜빡였다. 홀로 남으니 도리어 아무런 생각이 없어지는 듯했다.

눈앞, 붉은 장미 향기에 취할 것 같았다.

"황성이라……."

모두가 사라지니 생각의 방향은 조금 전의 이야기로 다시 돌아갔다. 아무도 딱 잘라 이야기하지 않았지만 서신의 주인은 '황제'일 것이었다. 그도 그럴 것이, 이 나라에서 리케도르안, 헤르님 대공에서 말을 편히 할 수 있는 사람은 황제밖에 없었다.

자연스럽게 생각의 흐름이 황제에게 다다랐다.

이 나라의 황제.

'이름이 뭐였더라……'

내 상식 스승이자 선생님인 조그만 흑마법사님에게서 기나긴 풀
네임을 들었던 것 같은데 기억이 나지 않았다. 이윽고 생각나는 이
름이 이러했다.

스칼렛 셰에라자드.

이름에서 알 수 있듯이 여성 황제였다.

'원래라면 이야기에 한 번은 등장해야 하는데 말이지.'

그리고 황제의 티아라의 주인으로서 본래는 원작 속에서 주요한
이야기 소재를 안겨주는 인물이었다.

이는 상당히 중요했다.

이 티아라로 인해 프란시아, 리케도르안, 체이서가 걷잡을 수 없
는 삼각관계로 접어들었으니까.

지금에서야 더는 미래가 어디로 진행될지 쉬이 알 수 없었지만.
이 티아라가 어디 있는지는 알고 있었다. 쓸 일이 있을지는 몰라도.
아무튼 조그만 흑마법사님의 강의에 따르면 이러했다.

현 황제는 아주 안정적인 통치 중이다.

혜르님과 도뮬릿. 거대한 가문이 힘을 불릴 대로 불린 상태에서
도 발언권과 힘을 잃지 않은 황제였으니, 그녀의 수완은 익히 증명
된 것이라 할 수 있을 터였다.

거기다 황제는 두 가문 사이에서 어느 가문의 손을 들어주는 대
신 균형 잡힌 권력 구도를 택했으나…… 실상은 충성도가 높은 혜

르님을 선호하긴 했다.

거기다 황제에게는 남편도 아이도 없었다. 보통 이런 상황에서 거대 가문의 남성들은 자연스럽게 황제와 엮이기 마련이었다. 정작 이는 황제도, 상대가 되는 각 가문의 이들도 원하지 않는 쪽이라 하였지만. 그런 황제가 헤르님에게 나를 데려오라 권했다.

말이 권유지, 황제가 하는 말은 권유일 수가 없다.

"흐음, 어떡해야 할까……."

그러나 리케도르안으로서는 이를 완강히 거부할 수 없으리라.

황제의 말의 이면엔 리케도르안이 들어주지 않으면 도뮬릿의 손을 들어주겠단 뜻도 담겨 있을 테니까. 아마도 체이서는 여기까지 생각하고 황제에게 고했을 것이다. 많은 수를 내다보는 남자였다. 생각을 하는 동시에 손목에서 느릿한 압박감이 느껴졌다. 아프진 않았다.

아마 누군가 내 손목을 붙잡으면 이러할까?

-인간, 네 손목이!

"응, 알고 있어."

나는 천천히 손목을 들어 올렸다. 내가 누르지 않았음에도 왜일까. 천천히 검은 장미 문양이 새겨지고 있었다. 하나둘씩 그려지던 꽃잎에서 새까만 장미가 완성되어 간다.

"……체이서."

무의식중에 그의 이름을 부른 순간 꽃이 활짝 피었다. 검은 기운이 파도처럼 흘러나왔다. 기운이 둥글게 뭉쳐 흐물흐물 움직이다가 이내 단단한 형체를 그렸다.

날개를 펼친 새였다. 조그만 새. 그리고 익숙한 새였다.

"……아퀼라?"

아퀼라가 부리를 크게 벌렸다. 울음소리를 내고 싶은 듯했으나 아퀼라에게서는 소리가 나지 않았다. 마치 누군가가 막아버린 것처럼. 아니나 다를까 아퀼라의 몸으로 뾰족한 가시가 돋았다. 몸에서 돋은 것은 아니었다.

삐이이익!

근처에 있던 붉은 장미들이 넝쿨을 뻗어 아퀼라의 형상을 조이고 있었다.

"괜찮아?"

체이서는 체이서고. 이 수호신은 내게 각별했다. 목숨 빚이 있는 데다 나름의 정이 든 상태였다. 그러나 아퀼라는 아픔을 신경 쓰지 않는 듯 부리를 몇 번 털다가 내 손 위에 부리를 비볐다.

"……응. 그래. 잘 지냈어?"

내게 대답하듯 아퀼라가 내 손가락을 아프지 않게 물었다가 놓는다. 푸드득 날개를 펼쳐 손가락을 쓰다듬기도 했다. 새가 할 수 있는 최대한의 애정 표현이었다. 아퀼라가 부리를 뗀 자리 위로 자그만 봉투가 놓여 있었다.

이를 본 순간 아퀼라의 머리를 비비다 말고 멈칫했다.

"……체이서가 보낸 편지니?"

입 밖으로 꺼내었지만 이미 답을 안다. 이런 것을 보내는 자가 누구겠는가. 내게 답을 주기라도 하듯 봉투가 저절로 열리더니 안에 담겼던 편지가 두둥실 떠올랐다.

아무것도 새겨지지 않은 종이에 차차 글씨가 새겨진다.

「안녕, 사랑스러운 내 동생.」

더는 동생이 아니라 해놓고서는. 인사말이 장난스럽기 그지없었다. 정갈한 글씨를 보며 오래전 감방에서 이름 모를 오빠와 편지를 나누던 기분을 떠올렸다.

「직접 가고 싶은데, 이동할 수가 없네? 아쉬워.」

나는 주변을 살폈다. 아퀼라를 꽁꽁 묶고 옭매던 장미 가시넝쿨. 이곳에 아무나 들어올 수 없단 말처럼 체이서도 올 수 없는 듯했다.

이윽고 곧 체이서의 본론이 그곳에 쓰였다.

「내 이아나.」

나는 천천히 입을 벌렸다. 아니, 벌릴 수밖에 없었다.

"이게 무슨……."

「푸른 장미의 수호신이 궁금하지 않니?」

그도 그럴 것이 체이서의 다음 말은 전혀 생각하지 못한 것을 이야기하고 있었으니까.

「네게 돌려줄 날만 기다리고 있었어.」

어쩐지 눈앞에서 유혹할 듯 아찔하게 웃는 낯이 스쳐 지나가는 것 같았다. 그가 주요한 말을 슬쩍 넘기고 싶을 때 짓는 특유의 표정이.

「이걸 봉인하는 건 아무리 나라도 힘들었거든.」

"봉인⋯⋯."
나도 모르게 소리 내어 읽다가 멈췄다. 내 안에서 푸딩이 부르르 떨고 있었다. 푸딩이의 기분이 고스란히 넘어온다. 공포와 떨림. 내가 보고 느끼는 것을 함께 느끼니 당연한 일이었다.
'괜찮아. 쉬이. 괜찮아.'
나는 푸딩이를 다독이며 다시 편지에 시선을 주었다.

「처음부터 이걸 가지고 있으면 네가 진실에 빨리 도달할 테니까.」

체이서는 푸딩이를 봉인했듯이 푸른 장미의 수호신을 어딘가에 붙잡아 두었다. 이를 알게 됨에 따라 의문이 수반되었다. 왜 그렇게 까지 행동한 것인가? 그리고 마침 이에 대답하듯이 다음 구절이 떠오른 것이었다. 내가 진실에 빨리 도달하길 바라지 않았다고.

"진실?"

저절로 '이아나'의 대한 이야기가 떠올랐다.

〈이전에는 뭐랄까. 항상 핏기없고, 유약한 인상이셨지요.〉

나와는 전혀 달랐다던 모습.

〈으음, 표현하자면 말입니다. 그때의 아가씨는…… '인형' 같은 느낌이었지요, 아마?〉

이것과 관련 있는 걸까? 도대체 무엇이 그녀를 이렇게 만들었으며, 거기다 어찌하여 그녀의 수호신이 봉인되었는가, 그것도 체이서를 사랑했다던 이의 수호신이.

「알고 싶다면 내게로 돌아와.」

궁금하지만 그렇게까지 해서 알고 싶지는 않은데. 인상을 구기는 동시에 구절이 바뀌었다.

「물론 이런다고 네가 바로 움직이진 않겠지?」

나를 아주 잘 안다는 듯이.

「그럼…… 테니까. ……까지…… 와. 어때?」

왜일까, 갑작스럽게 글자가 깨져서 보이기 시작했다. 황급히 아퀼라를 보았다.

"아퀼라?"

아퀼라의 형체가 깨진 화면인 양 불안정했다. 흐릿해졌다가 진해졌다가를 반복하며 아슬아슬한 상태처럼 보였다.

"아퀼라? 너 괜찮아? 아퀼라!"

수호신들은 영체다.

다시 말해 나타나고 사라지고를 자유자재로 할 수 있으나, 지금 보이는 건 억지로 사라지는 것에 가깝다.

이건 억지로 돌려보내지는 행위, 즉 역소환에 가까웠다.

더군다나 아퀼라 주변으로 일렁거리는 붉은 기운으로 알 수 있었다. 헤르님이 도뮬릿을 밀어내는 중인 거다. 이에 대해선 마쉬멜에게 들은 적 있었다.

"푸딩, 이거 역소환이지?"

-그, 그런 것 같다 냥.

수호신들은 육체가 없지만 고통은 느꼈다. 특히나 극심한 고통을 느끼면 형체가 사라지며 계약자에게로 돌아가는데, 이 경우. 수호신에게도 수호신과 계약한 자에게도 타격을 준다고 했으며, 아울러 아주 고통스럽다고 했다.

「이런, 이게 한계인 모양이네.」

서체는 곧 원래대로 돌아왔다.

깨진 곳 하나 없이. 그리고 체이서는 다시 한번 일자와 장소를 알렸다.

「기억해. 칸탈라의 대성당이야, 이아나.」

정확하게 장소까지 말을 한 체이서의 글씨가 다시 흐려졌다. 이젠 아퀼라도 한계인 듯했다. 이어서 무어라 몇 마디가 더 적히긴 했으나 알아볼 수는 없었다.

내가 표정을 찡그리며 입술을 꾹 물었다가 놓을 때였다.

아퀼라가 머리를 획 들었다. 그와 동시에 마지막으로 정갈한 글자가 새겨졌다.

「……사실은, 만나서 이야기하고 싶었어.」

왜일까. 서체에서 이 남자답지 않은 망설임이 느껴져서.

나도 모르게 눈을 뗄 수 없었다.

사각사각. 보이지 않는 펜은 천천히 종이를 물들인다. 검게. 손목에 새겨진 장미처럼.

「사랑해, 이아나.」

이어서 이어진다.

「불꽃이 쏟아지는 연회의 밤에 모든 걸 이야기하고 싶었지. 너는 사라졌지만…….」

나는 이 순간 그 남자가 앞에 있지 않아서 다행이라 생각했다. 나도 모르게 정원에서 눈물을 뚝 흘리면서도 아름답게 웃던 얼굴이 스쳐 지나갔으니까.

「옆에 있어 줘.」

잠시, 틈을 두고 천천히 적혔다.

「어떤 형태라도 좋아.」

그리고 차차 끝에서부터 잉크가 흐려지고 사라진다. 이윽고 마지막으로 적힌 한 마디가 방점을 찍었다.

「……난 네가 있어야, 숨을 쉴 수 있으니까.」

아퀼라가 길게 울었다. 작은 참새 형태에서는 나올 수 없는 길고 우렁찬 솔개의 울음소리였다.

「널 위해선 전쟁이라도 불사해.」

진지하고도 장난스러운 말이 덧붙이듯 이어진다.

「내 이아나. 내가 미치는 모습을 보고 싶은 건 아니지?」

정말 끝인지 이를 마지막으로 아퀼라의 형태가 아주 흐릿해졌다. 역소환을 바로 앞에 둔 듯했다. 나는 이 수호신이 느낄 고통을 생각한 순간 마음이 아렸다. 4년간 동고동락했던 새에 대한 연민이었다.

"……아프지 마."

내 손이 툭, 새의 부리에 닿는 순간 아퀼라가 고개를 기댔다. 내 손의 온기를 찾듯이.

그 순간이었다.

내 손끝에서 희미한 푸른빛이 흘러나왔다. 너무나도 연약하여 착각인 줄 알았지만……. 실로 바다처럼 푸르른 쪽빛이었다. 마치 물속에서 하늘을 바라본 듯한 오묘한 푸른색. 그것이 아퀼라의 몸을 감쌌다가 떨어진다. 그리고 아퀼라는 눈앞에서 사라졌다.

"아……."

남은 것은 아퀼라를 옭맸던 가시넝쿨뿐이었다. 이마저도 아퀼라가 사라지자 제자리로 돌아간다. 아퀼라도 편지도 사라졌지만 나는 마지막 장면이 남긴 여운에 잠시 말을 잇지 못했다.

'대체 방금 그 빛은 뭐였지?'

이곳에서 푸른 기운이란 제이르가 마법을 쓰던 순간에나 보았던 것이었다. 보통 백마법, 보편적으로 쓰는 '마법'을 쓸 때는 이렇게 푸른빛을 드러낸다고.

그러나 수어 번 보았던 마법의 푸른빛과는 달랐다. 오히려 리케 도르안이나 프란시아, 체이서가 힘을 쓸 때처럼 아주 선명하고 강렬한 느낌이었으니…….

이게 바로 푸른 장미의 힘인 걸까. 나는 내 손가락을 한참 쳐다보았다.

'어쩐지 등이 간지러워.'

-인간, 아프냐, 냥?

'아니, 그냥 좀 간지럽고 따끔거리는데…….'

손이 닿지 않는 등 한가운데 주변을 손으로 꾹꾹 누르다가 고개를 들어 올렸다. 황실과 푸른 장미의 수호신. 되도록 한곳에 몸을 누이고 좀 더 평온함을 즐기고 싶었지만, ……그리되기는 어려운 모양이었다.

'일단은, 체이서가 말한 기한까지는 시간이 남았어.'

"푸딩아."

사실 말은 하지 않았지만 조금 전 아퀼라가 나타났을 때 나를 지키려 하던 푸딩이의 힘을 느낄 수 있었다. 전에는 느껴지지 않던 것이 자꾸만 느껴지는 걸 보니. 내 안에서도 무언가 변하고 있는 모양이었다.

푸른 장미의 힘과 수호신.

눈을 꾹 감았다가 뜬다. 그저 흐르는 강에 몸을 맡기듯 편안히 있고 싶었던 적이 있다. 늘 그러했고, 앞으로도 그리 살고 싶었다. 그러나 세상은 뜻대로만 되지 않는 법일까. 거대한 손이 내 등을 떠미는 것 같았다.

'뭐든 간에 결단을 내려야 할 때네.'

멀지 않은 곳에서 리케도르안이 달려오고 있었다. 가까워지는 그를 바라보며 난 미소 지었다.

"리케도르안."

그가 발등에 불이 떨어진 사람인 양 황급히 달려온 이유를 모르지 않았다.

"하아, 이아나 또……."

"응. 나타났어요."

아마 그는 검은 장미의 힘을 느꼈을 것이다. 나는 숨김없이 대답했다. 체이서 대신 도뮬릿의 수호신이 나타난 것. 그리고 체이서가 내게 했던 말, 푸른 장미의 수호신을 어딘가에 봉인한 것과 내게 언급한 시간 및 장소에 대한 것까지…….

"푸른 장미의 수호신이 그쪽에 있다는데. 수호신이 없는 게 큰 문제가 될까요?"

붉은 장미는 수호신이 없다는 것만으로 큰 위협을 받았다. 리케도르안은 고개를 저었다.

"푸른 장미에게 그런 특성은 없어요. 존재 자체로 완벽하기에…
푸른 장미라 했으니까요."

"다행이네요."

나는 미소를 지우지 않고 말했다.

"혹시 결정을 번복해야 하나 했거든요."

수호신이 없다면 힘을 쓰지 못한다거나 그래서 리케도르안의 저
주를 푸는데 해가 된다거나. 가뜩이나 급한 사정이 있는 판국에 시
한부를 또 하나 만들어서는 곤란하다. 이런 것은 아니라니 다행이
었다.

한편으로는 조금 씁쓸한 생각이 들었다.

'아니다. 차라리 내가 아픈 것이 나았을지도 모르겠네.'

상념이었다. 생각을 지워내며 나는 고개를 들었다. 때마침 바람
이 불어 새하얗게 보이는 은색 머리칼을 마구 흩트려 놓았다. 그림
같은 풍경이었다.

"황실로 가요."

"……네?"

리케도르안은 잘못 들었단 표정을 지었다. 그러나 내가 웃기만
할 뿐 번복하지 않자 표정이 흐려졌다.

"……어째서."

어째서라니. 이는 리케도르안이 더 잘 알 터였다.

"이유는 더 잘 알잖아요."

여기서 황실이 헤르님을 외면하면 곤란해진다. 겨우 유지하던 균형이 깨지는 꼴이 될 것이다.

"황실을 외면해선 안돼요."

"……그건 문제없어요. 당신이 걱정할 정도는 아니에요."

"네. 당신이라면 잘 해결하겠죠?"

나는 모르는 척 시치미를 뗐다. 정치를 잘 모르는 나도 알 수 있을 정도로 가는 게 당연한 상황이었다. 나는 리케도르안의 말에 반문을 던지는 대신 고개를 끄덕였다

"황실에 가자는 건 꼭 이것 때문만은 아니고요."

대신 다른 이유를 꺼내 들었다.

"고위 귀족이 캄브라캄에 갈 때는 반드시 황제 폐하의 허락이 필요하다면서요."

이건 제이르가 알려준 사실, 정확하게는 보고서에 있던 이야기다.

"그러니 허락을 위해서는 한번은 만나 뵈어야 하겠죠? 우리의 목표는 당신 저주를 풀기 위해 캄브라캄으로 들어가야 하는 거니까. 겸사겸사라 생각해요."

그래서 황실로 간다. 가장 중요한 것은 당장 다가오는 리케도르안의 시한부를 해결하는 일이었다.

"방법을 찾는 순간 바로 달려갈 수 있게 미리 해결해야죠. 지금도 시간이 부족해요."

"하지만."

"들어줘요. 나만 초조해요? 당신이 걱정된다니까요."

방법을 아는 순간 곧바로 캄브라캄에서 시도해봐야 할 테니까.

그는 한참이나 침묵했다. 이윽고 내 의견이 타당하다고 여겼는지 끝내는 수긍했다.

나 또한 이게 맞다고 여겼다.

그리고 말하지 못한 이유로는…….

「널 위해선 전쟁이라도 불사해.」

정말로 전쟁이 일어나면 곤란했으므로.

조금 거창하기는 하나 신화 속 두 나라 간에 전쟁을 일으켰던 헬레네는 사양이었다. 그 미인으로 인한 결과를 생각하면 더욱더. 그러나 왜일까. 마음 한편으로는 어떤 선택을 하든……. 그 남자를 다시 한번 마주칠 것 같은 기분이 들었다.

"언니!"

이어서 프란시아마저 정원으로 돌아왔다. 이야기는 금방 진행되었다.

"황성으로 간다고?"

프란시아는 지체 없이 대꾸했다.

"나도 함께 갈래."

그렇게 황성으로 가는 인원이 빠르게 꾸려졌다. 우린 오래 기다릴 것도 없이 나흘 뒤 황성으로 떠났다. 아주 은밀하게.

이 제국에는 타국에 없는 특별한 세 가지가 있다.

오래전 감방 동료였던 남작 아저씨의 말을 빌려 설명하자면 세 가지는 다음과 같다.

「태양의 황궁」

「캄브라캄」

「다섯 가문의 장미」

아래 두 가지야 신물 나게 보고, 또 주변 인물이들이기도 했으니 제외하고서 첫 번째 것에 대해 이야기해보고자 한다.

'태양의 황궁'.

이쪽으로 말할 것 같으면 천년이 넘는 시간 동안 우뚝 서 있던 거대한 건물이다.

이제는 전설로만 남은 발명가의 최고이자 최후의 역작으로 알려져 있으며, 이름에서 느껴지듯이 태양을 닮은 듯한 위엄과 위압감을 갖춘 성이라나.

이를 처음 본 감상은 설명과 그리 다르지 않았다.

물론 황성에는 이미 연회에 참석하기 위해 온 적 있었지만 그때와는 상황이 달랐다. 당시엔 해가 질 무렵 즈음에 도착한 데다 바로 옆에는 체이서가 붙어 있었지.

막 푸른 장미란 것을 알게 되는 바람에 구경할 새가 없었다.

거기다 연회 전까지 내내 손님들 전용인 별궁에만 머물렀다.

특히나 황제가 도뮬릿에게 특별히 내준 성은 중앙과 거리가 조금 있었다. 연회가 열린 홀도 별궁 근처였고, 이러한 이유로 황제가 머문다는 본궁은 보지 못했다.

'……미친 듯이 크네.'

고개를 들었다. 끝이 보이지 않았다. 눈을 가늘게 찌푸리면 겨우 첨탑에 대롱 매달린 태양이 보였다.

혹자가 말하길 이 거대한 성에 태양이란 이름이 붙은 것은 깎아지른 것 같은 높이, 그리고 지붕이 태양을 꿰뚫은 창과 같이 뾰족해 서였다던가.

태양을 지붕에 얹은 성, 이름과 걸맞긴 했다. 무엇보다 거창한 이름이 잘 어울리게 크고 웅장했을 뿐 아니라 곳곳에 배치한 섬세한 무늬덕에 더욱 아름답게 느껴졌다.

〈한번 가본 이는 절대 잊지 못한다고 하지!〉

이럴 때 남작 아저씨의 가이드 아닌 가이드스러운 설명이 얼마나 도움이 되는지 모른다. 무려 4년이 지났음에도 이런 것을 기억하는 건 한 번씩 감방 생활을 반추했기 때문이었다. 특히나 아저씨와의 대화는 옛날이야기를 듣듯이 재미난 구석이 많았으니까. 문득 허허 웃는 아저씨 얼굴이 생각났다.

'그 아저씨도 잘살고 있으려나.'

죄목이 그리 무겁지는 않으니 어쩌면 출소했을지도 모르겠다. 살다 보면 다시 한번 만날지 모르니. 그때 가면 작은 보답이라도 해야지.

"이아나."

기둥을 보며 멍하니 생각에 잠긴 채 걷고 있는데, 어깨로 따뜻한 체온이 느껴졌다. 슬쩍 고개를 들자, 어른스런 얼굴에 걱정 어린 표정을 한 리케도르안이 보였다. 성장한 그는 서늘한 얼굴이 기본 낯이나 다름없었으나 내게는 이렇게 누그러지곤 했다.

"추워요?"

춥냐니. 나는 고개를 저었다. 좀 온도가 낮다 느끼긴 했지만… 그 정도는 아닌걸.

그러고 보니, 수도는 헤르님이 있는 남쪽보다 조금 추운 편이라고 했던 것 같네. 평균 기온이 낮다고. 도뮬릿에서도 호들갑을 떨며 내게 외투 따위를 안겨주었던 기억이 있다.

리케도르안은 무언가 못마땅한 표정을 짓더니 작게 한숨을 쉬었다.

"당신, 어깨를 떨고 있었어요."

난 고개를 갸웃했다.

"……그랬어요?"

리케도르안은 아예 걸음을 멈추고, 제 외투를 벗었다. 그는 현재 허벅지 아래까지 내려오는 코트를 걸치고 있었다. 그리고 장신이었다. 고로, 그의 외투를 내가 걸치면 옷에 파묻힌 꼴이 될 터였다. 리케도르안 또한 이를 느꼈는지 멈칫했다. 슬쩍 나와 코트를 번갈아 보는 것 같았다.

"……무거울까요?"

그는 나와 결이 다른 생각을 한 듯했다. 나는 심각해진 그의 얼굴이 우스워 설핏 웃음을 터트렸다.

"그렇지 않을까요?"

리케도르안의 외투는 단순한 외투가 아니라 이것저것 주렁주렁 매달려 있었다. 망토라거나 밧줄처럼 생긴 장식이라거나. 여기에 옷감도 두툼해 보였으니 모르긴 해도 내가 걸치면 휘청거리지 않을까? 리케도르안은 본인 말에서 답을 느낀 듯했다. 이내 시무룩한 얼굴이 스쳐 지나갔으니까.

결국 그와 나는 그의 외투에서 짧은 망토만 떼어 두르는 것으로 합의를 보았다. 짧은 망토라지만 내가 걸치니 숄의 길이와 비슷해졌다. 확실히 없는 것보단 따뜻했다.

리케도르안이 작게 한숨 쉬었다.

"이아나, 당신은 스스로에게 너무 무딘 것 같아요."

"그래요?"

그런 것보단 추위를 잘 안 타는 체질인 것 같은데. 아니, 안 타는 줄 알았다. 감방에서는 얇은 죄수복을 입고 잘만 지하에 다녔는걸.

"추위엔 강한 줄 알았어요."

"강한 게 아니라 무딘 것 같아요."

"그렇구나."

고개를 끄덕이는데, 짐짓 리케도르안이 뒤에서 내 양어깨를 붙잡았다.

"그쪽 아니고 이쪽 방향요."

"아."

앞을 보니 아니나 다를까. 우리를 안내해주는 시종이 전혀 다른 방향으로 걷고 있었다. 바깥 정원에 눈을 빼앗겨 다른 곳으로 발걸음을 튼 것도 몰랐다. 슬며시 눈을 들어 올리면 리케도르안이 조금 뚱한 표정을 하고 있었다.

그 모습이 '봐요, 당신 무디잖아.' 하고 말하는 것 같았다. 나는 다시 한번 웃음을 터트렸다.

"내가 좀 멍하니 있는 편이긴 해요."

나는 솔직하게 인정할 건 인정했다. 그러고는 손을 뻗었다.

'푸딩.'

속으로 조그만 수호신님을 부르자, 내 안에서 수호신님이 쫑긋 귀를 새운 것 같이 응답하는 기운이 느껴졌다.

'나와 줘.'

내 부름이 무섭게 포르르 붉은 기운이 뭉치더니 내 품 안에 포옥 안긴 짐승이 등장했다. 내 의지를 느낀 것인지 조그만 고양이 모습이었다.

"잘 잤어?"

-우웅, 냥. 잘 잤다. 인간.

괜스레 깨운 것이 미안해 이마를 쓰다듬어 주었다. 푸딩이는 기분 좋은지 고롱고롱, 목에서 긁는 듯한 소리를 흘렸다. 나는 골골송을 들으며 품에 고쳐 안았다. 따끈따끈. 영체라고는 하나 체온을 가진 동물의 온도는 몸을 딱 알맞게 덥혀주었다.

"봐요."

나는 고개를 들고는 씩 웃었다.

"이러면 걱정 없겠죠?"

망토를 덮어주고도 내 몸을 걱정하는 것 같기에 푸딩이까지 소환했더니. 어째 리케도르안의 표정은 개운하지가 않았다.

왜 그러지? 나는 눈을 깜빡이면서 품속의 수호신을 꼬옥 껴안았다.

"왜 그래요?"

"……나도."

"나도?"

리케도르안이 입술을 달싹였다.

"……내가 직접 안아다 움직일 수 있어요."

그가 머뭇거리며 말하고는 제 말에 발긋 뺨을 물들였다. 민망한 듯했다. 아니, 할 것 다 해놓고 이제 와서 이런 말에?

참 귀여운 대공님이었다.

"그건 나도 나쁘지 않은데. 너무 눈에 띄지 않을까요?"

언제는 밤새도록 뭘 할 수 있다고 큰소리치시던 대공님께서 말이지. 난 '흐응' 소리를 내며 입술을 끌어올렸다.

"대공님은 안기만 하진 않을 것 같은데. 아니에요?"

"네?"

"안기 전에 벗길 것 같,"

"이아나!"

작은 목소리였지만 그는 충분히 들었을 것이다. 리케도르안이 손등으로 입술을 가렸다. 새하얀 목까지 빨개진 것이 보였다.

"……사, 사람이 있는 곳에서 그런 소리는."

"좀 별로예요?"

"당장 집으로 돌아가고 싶게 해요."

이상한 곳에서 저돌적이시네. 잠깐 그의 인격이 바뀐 건 아닌가 걱정했지만 붉어진 얼굴은 그대로였다.

현재 우리는 황성에 최대한 빠르게 도착한 상태였다.

본디 프란시아도 함께 출발하기로 했지만 너무 눈에 띈다는 이유로 그녀와는 시간 차이를 두기로 했다. 그동안에 헤르님에 주둔한 성기사단과 신전의 문제를 잠깐 해결하고 온다나.

〈아악, 내가 정복해야 했어! 공국이라도 정복했어야 밀리지 않았지!〉

〈시끄럽군.〉

〈대공님, 당신 여기까지 생각한 거지? 날 쫓아내고 가려고! 더러운 권력!〉

물론 여기까지 결정되기까지 양 장미 간의 신경전이 있었으나 승자는 리케도르안이었다. 그 승리자께서 고개를 돌린 채로 작게 날숨을 쉬었다.

"…이아나, 당신은 잘 모르는 것 같아요."

낮지만 맑게 느껴지는 음색이 귀를 푹 파고들었다.

"당신이 얼마나 눈에 띄는지."

"내가요?"

나는 눈을 끔뻑였다. 지금 시선에 띌 일이 뭐가 있다고? 더군다나 이곳엔 사람도 별로 없었다. 은밀한 입성이었기 때문이다.

슬쩍 고개를 돌리자, 황성 복도를 지키는 기사가 보였다. 나와 눈을 마주친 기사가 이내 휙 고개를 돌렸다. 거리가 가까워서인지 시뻘게진 얼굴이 고스란히 보였다.

"흐음, 외양을 말하는 거라면 새롭긴 하네요."

감방에서 만난 이들은 놀랍도록 내 외양에 관심이 없었다. 한쪽은 같은 귀족이었고 한쪽은 날 죄수로만 보는 간수들이어서 그런가? 도퓰릿에서는 사람들이 내 얼굴을, 정확히는 나를 볼 겨를이 없었다. 시중인들은 나와 일정 시간 이상 함께 있지 못했고, 그중 태반이 복수를 품고 온 이들인 데다가 손님은 머무는 족족 어디론가 떠났다. 이를테면 탄광이라던가······.

'살풍경한 곳이었지.'

-인간, 너는 무심했고 말이다, 냥.

'그렇긴 했어.'

고개를 슬쩍 끄덕이며 푸딩의 엉덩이를 토닥토닥 두드렸다.

이를 본 리케도르안이 한 번 더 날숨을 내쉬는 것 같았으나 그는 곧 그래요, 내가 감수할 운명이겠죠, 하고 말한 것도 같았다.

그 뒤로 우리는 황성에서 나온 안내인을 만나 문제없이 그를 따라갔다. 우리는 채 십 분도 걷지 않아 화려한 문 앞에 도착했다. 보통은 홀 전체가 알현실인 전용 성에서 만나지만, 은밀한 알현을 요청한 만큼 다른 곳에서 만나는 것이라 한다.

'여기도 작아 보이진 않는데 말이지.'

이런 생각을 하는 동안 문이 열렸다.

"폐하, 약조한 손님이 오셨습니다. 리케도르안 폰 헤르님 대공이십니다."

문 앞에서 누군가 우리의 방문을 알렸다. 목소리를 내는 사내와 내 눈이 마주쳤다. 수염을 기른 노년의 남자였다.

"……그리고 일행분이 함께 있습니다."

그는 나를 가리키는 수식어를 찾지 못한 듯 이렇게 말했다. 하기야 얼굴로 내가 누군지 알아보긴 어려울 터다. 유일하게 참석했던 자리에도 머리색과 눈색을 변형한 채였으니.

"호오, 붉은 장미가 왔는가? 들라하라."

안쪽에서 낮은 음성이 들렸다. 여성치고는 쉰 목소리가 섞인 낮고 그윽한 음성이었다.

탁. 등 뒤에서 문이 닫혔다.

나는 리케도르안을 따라 걸음을 옮겼다. 아주 잠시 푸딩이를 되돌려야 하나 싶었지만 이미 안고 들어와 버린 뒤였다. 그러나 왜일까 얌전히 안겨 있던 푸딩이 짐짓 몸을 곤추세웠다. 귀를 낮게 눕힌 것으로 모자라 이를 드러낸다.

하아악!

-인간, 인간!

'왜 그래?'

사나운 울음소리를 내는 푸딩이를 말리지도 못했다. 순식간에 일어난 일이었다.

-인간, 여긴 위험하다! 위험하다 냥!

푸딩이가 훌쩍 내 품에서 내려와 그대로 털을 곤두세웠다. 발톱마저 드러낸 모습이 금방이라도 달려들 듯 사나웠다.

얼른 푸딩, 하고 부르려 할 때였다.

궤애애액!

안쪽에서 푸딩의 울음소리에 답하듯 요란한 소리가 들렸다. 처음 듣는 짐승의 울음소리였다. 날카로운 칼날이 귀를 후벼파는 것 같다. 듣는 내내 귀가 쨍하고 아파 왔다.

'윽, 이게 뭐지?'

고통이 커지기 전에 커다란 손이 귀를 감싸 안았다. 리케도르안의 손인 듯했다. 그 사이, 눈을 꾹 감았다가 뜨면 처음 보는 짐승이 푸딩이의 앞에서 파닥파닥 날고 있었다. 아니, 처음 보는 짐승은 아니었다. 그저 여기서 볼 거라곤 생각도 못 한 짐승이었지.

'……박쥐?'

피막 날개를 가진 짐승은 모로 보나 박쥐였다. 다만 내가 아는 박쥐와는 생김새가 살짝 달랐다. 새카만 날개와 삐죽 튀어나온 송곳니. 여기까지는 박쥐의 모습과 비슷했으나……. 눈동자는 동굴 속 자수정처럼 짙은 보라색이었다. 더군다나 몹시도 커다랬다. 사람의 팔에 앉으면 모두 덮을 만큼.

"폐하, 힘을 거둬 주십시오."

내 귀를 막고 있던 리케도르안이 말했다. 그와 동시에 안쪽에서 희미한 웃음소리가 들려왔다.

"이런. 웨스벳, 이리 오렴."

웃음소리의 주인공은 낮고 그윽한 음성이었다. 박쥐가 하늘로 날아올랐다. 박쥐가 안착한 곳은 누군가의 손등 위였다.

길게 내려온 휘장이 바람에 흩날렸다. 아니, 바람은 아니었다. 문과 창문은 모두 닫혀 있었으니까.

"내 아이가 놀란 모양일세."

무형의 힘에 의해 저절로 휘장이 올라가고, 그곳에 있던 이가 드러났다.

"실례라는 말은 하지 않겠네, 먼저 우를 범한 건 그대이니."

여인이 천천히 고개를 들어 올렸다. 검갈색 머리칼이 폭포수처럼 흘러내린다. 한쪽 눈을 가리고 머리마저 한쪽으로 흘러내리게 둔 듯한 자연스러운 스타일이었다.

"짐이 부르지 않았다면 베어버렸겠어, 대공의 검이."

다만 옷차림은 평범하지 않은 제복을 걸치고 있었다.

여인의 얼굴이 차차 돌아가 리케도르안에서 나를 향했다. 우아한 손에서는 지팡이와 비슷한 왕홀이 까딱 움직였다.

"저쪽은 붉은 장미의 짐승인가?"

이윽고 중성적인 하얀 얼굴과 눈에 띄게 아름다운 자색 눈동자가 나를 담았다.

"짐승을 안고 있는 쪽은…… 호오라. 의외의 얼굴인걸."

나와 같은 자색 눈동자였으나 느낌이 전혀 달랐다. 저쪽이 좀 더 어두운 듯 신비로운 느낌이었다. 아니, 신기하게도 푸른색이 옅게 섞여 있는 것도 같았다.

"이것 참 신기하구나."

여인이 제 뺨을 괴며 느른하게 웃었다.

"분명 붉은 장미의 수호신인데. 다른 이와 연결되어 있으니."

그녀는 눈 하나 깜빡하지 않고 물었다. 직설적인 화법이었다.

"혹시 그대가 바로 전설의 푸른 장미인가 싶은 생각이 드는데, 그러한가?"

무어라 대답하지 못한 사이, 여인이 먼저 눈을 접어 미소했다.

"농일세."

그녀의 등 뒤로 거대한 왕관과 왕홀, 그리고 한껏 흐드러진 보라색 장미가 보였다. 거대한 제국 황실의 상징이었다.

"이아나 로즈 도뮬릿. 아니, 도뮬릿의 보물."

스칼렛 셰에라자드.

이 나라의 주인이 내게 호의를 보이며 더욱 깊은 미소를 지었다.

"내 성에 온 것을 환영하네."

황제가 정확히 내 이름을 불렀지만 나는 당황하지 않고서 고개를 숙였다. 시선은 바닥을 향한 채로. 이미 황제와는 구면이었다. 그도 그럴 것이 이전에 참석한 연회에서 알현했었으니까. 물론 그때에는 가면을 쓰고 있었으나 황제의 앞에서 쓰고 있을 수는 없었다.

이후로는 체이서만 긴밀하게 불려가 가까이에서는 보지 못했지만 그럼에도 그녀는 내 얼굴을 본 적 있었다. 비록 머리색과 눈 색은 달랐지만 문제는 되지 않을 것이다.

황제씩이나 돼서 그런 눈썰미가 없지도 않을 터이니, 또한, 그때의 변형이 눈 가리고 아옹하는 수준이었단 건 알고 있었다. 하지만 푸른 장미임을 알아보는 건 별개의 일이었다. 농이라 말했지만 황제씩이나 되어서 그냥 하는 소리는 없을 터. 아니면, 체이서와 함께 인사한 날에도 알고 있었던 걸까.

어느 쪽인지 알 수 없었다.

"황제 폐하를 뵙습니다."

보통 귀족이 인사할 때에는 황제를 향한 찬사가 동반되어야 했지만 공작급 인사가 되면 단순해진 인사말도 무례는 아니었다.

황제 또한 개의치 않는 듯 고개를 들란 말이 이어 나왔다.

"흐음, 과연 도륄릿 공작이 불쾌할 정도로 싸고 돌만 하군. 이런 미모의 혈육을 숨길 줄이야. 더구나 정체까지 말이지."

코앞에서도 알아보지 못했다는 말로 나는 조금 전의 고민이 전자에 가깝다는 것을 알았다. 체이서가 수를 썼는지, 그녀도 이제야 내 정체에 대해 짐작한 듯했다. 혹은 알아보지 못한 모종의 이유가 있거나.

"도륄릿의 보물이 인사하는 동안에 그대는 무얼 하는가. 헤르님?"

왜 인사도 안 하고 멀뚱히 서 있느냐는 말이었다. 하나 리케도르안은 서늘한 표정으로 황제를 바라볼 뿐이었다.

"헤르님은 격식이 없어도 황실에 충성이 전해질 줄 압니다."

"흐음, 입만 살았구나."

아슬아슬한 리케도르안의 태도에도 황제는 그저 미소를 지을 뿐이었다.

'……헤르님과 황실 사이는 좋은 편이 아니었나?'

원래라면 그러했다. 책 속에서는 전대 헤르님 대공. 그러니까 리케도르안의 부친이 쌓아둔 충성을 리케도르안이 이어간다는 설정이었다. 그는 부친을 증오했지만 갑자기 살해당한 부친의 길을 좇아 충성을 다하는 이이기도 했다. 이는 오랫동안 황실에 충성해온 붉은 장미의 길과도 일치하는 일이었다.

그런데 리케도르안의 태도를 보건대 이 자리를 달가워하지 않는 것처럼 느껴졌다.

'황실로 가자고 했을 때도 반가운 기색은 아니었지.'

리케도르안 또한 방법이 없다고 생각했는지 받아들였지만 흔쾌한 허락은 아니긴 했다. 사실은 껄끄러웠던 걸까. 동행을 허락한 것을 보아선 적대 관계는 아니란 거겠지만…….

"이런 반응은 짐도 달갑지 않네만."

황제의 입꼬리가 올라간다. 그녀는 느슨하게 머리를 기울였다. 달갑지 않다는 말과 다르게 전혀 그런 것이 느껴지지 않는 얼굴이었다.

"짐을 불쾌하게 만들고자 한 것이 아니라면, 그대들에게 묻고 싶은데."

"폐하의 질문을 어찌 막겠습니까."

리케도르안은 한 걸음 물러났다.

"흐응, 이 순간에 나타난 푸른 장미라. 거기다 도뮬릿 공작의 동생."

그녀의 시선이 나를 쓸어내렸다.

저쪽은 단 한 번 보고서 나를 푸른 장미로 느끼고 있었다. 만약 황제가 프란시아나 리케도르안 같이 장미라면 이상한 일은 아닌데, 한편으로 이상했다. 내가 석판에서 보았던 장미 가문은 총 다섯, 이미 사라진 푸른 장미 가문을 제외하면 넷. 하지만 이 안에 황실은 없었다. 황제가 특별한 능력을 가진 장미라는 얘기도 들은 바 없다.

그런데 그녀는 어떻게 한 번에 나와 푸딩의 연결고리를 알아본 것일까?

"전설 속에나 내려오는 존재를, 다름 아닌 붉은 장미 그대가 데려온 것에 대해서 짐이 어떤 생각을 하겠나?"

"제가 어찌 폐하의 생각을 짐작하겠습니까만."

리케도르안은 조금 전보다 공손했으나 여전히 황제를 알현하는 태도는 아니었다. 나는 똑똑히 느낄 수 있었다.

"짐이 모르리라곤 생각하지 않겠지 그대는 짐이 가진 '보는 눈'에 대해서 모를 리가 없을 것이다. 그런데도 이 순간 침묵하여 말을 아끼는 것은 나를 기만하려 하는 것인가?"

황제에게서 일렁거리는 무형의 기운을. 저건 색이 보랏빛이란 것만 다를 뿐 리케도르안이나 프란시아에게서 보았던 익숙한 아지랑이였다.

오싹, 소름이 돋았다.

왜 황제에게서 저런 기운이 보이는 걸까. 석판에 있던 오직 다섯 장미 속에 보라색은 없었는데, 무언가 잘못되어가고 있음을 느꼈다.

"아니면, 이제 와 도뮬릿 영애에게서 푸른 장미의 기운을 느낀, 짐의 무능력을 비웃는 것인가?"

내 몸이 장미에 걸맞게 변해가고 있는 건지. 아니면, 본래부터 느끼고 있던 걸 이제야 깨달았는지 몰라도 기묘한 감이 불길함을 암시하는 것 같다.

황제가 왜 장미의 힘을 가지고 있는가. 단순하게 생각하면 간단했다. 장미들은 각각이 가문이었으며 그녀는 모든 가문들을 통솔하는 제국의 주인이었다.

그러니 그만한 힘이 있는 것이 이상한 일이 아닌데. 자꾸만 석판이 떠올랐다. 캄브라캄에서 본 것은 5개의 장미뿐인데……. 하는 내가 줄곧 석화로서 보았던 그림의 잔상이. 그곳에는 5개의 장미뿐이라는 생각이.

저기, 황제의 뒤로 새겨진 보라색 장미가 더욱 부각되어 보였다.

"말하라, 헤르님의 주인."

황제가 가벼이 침묵했다.

"감히 제국의 주인을 능멸하려 한 것인가?"

이어 결코 무시할 수 없는 기운이 황제에게서 흘러나왔다. 이에 따라 리케도르안 또한 가만히 있지 않았다. 일촉즉발의 상황이었다.

"어찌 제 충성을 알아주시지 않는지."

"충정?"

황제의 팔걸이에 앉은 박쥐가 날개를 펼쳤다. 황제는 천천히 입술을 입맛 다시듯 우아하게 움직이다 와그작 입술을 꽉 깨물었다. 사납지만 그조차 고아하게 보일 정도로 위압감이 드러났다.

"짐은 오랫동안 사라진 푸른 장미의 등장이 달갑지 않아. 기적이 도려내진 시대에 다시 등장한 기적의 존재는 혼란을 야기하기 좋지. 아니 그런가?"

그녀가 뺨을 괸 채 눈을 가늘게 좁혔다.

"짐이 먼저 찾아냈다면, 이리 좌시하지 않았을 것이다. 짐은 모든 과거를 기억해. 푸른 장미의 등장이 어떤 결과를 초래했는지."

그리고 천천히 말이 이어졌다.

"과거 '장미 제전(祭典)'이 그러했듯이 말일세."

장미 제전. 처음 듣는 말이었지만 황제의 뉘앙스로 보아서는 좋은 것이 아닌 것 같았다.

"짐의 역할은 제국의 평화를 수호하고 지키는 바. 이 순간에도 저 개화하지 못한 가녀린 꽃을 꺾어, 씨앗을 삼켜버릴 수 있네."

한순간에 살벌해진 분위기가 작지 않은 방을 짓눌렀다. 이렇게 될 것이라는 것을 알기라도 한 듯 리케도르안은 태연하기 그지없었다. 나는 불안을 느꼈다.

방에는 우리 세 사람을 제외하고서 아무도 없었으니까.

"위대하신 폐하의 결정에 어찌 한마디를 붙이겠습니까마는. 그리하신다면 폐하. 제가 지켜보지 않으리란 것도 아실 겁니다."

"……."

"현명하신 분이 아니셨습니까."

폐하의 말이 여차하면 눈앞의 나를 숙삭 해버리겠다는 말임을 모르지 않았다. 웃고 있지만 위압감 가득한 눈으로 나를 보는데 어찌 모를까. 그보다는 조금 전부터 저 보랏빛, 그녀의 눈에 기묘하게 일렁이는 보라색과 푸르른 색이 섞인 빛에 신경이 쏠렸다.

자꾸만 불안함을 일으켰다. 본래 대부분의 일에 무심한 나인데도. 처음에 푸딩이가 나가자고 했을 때 확 돌아서야 했나.

'이래서야 푸딩이가 나를 바보 같다 말해도 할 말이 없겠는걸.'

일촉즉발의 상황에서 내 앞으로 긴 팔이 뻗었다. 리케도르안의 것이었다. 유사시엔 그대로 심각한 사태, 싸움에도 임하겠다는 듯이 그의 턱이 단단하게 다물려 있었다.

"뭐, 좋아."

황제가 픽 웃었다.

"사실 지금 그대의 뒤에 있는 영애는 푸른 장미가 아니더라도 문제일세. 헤르님."

리케도르안을 향한 호칭이 바뀌었다.

"그대가 데려간 보물로 인해 일어날 일을 생각해보게. 그대는 아둔한 자가 아니지. 한쪽에서는 전쟁도 불사하겠다 하지 않나? 그대는 어떤 각오를 품고, 씨앗을 이곳에 데려온 것이지?"

황제가 말한 한쪽은 당연히 체이서일 터였다. 왜, 굳이 불화의 씨앗을 이곳에 데려왔냐고, 맵씨있는 언어로 따져묻고 있었다.

"이곳으로 저를 부르신 것은 폐하이십니다."

"그렇지. 짐이 그대를 불렀네. 그대가…… 이런 씨앗을 가져올 줄은 전혀 모르고."

황제의 눈이 흘끗 나를 향했다.

"'푸른 꽃'이 나타난 이상 그대들은 저 영애를 경애하며 짐보다도 더욱더 따르겠지. 때로 경쟁과 희생을 불사하고서."

그녀가 비릿한 웃음을 지었다.

"제국의 안위를 생각하는 짐으로서는 고려하지 않을 수 없네. 이해하지?"

한마디 한마디가 위협적이었다.

"깨닫는 순간 저 꽃을 말살해야 하는 것인가 고민도 했지."

나를 바라보던 자색 눈이 가라앉았다. 그와 동시에 그녀에게서 느껴지던 기운이 더욱 강렬해졌다.

"하늘 아래 두 태양은 없어. 이렇게까지, 생각하는 짐의 생각도 이해하리라 믿겠네."

이유는 모르겠지만 황제가 푸른 장미를 지나치게 경계하는 것만은 알았다. 불안의 원인은 이것인 듯 했다. 이곳에 오기로 한 선택이 잘못되었던 걸까?

그 순간이었다.

"하지만 역시, 내키지 않아."

황제가 손을 늘어트렸다.

"이건 질시지. 역사가 아주 오래된."

나와 리케도르안을 위협한 무형의 기운은 일순간에 사라졌다. 눈앞의 눈에는 분노가 가시고 그 자리를 흥미가 메웠다.

"그것도 이를 느끼는 감정이, 내 것이 아닌 질투라면 더욱이 말일세."

흥미라니… 여기서? 순식간에 경계를 풀어버린 이 상황이 이해가 지 않았다. 나는 무슨 말인지 알아듣지 못했지만 리케도르안은 짐작이 가는 듯 표정을 풀지 않았다.

"……강인한 분이시니 이겨내시리라 생각하겠습니다."

"흐음, 여태까지와 마찬가지로 말인가."

그렇게 말을 주고받던 황제가 돌연 고개를 돌려 나를 향했다.

"아직 저쪽의 영애는 아무것도 모르는 눈치인데. 알려주지 않았나?"

"예. 아직은 모두 모를 것이나 오늘 내로 모두 알게 될 것입니다."

"그대가 시한부임은 알고 있는가?"

훅 들어오는 직구였다. 리케도르안은 잠시 멈칫했지만 태연하게 대답했다.

"예, 압니다."

"그렇단 말이지."

황제가 천천히 상체를 바로 세웠다. 흘러내린 머리칼이 사르르 흩어졌다. 언뜻 나타났다 사라졌지만 나는 똑똑히 목도했다.

"그렇다면 짐에 대한 사실만 알면 되겠군."

그녀가 재미있다는 듯 턱을 쓰다듬었다. 또, 바람이 불지 않는데도 뒤의 장미가 그려진 휘장이 흩날렸다. 이제는 알았다. 아니, 보였다. 바람처럼 불고 있는 보랏빛 힘이 휘장을 흔들고 있다는 것을.

"황실이 실상 불완전한 장미라는 사실과 불완전체인 주제에 군림하고 있다는 것 또한. 아, 이것도 알려주어야 하나?"

그녀는 즐거워 보였다.

"어여쁜 영애에게 험악한 것을 보일 짐의 마음이 조금 걱정되는군. 그래, 도뮬릿 영애, 험한 것을 잘 보나?"

"네?"

내가 무어라 반문하기도 잠시, 황제가 머리를 쓸어올렸다. 한쪽 눈을 가린 곳의 머리가 부드러이 올라가며 아래로 흉터가 나타났다. 눈꺼풀 위를 가로지르는 실로 거대하고 깊은 흉터였다.

화상을 입은 듯 뭉개지긴 했지만 군데군데 나타난 것을 조합해보면, 아마도 이마부터 관자놀이까지…… 본래 문신이 있었던 것 같았다. 장미 문신이.

"짐이 '불완전함'에 저항한 흉터지. 쉽게 말해 장미의 힘을 가지고 싶지 않아서 푹."

그녀가 제 눈을 찌르는 시늉을 했다.

"한 것이라네. 한심한 자태지."

"…과거 여러 차례 말씀드렸듯 그 자리에 앉아 계신 한 스스로를 낮춰 말씀하실 필요는 없다 여겨집니다."

"권력은 짐이 쥐었다 이것인가?"

황제가 후후, 낮은 소리를 내며 웃었다. 긴 손가락으로 자신의 뺨을 툭 내리쳤다. 나는 황제가 이야기한 것을 정리하느라 바빴다. 늘 무심하고 느릿한 나지만 이마저 그냥 지나갈 수는 없었다.

황제, 황실은 석판에 없던 보라색 장미다. 보라색 장미는 불완전한 장미. 그리고 저 황제는 힘이 갖고 싶지 않아 제 눈을 찔렀다…. 머리가 빠르게 돌아간다.

리케도르안은 짐승이 되는 저주와 수명이 깎여나가는 저주에 걸렸다. 완전한 장미임에도 이럴진데 불완전함이란, 더욱 큰 대가를 치르게 한 건 아닐까?

감이지만 황제의 태도를 보아서는, 내 추론이 틀리지 않은 것 같았다. 그 사이 황제는 리케도르안과 대화를 나누었는데, 내가 언제부터 헤르님에 몸을 의탁했는지에 대한 시기 이야기였다.

그녀는 다시 눈을 가린 채, 쓸쓸하게 미소지었다.

"그래. 도뮬릿에서 벗어났나."

"예, 헤르님의 보호 아래 있습니다. 로제니아 또한 그녀를 수호할 것입니다."

"벌써 흰장미까지? 호오라. 쉽게 건들지 말아라?"

황제가 소리내어 웃었다.

"뭐, 그래 알았네. 짐도 이리 어여쁜 영애를 세상에서 지워버리는 건, 아쉽다 생각해."

나를 향해 휘어지는 눈은 위압감이 넘쳤지만 동시에 매력적이었

244

다. 이런 게 군림하는 이들의 카리스마인가 싶었다.

"아무튼 간에 이렇게 짐의 소환에 기꺼이 응한 바가 있을 터. 바라는 바가 있는가?"

황제가 손잡이에 앉아 있던 박쥐를 쓰다듬으며 말했다. 도퓰릿의 이야기를 꺼내며 황성으로 오라 초대한 것은 황제 쪽이었다. 그러니 원하는 것이 있을 터, 그럼에도 그녀는 능숙히 우리를 협상 테이블로 인도했다.

"짐은 단도직입적인 것을 좋아해."

이리저리 재지 말고 본론만 이야기하라는 소리로 들렸다.

"덧붙이자면, 능글능글한 도퓰릿 공작의 낯짝을 그리 좋아하지 않는 편이야."

그녀는 웃으며 턱을 쓰다듬었다.

"위태롭게 아름다운 것들은 늘 그렇듯 독을 품고 있지."

도퓰릿이 먼저 청했으나 이쪽에게 기회를 주었다는 뜻을 내포하는 말이기도 했다.

"폐하께선 제가 오래 살지 못하리란 사실을 익히 알고 계십니다."

"그렇네만. 정확히는 달갑지 않은 이 힘이 알려주는 거지만."

황제가 가린 눈을 톡톡 두드렸다. 아무래도 황제가 가진 힘은 정보와 관련된 힘인 것 같았다.

"예, 하여 저는 여기 있는 이아나와 함께 캄브라캄으로 가길 바랍니다. 허락해 주시겠습니까? 제가 바라는 것은 이것입니다."

황제가 호오, 하고 감탄을 터트렸다.

"캄브라캄에서 그대의 저주를 아예 풀어버리겠다?"

"그렇습니다."

정보와 관련한 힘뿐 아니라 아는 바가 많은 모양이었다. 하기야 황제씩이나 되니 이상한 일은 아니었다. 더군다나 처음의 비정상적인 분노를 가라앉힌 뒤로 황제는 줄곧 우호적인 태도를 보였다.

"나쁘지 않은 생각이군. 짐도 제국의 기둥인 대공이 사라지는 건 바라는 바가 아니야."

이미 헤르님은 제국을 뒷받침하는 거대한 가문이었다. 권력자가 사라진다는 것은 혼란을 야기할 테니. 수장이 갑자기 사라져서야 황실도 곤란한 일이었다. 물론 리케도르안이 사라져서 취할 수 있는 이득도 있겠지만 그보다는 지금의 평화를 유지하고 싶은 듯했다. 하나 다음 순간 알았다.

"그러니 허락은 해줄 수 있네."

그녀는 녹록하지 않은 인물이었음을.

"다만, 조건이 있어."

"…무엇입니까?"

그녀가 눈을 휘며 군주의 자리에 걸맞은 웃음과 함께 말을 이었다.

"짐에게 필요한 걸 가져오게."

거래에는 오가는 것이 있는 법. 대가를 확실히 따지는 인물이란 생각이 들었다.

"이미 오래전부터 그대들에게 캄브라캄을 무상으로 제공했던 것도 특혜였네. 알고 있겠지?"

"무엇을 원하십니까?"

"그대는 시원시원해서 참 좋아."

황제가 다리를 꼬며 고개를 기울였다. 짐짓 우아한 자세였으나 딱 떨어진 제복에서 위엄이 흘러넘쳤다.

"조건은 말했듯 짐에게 필요한 것을 가져오는 것."

"원하시는 것이 무엇입니까."

"짐의 왕관."

황제가 긴 손가락으로 툭툭 제 머리를 두드렸다.

"짐이 아끼는 티아라 말일세. 알고 있지? 잃어버린 것을 찾고 싶네."

나는 고개를 번쩍 들었다.

황제의 티아라.

'……이게 여기서 나온다고?'

원작에서 주요한 소재로서 긴 이야기를 차지했던 것이기도 했다. 물론 나는 이 티아라가 어디에 있는지 아주 잘 알고 있었다. 하나 길게 생각할 수는 없었다. 황제의 질문이 내게로 돌아왔기 때문이었다.

"도뮬릿 영애, 그대는 푸른 장미의 능력을 사용할 수 있나?"

"아니요."

나는 공손하게 고개를 저었다. 능력은커녕 내가 무슨 능력을 가진지도 완전히 파악하지 못했다. 사라진 지 오래된 푸른 장미의 기록은 드물었다. 헤르님의 방대한 자료도 푸른 장미의 몇몇 능력을 파악했을 뿐 이외의 것은 찾지 못하고 있었다.

"푸른 장미의 자료는 소실된 지 오래지. 누군가가 작정한 듯이 모두 지워버렸네."

"……"

"그 세력은 그대도 아는 세력이지. 짐작이 가겠지?"

어쩐지 어떤 세력이 저질렀을지. 알 것 같기도 했다. 흑장미.

"하지만 황실에는 자료가 남아 있네. 대부분 상태가 좋지."

이야기를 건네는 건 보여줄 의향이 있단 소리다. 아니나 다를까 그녀가 시원하게 일갈했다. 팔짱을 끼며 피식 웃으면서.

"그대들이 짐의 티아라를 가져온다면 내 기꺼이 그것도 줌세."

어찌 보면 이것을 어디서 어떻게 가져오면 좋을지 모른다면 한참이 걸렸을지 모를 문제였다. 그러나…….

나는 알았다.

이건 우리에게 절대적으로 유리한 조건이었다는 것을. 그도 그럴 것이 나는 '황제의 티아라' 이것의 행방을 아주 잘 알고 있지 않은가. 심지어 최근의 행방도 알고 있다.

'그거…… 체이서한테 있었지.'

나는 얼굴을 쓸어내리고 싶었다.

황제의 티아라는 도륄릿 저택 지하에 고이고이 잠들어 있다는 것을 알고 있었으니까.

"그것이 어디 있는지 아십니까?"

옆에서 리케도르안이 평온하게 물었다.

"그대는 아는가?"

"어디 있는지 모릅니다."

"짐도 그렇네."

황제가 재밌다는 얼굴을 했다.

"그 얼굴은 뭐지? 뻔뻔하군, 대공."

그녀는 리케도르안의 의도를 파악했다는 낯이었다.

"그건 이제부터 자네가 찾아야지, 안 그런가?"

황제는 시간이 부족한 이에게 시간의 자비를 주지 않았다. 공평하지만 냉정했다.

"나가보게."

알현실을 나온 뒤로 리케도르안은 한참 동안 말이 없었다. 나는 그의 침묵을 존중했다.

황제가 터무니없는 조건을 내걸었을 테니 생각이 많겠지. 고민될 것이다. 물론 헤르님이 가진 정보력과 인적 재산이라면 단서를 찾지 못할 것은 없으나 시간이 오래 걸렸다가는 더 중요한 일을 놓친다. 그의 생명 말이다.

황제는 나가기 직전 우리에게 말했다.

〈찾는 동안 도뮬릿과 관련한 건은 막아주겠네.〉

기간 한정이었지만 체이서의 공식 추적으로부터는 자유로울 거란 얘기였다. 어쨌거나 나는 체이서의 여동생이었으니 체이서가 대놓고 나를 찾는다면 막을 명분은 없었다. 그럼에도 막아주겠다는 거니, 일단은 고마운 일이었다.

앞으로 그 도튤릿으로 직접 들어가야 할지도 모른다는 것을 제외한다면 말이다.

그래, 문제는 이것이었다.

난 흘끗 리케도르안을 보았다. 이 얘기를 언제 하면 좋을지 타이밍을 보고, 전달할 요량이었다. 일단 복도는 듣는 귀가 너무 많아. 이대로 방으로 돌아가면······.

"각하."

우리는 동시에 등을 돌렸다. 그곳에는 살짝 숨을 몰아쉬는 시종이 보였다.

"황제 폐하께서 잠시 보고자 하십니다."

황제가? 조금 전에 헤어졌건만 이상한 제의였다.

"···조금 전에 알현한 참인데."

"그저 잠시 전할 것이 있다고 빠르게 들렀다 돌아가라 하셨습니다."

"그럼 함께······."

"빠르게 오라 하셨습니다."

시종은 그리 말하고는 고개를 깊숙이 숙였다. 감히 대공의 말을 끊은 것에 대한 사과였다. 그만큼 빠르게 돌아오라는 황제의 뜻이기도 한 듯했다.

"그리고 홀로 오시라고도 하셨습니다."

리케도르안은 더욱 차게 표정을 굳혔다.

"명이 흡사……."

우리는 이미 복도 끝까지 나온 참이었다. 돌아간다면 내 걸음으로는 한참 걸릴 터 이 명이 뜻하는 바는 명확했다.

"나와 일행을 떼어놓으려 하는 것처럼 들리는데. 착각인가?"

"……죄송합니다."

리케도르안은 눈을 가늘게 좁혔다. 푸른 눈으로 얼핏 분노가 스쳐 지나갔다.

"하나 폐하께서는 자리를 비우는 것을 염려하지 말라며 이를 보내셨습니다."

시종이 손을 내밀었다. 시종의 손에는 조금 전 알현실에서 보았던 황제의 박쥐가 앉아 있었다. 황제가 제 수호신마저 내주니, 리케도르안으로서는 듣지 않을 수 없는 상황이었다. 동시에 더욱 불쾌함을 느끼는 것 같지만.

"리케도르안."

결국 내가 그의 옷자락을 붙잡았다.

"빨리 다녀와요."

무슨 변덕을 부린 것인지 몰라도 황제는 일단 우리에게 호의적이다. 나쁠 것은 없었다.

"지금 전해주는 것이라면 당신에게 나쁘지 않을 거예요."

티아라에 관한 단서라면 굳이 필요는 없었지만. 만약 다른 것이라면 놓칠 이유가 없었다.

"거기다 푸딩이도 있으니까. 잠깐은 괜찮을 거예요."

이렇게 말하고 보니 내가 봐도 영 못 미덥다는 생각이 들기는 했다.

꼭 영화 클리셰를 답습하는 것 같네. 괜찮을 거라고 가라고 했던 영화 속 인물들은 꼭 괜찮지 않은 일을 겪는단 말이지. 그리 생각하면서 리케도르안에게 끄덕여주었다. 사실 황제를 믿는 것은 아니지만 수호신까지 내준 저의가 궁금하긴 했다. 더군다나 푸딩이를 괜히 언급한 게 아니었다.

'암살 위협은 푸딩이로 충분할 거야.'

ㅡ물론이다, 냥. 허약한 인간은 내가 지킨다, 냥!

나는 속으로 웃음 지었다.

'그래그래.'

어느덧 3살이 된 수호신님은 나름의 능력을 쓸 줄 알았다. 육체에 능력이 집중된 붉은 장미와 본래 파트너였던 만큼 시간을 버는 데는 푸딩의 능력으로 충분했다.

이는 리케도르안이 더 잘 알 터였다. 이미 연결이 떨어진 지 오래지만 본래는 함께 성장하는 관계였으니 지금도 푸딩의 힘은 느낄 수 있었다. 리케도르안은 돌아오면 나를 안고 가겠다며 고집을 보였지만 끝내는 이를 북북 갈며 시무룩한 표정으로 알현실로 돌아갔다.

그리고 남은 것은 시종과 나뿐이었다. 나는 고개를 갸웃했다.

'이쪽은 왜 안 돌아가지 않는 거지?'

물론 보통 인간의 속도로 리케도르안의 속도를 쫓기야 하겠냐마는 군이 내 옆에 남은 것도 이상했다.

거기다 박쥐는 여전히 시종의 손에 앉아 있었다.

"지금부터 전해드리는 것은 황제 폐하의 전언입니다."

"……네?"

나는 이어지는 시종의 말에 살짝 당황했다. 그러나 곧 눈을 깜빡였다. 시종은 내 눈치를 보며 박쥐를 내밀었다.

-먼저 내 가벼운 장난을 용서하게, 어여쁜 영애.

신기하게도 박쥐에서 황제의 목소리가 흘러나왔다. 아니, 박쥐의 입은 전혀 움직이지 않았고 귀에서 웅웅 울리는 느낌이었다. 박쥐는 본래 초음파로 감각을 느끼는 동물로 아는데, 이것도 텔레파시 같은 건가 싶기도 했다.

-그대에게서 대공을 떼어놓은 건 다름이 아니라 꽤 재미난 광경을 볼 수 있을 것 같아서였네.

"……재미난 광경이라니요."

뭘 말이지? 짐작이 가지 않았다. 그러나 박쥐에서 느껴지는 목소리는 얼핏 들어도 호의적이었다.

-조금 전에는 짐이 의도치 않게 사납게 굴었다만, 그대를 좋게 보고 있네. 눈 하나 깜짝하지 않는 모습이 깜찍했네.

……깜찍? 나는 얼떨떨한 표정을 지었다. 이 언니. 기준이 조금 묘

하시네.

 -부동(不動)과 무심함은 푸른 장미의 특징이지. 하지만 그런 모습이 오히려 장미들에게 있어 최고의 자극제라고들 한다지.

 그런가. 저 특징이 사실이라면 내 성격과도 어느 정도 맞아떨어졌다. 스스로는 그저 안락, 평온한 삶을 추구하고, 느긋한 성격이라 생각했던 것이지만.

 -안달 나게 하기 딱 좋단 말일세.

 "…장미들이요?"

 -그렇지. 그러니 그대의 용맹스러운 멍, 아니. 장미를 떼어놓은 것에 부디 용서해주길 바라.

 지금 용맹스러운 멍멍이라 하려다 정정한 것 같은데.

 -재밌는 걸 보고 싶어서 말이야.

 이어 흘러나오는 장난스러운 어조에 나는 설핏 웃음을 흘렸다. 리케도르안을 두고 이리 말할 수 있는 이는 몇 없을 것이다. 이렇게까지 말하니 마음을 조금 편히 가져도 되려나.

 그리 생각할 때였다.

 타다다닥.

 발소리가 들렸다. 이곳은 신기할 정도로 사람이 드문 복도였다. 그렇기에 소리는 선명히 느껴졌다.

 -아, 왔군. 그럼 짐은 이만.

 발소리가 빠른 속도로 가까워졌다. 이 정도면 보통 사람의 속도는 아닌 것 같은데.

그리 생각한 순간, 커다란 그림자가 나를 덮쳤다.

그림자뿐이 아니었다. 나는 눈을 크게 떴다. 그대로 한 번, 두 번…… 세 번을 깜빡인다.

나를 덮친 체온에 당황스러웠지만……. 어깨로 거친 숨결이 느껴졌다. 이 남자와는 어울리지 않는 날 것에 가까운 숨소리였다.

그는 날카로울지언정 항상 정제되고 우아하던 남자였으니까.

시종이 몇 걸음 물러나는 것이 보였다. 더는 황제 생각이 나지 않았다. 이 헐떡이는 소리와 체온에 온몸을 집중할 뿐. 나는 조심스럽게 그를 불렀다.

"르나그."

그의 숨이 아주 잠깐 멈췄다. 동시에 목으로 뜨거운 날숨이 쏟아진다. 지금까지의 모든 것들을 내려놓는 것처럼.

그것들은 염려나 걱정이 아닐까. 나는 조심스레 짐작했다.

"……이아나 양."

그가 낮게 나를 불렀다. 부르는 것조차 탈이 날까, 조심스러운 목소리였다.

"걱정했습니다."

한참 만에 내려놓은 목소리에는 많은 것이 담겨 있었다. 나는 머뭇거리다가 그를 그대로 두었다.

어깨가 살며시 젖어가는 것을 모른 척하며.

이 남자 성격에 걱정할 것을 알았다. 염려할 거란 것도. 그렇지만 그에게 연락할 방도가 없었다.

차라리 체이서처럼 장미라도 새겨 넣었다면 모를까. 그러나 이 남자는 내 허락 없이는 숨도 쉬지 않을 것 같은 남자였다.

르나그가 천천히 고개를 들어 올렸다.

"……미안해요."

그렇게 말하다 말고 나는 멈칫했다. 가늘게 흘러내린 머리카락 사이로 보이는 남자의 얼굴이 엉망이었다.

툭. 내 어깨에 엉성하게 놓여 있던 안경이 바닥으로 떨어졌다.

르나그가 놀라더니, 황급히 제 눈을 가렸다.

"……보, 보지 마십시오."

그는 고개를 휙 돌려버렸다. 특이하게도 그는 귓바퀴만 붉게 물들이곤 했다. 그런 그를 보면서 나는 조금 곤란해졌다.

"엉망일 겁니다……."

이미 다 봐버렸는데…….

"으음, 네. 아무것도 못 봤어요."

불행히도 나는 거짓말에 익숙하지 않았다. 편할 대로 산다는 건 거짓말을 할 일이 그리 많지 않다는 것과 같았다. 목소리로 다 들켰 겠지. 나는 품을 뒤적여 손수건을 하나 꺼냈다.

"원래 이런 걸 들고 다니진 않는데."

은밀하게 입성하는 것이라고 하나 그래도 황제를 만나는 자리였 다. 그래서 평소에 챙기지 않던 것들을 제법 챙겼더랬다.

"이 순간을 위해서 들고 온 건가 봐요."

나는 조금 무심한 어조로 말하며 그에게 손을 내밀었다. 손가락 사이로 나를 보던 르나그가 머뭇거리더니 손수건을 받았다.

"감사합니다."

그다운 단정한 인사였다. 그가 손수건으로 남은 물기를 닦아내는 사이 나는 몸을 숙여 안경과 망토를 주웠다.

르나그에게 급작스럽게 안긴 통에 걸치고 있던 리케도르안의 망토도 떨어진 참이었다. 내가 줍는 모습을 본 르나그가 사색이 되었다. 동시에 뺨이 붉어진다.

"죄, 죄송합니다, 이아나 양. 제가 갑자기…."

잘못한 일에 대해서는 사과가 빠른 남자였다. 거기에는 군더더기도 붙이지 않았다. 용서해준다면 하는 대로 화를 내면 내는 대로 벌을 달게 받겠다는 듯이.

"당신을 보고 너무 놀란 마음에…… 아니. 이것도 변명입니다. 듣지 마십시오."

"이미 들어버렸는데요……."

"웃."

"농담이에요."

르나그가 안경을 건네받고는 어쩔 줄 몰라 했다. 덩치는 산만 한데 어깨는 떡 벌어지고 사납고 날카롭기 그지없는 남자가 쩔쩔매고 있으니 조금 우습기도 했다. 이렇게 쩔쩔매지 않아도 되는데 말이다.

'흐음.'

그런 르나그를 보며 나는 엉뚱한 생각이 들었다.

이런 모습을 보면서 뱀을 떠올리는 나도 좀 이상하긴 한데. 르나그의 행동을 보고 있으려니 수줍지만 반갑게 인사하던 조그만 뱀이 떠올랐다.

"아프진 않았어요? 수척해진 것 같아서."

한참이 지나 걸맞지 않은 인사임을 알면서도 나는 그에게 건넸다. 그가 눈을 아래로 내렸다.

"……잘 지내지 못했습니다."

"응. 당신이 날 찾았다는 이야기를 들었어요."

"네. 찾았습니다."

르나그가 안경 밑으로 손을 집어넣었다.

"……아주, 애타게 말입니다."

이에 대해 나는 다시 한번 미안함을 느끼지 않을 수가 없었다. 납치가 내 뜻이 아니었다고 해도 이 남자는 나를 말 그대로 애타게 찾아 헤맸을 테니까. 보아하니 체이서가 정보를 공유하진 않았던 모양이다.

"미……."

"아니요. 사과하지 마십시오."

그가 고개를 저었다.

"당신의 탓이 아님을 알고 있습니다."

그러고는 머뭇거리다가 한마디 더 붙였다.

"설사, 당신의 뜻이었다고 해도. 그건 잘못된 것이 아닙니다."

체이서의 곁을 떠난 것이 잘한 일이라고. 이로 인해 온 제국을 찾아다녔으면서 그는 이렇게 말했다.

정작 본인은 이렇게 뛰어올 정도였으면서. 나는 할 말을 찾지 못해서 끝내 그저 웃었다.

르나그의 팔에는 뱀 모양으로 장식된 단추 장식이 있었다. 아마도 그의 가문을 상징하는 것인 듯했다. 이건 무슨 전지적 장미 시점인 건지. 어째 보는 장미들마다 뒤로 그네들의 동물이 보이는 기분이었다. 난 그가 진정한 뒤에야 궁금한 것을 물었다.

"여긴 어떻게 알고 온 거예요?"

"프란시아 올르 로제니아."

르나그에게서 익숙한 이름이 흘러나왔다.

"아니, 이제는 127대 성녀라 불러야겠지요. 그녀가 알려주었습니다."

나와 리케도르안이 황실로 떠난 건 극비리에 붙여졌다. 헤르님 사람이 거의 오지 않은 것이 증거였다.

리케도르안의 힘이 아무리 강하다고는 하나 도퓰릿이란 큰 적이 있는 한 위험이 없을 수가 없다. 그럼에도 이리 결단을 단행했다는 건 그만큼 헤르님도 이것이 시간 싸움이란 것을 인지했기 때문이었다.

안전보다는 보안을 선택한 거다. 그래서 정보의 출처를 듣고서야 안심할 수 있었다.

"프란시아가 쉽게 알려주던가요?"

자연스럽게 흘러나오는 이름에 르나그가 멈칫했다. 하나 잠시뿐이었다.

"어떤 위협이 있을지 모르니. 제가 나서 달라고 했습니다."

"아."

"적어도 본인이 도착할 때까지, 라고 하더군요. 그것이 정보의 대가라고."

르나그가 어찌 이리 급하게 나타날 수 있나 했더니 프란시아의 안배였던 모양이다. 확실히 장미가 둘이라면 체이서라도 어찌할 수 없을 터였다.

프란시아는 현재 해결할 일이 있어 출발이 늦었는데, 자신이 발이 묶여 있는 틈을 타 취약한 내 안전이 염려되었던 모양이었다. 그리 좋아하지 않는 상대에게 스스럼없이 조건을 내걸고 거래를 제안했다는 점에서 그녀가 내게 얼마나 신경을 쓰는지 알 수 있었다. 가슴이 뭉클해지는 기분이었다.

"그리고 사실 부탁할 필요도 없던 일입니다."

"네? 어째서요?"

"곧 도착할 것 같더군요."

르나그는 입성하기 전에 전해 들었다며 내게 프란시아가 이곳으로 달려오고 있음을 알려주었다.

"신전의 마차가 그리 빠른 줄은 처음 알았습니다."

덧붙인 말에 그 모습마저 프란시아답다는 생각이 들어 나는 웃음을 터트렸다. 날 위해 이용할 수 있는 것은 모두 이용했구나, 프란시아.

나는 짐짓 뒤를 슬쩍 보았다. 그리 멀지 않은 곳에 시종이 그대로 서 있었다. 시종의 팔에 앉아 있는 박쥐도 함께. 박쥐는 아무런 말도 하지 않았지만 왜인지 나는 황제가 박쥐를 통해서 모두 보았겠거니 싶었다.

"일단 움직여야겠네요."

황제와 이야기가 끝난 이상 더는 여기 있을 필요가 없었다. 물론 움직이는 건 리케도르안이 온 뒤의 얘기였다.

그리 생각하며 걸음을 옮기는데 휘청 몸이 기울었다. 바닥이 미끄러워. 다리가 휘청거린다. 겹쳐 잡은 손이 차가웠다. 그다지 춥지 않다고 생각했는데, 그새 다리가 얼어붙기라도 한 걸까. 한 걸음 더 딛기 무섭게 쭉 미끄러졌다.

그대로 아픔이 느껴질 줄 알았건만 몇 초가 지나도 아프지 않았다. 눈을 뜨자 나를 단단하게 잡아챈 팔이 보였다.

"괜찮습니까?"

눈앞에는 놀란 르나그의 얼굴이 있었다. 붙잡아준 것은 좋은 데…… 어째 상당히 진부한 자세가 되었다.

"음, 네. 추워서 다리가 얼어붙은 것 같아요."

"……태연하게 이야기하실 일이 아닌 것 같습니다."

"아하하. 그런가요?"

나는 그에게 안긴 채로 뺨을 긁적였다. 어째 이 세계의 남자들은 사람을 번쩍번쩍 잘도 든다는 생각을 하면서.

"저는 제가 추위를 안 타는 줄 알았어요."

무딘 것은 감정뿐이 아니며. 무신경한 건 성격 탓이 아니었던 걸까.

"이전엔 몰랐는데. 제가 감각에 좀 무디긴 한가 봐요."

겹쳐 잡은 손끝이 차갑다. 그러나 나는 타인의 손을 잡기 전까지 내 체온이 이토록 내려간 줄 몰랐다.

'이건 좀 이상한 게 아닐까.'

리케도르안은 내가 어깨를 떨었다고 했으나 나는 그 또한 느끼지 못했다. 감방에서도 추위나 더위를 크게 느끼지 못했다. 다른 죄수들이 오늘따라 유달리 싸늘하다며 제 몸을 열심히 비비고 난로 자리를 차지할 때에도. 추운가? 하고 고개를 갸웃했을 뿐.

"일단 내려주시겠어요?"

그 말에 르나그의 얼굴로 망설이는 기색이 스쳐 지나갔다.

"……몸이 찬 것이라면 잠시 이대로 있는 것이 낫지 않겠습니까?"

"음, 그건 그런데. 내 발로 서 있고 싶어요."

보는 눈이 있다. 날 보고 있는 박쥐, 정확하게는 박쥐의 주인이 이 상황을 연출하고 무슨 생각을 하고 있을지 몰랐다. 이렇게 말했음에도 르나그는 아주 잠깐 더 망설였다. 염려가 가득 담긴 표정으로 묘한 것이 스쳤다.

"조금만……."

"네?"

그러다 막 그가 입을 여는 순간이었다.

"조금만 더……."

그와 동시에 발소리가 들렸다. 발소리는 금세 가까워졌다. 고개를 돌리면 리케도르안이 서 있었다. 그대로 표정을 굳히는 것으로 보아 이쪽을 보고 바로 어떤 상황인지 대번에 눈치챈 듯했다.

"…하, 갑자기 부르시질 않나. 갔더니 신변잡기만 늘어놓질 않나…… 폐하께서 무엇 때문에 이리 떼어놓으시나 했더니."

말을 이을수록 시선이 점차 차가워졌다. 리케도르안은 성큼 다가오며 단정하게 매여 있던 크라바트를 느슨하게 풀어냈다.

"이것 때문이었네."

르나그를 향한 시선은 몇 년 만에 재회했을 때의 낯보다 더욱 사납고 서늘했다. 그러나 이도 나를 향하는 순간 겨울에서 봄이 오듯 사르르 녹아버렸다.

"이아나."

핀트가 살짝 어긋난 듯한 미소와 시선에서 바로 알아차렸다.

리케도르안의 인격이 바뀌었다.

그가 아름다운 푸른 눈을 반으로 접어 사람을 녹여내듯이 해사하게 미소했다.

"다친 데는 없어요?"

"어, 어?"

"넘어질 뻔했잖아요. 놀라서 달려왔는데."

황제를 보러 간 리케도르안이 어떻게 알았겠느냐마는. 정보의 출처는 뻔했다. 나는 박쥐를 쳐다봤다. 시선을 알아채기라도 한 듯 박쥐가 날개를 흔들었다.

"이아나를 도와주셔서 감사합니다. 발테이즈 후작."

"……내가 알던 각하의 말투가 아니로군요."

"말투가 무슨 상관이겠습니까?"

의외로 리케도르안은 인격이 변한 것치고는 차분하고 침착했다. 물론 어디까지나 상대적이었단 거다. 원래 미친놈도 차분하게 미친놈이 제일 무섭다고… 리케도르안은 곧 본색을 드러냈다.

"날이 덥군요, 안 그래요?"

투둑. 잘 매여 있던 크라바트가 그대로 끊어져 바닥으로 떨어진다.

리케도르안은 답답한 듯 단추를 풀어 내리며 머리를 쓸어 올렸다. 이제는 대공이라기보다는 저 뒷골목에서 불법한 방탕 귀족 같은 모습이었다.

그는 이제야 답답함이 해소되었는지 느릿하게 고개를 틀었다. 그러더니 나를 향해 웃었다.

"이리와주면 안 돼요, 이아나?"

마치 자신이 중병에라도 걸린 듯 신음을 내면서.

"나, 마음이 많이 아픈데."

이에 나를 붙잡고 있던 르나그의 손이 움찔했다.

"이제 그만 놔주지 그래요, 후작?"

르나그가 천천히 나를 내려주었다. 발끝이 바닥에 닿는다. 어째 돌바닥이건만 살얼음판을 디딘 듯한 느낌이 들었다. 르나그가 그대로 나를 놓아주리라 생각했으나 이게 웬걸, 르나그는 떨어지는 대신 제 몸을 돌렸다. 그러고는 내 손등을 잡아, 입을 맞추었다. 아주 정중하고 예의 바른 모습이었다. 마치 리케도르안에게 너와는 다르다, 하고 알리듯이 한번 쳐다보면서.

"난 오직 한 사람의 말에만 귀를 기울입니다."

르나그가 느릿하게 입술을 움직였다.

"나야말로 묻고 싶군요, 각하."

안경알 아래로 무심하고도 날카로운 눈이 드러났다.

"그쪽이야말로."

다분히 귀족적인, 그러면서도 권태로운 어조와 함께.

"제 약혼녀께 무슨 볼일이신지?"

이 한마디로 인해 복도의 온도가 더욱 싸늘해졌음은 물론이었다.

"아하."

리케도르안은 웃음을 지우지 않았다.

"이아나가 내 성에 머물기로 결정한 것은 모르는 모양이군요?"

그는 불그스름해진 눈가를 비비며 여유롭게 말했다. 르나그는 표정을 굳혔지만 잠시뿐이었다.

"영원히 그럴지는 모르는 일이지요."

"……."

리케도르안이 한 방 먹은 표정을 했다. 르나그는 거기서 끝내지 않고 말을 이었다.

"아직 약혼 관계인지라. 약혼녀이신 이아나 양에게 의사를 먼저 물어볼 것 같은데. 각하는 그러지 않았나 봅니다?"

리케도르안이 다시 웃음 지었다.

"아아. 그건 내가 미처 생각 못 했군."

그러고는 얼른 덧붙였다.

"이아나가 먼저 남아 있겠다고 해줘서."

"……"

나는 두 남자를 번갈아 보다가 느릿하게 숨을 내쉬었다.

'치정문제네. 치정.'

-인간, 네가 중심에 선 것 아니냐, 냥?

의외로 3살 수호신님이 핵심을 꿰뚫었다. 팩트로 때리면 더 아프단 걸 모르는 듯한 순진한 말투였다.

'알아.'

아는데……. 나는 마치 남 일을 보듯이 두 남자를 보았다. 어쩜 너무 살벌하게 노려보며 싸우니 도리어 내 일 같지가 않아졌달지… 사람은 너무 비현실적인 풍경을 보면 그때 가서는 자신을 떨어트려 남일 보듯 보게 되는 것 같다.

'대체 모자랄 게 없는 인간들이 왜 나 때문에 이러고 있는 걸까.'

-인간, 그건 너무 자신감이 없는 것 아니냐, 냥.

'자신감이랑 좀 다른데……. 굳이 찾자면 갈수록 내 편안함은 멀어진다는 생각? 난 사실 등 따신 곳이면 어디든 좋은데…….'

-너는 좀 움직여라, 냥!

푸딩이가 버럭 화를 냈다.

-내 계약자가 다리가 얼어서 넘어지다니! 치욕이다, 냥! 운동 부

족이다! 결국 3살 수호신님이 참지 않고 버럭 잔소리를 하기에 귀를 막았다. 어쩔 수 없이 엉뚱한 도피를 관두고 현실로 돌아왔다. 날숨을 푹 내쉬었다.

어느 쪽이든 대화가 필요한 건 사실이다. 하지만…….

난 흘끗 시선을 옮겼다. 여전히 관찰하듯 앉아 있는 박쥐를 바라보며 정리할 필요성을 느꼈다.

"저기."

나직한 한마디에 두 남자가 언제 그랬냐는 듯 나란히 입술을 다물었다. 그 모습에 웃음이 먼저 튀어나왔다. 내가 소리 내어 웃는 동안 무려 세 쌍의 시선이 함께였다. 둘은 사람이고 하나는 신수다. 그중 두 사람은 눈을 떼지 못하는 것 같았다.

나는 웃음을 꾹 누르고서는 한결 후련해진 어조로 얘기했다.

"일단 우리, 자리를 옮길까요?"

더는 구경거리가 되어 줄 생각이 없었다.

"그대가 무슨 상관인지?"

장소를 옮겨봐야 황성 내였지만 더는 관찰하는 시선이 없는 점에서 만족스러웠다. 다행스럽도 리케도르안 또한 이동하는 도중에 이성을 되찾아 현재는 평상시의 모습이었다.

다만, 의상은 이미 엉망이라 잡아 뜯은 크라바트는 어찌할 수 없어 단추만 꿰어 입은 상태였다. 이외에도 터져버린 단추는 주워 담지 못해 윗단추 몇 개가 실종된 상태였다. 금욕적인 얼굴로 저리 흐트러진 모습이라니…… 좀 자극적이긴 했다.

음, 착한 생각. 착한 생각.

이제 더는 착한 생각은 하지 않아도 되지 않나 싶었지만. 일단 그 생각은 뒤로 미뤄두기로 했다.

문제는 다른 곳에 있었다.

리케도르안과 르나그는 제2차 설전을 벌이고 있었다.

"자자, 그만들 해요."

나는 그들을 보다 못해 일단 리케도르안을 제지하고 르나그에게 차근차근 설명했다. 어찌 이 상황에 도달하게 되었는지. 내가 리케도르안에게 머물기로 결심한 까닭과 사정을 모두. 거기에 황제를 알현한 뒤, 황제의 조건으로 받은 티아라에 관한 이야기까지 모두.

이는 물론 리케도르안이 시한부라는 중대한 정보를 포함했다.

적어도 이 남자에게는 뭐든 털어놓아도 된다는 믿음이 있었다. 그러나 리케도르안에게는 아닐 수도 있었기에 이야기하기 직전 리케도르안을 보았지만, 그는 괜찮다는 듯이 서늘한 낯을 풀며 끄덕여주었다.

"……사정은 알겠습니다. 모두 이해했습니다."

"와. 한 번에 이해했다고? 후작님은 더럽게 똑똑하시네요."

"비꼬는 겁니까?"

"내가 언제요?"

르나그에게 설명하던 도중에 손님이 난입하는 해프닝이 있기도 했다. 물론 그 손님은 바로 프란시아였다. 어쨌거나 이런저런 해프닝 끝에 나는 모든 사정을 설명하는 데 성공했다.

"비꼰 게 맞지 않습니까."

"아니? 왜 비꼬아요? 내가 언니 약혼자였으면 눈 뒤집힐 것 같은데. 당신은 놀랍도록 차분하게 말하니까 신기하단 건데?"

"프란시아."

정말 약혼자가, 르나그가 눈 뒤집고 날뛰면 제일 곤란해지는 건 나거든? 이런 의미를 담아서 보았더니 프란시아가 생긋 웃더니 내 팔에 매달렸다.

르나그는 인상을 찡그렸다가 다시 고개를 돌렸다. 그의 목소리가 낮게 가라앉았다.

"뭐. 틀린 말은 아니로군요. 허락만 하신다면 모두 뒤집어엎고 싶은 기분이니."

그가 다시 눈을 떴을 때는 지금까지와는 차원이 다른 날카로운 얼굴이었다.

"대공, 결국 당신이 한 짓은 저열한 납치에 불과하지 않나?"

르나그가 조용히 읊조렸다. 목소리만 작았다뿐이지 분노를 꾹꾹 눌러 담은 음성이었다.

리케도르안 또한 서늘한 낯을 풀 줄 몰랐다. 하지만 그와 동시에 그는 입술을 꾹 다물었다가 놓았다. 주먹을 쥐면서. 그의 눈으로 죄스러움이 스쳐 지나갔다.

하나 적어도 난 리케도르안이 어떤 얼굴로 용서를 빌었는지 알고 있었다.

"음, 르나그."

그렇기에 차분히 르나그를 불렀다.

"일단 그건 넘어가 주지 않을래요?"

용서했다고는 말하지 않았다. 이는 나를 위해 분노해준 르나그에게 못할 일이었으니. 그러나 그럼에도 르나그의 얼굴이 잠시 흐려졌다. 리케도르안이 눈물을 툭툭 떨어트리며 운다면 르나그는 긴 눈물 줄기를 조용히 흘려내는 쪽이었다.

나는 이미 그 모습을 보고 알았기에 그가 울지 않길 바랐다.

"……당신이 원하신다면."

"고마워요."

그는 천천히 평온한 낯으로 돌아왔다. 그러나 속까지 괜찮을지는 알 수 없는 일이었다.

"말했듯 나는 내 의지로 헤르님 성에 남기로 했어요. 그리고 대공 각하의 저주를 푸는 데 일조할 생각이에요."

"좋은 일이라 생각합니다."

르나그가 한숨과 함께 뱉었다.

"저기 있는 성녀를 탈출시키던 날에 당신은 끝내 함께 가자던 제 이야기를 들어주지 않으셨지요."

가만히 지켜보던 프란시아가 어깨를 움찔 떨었다.

"저는 그날의 당신보다 지금의 모습이 더 좋아 보입니다. 이아나 양. 당신이 편안히 웃는 것 만으로. ······그걸로 만족합니다."

르나그가 보일 듯 말 듯 입술을 끌어올렸다. 그러다 눈을 가늘게 좁혔다.

"다만, 저쪽을 전적으로 돕는 것이 좋은 일인지는 모르겠습니다."

"하나 묻지. 후작."

침묵하던 리케도르안이 팔짱을 천천히 풀었다. 이성이 돌아온 리케도르안은 말투도 원래의 대공 모습으로 돌아왔다.

"그대는 이아나가 푸른 장미임을 알고 있었나?"

"네. 알고 있었습니다."

나도 모르게 르나그의 얼굴을 향했다. 그에게서 생각보다 담백한 답이 흘러나온 탓이다.

"그렇다면 나야말로 묻고 싶군. 오랜 시간 전에 알았다면 내가 하고픈 질문도 알 것 같은데."

"무슨 말을 하고 싶으신 건지 알겠습니다만은."

르나그는 부드럽지만 강한 어조로 말을 가로챘다. 이어 눈을 아래로 내렸다.

"그것이 무슨 문제입니까?"

날카로운 얼굴에서 나온 말은 온화했으나 동시에 단호했다.

"그저, 제가 좋아한 사람이 푸른 장미였을 따름입니다."

보는 이로 하여금 말을 잃게하는 절절한 표정이기도 했다.

"그리고 대공을 돕기 위해 이곳에 계신 거라면, 제가 물러날 이유도 없겠지요."

"내가 쫓아낼 거란 생각은 하지 않나?"

"순순히 쫓겨날 것 같습니까?"

리케도르안이 싸늘한 얼굴로 고개를 기울였다. 팽팽한 시선의 줄다리기를 보노라면 옆에서 프란시아가 콕콕 찔렀다.

"언니, 언니."

프란시아는 어느새 손에 과자 같은 것을 들고 있었다. 방에 들어올 즈음 황실 시종이 가져다 준 다과다.

"세상에, 진국이다. 그렇지? 요즘 보기 드문 젊은이야."

"……말투가 왜 그래?"

"아니. 그렇잖아. 남자는 지고지순. 순종. 복종! 아닌가?"

"앞에 하나는 그렇다 쳐도 뒤에 두 개는 뭐니."

하필이면 프란시아 손에 있는 과자가 하얀색이라 그럴까. 모양도 그렇고 언뜻 팝콘처럼도 보였다. 프란시아가 팝콘, 아니 하얀 과자를 든 채 씩 웃었다. 프란시아의 팔이 내 옆구리를 꾹 찔렀다.

"아니이. 그러니까. 굳이 하나만 가질 필요 있냐는 거지."

"뭐?"

"둘 다 가져 그냥."

나는 대치하는 두 남자도 잊고 눈을 깜빡였다.

"그게 무슨 말이야?"

"말 그대로지! 어차피, 장미들은 언니를 두고 다툴 수밖에 없어."

와삭. 그녀는 하얀 과자를 입에 가져다 대며 유쾌하게 베어 물었다. 하얀 장미의 흰 손에서 하얀 과자가 잘게 부서졌다.

"경배든, 경애든, 존경이든, 사랑이든, 그리고…… 질시와 집착이든. 모두 상대를 좋아하고 차지하고 싶은 욕구를 수반하는 거지."

나는 두 남자가 검이라도 빼어들까 싶어 시선을 저쪽에도 관심을 잃지 않으며 욕구? 하고 반문했다.

"그래. 욕구. 욕구란 게 별것 있겠어? 옆에 있어 줬으면 하는 거. 그런 순수한 마음. 그러다 음습하게 물들면 집착 따위가 되는 거고."

이 욕구를 상대에게 강요하는 것이 문제이나, 욕구 그 자체에는 문제가 없다는 것이 그녀의 생각이란다. 나는 천천히 시선을 돌렸다. 웃고 있지만 차분히 말하는 그녀는 확실히 성숙해 보였다.

"언니, 옛날에 푸른 장미가 온전했을 시대엔 무슨 일이 있었는지 알아?"

"무슨 일이 있었는데?"

당연히 알지 못했다.

"'장미 제전'. 고대의 힘이 허락한 거대한 전쟁이 열렸어."

그녀는 간단히 설명했다. 이건 모든 장미의 요청에 따라 열리며, 정해진 시간 내에 푸른 장미를 찾는 일종의 영지전 같은 거라고. 나는 눈을 찌푸렸다. 기묘한 방식이었다.

"그게 뭐야. 사냥도 아니고."

"아냐. 사냥보다는 보물찾기에 가까워. 그리고 보물에게 선택도 받아야 하고, 까다롭지. 어떻게 감히, 푸른 장미를 다치게 하며… 사냥 따윌 하겠어?"

프란시아가 생긋 웃었다. 그녀의 손에는 여전히 하얀 과자가 들려 있었다.

"많은 장미가 죽고 나서야 이런 말이 생겼겠어. '차라리 다 가져주세요.'"

그녀는 과자를 먹던 손을 탈탈 털며 이제는 조용해진 두 남자를 가리켰다.

"이게 전쟁이 일어나는 것보다는 나으니까. 그리고……."

"그리고?"

"이런 경쟁 속에서 푸른 장미가 다치면 그놈이야말로, 척결이야."

프란시아의 웃음이 점차 옅어졌다.

"숨 쉬는 것마저 사라질까, 아까운 사람인데."

슥삭, 그녀가 목에다 손을 대고, 그대로 휙 그었다. 유쾌한 표정이었지만 눈에 담긴 것은 전혀 그렇지 않았다.

"다 가져도, 대공은 아무 말도 못 할걸?"

그녀가 화사하게 웃으며 손가락을 제게로 가져왔다.

"그리고 나도 가져, 언니."

장난치듯 말하는 그녀의 말속엔 내 기분을 풀어주려는 의도가 느껴졌다. 나 또한 피식 웃었다. 웃다 말고 고개를 갸웃했다.

"근데 장미는 넷 아니야?"

그 말을 하고 나서 황제를 떠올렸지만, 그쪽은 일단 제외하고서. 내가 말한 건 하나였다.

흑장미.

다 가지라면, 체이서도 포함된 것 아닌가.

"다 가지라면 그쪽도 가지라고?"

그와 동시에 프란시아 그리고 두 남자마저 나를 향했다. 약속이라도 한 듯이 놀란 시선이었다.

"언니, 안 돼. 무슨 말이야!"

눈동자에 '그놈은 안 돼!' 하고 박아둔 것 같았다.

리케도르안 또한 비슷한 시선이었다. 심지어 르나그도.

"따라 해 줘, 언니. 안 돼요."

"어?"

……그거 너 어릴 때 내가 가르친 것 아니니?

"안 됩니다."

"안 돼, 이아나."

"그래! 용납 못 해. 안 돼. 언니의 안전을 위해서 그놈은 안돼!"

그리고 연이어진 프란시아의 다그침에 나는 얼떨떨하게 끄덕였다. 어째 단합력이 끝내주네. 생각하면서. 더는 도퓰릿과 어울리지 않길 바라는 마음도 이해하지만……. 나는 뺨을 긁적였다.

"뜻은 알겠는데……."

아직 이들에게 하지 못한 주요한 이야기가 남아 있었다. 여러분, 흥분한 도중에 미안하지만.

"도퓰릿이랑은 한 번은 엮일 수밖에 없을 거예요."

프란시아가 눈을 동그랗게 떴다.

"왜, 어째서?"

"음, 황제 폐하가 말씀하신 티아라."

나는 후, 숨을 뱉듯 말했다.

"그게 도퓰릿 저택 지하실에 있으니까."

어째서 이를 기억하느냐. 이건 언젠가 체이서가 날 위해 세상 가장 좋은 것을 끌어모아 눈앞에 보여줬을 때, 그중에 하나였다.

〈세상을 준다고 했잖아.〉

그때 그것을 보았을 때 내 심정은 별생각이 없었다. 왜냐, 저것이 이야기의 주축이라 한들 나와는 관련 없다고 여겼기 때문이었다. 물론 체이서가 프란시아를 데려올 줄 몰랐던 때였고, 후에 프란시아를 도망가게 해 원작을 아예 뒤집어 놓을 줄도 몰랐던 때였다. 말했듯 프란시아가 오기 전에 있었던 일이었으니까.

더군다나 프란시아를 도망치게 한 뒤에도 이것을 떠올리지 못한 건, 내가 내용을 바뀌게 만들었다고 하더라도 저것과는 상관없을 거란 생각 때문이었다.

그야 그럴 게 그때는 저게 필요하게 될 줄 몰랐을뿐더러, 무려 황제가 찾아오라 할 줄은 몰랐지!

〈전부, 네 거야.〉

……그러니까 한 마디로 도퓰릿의 저택에 있는 황제의 티아라는 내 거라는 거다.

"…허."

모든 사정을 알게 된 세 사람의 표정은 비슷했다.

리케도르안은 표정이 굳었고 프란시아 또한 다르지 않았다. 아니, 프란시아의 낯에는 얼핏 증오에 가까운 표정이 스쳐 지나갔다.

르나그는 날카롭긴 해도 이 중에서 제일 평상시와 같았다.

"사람을 심어야겠군요."

이윽고 가장 먼저 이야기를 꺼낸 사람은 놀랍게도 르나그였다. 무겁게 가라앉은 시선이 나를 향했다.

"이아나 양, 당신이 이 일에 책임감을 느끼시는 거라면, 저는 대공 각하가 수명을 회복할 때까지 협조하겠습니다."

그는 잠시 틈을 두었다가 이어 말했다.

"저는 당신이 더는 도퓰릿과 엮이지 않는 편이 좋다고 생각합니다. 하지만 어쩔 수 없이 엮여야한다면 최대한 안전하고, 빠르게 해결하길 바랍니다. 제가 도와도 되겠습니까?"

권유하듯 물었지만 결심을 굳힌 것처럼 보였다. 이리 말하는 르나그는 이번 일이 끝나면 내가 더는 도퓰릿과 엮이지 않을 것이라 믿는 것 같았다.

그는 체이서와 손을 잡고 있었으나 사실은 체이서를 그리 좋아하는 편은 아니었으며 이것이 '이아나' 때문이란 걸 이미 알고 있었다.

"불편하지 않게 여겨주십사 합니다."

"…물론이에요."

"당신을 위해 무엇이든 하겠다 맹세했으니까요."

나는 천천히 끄덕였다.

"불편한 일은 당연히 아니에요. 다만 매번 신세를 지는 것 같아 불편한 마음이긴 하네요."

르나그가 협조해주면 나야 고마운 일이다. 리케도르안은 좋아하지 않을지 모르지만……. 이를 감수하더라도 수명을 원래대로 돌리는 일이 먼저였다.

이 순간에도 시간은 지나고 있다.

르나그는 무어라 더 말을 하려 했다. 하나 입만 달싹일 뿐 아무것도 아니라 고개를 저었다.

"…좋아. 거지 같긴 하지만! 어떻게든 해보자고."

그렇게 체이서를 제외한 아니, 황제마저 제외한 세 장미 간의 연합 아닌 연합이 탄생했다. 잘은 모르긴 해도 면면이나 세력이 결코 만만찮은 연합이었다.

"역사상 이런 일은 처음일걸."

그날 밤. 프란시아가 침대에 누우며 말했다. 거다란 매트릭스 위에는 널브러지듯이 팔을 벌리며 내 쪽으로 돌았다. 낮까지만 해도 우아하고 반듯한 성녀님 같은 모습은 어디에도 없었다.

르나그가 있을 때는 그래도 나름 성숙한 모습을 보이려 애를 쓰기라도 하는 것 같았는데. 나와 둘만 있게 되자 금방 몇 년 전의 모습으로 돌아온다.

'그때에도 잠버릇이 나빴었지, 아마.'

같이 자겠다고 붙어 있다가 체이서가 몇 번이나 몰래 응징을 했던 기억이 있었다. 추궁하려 해도 전혀 꼬리를 남기지 않아 심증만 남았지만. 프란시아는 모조리 기억하고 있을 터였다.

이런 걸 보면 현시대의 장미들은 사이가 나쁠 수밖에 없지 않나 싶기도 했지만.

'아니. 그런데 원작에서는 어떻게 삼각관계가 된 거야?'

뜯어볼수록 프란시아와 리케도르안의 성격은 잘 맞는 편이 아니었다. 내가 읽었던 책에서는 프란시아가 아름답고 착한 아가씨로 나왔던 통에 원작 내용은 도리어 나를 의아하게 만드는 원인이었다.

"역사를 돌이켜봐도 장미들이 서로 협력한 전례가 거의 없을걸."

나는 고개를 갸웃했다.

"그 정도야?"

듣다 보니 이상하네. 장미들이라 해도 그들은 장미이면서 한 가문이었다. 긴긴 시간 동안 가문끼리 협력할 일도 부딪칠 일도 한번 없었을까? 이렇게 말했더니 프란시아가 살래살래 고개를 저었다.

"언니, 장미들은 태초부터 서로 경쟁하는 사이가 맞아. 바로, 푸른 장미의 총애를 두고 말이지."

프란시아의 손가락이 콕, 내 팔뚝을 찍었다.

"우리들의 왕이라 했잖아."

그녀가 배시시 웃었다. 그러고는 '내가 오늘 언니 옆자리를 차지한 것처럼.' 하고 덧붙였는데. 나는 조금 전의 상황을 떠올리곤 실소를 머금었다. 조금 전 상황이란 리케도르안과 르나그가 나를 두고 다투던 상황이었다.

정확히는 내 방 앞을 누가 지키느냐, 뭐 이런 싸움이었는데.

〈다 나가요.〉

한 2시간쯤 이어지기에 보다 못한 내가 둘 다 내쫓았다는 결말이다. 나로서는 최선이었다.

내 방문 앞을 지키다 밤을 꼴딱 지새운 전적이 있는 리케도르안이든 막 황성으로 달려온 르나그든.

어느 쪽이든 밤을 새울 생각 말고 방으로 돌아가길 바랐으니.

"이런 사람이 사라진 지 오랜 시간이 흘렀어. 갈증은 심해지고, 이 상태로는 서로가 부딪쳐봐야 피를 볼 테니까 피하려 했지."

프란시아가 그리 말하고는 내 팔뚝에 고개를 묻었다.

"그러니 우리 정도면 평이한 편이야. 장미 제전이 열린 것도 아니고."

"그 제전이란 건 어떻게 열리는 건데?"

"장미들이 황실로 가서 빌어."

"……황실에 허락을 받는 거야?"

"아니. 그곳에 비는 장소가 있어."

프란시아는 황성에 장미들의 힘, 즉 고대 힘의 기원을 기리는 장소가 있다고 말했다.

"모든 장미가 제전에 응하면 그때 가서 하늘이 열리거든?"

"응. 그리고?"

"그리고 뭐. 전쟁인 거지."

제전. 이는 제사나 축제를 뜻하는 말인데, 실상은 전쟁이라니 쉬이 상상되지 않았다. 듣다 보니 트로이 목마가 나오는 역사 속 전쟁이 생각나긴 했다. 그 전쟁도 세상 제일 미인을 두고, 단 한 사람으로 인해 일어나지 않았던가. 어쨌거나 일어나지 않는 편이 좋겠구나 싶을 뿐이었다.

"……어째 취급은 세상 제일 미인과 비슷하네."

"미인?"

트로이 전쟁의 주인공 헬레네는 세상을 전쟁으로 이끌 만큼 아름다웠다고 한다. 왜, 나라를 망하게 하는 미인을 경국지색이라 하지 않던가.

"에이. 그 정도로 비교가 되겠어?"

"그건 그렇지."

나는 경국지색은 아니었으니. 그런 의미로 끄덕였더니 프란시아가 웃음을 싹 지웠다.

"언니는 역사를 돌이켜봐도 최고야."

"……미모가?"

"응."

"그건 좀 어폐가……."

"아냐!"

프란시아가 벌떡 일어나 눈을 반짝였다. 그녀의 색이 다른 눈동자가 각기 다른 색으로 영롱한 빛을 드러냈다.

"내 눈에 제일 예쁘면 됐지! 언니가 제일 예뻐."

그렇게 좋아해 주니 고맙긴 한데……. 무심하게 갸웃했다. 무어

라 한마디 더 할까 고민하다 이내 웃으며 프란시아의 머리를 쓰다
듬었다.

"그래. 고마워."

그렇게 어부지리로 내 옆자리를 차지한 프란시아와의 밤이 저물
었다.

이후, 여러 날이 흘렀다.

수도에는 영지에 본성을 두고 기거하는 이들이 많아 귀족들이 소
유한 저택이 매우 많았다. 리케도르안이나 르나그 또한 따로 수도
내 저택을 소유했고, 프란시아마저 신전 수도 지부가 있었다. 어디
로 가겠느냐는 질문에 나는 리케도르안의 저택을 택했고, 다른 두
사람은 탐탁하게 여기지는 않았지만 금방 수긍했다.

어쩌 매 순간 말은 잘 듣고 귀엽지만, 남들에게는 매우 사나운 강
아지를 데리고 다니는 기분이었다.

내가 만족 못 하면 물어뜯을 것같이 사나운 멍멍이가 셋 씩이나
존재했다.

'강아지 갱단이랄지.'

-갱? 갱이 뭐냐, 인간.

'있어. 깡패 같은 애들.'

나는 푸딩이의 머리를 쓰다듬으며 고개를 들어 올렸다.

나는 회의실에 있었다. 정확하게는 리케도르안이 사용하는 집무실이었으나 이제는 회의실이 된 공간. 쇼파에는 세 명의 장미가 각기 앉거나 등을 기대고, 옆에는 짐승이 한 마리씩 나와 있었다. 우습게도 내가 푸딩이를 꺼내 놓았더니, 다들 기다렸다는 듯이 수호신을 꺼내서 옆에 두었다.

마치 보아달라는 듯이 말이다.

"실패했다고요?"

말을 꺼낸 이는 프란시아였다. 하얀 법복을 입은 그녀 옆에는 오늘도 조그만 곰의 모습을 한 수호신 칼리스토가 제 앞발을 열심히 핥고 있었다. 수호신의 앞에는 조그만 꿀통이 있었다. 내가 선물로 준 것이었다.

"그래."

리케도르안이 고개를 끄덕였다. 그는 책상 위에 있던 둘둘 말린 양피지를 들어 각각 두 사람에게 던졌다. 그중 하나를 가볍게 잡아챈 르나그가 미간을 살짝 찌푸리며 양피지를 펼쳤다. 그런 그의 허벅지에는 조그만 뱀이 머리를 얹고 새근새근 잠들어 있었다. 르나그의 수호신인 아줄르였다.

나는 양피지를 굳이 받거나 펼칠 필요가 없었다. 이미 내 손에 있을뿐더러 알고 있는 내용이었으니까.

"이번에도 실패했다는 거군요."

"그렇네."

도뮬릿으로 잠입한 첩자가 사망했다. 벌써 7번째 사망이었다. 나는 조금 굳은 표정으로 양피지를 붙잡았다.

전혀 알지 못하는 이의 죽음이라 해도 누가 되었든 죽음이란 것엔 익숙해지지 않는다. 더군다나 나는 처음부터 잠입이 쉽지 않을 거라 예상했다. 그리고 이건 리케도르안이나 다른 이들 또한 예상했을 것이다.

황제의 티아라는 도뮬릿 지하에 있다.

정확히는 지하에 있는 창고. 처음부터 그곳에 들어갈 수 있으리라 생각한 건 아니었으나, 현 상황을 알기 위해 사람을 들여보내기부터 한 거였다.

"예상했던 일이었지만…… 경계가 더욱 강해졌군요. 하지만 설마하니 진입부터 막힐 줄은."

시중인으로 들어가기는커녕 우회로를 택했건만, 체이서는 외부 접촉자, 이를테면 식료품을 전달하는 이마저 철저하게 배격하고 있었다. 심지어 그를 밖으로 빼내려는 시도마저도 무산되었다. 리케도르안이 한마디로 일축했다.

"본래 그런 곳이긴 했어. 다만, 더욱더 철옹성이 된 것뿐이지."

그리 말하는 리케도르안의 표정도 좋지 않았다.

사실 본디 세 장미의 인적 자원이라면 웬만해선 무슨 일이든 할수 있을 터였다. 그러나 문제는 도뮬릿 저택에 잠입하는 건 '웬만한' 일이 아니었다는 것이지. 나는 속으로 줄곧 미루고 미루던 질문을 물었다.

'푸딩아.'

-응?

'리케도르안의 수명. 아니, 시간이 얼마나 남았어?'

푸딩이는 리케도르안과 떨어져 나와 계약했지만 원래는 그의 일부였다. 그래서인지 내게 리케도르안의 남은 시간을 흘리듯 말한 적이 있었다. 움찔한 푸딩이 작은 목소리로 말했다.

-……아주 적은데, 냥.

'말해줘.'

이미 예상했던 바였다. 그래서 묻지 않았다. 굳이 듣지 않아도 촉박한 건 알 수 있었으니까. 마침내 푸딩이에게 일자를 듣고 나서, 나는 결론을 내렸다.

"다들 내 이야기 좀 들어줄래요?"

방법은 한 가지밖에 없다. 처음부터 한가지 밖에 없었지. 가장 빠르고 가장 위험한 방법이었다.

"거기, 내가 갈게요."

체이서는 세상에서 단 한 사람의 말만 듣는다. 그 사람의 명을 맹신하며, 맹종했다.

그가 세상에 있는 모든 것을 안겨줄 것처럼 소중히 여겼던 이.

〈내 이아나.〉

……그것이 나라는 건, 누구보다 내가 제일 잘 알고 있었다.

내 얘기에 모두의 얼굴이 심각해졌다. 그럴 만했으므로 예상하지 못한 바는 아니었다.

"언니!"

"이아나, 당신이 갈 필요는 없어요."

리케도르안이 프란시아를 제지하며 제일 먼저 뜻을 알렸다. 이어 남은 이들이 줄지어 말했다.

"언니, 안 돼. 무슨 위험이 있을 줄 알고!"

"맞습니다. 이아나 양이 돌아갈 필요는 없을 것 같습니다."

특히나 프란시아가 필사적으로 고개를 저었다. 마치 이 결혼 반댈세 외치는 얼굴로다가. 그녀는 리케도르안과 르나그를 번갈아 보았다.

"차라리 흑장미를 밖으로 불러내면 어때요? 누구든 그놈 초대해 봐요!"

두 사람 다 고위 귀족이다. 따라서 직위로 어떻게든 갈 수밖에 없는 자리를 만들라는 건데.

"일단, 전 어렵습니다. 제 작위가 그 사람보다 낮습니다."

대답한 건 르나그였다.

"그리고 대공 각하께서는 작위가 거의 동등하시지만……."

"철천지원수지."

리케도르안이 받았다.

"초대하는 것이 이상하며 응하는 건 더욱더 이상한 사이. 라는 걸 여기 모두가 알 것 같군. 세상에 알릴 것이 아니라면 말이야."

그리 말하는 리케도르안도 그리 편한 얼굴은 아니었다.

확실히 체이서를 밖으로 불러내는 방법도 있으나 빼낸다고 한들 도뮬릿 저택에 무슨 짓을 해놓았을지 모르며, 이들은 도뮬릿 내의

지리를 잘 모른다.

'더구나 그 남잔 초대에 응하지도 않겠지.'

도뮬릿 저택에 들어가 체이서를 기절을 시키든 뭘 하든 무력화시키고 내가 가져오는 방법이 빨랐다. 나는 머뭇거리다가 천천히 피력했다.

"흑장미를 기절시킬 수 있는 방법이 있나요?"

"기절…… 말입니까?"

"네."

이미 우린 할 수 있는 방법 대부분을 썼다. 여기서 더 시도하는 것은 인적 낭비라는 걸 이들도 알고 있을 터였다.

무엇보다 나는 가장 중요한 사실을 잘 알고 있다.

"……그 사람은 내게 무방비할 거예요."

이 말을 하는 순간 세 사람의 시선이 한데 모였다. 처음보다 조금 더 진득하거나 집요해진 시선이었다. 그리고 르나그가 천천히 끄덕였다.

"확실히 그럴지도 모르겠군요."

나처럼 체이서를 아는 이가 수긍했다. 그러나 그의 표정은 여전히 회의적이었다.

"하지만 그것이 이아나 양이 그곳으로 갈 이유는 되진 않는 것 같습니다."

재고해달라고, 청유 형태를 띤 그의 말은 완곡하지만 동시에 단호하게 거절을 말하고 있었다.

"이아나, 당신 부탁이라면 뭐든 들어줄 수 있지만…… 그건 안 돼요. 다시 생각해볼 수 없나요?"

리케도르안의 조심스러운 말에 프란시아가 얼른 끄덕이며 '맞아, 맞아!' 하고 동조했다. 그들에게 미안하지만 사실 난 여기까지도 예상했다. 반발 말이다.

이들의 반응이 예상 이상으로 거세고 단호해서 놀라긴 했지만 한편으로 고마운 마음이었다. 이만큼 생각해준다는 거니까.

하나 그렇기에 나는 더욱 단호해졌다.

"그럼 이보다 더 좋은 해결방안이 있나요?"

있다면 물러나겠다. 세 사람은 침묵했다. 불편한 침묵인 줄 알면서 뾰족한 수는 내지 못할 것이다.

나 또한 무턱대고 가려는 것이 아니다. 적어도 리케도르안의 수명 문제를 해결하기 위해선 내가 캄브라캄에 함께 가야 한다. 이를 잊지 않았다.

"걱정하지 말아요. 이대로 돌아오지 않으려 하는 건 아니니까요."

그리고 마지막으로, 이젠 알지 않던가. 체이서가 내게 했던 모든 행동들이 잘못되었다는 걸. 그곳에서의 생활에 대한 생각은 차차 변하다 못해 재평가되었다.

"미리 말해둘게요."

나는 천천히 고개를 들어 올렸다.

이들은 나를 유리돔 속의 장미로서 보고 있다. 틀린 말은 아니다. 그렇다고 옳은 말 또한 아니다.

적어도 하고자 한 일에 내가 폐가 될 만큼 무능력하진 않다는 거다.

"나는 돌아와요."

르나그를 응시하고, 프란시아를 바라보다, 마지막으로 리케도르안을 향했다.

"체이서를 기절시킬 방법을 찾아줘요."

장미들은 체이서 못지않은 세력과 능력을 갖춘 이들. 찾아보면 방법이 없지는 않을 것이다. 난 티아라가 놓여 있는 장소를 알고 있으니까.

"난 티아라를 가지고 돌아올 자신이 있어요."

창고를 보호하는 마법들은 나를 위협하지 않을 것이다.

"대신에 돌아갈 때, 혼자서는 멀리 도망치지 못할 거예요."

체이서의 부하들은 예민하다. 주인의 성정을 닮아 기민하고 민첩했다. 체이서의 이상함을 예상보다 빠르게 눈치챈다면 탈출이 어려워질 것이다. 하지만 돌아갈 땐 홀로 움직일 필요는 없겠지. 나는 천천히 가슴에 손을 올렸다.

"그러니. 내가 빠져나온 뒤 전력을 다해서 데리고 가줘요."

리케도르안을 보며 또박또박 말했다.

"당신에게 돌아갈 수 있게."

나를 보던 푸른 눈동자가 일순 흔들렸다. 나는 눈을 휘었다.

"부탁해요, 들어줄 거죠?"

"……."

"내가 하고 싶은 것을 찾으라고. 말해주었잖아요."

그 말에 리케도르안의 얼굴이 차차 흐려졌다. 그는 얼굴을 살짝 물들이며 고개를 모로 돌려버렸다. 손등으로 입술을 가리면서.

"……치사합니다."

"네, 나 치사해요."

나는 씩 웃었다.

"감방에서도 보았다시피. 이기적이기도 하죠."

장난스럽게 사족을 덧붙이며 시선을 옮겼다.

"들어줄 거죠?"

이번엔 르나그 차례였다. 이어서 프란시아에게도 말했다. 두 사람은 각기 곤란한 표정을 하거나 울상을 지었지만 끝내는 끄덕였다. 마치 불가항력이라는 듯이.

"제가 어찌 당신을 이기겠습니까."

마침내 르나그가 쓴웃음과 함께 가슴에 손을 얹고 정중히 고개를 기울였다.

"모든 것은 당신의 뜻대로."

4
황홀한 나락

작전의 핵심이 세워지자 나머지 계획을 세우는 것은 금방 이루어졌다. 이 작전의 핵심 요소는 두 가지였다. 하나는 내가 직접 간다는 거였고, 다른 하나는…….

"이게 뭐라고요?"

"독입니다!"

독이었다.

"이 독으로 말할 것 같으면 말입니다. 무려 코끼리 300마리를 기절시킬 수 있는 위력을 자랑하지요."

"흐음."

"사용하실 때에는 손목이나 목. 혈관이 보이는 곳이면 어디든 괜찮습니다."

체이서를 재우는, 혹은 기절시키는 것. 이 방법을 찾는데 총괄을 맡은 이는 놀랍게도 제이르였다. 가만히 설명을 듣던 나는 눈을 데 굴데굴 굴렸다.

"……그거 사람한테 써도 되는 거예요?"

"네? 당연히 보통 사람은 죽습니다."

제이르가 눈꺼풀을 끔뻑였다. 무슨 소리냐는 표정이었다.

"사람한테 쓴다면서요?"

"장미가 어디 보통 사람입니까?"

제이르는 대마법사. 동시에 여러 방법에 통달한 이였다. 그렇기에 '기절 독'을 만드는 일도 능히 해냈다.

"아가씨, 장미는 인간의 몇 배에 해당하는 신체를 가지고 있습니다."

신체적 힘, 나도 모르게 중얼거리다가 고개를 갸웃했다.

'왜 나는 그렇지 않은 거지?'

그보다 신체 능력이 뛰어난 건 리케도르안만 그런 것 아니었나?

"물론 우리 각하께서는 장미 중에서도 특히, 뛰어난 신체를 가지셨지요. 능력 자체가 신체 관련된 일이니까요."

그러니 리케도르안에겐 이 독마저 통하지 않을 것이라 했지만 체이서는 다르다나. 흑장미는 정신 계열 능력을 가지고 있다. 그렇기에 상대적으로 육체 공격에는 취약하다. 오랜 기록서에 적혀 있었단다.

"이 또한 오랫동안 붉은 장미와 흑장미가 사이가 좋지 않았기에 적힌 기록이지만. 어쨌거나 저희에게 딱 필요한 정보가 아니겠습

292

니까?"

제이르가 어깨를 으쓱 추어올렸다.

"지푸라기라도 잡아야지요."

이 말은 맞다. 나도 수긍하며 고개를 끄덕였다. 그러고는 손에 쥐게 된 독을 내려다봤다. 자그마한 주사기였다.

"이걸 그대로 꽂으면 됩니다."

제이르가 설명했다. 육체적 힘이 없는 나도 사용할 수 있는 거라며.

주사기.

과연, 내가 이걸 그 남자에게 잘 꽂아 넣을 수 있을까?

다시 며칠이 흘렀다. 준비는 빠르게 갖춰졌고, 내일 떠나기만 하면 되도록 완벽했다. 준비에 예상보다 며칠 이상 걸린 것도 이들이 돌아가며 내게 주의 사항을 알려주거나 얼토당토않은 호신술, ─물론 호신술은 프란시아가 이야기했다.─ 아무튼 이런 것들을 알려주려 했기 때문이었다. 그래서 마지막 점검을 마치고 방으로 돌아왔을 때는 이미 늦은 저녁이 된 뒤였다.

홀로 방문 앞에 도달했을 때, 나는 문 앞에 서 있는 이를 보고 멈칫했다.

"리케도르안?"

그가 등을 기대고 있다 말고 상체를 바로 세웠다. 내가 걸어오고 있는 것을 알았다는 듯이 나를 쳐다본 채로. 살짝 어둑하긴 했으나 나를 보는 데는 문제가 없었을 것이다.

"어쩐 일이에요?"

이미 오늘 낮에도 그와 함께 있었다. 그가 한시도 내게서 떨어지지 않으려 했기 때문이었다. 찬찬히 바라보다 한 가지를 깨달았다. 아니, 예상했다고 보는 것이 옳으리라.

"혹시, 내 방 앞에서 밤새우려고 한 거예요?"

이미 그에겐 전적이 있다. 르나그 또한 그러려고 해서 뜯어말리느라 고생 좀 했었지? 하지만 리케도르안은 느릿하게 고개를 저었다.

"아니요. 그건 아니에요."

어쩐지 그는 미묘하게 굳은 얼굴이었다. 내 눈치를 보는 것도 같았다.

왜 그러지?

"……이아나."

보기 좋은 붉은 입술이 느릿하게 열렸다. 긴장 어린 음색이 흘러나온다.

"오늘 밤에……."

그가 숨을 삼켰다.

"당신에게 장미를 새기고 싶어요."

나는 움찔했다.

장미?

……그거?

순간 머릿속으로 수많은 생각이 스쳐 지나갔다. 거의 폭풍이라 봐도 좋았다.

침묵 끝에 나는 눈을 들어 올렸다. 내게 당황한 기색은 온데간데 없이 사라진 뒤였다. 나는 대답하는 대신 문을 열었다.

"흐응, 각오는 되었고요?"

"……각오요?"

"네. 누가 더 힘들지는 모르는 일이잖아요."

문고리를 잡은 채로 고개를 돌린다. 그러고는 태연하게 한마디 했더니, 곧바로 화르르륵 그의 얼굴이 달아올랐다. 난 그런 모습을 보다 입술을 끌어올렸다.

"들어와요."

채 불이 켜지 않은 방은 깜깜했다. 마치 아가리를 벌린 짐승의 머리 같다 생각했다.

'어느 쪽이 짐승인지는 모를 일이지만.'

나는 불을 켜지 않은 채 뚜벅뚜벅 걸어 곧장 침대로 향했다. 리케도르안의 걸음 소리가 멈췄다. 돌아보니 그는 내게 가까이 다가오지 못하고 멈춰선 채였다.

"치, 침대로 바로 가요?"

이 무슨 수줍은 대사란 말인가. 나는 고개를 슬며시 기울였다. 본인이 유혹했으면서 말이지… 한참 떨어져 있는 그를 보며 설핏 미소 지었다.

"그럼 침대에서 하지, 어디서 하려고요?"

그리 말하고는 방을 천천히 둘러보았다. 침대는 멀지만 쇼파는 가깝다.

"소파는 몸이 아프지 않을까요?"

"……네?"

푸른 달빛이 방을 비추고 있었다. 그렇기에 신체가 좋지 않은 나라도 아주 앞이 보이지는 않았다. 저, 활활 탈 것 같은 붉은 얼굴도 아주 잘 보였다는 거다. 특히나 그의 귀를 보자면, 흰 곳을 찾아볼 수 없을 정도로 붉었다. 하나 나는 여기서 그치지 않고 시선을 한곳으로 향했다.

눈에 들어온 것은 발코니였다.

"……그럼 혹시 설마 야외에서……."

"아, 아니에요!"

리케도르안이 화들짝 놀라 고개를 들어 올렸다. 언감생심 생각조차 하지 않았다는 얼굴이다. 참으로 낮에 보여준 얼굴과는 달랐다. 르나그나 프란시아와 함께 있을 때는 세상 서리는 모두 모아둔 것 같은 서늘한 얼굴, 제이르와 있을 땐 유능한 대공의 얼굴.

나는 참지 못하고 소리 내어 웃었다.

"그래요, 나도 처음부터 바깥은 좀 그래."

어느새 내게서는 감방에서처럼 편안한 어조가 흘러나왔다.

"서로 힘들 필요는 없잖아요."

배려해주면 나야 좋지. 침대에 등을 기대고 앉았다. 무릎을 굽혀 팔을 올리고는 턱까지 괴었다. 그러고는 빙글 웃었다.

그는 단 한 걸음도 옮기지 않은 채였다.

"어디에 새기고 싶은 거예요?"

"……어디에요?"

"네."

체이서는 손목 안쪽에 새겼다. 그때는 그러려니 하고 넘어갔지만, 새기는 지점은 장미가 직접 정할 수 있는 걸까? 아니면 지정되어 있는 걸까.

"그거, 정할 수 있는 거예요?"

리케도르안이 얼굴에서 손을 떼어냈다. 내가 손짓하자 주춤 걸음을 옮겼다. 그러나 아직 침대와의 거리가 조금 있었다.

"……정할 수 있을 거예요."

"어떻게요?"

"그…… 그러니까. 그."

그가 우물쭈물하며 말을 잇지 못했다. 설마 행위 도중에 남기기라도 해야 하나?

"왜요, 도중에 새겨야 해요?"

다시 달아오른 얼굴로 보아 내가 정답을 말했음을 알았다. 난 속으로 휘파람을 불었다. 목적어가 없이도 척척 이루어지는 대화에 대한 감탄도 함께.

"그렇구나. 그래서 생각한 부분은요?"

내가 한 번 더 묻자 리케도르안은 어찌할 줄 몰라 했다. 마치 내가 이를 물을 줄 몰랐다는 듯이.

"흐응, 말하기 싫어요? 묻지 말까요?"

"……그게 아니라……."

"그럼요?"

달빛에 물든 흰 얼굴이 하얀 부분 없이 붉었다. 이리저리 굴러가며 난감해하는 시선이 싫지 않았다. 내 손가락이 툭툭 침대 보를 두드렸다.

그가 고개를 슬쩍 들었다. 머리카락이 한들한들 흔들린다. 발긋 달아오른 눈 밑이 드러났다가 사라졌다. 그런 사람을 바라보고 있으려니 순진한 사람 희롱하는 몹쓸 인간이 된 기분이 들었다. 이 또한 싫지 않으니 문제였다.

"없으면, 그만……."

"있어요!"

리케도르안이 목소리를 살짝 높였다. 당황한 낯이었다. 흠, 없으면 그만 곁에 오라는 뜻이었는데.

"그, 그만둘 생각 없어요."

그는 오해한 듯 고개를 마구 저었다. 그러더니 성큼 더 걸어왔다. 이제는 거리는 채 세 걸음도 되지 않았다. 슬며시 긴장되는 한편 신기한 마음이 들었다.

'보통 이때쯤 되면 다른 인격이 나오던데.'

오늘은 이성이 있는 상태 붉어진 얼굴 그대로 오래간다 싶었다.

싫었느냐 하면 그렇지는 않았다.

　나는 오래전 감방에서도 그가 이성이 있는 쪽을 좋아했다.

　멍멍이가 된 버전도, 이성이 날아가고 본능만 남은 버전도, 각각이 귀엽고 치명적이었지만…… 이쪽의 모습이 온전한 그의 모습이란 생각이 들었던 탓이다.

　그가 손을 내밀었다.

　"……이요."

　"네?"

　잠깐 생각에 잠겨 듣지 못했다. 그의 손가락이 잠시 움츠러들었다가 펴진다.

　"손목이요."

　그는 더는 떨지 않았다. 그리고 말을 더듬지도 않았다. 내 시선이 천천히 시선이 올라간다. 청초하게 드러난 목과 조각같이 수려한 얼굴이 차례로 시선 속에 담겼다.

　나는 손을 뻗었다. 이것이 내 대답이었다.

　"새기세요."

　그의 손에 닿기엔 거리가 모자랐다. 그가 깨닫고 한 걸음 더 걸어왔다. 이마저 용기가 필요했던 듯 그가 작게 숨을 내쉬면서. 파르라니 떠는 손끝이 나를 붙잡았다. 체온이 끓을 듯 뜨겁다. 그의 온기가 절로 무심하던 심장을 두드리는 기분이었다.

　왜, 당신은 늘 다른 계절 같은 이 온도로 나를 흔들어 놓는 걸까. 줄곧 가슴을 채운 의문이 머릿속을 물들였다.

"당신 입까지 맞춰놓고서, 왜 이리 떠는 거예요."

"……다르니까요. 모두 전적으로 당신의 동의가 필요하지만."

그가 차분하게 말을 이었다. 아니, 차분해지려 애를 쓰는 것 같은 음성이었다.

"이건…… 특히나 더 필요하니까."

내게 손을 까딱이는 것을 보았는지 그가 두 걸음 더 다가왔다. 손 끝이 빈틈없이 맞닿았다. 그가 상체를 숙였다.

"왜, 손목이에요?"

나는 침대를 잡아 지탱한 팔을 스윽 쓸어내렸다. 걷어올린 셔츠 위, 도드라진 근육을 하나하나 핥듯이 느끼면서. 내 손목을 쥔 손에 힘이 들어간다. 그러나 어찌할 줄 모르는 표정이었다. 쥐면 부러질 까 싶은 조심스러운 낯이었으니.

'이렇게 잡지 않아도 되는데.'

리케도르안이 숨을 내쉬었다. 뜨거웠다.

"……그 남자가 새긴 곳이니까요."

리케도르안의 시선이 손목 안쪽을 훑었다. 농밀하게 가라앉은 분 위기 탓일까, 아니면 내 눈에 뭐가 씐 건지. 그의 조심스러운 모든 행위가 오히려 야릇하게 느껴지며 솜털이 곤두서는 느낌이었다.

"흑장미요? 웃."

"네. ……아파요?"

"아뇨."

당신 표정이 자극적이어서다. 나는 붉어진 얼굴을 지적하는 대신 고개를 저었다.

"……그건 지울 수 없는 거라고 하던데."

이미 나도 알아본 바 있었다. 하지만 장미의 문신이란 건 한번 새기면 지울 수가 없다는 답변이 돌아왔다.

"그러니까, 제가 덧씌우고 싶어요."

"새겨도 될까요, 이아나?"

경건하게 묻는 시선에 달뜬 숨이 묻어나왔다. 그는 뭔가를 억눌러 참는 듯한 얼굴이었다. 나는 설마, 그가 인격이 바뀌려는 것을 눌러 참고 있는 것일까 싶었다.

그것이 참을 수 있는 것이냐는 둘째치고, 왠지 그럴 것이라는 감이 강하게 들었다. 그만큼 필사적인 표정이었다. 이어서 그가 흘린 말은 내 생각이 틀리지 않았음을 알려주었다.

"……이런 것마저, 본능에 흐. 맡겨선 안 되니까."

"리케도르안."

내가 다른 손으로 그의 손을 잡고 잡아당겼다. 열이 높아 보여 나도 모르게 나온 행동이었다. 그는 순순히 내게 이끌려왔다. 몸을 일으켜 그대로 내 어깨에 얼굴을 묻었다. 그는 거칠게 숨을 헐떡였다. 억지로 변화를 눌러 몸을 가눌 수 없는 듯했다. 힘겨워보였다.

"나는, 하아, 이아나. 당신에게 항상 미안해서……."

"뭐가 미안해요."

"너무 많은 것을 받은 것 같은데. 흐, 준 것이 없는 것 같아요."

한 번도 그리 느낀 적 없건만 나에게 부채감을 느끼고 있던 걸까.

그가 고개를 더욱 숙여 얼굴을 비비적 문질렀다. 정신을 차리려는 행동 같았다. 의도치 않게도 흐트러진 옷자락 사이, 내 가슴골에 얼굴을 묻은 셈이었다. 가슴으로 뜨거운 숨이 느껴졌지만 그는 아직 느끼지 못한 듯했다.

"……내 고집에, 당신이 억지로 받아준 것일까 봐."

"…왜 그렇게 생각해요."

나는 발끝을 타고 오르는 야릇한 욕구를 참는 대신 그의 머리를 쓸어내렸다. 부드러운 머리칼은 땀에 살짝 젖어 있었다.

"시선 들어봐요."

그가 마찬가지로 젖은 시선을 들어 올렸다.

"내가 억지로 뭔갈 할 사람이에요?"

내 삶은 물 흐르듯이 몸을 내맡기긴 해도 싫은 것을 억지로 하는 삶은 아니었다. 물론 여기에 일찌감치 포기하고 타협한 것이 없다고는 못하겠지만.

"난 안 그래요. 그리고 앞으로도 안 그러려고요."

내 손가락이 그의 뺨을 맴돌다가 그의 입술을 만졌다. 닿기 무섭게 그의 입술이 저절로 벌어졌다. 그의 치열을 톡 두드렸다. 그러고는 살짝 미소했다. 점차 고조되는 분위기 속 더는 신변잡기도, 농을 할 상황도 아니었다.

"길게 끌려던 건 아니었는데. 사실 내 몸에는 이미 붉은 장미가 새겨져 있어요."

그 말에 그가 몸을 움찔했다. 시선이 흔들리는 것 같았다.

"……어디, 에요? 왜?"

"잊었어요? 난 붉은 장미 수호신이 있잖아요."

리케도르안은 명민한 머리로 상황을 알아차린 듯했다. 그가 입술을 꾹 물었다.

"어디에요?"

나는 잠시 망설였지만 곧 대답했다.

"허벅지. 허벅지 안쪽에요."

"내 수호신이 거기에."

"맞아."

"……봐도 돼요?"

"그야 물론…… 네?"

리케도르안이 내 가슴에서 고개를 들었다. 그가 분명 이쪽으로 쓰러지긴 했는데…… 헐떡임이 가라앉고 나니 자세가 어째 묘했다. 그저 그의 표정이 바뀐 것만으로 아련하고 섧던 분위기가 순식간에 긴장감을 고조시키는 쪽으로 변했으니까.

"안 돼."

나는 속으로 고개를 저었다. 내일은 작전일이다. 나는 작전일 전에 거사를 치를 만한…… 체력이 되지 않았다. 솔직하게 인정했다. 젠장. 다 차린 밥상을 외면하는 꼴이지만! 나는 얼굴을 한 번 쓸어내렸다. 마음을 다잡기 위함이었다.

그러면서도 그의 셔츠에서는 손을 떼지 못했다. 욕구가 만들어낸 미련이었다. 평소 무심한 편인 내게 이런 욕구가 들 줄은 나조차 알지 못했다. 이건 다 눈앞의 남자가 만들어낸 기적이었다. 정확히는 달뜬 숨을 내쉬는 이 절경이.

"……안 돼요?"

고개를 기울이는 그를 보지 않으려 했다. 안 돼. 네가 그러는 순간 수위가 올라가요. 리케도르안의 표정이 차차 변했다. 꾹 눌러 참던 표정은 온데간데없었다.

"하아, 그럼……"

리케도르안이 내 손목을 잡지 않은 손으로 제 입술을 스윽 문질 렀다. 그는 고개를 모로 기울인 채로 눈을 살살 휘었다.

인격이 바뀐 모습이었다.

그는 나를 내려다보며 무언가를 안다는 듯 미소를 지우지 않았 다. 작정하고 사람을 홀리는 듯한 미소였다. 그의 한 손이 천천히 자 신의 단추를 풀어내렸다. 하얀 셔츠 사이로 툭 불거진 가슴 근골을 본 순간 나는 숨을 삼켰다. 시선이 훑듯 아래로 흘러내리다가 검은 바지 위 확연히 튀어나온 것을 보았기 때문이었다. 모를 수 없었다.

"옷 위로 만져봐도 돼?"

야릇함을 뚝뚝 떨어트리며 해사하게 웃음을 흘리는 모습을 보니 금방이라도 너 여기 좀 누워봐라, 외치고 싶었지만.

동시에 위험한 짐승 같은 분위기에 농락되어선 안 될 일이었다.

'……어째, 여기서도 안 된다고 하면 당장 이불을 들출 것 같은 느 낌이네.'

나는 슬며시 웃음을 머금으며 몸을 살짝 뒤로 뺐다.

"그건 좀……. 아니, 그래."

"아니?"

"해요."

그러다 말고 변덕을 부려 돌연 떨어진 허락에, 리케도르안에게로 놀란 얼굴이 스쳤다. 그러나 그는 참지 않았다.

"어느 쪽이에요?"

"……오른쪽."

리케도르안의 커다란 손이 허벅지를 붙잡았다. 꾹 누르는 손이 생경한 한편 등줄기가 절로 펴졌다. 리케도르안이 느릿하게 고개를 내렸다. 바로 허벅지를 들출 줄 알았더니, 그는 발등에서부터 잡아 천천히 숨을 흘려 올라왔다. 숨결로 입을 맞추듯이.

"리케도르안?"

얇은 옷 너머로 뜨거운 체온에 나도 모르게 목줄기가 파르르 떨렸다. 이대로 확 벗어던지고픈 충동이 일 정도로.

"왜, 허벅지 안쪽이에요?"

그가 허벅지 안쪽 어느 곳에다 입술을 묻었다. 그의 목소리에는 살짝 불만이 섞여 있는 것 같았다. 당장 보지 못하지 않느냐 하는. 나는 천천히 입을 열었다.

"……그래서 오빠랑 살면서 들키지 않은 거야."

체이서가 알았다면 어떤 방향으로 흘러갔을지 알 수 없었다. 그의 반응은 뜻했다. 입술을 묻은 채 들어 올린 그의 눈에 여러 복합적인 것이 지나갔다.

"오빠라, 부르지 말아요."

"⋯⋯그럼 체이서?"

이름을 부르란 소린가? 나는 그에게 다리를 내준 채로 눈을 깜빡였다. 부르지 말라고? 하나 리케도르안이 획 상체를 들었다. 금방 그의 몸에 갇힌 형국이었다.

"그렇게도 부르지 말아요."

리케도르안이 고개를 획 틀어 내 목으로 향했다. 깨물 듯이 물긴 했으나 축축하게 적실뿐 이를 세우지 않았다. 그쪽이 더 간지럽다 못해 내밀하게 자극했다. 침대보가 마구 구겨진다.

"훗⋯⋯. 흔적은⋯⋯."

"안 남겨요."

촉. 목으로 잔 키스가 이어졌다.

"나는, 우리 이아나가 말하는 건, 하나도 어기지 않아요. 착한 장미니까. 그 남자는 아예 안 부르면 안 돼요?"

장난스러운 어조가 귀로 흘러들었지만 신경 쓸 겨를이 없었다.

"사랑스러운 이아나."

쪽.

"응?"

쪽.

⋯⋯미치겠네. 진짜.

결국 내가 백기를 들고서야 그는 몸에 쏟아내는 키스를 멈췄다. 나는 목을 붙잡고 날숨을 내쉬었다. 리케도르안은 반쯤 붉어진 얼굴로 나를 보며 내 손을 살짝 부여잡았다. 그러고는 제 뺨을 내 손바닥에 비볐다. 맞닿은 허벅지에서 툭 불거지고 부풀어진 부피감이 느껴졌다. 모른 척하기도 어려운 존재감이었다. 그가 남은 제 단추를 모조리 찢어 풀어헤쳤다.

칭찬해달라는 듯이.

무엇을 칭찬해달라는 걸까. 그 답은 곧 알 수 있었다. 리케도르안은 내 손목을 잡고 안쪽에 길게 입을 맞췄다. 그뿐이라 생각한 순간 아릿한 자극이 손목을 파고들었다.

나는 눈을 크게 떴다.

그가 입술을 떼어낸 곳에는 살짝 붉어진 순흔이 남아 있었다. 곧 사라질 연한 자국이었으나 그는 만족스러운 듯했다. 리케도르안의 눈이 청초하게 휘었다.

"이러면, 흑장미가 떠도 붉게 보이겠다, 그렇죠?"

그러나 잘했느냐는 듯 맹목적인 시선으로 날 품으면서. 나는 웃고 말았다.

"키스해도 돼요?"

"네. 허락받지 않아도 돼요."

내 말이 떨어지기 무섭게 입술이 나를 덮쳤다. 조심스러운 입술이었으나 사납게 변하기까지는 몇 초도 걸리지 않았다. 나는 그의 목에 팔을 휘감고 괜찮다는 듯 토닥토닥 두드렸다. 마치 고삐를 쥐듯이. 그의 뒷머리를 살살 쓸어내리면서.

툭. 바닥으로 그의 셔츠가 떨어졌다. 완전히 맨몸이 된 그는 내가 덮고 있던 이불도 그대로 벗겨 던져버렸다.

그가 옅은 숨을 내쉬었다.

눈을 뜨면 갈급함이 가득 담긴 시선이 활활 타는 열기를 함께 품고 나를 응시하고 있었다. 내가 눈을 살짝 휘자 그가 나를 덮쳤다. 워낙 큰 몸이라 덮었다는 말이 걸맞았다.

나는 그대로 침대에 누운 채 리케도르안을 올려다보았다. 그는 눈을 감은 채 오로지 입술에 집중하고 있었다. 파르르 떨리는 은빛 속눈썹이 못내 청초하고도 아슬아슬함을 자아냈다. 붉어진 두 뺨이나 눈 밑은 어떠한가.

가만히 보고 있으려니 내 이성의 끈도 타닥타닥 타오르다 못해 끊어질 것만 같았다. 정신 차려야지, 하면서도 정신이 곧 흐려졌다. 정확히는 시야가 흐려진다.

잔뜩 흐려진 사이에 그가 바지마저 벗어 던진 것을 본 것 같았다. 나는 말리지 못했다.

"훗, 으⋯⋯."

그렇게 많이는 한 것 같지 않은데. 리케도르안의 것은 내가 느끼는 부분을 정확하게 알고 문질렀다.

더군다나 내가 최소한으로 숨 쉴 틈만 주며 나를 몰아붙였다. 어찌 보면 첫 키스 하는 사춘기 소년처럼 서툴렀으나 어찌저찌 완급을 조절하는 모습은 노련하게 느껴지기도 했다. 덕분에 입을 맞추는 것만으로도 따라가느라 벅찰 지경이었다.

날 잡아먹겠네. 잡아먹겠어.

가까스로 눈을 떴다. 리케도르안은 반쯤 내리뜨고 내 입술에서 입을 떼어내지 않은 채로 손을 분주하게 움직였다. 나는 얇은 원피스형 속옷만 걸치고 있었다. 가슴에 묶인 리본이 하나씩 풀려난다. 6개가 달려 있으나, 그중 3개가 풀려 있다.

지난 경우에서와 다르게 현재 입고 있는 옷은 아슬아슬한 균형을 유지하고 있었다. 다시 말해 모든 리본이 풀리면 그대로 옷이 벗겨진다는 얘기였다.

사라락.

남은 리본은 2개.

"으응, 리케도르, 훗."

어째, 대공님은 이성이 돌아오지 않은 것 같다. 아니, 돌아올 생각이 없는 것 같은데. 침대에 눕혀진 사정과 더불어 키스로 몸을 이리저리 움직인 탓에 치마는 무릎까지 말려 올라간 뒤였다. 몸을 가릴 이불조차 이미 바닥으로 떨어진 지 오래였다.

리케도르안의 손이 내 무릎을 더듬다가 허벅지 옆쪽을 스쳤다. 오싹 소름이 오소소 돋았다. 싸늘한 공기 때문이기도 했지만⋯⋯. 스쳐 지나간 손길이 몹시도 조심스럽고 부드러웠던 탓이다.

하나 부드러운 손길과 다르게 그의 손은 다부진 검사의 손이었다. 오래 검을 쥔 손은 딱딱하고 거칠었고, 올록볼록한 굳은살이 스칠 때면 야릇한 자극을 자아냈다.

굳은살은 장미의 능력으로도 사라지지 않는 걸까? 그런 생각이 들었지만 곧 사라졌다. 어쩌면 이건 장미의 능력으로도 어찌할 수

없었던 리케도르안의 부단한 노력의 산물이었을지도 모른단 생각
도 함께.

그가 한 번씩 움직일 때마다 탁탁, 허벅지로 치는 감각 또한 무척
이나 거슬렸다. 느껴지는 이 부피감이 금방이라도 나를 잡아먹을
것 같았으니까.

"윽……."

그보다 저건 언제까지 부피감을 늘릴까?

정확하게는 신경 쓸 겨를이 없었다. 농밀하게 입을 맞추면서도
농밀해지지 못하는 손이 깔짝깔짝, 입구만 건드리는 느낌이었다.
마치 내 갈급함이 차오르도록 재촉이라도 하듯이.

마침내 입술이 떨어졌다.

"하아, 하아……."

그러나 숨을 가쁘게 쉬는 건 한 사람뿐이었다.

나는 미간을 좁히며 리케도르안을 응시했다. 그는 내 시선에 움
찔하면서도 눈을 배시시 휘었다. 그러고는 제 하반신을 느릿하게
밀듯이 내게 붙여왔다.

"이아나."

낮지만 솜사탕처럼 달콤한 음성이 나를 부르는 순간, 설탕으로
푹 절인 과일을 입에 문 것만 같았다.

"조금 전에, 장미를 보는 건 안 된다고 했잖아요."

리케도르안이 고개를 숙였다. 그대로 코끝이 톡 부딪쳤다.

"당신 허벅지에 있을 내 장미. 보는 것이 안 되면, 만지는 건?"

"네?"

"만지는 건, 해도 되나요?"

리케도르안의 손가락이 접힌 무릎 위에 살짝 닿았다가 떨어졌다. 허락을 묻는 음성은 정중하고 담백했으며 달큰하게 느껴졌다.

여기서 이질감을 느꼈다. 아니, 잔뜩 키스하고 흐트러진 상태에서 정중하고 또박또박 묻는다니, 이건 도리어 그의 이성이 돌아올 길 없이 아주 날아갔다는 소리와 같았다.

아니나 다를까 집요하리만치 꽂히는 시선이었다. 그의 푸른 눈동자에 열기가 활활 오르는 것 같았다.

나는 그의 목을 살살 쓰다듬다가, 이내 꽉. 그의 머리카락을 부여잡았다. 그러고는 그를 밀어내며 상체를 일으켰다. 그 상태로 날숨이 겹친다. 나는 가까워진 얼굴을 앞두고 씩 웃었다.

"되겠어?"

남은 리본은 한 개. 내 옷은 아슬아슬하게 지탱하고 있었다. 나는 그의 손을 천천히 허벅지에서 떼어냈다. 그러나 떼어내기 무섭게 리케도르안의 단단한 팔이 허리에 감겼다. 휙 감기는 굵기에 헉 소리가 나왔다.

"리케도르안."

"네."

그가 기쁘다는 듯 순종적인 얼굴로 방싯 웃었다. 하나 그의 몸은 전혀 순진하지도 순종적이지도 않았다. 나는 맞닿은 허벅지에서 느껴지는 감각에 잠시 당황했다. 하필 손으로 그의 허벅지를 잡은 곳과 멀지 않았다. 손등으로 고스란히 느껴졌다.

아니, 크기가…… 뭐. 후. 아니다. 착한 생각. 착한 생각. 고개 숙이
지 말자, 보지 말자……. 이제 와 착한 생각을 외친들 소용이야 있겠
냐마는 안 하는 것보다야 나았다.

"저, 나는 내일 멀쩡히 걸어서 가고 싶거든?"

"네. 이아나."

그가 천진하게 답했다. 그러나 목소리에 고인 열기는 전혀 천진
하지 못했음은 물론이다. 그의 손가락이 톡, 남은 리본을 두드렸다.
나는 그의 손가락을 잡고 내렸다.

"솔직하게 말할게."

나는 그의 뺨의 손을 얹고 살짝 쓸어내렸다.

"나도 끌리지 않는 건 아니야."

이건 사실이었다. 이렇게 잘 빠지다 못해 사람을 홀리는 남자를
앞두고 어찌 이성을 유지할까. 보통 때라면 눈 딱 감고 넘어갔을 터
다. 하지만 그보다 더 간절하게 바라는 것이 있었다. 내일 있을 거사
가 더 크지 않겠나. 생명이 왔다 갔다 하는데!

나는 낮게 숨을 내쉬었다.

"이끌린단 말이에요. 하지만 더 중요한 게 있잖아요."

나는 고개를 들어 올리고 진지하게 눈을 맞췄다. 장난스러움은
쏙 뺀 채로.

"그리고 더 솔직하게요."

이건 꼭 말해야겠다. 이 말을 하기 위해 아래를 보았다. 그리고 하

반신과 눈이 마주쳤다. 나는 끄덕였다. 미쳤군. 저절로 숨이 넘어가더라.

"이거 들어갔다가 나오면, 나 못 걸어요. 못 걸어."

응. 진짜 못 걸어. 장담 못해. 나는 한없이 진지했다.

노크도 안 될 것 같은 크기였다. 지금도 한번만 보고 눈을 두지 않으려 애를 쓰고 있었다. 맙소사. ……짐승 같은 신체를 가지고 있다더니. 그게 설마 이중적 의미였다니!

"그러니까 안 돼."

이 정도면 리케도르안도 충분히 알아차렸으리라 생각했다.

이성을 잃은 인격 쪽은 평소보다 날것에 가깝고 멋대로 하는 성향이 있긴 했으나, 내 의지에 반하는 일은 하지 않았다. 그러니, 알아들었으리라 생각했는데……. 그의 상체에서 떨어지던 손이 붙잡혔다. 리케도르안은 내 손을 가져와 뺨과 입술에 가져다 댔다. 그러고는 느릿하게 눈을 떴다.

내 둥근 어깨를 만지는 손길이 농밀했다. 나는 흘러내리는 손을 잡지 않았다. 몹시도 야릇한 탓도 있지만 기분 좋은 손길이었기에. 그가 드러날 듯 말 듯한 하얀 가슴 위를 쓸어내렸다. 처음으로 낯선 손길이 닿는 말랑한 살결이, 감각이 그의 손을 마구 반기는 듯한 착각이 일었다.

그가 허공에서 갈피를 잃고 배회하는 내 손을 잡아 깍지를 꼈다. 리케도르안은 입술을 떼어내며 그대로 아래로 내려가 내 가슴 위에 입술을 묻었다. 아슬아슬하게 덮인 천 위로 커다란 손이 조심스럽게 쥐었다가 놓았다. 천 위로 정점이 스쳤을 때 나는 움찔했다.

그사이 리케도르안이 내 하반신에 머리를 묻었다. 이제 옷은 기능을 하는 건가 싶을 정도로 배와 가슴만을 덮고 있었다. 제대로 말리지 못한 사이 리케도르안은 제대로 자리를 잡았고, 순식간에 이마와 목이 땀으로 가득 젖었다. 리케도르안의 어깨를 무의식중에 밀었다가 도리어 단단함에 제지당하는 기분이었다.

리케도르안이 다리 사이에서 고개를 들었다. 그러고는 무언가로 번들거리는 입술을 손등으로 훔치며 다가왔다. 깍지를 낀 손이 나를 잡은 그대로 아래로 내려갔다.

"리, 하아…… 리케도르안."

"네."

눈꼬리가 예쁘게 휘어졌다. 땀에 젖은 머리칼이 몹시도 색정적이었다.

"더는 안 돼요……."

"응."

"그러니까, 훗?"

리케도르안의 손에 잡혀 만진 것이 몹시도 단단했다. 부드럽지만 철심처럼 단단한 것. 양손으로 잡아도 크기가 남았다. 나는 놀라 눈을 동그랗게 떴다. 이런 내 반응을 알기라도 한 듯 리케도르안은 수줍지만 즐거운 빛을 띤 얼굴로 내게 작게 속삭였다.

"이아나, 세상엔 들어갔다 나오지 않아도 할 수 있는 게 아주 많아요."

……네?

나는 눈을 크게 깜빡였다.

잠깐만, 잠깐. 당신 그걸 어떻게 아는 건데?

"리케도르안?"

"네, 이아나."

리케도르안의 눈 밑이 붉었다. 그는 그런 낯으로 해사하게 미소했다.

"잠, 훗, 잠깐, 으응."

목에 사정없이 입술이 쏟아졌다. 나는 얼른 손을 가져와 그의 입술을 양손으로 막았다. 대화를 해, 이 사람아! 그런 의미로 입을 막았지만, 그는 내 손을 잡아 손바닥에 촉촉 입을 맞춘다. 이로도 모자라 눈을 휙 휘었다.

시선에서는 나른한 유혹을 뚝뚝 떨어트리며.

"넣지만 않으면 되는 거죠?"

아니, 무슨 해석이, 초월 해석이야!

나는 얼른 고개를 저었다. 사람을 바보로 아는 것도 아니고, 이런 말장난에 넘어갈 리가…….

"안 돼요."

고개를 든 순간 나는 그대로 멈칫했다.

리케도르안이 울먹이고 있었다. 그것도 잔뜩 붉어진 얼굴로. 언제 고인 것인지 모를 눈물이 금방이라도 뚝 떨어질 것 같았다.

"정말……."

"……."

"……안 돼요?"

뚝. 떨어지는 눈물에 깨달았다.

"……정말로요?"

……망했다.

그가 내 목에 머리를 묻고 이마를 비볐다. 심장이 덜컥 내려앉았다. 그에게서 떨어져, 쇄골로 흘러내린 눈물이 가슴골로 흘러 들어간다. 이 무슨 신종 야릇한 자극인가 싶었다.

"제발, 이아나."

리케도르안의 음성은 살짝 쉬어 있었다.

"나, 미칠 것 같아요……."

뚝. 떨어진 것만은 눈물만이 아니라…….

아니, 이건 눈물이 떨어지는 소리뿐만 아니라 이성의 끈이 떨어지는 소리도 될 수 있다는 걸. 깨달았다. 깨달아서 문제였다!

나는 입술을 꾹 깨물었다.

이건 반칙이야! 속으로 외치면서.

"그럼, 입술만."

"입술만요? 정말?"

"……."

그러나 더는 생각에 잠길 겨를 없이 붉은 입술이 갈급하게 나를 덮었다.

다음 날 오전.

이른 아침보다는 오전에 가까운 시각 수도 헤르닝 저택에서 마차 한 대가 은밀하게 빠져나왔다. 허름한 짐마차보다는 고급스럽고 그렇다고 너무 사치스럽진 않은 마차였다.

그리고 그 마차 안에는 내가 넋이 나간 채로 창문에 기대고 있었다. 맞은편에 타고 있던 제이르가 고개를 갸웃했다.

"아가씨?"

"네."

"어디 불편하십니까?"

그는 넋이 나간 내가 이상하다는 듯이 물었다.

"아니요……."

제이르는 대마법사로, 현재 수도를 빠져나오고 일정 지점에 다다르면 나를 이동시키는 역할을 맡았다. 그리고 돌아가 나머지 인원을 이동시킬 터였다.

가장 주요한 역할 중 하나를 맡은 만큼 그는 평소와 다르게 살짝 긴장이 엿보이는 표정이었다.

"혹시 아프십니까?"

"…괜찮으니 그대로 가세요."

나는 고개를 저었다. 대답하지 않으면 마차를 돌릴 기세였으니까. 말 그대로 몸은 멀쩡했다. 아니, 멀쩡은 한데 기운이 달린다고 할지. 정확하게는 정력이 모자란다고 해야 하나…….

나는 먼 산을 쳐다봤다.

"제이르 씨, 당신 말이 맞았네요."

"네? 어떤 말을……."

댁 대공이 짐승 같다는 거요. 아주 그냥……. 후, 연거푸 숨을 쉬었다.

"아가씨?"

"아니에요."

나는 차마 잇지 못한 말을 삼키며 시선을 돌렸다. 제이르는 고개를 갸우뚱 기울일 뿐이었다.

"그나저나 리케도르안의 저주 말이에요. 황제의 허락을 받은 뒤 감방으로 나란히 들어가서 내가 힘을 쓰면 된다고 했었죠?"

만약 성공적으로 황제의 티아라를 가져올 시 약속대로 캄브라캄으로 들어갈 수 있을 터다. 그리고 최근에서야 느끼는 거지만 힘을 쓰는 방식을 어렴풋하게나마 알 것도 같았다.

이건, 첫 시작은 아퀼라가 사라지던 시점 나도 모르게 내 손에서 푸르른 빛이 흘러나오던 때부터였다.

"네. 맞습니다."

"캄브라캄으로는 그냥 들어가면 돼요?"

지금부터 있을 일에 긴장감을 덜어내려, 일부러 먼 이후의 일을 먼저 꺼냈다.

"아닙니다. 대공 각하의 행차로서 가는 건 안될 일이지요. 요란스러울 테니까요. 시선이 몰리지 않게 적당한 죄목을 만들어 들어갈 예정입니다."

그 말에 나는 고개를 갸웃했다.

"좀 이상하네요, 대공님이 죄짓고 캄브라캄에 들어가도 돼요?"

"명예에 손상이야 있겠지만 괜찮습니다. 가벼운 죄목으로는 다들 그러려니 할 겁니다."

어차피 겉으로는 혀를 찰지언정 헤르님이 쫄딱 망하지 않는 이상 걱정 없다고.

"사실 역사를 돌아보면 고위 귀족들은 한 번씩 그곳에 다녀올 것을 선고받습니다. 가주가 아니라 먼 친척들이 대신 가기도 하는 방식을 자주 쓸 뿐이지요."

"대리인을 세운다?"

"으레 세상 돌아가는 게 그렇듯 이런 문제도 그렇지요. 권력."

이를테면 돈 많고 권력을 쥔 인간치고 깨끗한 사람이 없다는 소리란다. 여기까지 이야기하던 제이르가 잠시 당혹스런 표정을 지었다.

"실례했습니다. 아가씨 앞에서 해도 될 이야기는 아니었군요."

"상관없어요."

아마 내가 오빠와 아빠의 죄를 대신해서 캄브라캄에 갔던 걸 말하는 모양인데, 상관없었다. 진짜 죄를 대신해 간 것도 아니었으니까.

"내가 캄브라캄에 갔던 건 아빠와 오빠의 싸움에 휘말리지 않기 위해 간 것 같으니까요."

"추측입니까?"

"그렇죠?"

그렇게 이런저런 이야기를 하던 제이르가 턱을 쓰다듬었다. 긴장이 한결 가신 얼굴이었다.

"그러고 보니, 캄브라캄의 지하 하니까 생각난 것인데 최근 흥미로운 사실이 하나 발견되었습니다."

"흥미로운 사실요?"

"예. 각하와 함께 들어갈 공간 말입니다."

"저주를 풀러 가는 공간말이군요."

"네. 그곳은 푸른 장미가 모든 저주를 풀 수 있기도 한 장소인데. 그와 동시에……. 차원을 이동할 수도 있다고 하더군요."

그 순간 나는 멈칫했다.

"차원? 갑작스러운 얘기인데요."

"예, 보통 사람에게는 터무니없는 주제지만 마법사들에겐 오랫동안 흥미로운 주제였지요."

하지만 입술은 착실히 대화에 충실한 척 내뱉었다. 제이르는 이 상함을 느끼지 못했는지 태연하게 말했다.

"흥미롭지 않습니까? 각하와는 상관없는 이야기라 보고서에서는 제외했지만."

그가 씩 웃었다.

"고대 주문을 외우기만 하면 차원을 이동하거나 누군가가 이동

되어 온다니 재밌지 않습니까."

그는 연신 터무니없는 소리라 했지만…… 나는 결코 간과할 수 없는 이야기였다. 그도 그럴 것이 이 세계는, 내 세계가 아니었으니까.

"언젠가 연구해보고 싶은 이야기입니다. 평화로워진다면 말이지요."

그랬다.

나는 어느 날 감방에서 눈을 떴다.

"그렇군요."

난 입술을 꾹 다물었다.

사실 그동안 내가 어떤 경위로 어떻게 그곳에 눈을 떴는지는 관심을 두지 않았다. 두지 않은 게 아니라 두지 못한 것에 가까웠지. 눈 뜨자마자 적응하기 바빴으니까.

거기다가, 적응한 뒤엔 아무래도 상관없다고 생각했다. 이미 일어난 일이니 이유를 알아 무엇하겠나? 돌아갈 수도 없을 텐데, 하면서. 그렇기에 '이아나'가 어떤 사람인지, 어떤 가문인지도 크게 신경 쓰지 않았던 거였다.

앞으로 잘 살아갈 생각만 했지.

'그게 실수였던 것 같네.'

캄브라캄, 푸른 장미, 그리고 나.

과연 이 얘기가 연관이 없을 수가 있을까?

제이르는 캄브라캄에서 이런 이동, 즉 차원 이동을 하려면……

이 고대 주문을 실행하려면 거대한 힘이 필요하다고 이야기했다. 보통 거대한 게 아니라 아주아주 어마어마한 힘이 필요하다. 어느 고대 문헌에 그렇게 적혀 있었다고.

"제이르 씨, 만약에 그 주문을 쓰려면요."

"네? 차원 이동 말씀이십니까? 아가씨께서도 관심이 있으셨나 보군요."

"네. 그렇다고 해두죠. 리케도르안의 마법을 푸는 것 말고 그거요. 그 주문도 푸른 장미만 가능한가요?"

제이르는 눈을 깜빡이다가, 이내 아가씨에게 이런 질문 받을 줄은 몰랐다며 웃었다.

"결론부터 말하자면 이쪽은 푸른 장미가 아니어도 될 겁니다. 그런 말은 없었습니다."

"그럼……."

"다만, 말했듯 어마어마한 힘이 필요합니다."

"얼마나요?"

"장미 하나가 대단한 힘을 품고 있는데도, 그것만으로는 안됩니다. 한 명으로는 절대 모자란 힘이 말입니다."

제이르가 설명을 마치고 잠시 침묵했다. 그는 창문을 보고 있었다. 진지해진 표정이 알려주고 있었다. 목적지까지 얼마 남지 않았음을.

"얼마 남지 않았군요."

나는 고개를 끄덕였다. 하지만 생각은 여전히 그가 한 이야기에 머무르고 있었다. 창문을 보면 숲이 뚜렷하지 않았다. 아직은 생각할 시간이 있다는 소리.

'생각해.'

한번 가정해보자.

내가 만약 차원 이동을 해서 온 것이다. 누군가 캄브라캄에서 그런 주문을 실행했다면? 그럼 그 사람은 누구일까.

다각다각.

마차 바퀴가 마구 돌아간다. 내 머릿속 바퀴도 맹렬하게 돌아갔다. 마침내 머릿속 바퀴는 내가 현재 향하고 있는 곳과 맞물렸다.

좀 더 깊이 파고들어, 가정해볼까.

'이아나'의 심장이 멈췄다.

누군가 '이아나'를 살리기 위해 주문을 사용했다면. 만약 그 주문이 또 다른 영혼을 불러다가 빈 육체를 눈뜨게 하는 것도 가능했다면?

논리적 비약이 가득했음에도 왜인지 나는 내가 틀린 답을 선택한 것 같지 않았다.

감이 말하고 있었다.

그 주문을 사용한 사람은 바로, '체이서'라고.

그와 동시에 마차가 멈췄다. 나는 모든 생각을 멈추고 고개를 들었다.

"그럼 아가씨, 이동하실 시간입니다."

문이 열리고 제이르의 인도를 따라간 곳에는 커다란 마법진이 있었다. 아마 나를 익숙한 곳으로 이동시켜줄 마법진일 터였다. 나는 마법진 중간으로 조용히 향했다. 이미 이야기된 사항이었다. 막 한 가운데 멈춰 섰을 때, 거대한 바람이 불었다.

끄트머리에 제이르가 서 있었다.

"그럼, 몸조심하시길 바라겠습니다."

"⋯⋯제이르 씨도요."

푸른빛이 몸을 휘감았다. 마법사들이 쓰는 마법은 푸른색이다. 딱 한 번 보았던 푸른 장미가 내뿜는 바다같이 반투명한 색과는 다른 빛이었다.

눈을 감았다가 떴을 때, 나는 익숙한 저택을 눈앞에 두고 있었다. 도뮬릿 저택이었다.

숨을 꾹 참았다가 내려놓으며 걸음을 옮겼다.

다시 돌아온 저택을 향해서.

눈앞에 우뚝 서 있는 저택은 예전과 다를 것이 없었다. 물론 시간 이 얼마나 지났다고, 변화가 있겠느냐마는 신기할 정도로 그대로 였다.

내가 이 저택의 외양을 본 것은 단 두 번뿐이다.

캄브라캄에서 출소하여 이 저택에 들어갔을 때, 그리고 황성으로 가기 위해 마차를 타고 나왔을 때. 물론 쉬르멜라로 몰래 갈 때도 있었지만 그때는 숨어 있느라 창문을 보지 못했으니, 예외로 치자.

새삼 내 처지가 와 닿았다.

한걸음도 밖으로 나갈 수 없던 처지. 나는 눈을 깔았다. 작은 웃음이 새어 나왔다.

'몰랐던 건 아니지. 외면했던 거지.'

다시 돌아온 고향 저택, 안으로 들어가는 건 벨을 누르는 것으로 충분했다. 물론 진짜 벨을 누른 것은 아니고, 근처 기사를 불러다 내 얼굴을 보여주는 것으로도 충분하더라고.

나는 허둥지둥 튀어나온 체이서의 정예 부하들을 따라 걸어갔다. 이들이 안내하는 목적지란 빤했다. 나는 마치 죄수인 양 원으로 둘러싸인 채 걸었지만 이들의 표정을 보면 결코 연행이란 말이 어울리지 않았다. 극성 팬에 시달리는 배우라면 모를까.

'어째 경계가 더욱 심해진 것 같네.'

아닌 게 아니라 저택 내 경비가 삼엄했다. 도뮬릿 전 공작의 장례식이나, 내가 쇠사슬 매달고 돌아다닐 때도 이 정도는 아닌 것 같았는데…… 눈앞에서 커다란 문이 열리고, 나는 마침내 내가 찾던 이와 재회했다.

"……무슨 일이지."

체이서는 소파에 누워 있었다. 그는 보지도 않고서 말했다. 그 목소리에 옅은 짜증이 묻어 있음은 물론이었다. 체이서의 목소리에 짜증과 염증이라, 꽤나 신선한 느낌이었다. 단 한 번도 내 앞에서 부정적인 음성을 들려주지 않던 남자였으니까.

거기다 내가 안내받은 방이…… 바로 내 방이란 것도 어찌 보면 예상대로랄지.

나는 헛웃음을 터트렸다.

"푸른 장미가 가까이 있는지는 알아차리지 못하나 봐?"

내 말에, 체이서가 멈칫했다. 그것도 잠시 벌떡 자리에서 일어 났다.

"이아나?"

나는 흠칫 놀랐다.

이 남자가 정녕 내가 알고 있던 남자가 맞나? 모습만은 금욕적 이던 남자였다. 잔뜩 흐트러진 모습은 신선하다 못해 생경하기까 지 했다. 그러나 체이서의 셔츠 단추는 여며지지 않은 채 반 이상이 풀려 있었다. 체이서는 헝클어진 머리를 쓸어 넘기며, 미간을 찌푸 렸다.

"또 환상인가?"

"환상 아닌데."

"환상은 다들 그렇더라고."

그는 조금 야윈 낯이었다. 그 덕에 더욱 날카로워보였다.

"자긴 환상이 아니라 하던데."

찡그려진 미간 주름 사이로 예민함이 서린 웃음이 흘러나왔다. 체이서가 그렇게 얼굴을 반쯤 가린 채 웃었다.

"참 편리한 능력인데, 가끔 짜증 날 때가 있어."

손가락 사이로 붉은 눈이 짐승의 것처럼 낮게 빛을 드러냈다. 광기와 함께 뜻을 알 수 없는 것이 일렁거렸다.

"사용하는 사람마저 스스로를 세뇌시키다니."

"……."

"난 그저 너를 보고 싶다고 중얼거렸을 뿐인데 말이지. 이아나."

나는 겁먹는 대신 그를 빤히 쳐다보았다. 이 정도야 사람들 쥐잡듯 잡아들일 때 무수히 보았던 모습이었다. 물론 그 사람들이 내게 해를 끼치거나 끼칠 예정이었던 사람임은 당연했다. 그는 내 위험에 극도로 예민했으니까.

"뭐, 상관없어."

체이서의 얼굴에서 분노가 차차 가라앉았다. 가라앉은 광기는 미소 속에 사라졌다. 그리고 남아 있는 것은 내가 익숙하게 보았던 부드러운 얼굴이었다. 그는 성큼 다가와, 손을 들어 올렸다. 나붓하게 내려앉은 손이 내 양 뺨을 잡았다. 깨질 듯 귀한 것을 다루듯 조심스러운 손길이었다.

"널 볼 수만 있다면 무슨 상관이겠어, 이아나?"

그의 손가락이 내 뺨을 쓸어내렸다. 그의 눈이 휘어졌다. 악마의 미소처럼 유혹이 담뿍 담긴 웃음이었다.

'얘, 제정신이 아니네.'

내가 진짜인지 아닌지, 그는 부하들을 보고서 바로 알아차렸어야 했다. 이미 문은 닫혔고, 부하는 나간 지 오래인데, 이걸 알아보지 못하는 건……. 제정신이 아니란 소리밖에 더 되겠는가? 무엇보다 완벽함을 관철하던 남자였기에 생소하고 신기하기 짝이 없었다.

더군다나 나는 체이서의 눈 밑에 까맣게 내려온 그림자를 보았다. 대체 얼마나 잠을 자지 못한 건지 흰자위에는 실핏줄이 터진 자국이 보였다. 문제는 이런 요소들이 미모를 퇴색시키기는커녕 오히려 더욱 퇴폐적이고 예민한 미남으로만 보이게 했다는 점이다.

거기다 저렇게 반쯤 벗다시피 단추를 풀어헤친 채이니 눈 둘 곳이 없었다. 리케도르안이야 셔츠만 입거나 풀어 헤친 모습을 더러 보았지만, 체이서는 달랐다.

고집스러울 정도로 금욕을 고집하던 이가 풀어헤쳤을 때의 충격과 파급이 더 큰 법이었다. 거기까지 생각하고 나는 한숨을 내쉬었다. 아니, 나도 뭘 또 여기까지 생각하고 있나.

"저기, 오빠."

난 얼굴을 쓸어내렸다. 결심했던 것이 시각적인 것에 흐려지고 말았다는 걸 인정했다.

"난 진짜야."

이런 말을 하는 것도 바보 같았다. 다른 사람도 아니고, 머리라면 비교할 이가 없을 정도로 잘 돌아가는 이 남자에게 하다니.

"응, 아니야."

체이서가 제 손을 떼어내는 내 손을 다시 붙잡고 나른하게 웃었다. 포식자의 웃음이었다.

"진짜인지, 아닌지 판별하는 건 아주 쉬우니까."

"……어?"

내 얼굴 위로 체이서의 그림자가 졌다. 내가 눈을 깜빡이기 무섭게 체이서가 고개를 휙 꺾었다.

눈앞의 얼굴에서 달큰한 향기가 느껴졌다. 기억에 있는 향기인데……. 도플릿의 흑장미 정원에서 느껴지던 그 향기였다.

"내가 네게 입 맞추면, 환상은 그대로 있지 않을까?"

잠깐, 잠깐만.

모든 생각이 일시에 지워졌다. 그러나 이미 얼굴이 한껏 다가온 뒤였다. 날숨이 입술로 느껴졌다.

하나 그의 입술은 채 내게 닿기 전에 막혔다. 나는 그의 입술을 막은 채로 씨근덕 숨을 내쉬었다. 미간을 잔뜩 찡그리면서.

"헛수작 부리지 마."

중간부터 깨달았다. 아니, 가까이 다가온 남자의 눈을 보고서야 알았다 할 것이다.

"이미 제정신이잖아?"

체이서는 제정신이었다. 아니다. 어쩌면 처음에는 아니었을지도 모른다. 헛웃음이 나왔다. 내가 변화를 알아차린 건 당연한 일이었다. 지난 몇 년이나 바로 옆에서 그를 보았으니까. 그가 나를 알듯 나도 그를 알았다.

"떨어져."

누가 계략으로 먹고사는 인간 아니랄까 봐.

"어라, 진짜네."

체이서는 내게 입을 가로막힌 채로 눈을 천천히 휘었다. 이어서 내 손등 위로 손을 올리더니, 떼어냈다. 그러고는 내 손목에 입술을 묻었다.

"이아나구나. 진짜 이아나."

반으로 휘어진 눈동자로 맴도는 광기, 이것은 진짜였다. 그제야 저택으로 돌아왔다는 것이 실감 났다.

아니, 이제부터 시작이었다.

"돌아와 준 거야?"

대답 없는 나를 향해 체이서가 그윽한 미소를 지었다. 그의 눈은 나를 탐구하듯 깊고 깊었다. 그의 머리칼은 땀으로 젖어 달라붙어 있었다. 옷깃 또한 그러했다. 흡사 악몽이라도 꾼 모양이었지만 속으로 고개를 젓는다.

"꿈만 같네."

그와 악몽이라니 어울리지 않았다. 누군가에게 악몽이 되었다면 모를까. 낮게 웅얼거린 체이서가 묻었던 입을 떨어트렸다.

"네가 직접 돌아오다니."

그는 그대로 입술을 열고 내 손가락을 입술에 물었다.

"이건 내 곁에 있어 주겠다는 의지일까."

작은 중얼거림은 대답이 없음에도 이어졌다. 동시에 아릿한 고통과 함께 축축한 감촉이 들었다. 야릇한 자극이었다.

"응? 이아나."

손을 빼려 하자, 체이서는 손쉽게 내 손을 놓아주었다. 강제하지 않겠다는 듯이. 나는 숨죽인 채 뒤로 숨긴 손을 쥐었다가 폈다. 무슨 말을 해야 할까? 아니, 무슨 말부터 해야 할까.

난 곧 인정했다.

체이서가 전혀 예상하지 못한 모습을 보여주는 바람에 평정을 잠시나마 잃었다는 것을. 천천히 이성을 가다듬을 시간이 필요했다. 눈을 감았다.

향기가 자욱하다. 이 장미들은 누가 이름값 못한다 할까 봐. 하나같이 지독하고 깊은 향기를 자랑했다.

그중에서도 가장 지독한, 사람을 유혹하는 향기를 꼽으라면 단연 눈앞의 남자였다. 거기다 이젠 생소한 모습으로 당황하게 하기까지.

직구와 커브, 둘 중 어느 것으로 시작할까. 고민하던 나는 작게 숨을 내쉬었다.

"못 잤어?"

내게서 흘러나온 것은 일상적인 질문이었다. 마치 어제까지도 대화했던 것 같은 평범한 질문. 체이서의 표정은 웃는 그대로였다.

"질문이 많아. 그거 말고도 내게 묻고 싶은 말이 많을 것 같은데. 오빠."

그러나 나는 그의 눈매가 미미하게나마 흔들렸음을 알아차렸다. 체이서는 시선을 아래로 내려 내 질문에 하나씩 대답했다.

"응. 못 잤어. 넌 어때?"

"잘 잤지."

내 대답은 태연했다. 체이서 다시 질문했다.

"넌 내가 질문하면 대답해주려고?"

"듣고 싶어?"

나는 고개를 치켜들었다. 너 하는 것 봐서? 하는 의미가 가득 담긴 행동이었다. 그는 어렵지 않게 내 뜻을 알아차릴 것이다. 하나 알아들었음에도 그가 보인 것은 또 한 번 예상을 벗어나는 행동이었다.

"아니, 나는 대답 듣는 것보다는…… 네가 재워주면 좋겠어. 이 아나."

체이서가 내게 허리를 숙였다.

그의 얼굴이 내 얼굴로 다가왔을 때 흠칫했다. 이건 또 무슨 수작인가. 여차하면 걷어차 줄 생각으로 발을 드는데, 그의 얼굴은 내 얼굴을 스쳐 지나갔다.

"졸려……."

오싹하도록 나른한 음성이 귀를 파고들었다. 황홀하다시피 낮고 듣기 좋은 울림을 품고서.

"나 재워줘. 응?"

그가 내 어깨에 머리를 기댄 채로 중얼거렸다.

"한 번만……."

이는 지독하리만치 피로감을 품은 목소리이기도 했다.

나는 그의 정수리에 시선을 주는 대신에 방을 한번 훑었다. 내가 자릴 비운 이후로 어느 것 하나도 변하지 않은 채 그대로였다. 내 입술이 천천히 열렸다. 내게서 무심한, 그러면서도 삐딱한 말이 흘러나왔다.

"왜. 푸른 장미를 곁에 두지 못하면 잠들 수 없기라도 해?"

"비슷해."

"아, 불면증?"

체이서는 헤르님 성에서 나타났을 때도 이리 말했었다. 잠을 자지 못 했다. 재워달라……. 체이서가 내 어깨에 머리를 기댄 채로 피식 웃었다.

"그렇지. 하지만 내가 이러는 건 네가 없기 때문이야."

체이서의 어깨가 잘게 떨렸다. 비록 웃는 것을 보진 못했지만, 나직한 바람 소리로 늘 하던 것 같이 웃고 있구나 추측할 수 있었다.

체이서가 뒤로 숨긴 내 손을 더듬어 쥐었다. 그답지 않게 섬세한 손길이었다. 사실 생각해보면 손길이 우락부락하거나 사나운 남자는 아니었다.

늘 깨질 것처럼 부드럽게 나를 붙잡던 남자이긴 했지. 보이는 행동과 말이 달랐을 뿐. 나는 작게 웃었다. 재밌어서 나온 미소는 아니었다. 헛웃음이었다.

"뭐가 달라?"

체이서가 흠칫 어깨를 굳혔다. 그가 서서히 고개를 들었다. 잠시지만 놀란 표정이 스쳤던 것도 같았다.

그러나 그는 이내 본래의 얼굴로 돌아와 웃었다.

"헤르님 대공이 이런 것들은 알려주지 않았나 봐."

나긋나긋한 목소리가 뚝뚝 떨어진다.

"장미들의 부작용에 관해서는."

글쎄. 프란시아에게 그런 걸 듣기도 한 것 같은데. 나는 웃었다.

"거긴 솔직하게 얘기해주던걸."

"……."

"흑장미들이 줄곧 푸른 장미를 숨겨왔던 것 또한 거기서 들었는데."

나는 고개를 들었다.

"정말 그래?"

"보다시피."

체이서가 웃음으로 답했다.

"헤르님 대공이 무어라 한 거야?"

"글쎄, 많은 것을 들었지만 잊었을지도 몰라. 적어도 나한테 뭘 숨기지는 않아서."

체이서가 웃는 그대로 눈을 가늘게 좁혔다.

"……나도 뭘 숨긴 적은 없는데?"

"굳이 말을 안 한 건 아니고?"

"그렇게 생각하면 섭섭해, 이아나."

체이서는 고개를 숙인 채로 귓가에 작게 속삭였다. 그가 그러거나 말거나 머리를 팽팽하게 굴렸다. 내가 이곳에 온 목적을 잊지 않았으니까. 이윽고 방 한구석을 한 번 보고는 난 고개를 까딱였다. 아주 태연하게.

"앉고 싶어."

그의 말을 깔끔히 무시한 것에 가까웠다. 이에 체이서는 눈썹을

까딱였다. 하나 웃음이 흐려지지는 않았다.

"앉자."

체이서는 대답이 없었다. 나는 그런 그를 한번 쳐다봤다.

"뭐해? 재워달라며."

그의 손에서 빠져나와 먼저 걸어갔다. 내가 앉기가 무섭게 체이서가 느릿하게 내 옆으로 걸어왔다.

나는 옆자리를 툭툭 두드렸다.

"안 누울 거야?"

"……정말 해주려고?"

"내가 언제 빈말을 했던가?"

그도 나도 마치 공백은 없는 것처럼 행동하고 있었다. 그러나 서로는 알고 있었을 것이다. 일상적인 분위기 속에 스며 나오는 이 긴장을. 체이서가 소파 등받이를 잡고 상체를 기울였다. 내게로 긴 그림자가 진다. 앉는 대신 나를 덮칠듯한 기세로. 나는 겁먹는 대신 그의 옷을 잡아당겼다. 그는 순순히 몸을 내주었다.

"자장가라도 불러주려고 이러는 거야?"

체이서의 태도는 네가 무엇을 하든 함정에 가까운 걸 알지만 일부러 빠져준다, 하는 것에 가까웠다. 평소 같았으면 내게 이것저것 묻거나 추궁했을 이가 한마디도 하지 않고 있었으니까. 오히려 그는 이렇게 말하고서 순순하게 소파 위로 몸을 뉘였다.

나는 눈을 찡그렸다.

"나는 내 다리를 베라는 말은 하지 않았는데?"

그는 뻔뻔하게 웃었다.

"그 말 아니었어?"

잠시 침묵 속에 긴장이 스쳐 지나갔다. 나는 체념한다는 투로 시선을 던지고는 그의 눈 위로 손을 얹었다.

"그래. 뭐. 자."

그와 나의 관계는 언제나 그가 손을 뻗는 쪽이었으므로 이런 일은 처음이나 마찬가지였다.

하나 그도 나도 티를 내지 않았다. 특히나 나는 태연하게 그를 응시했다. 정말 피곤하긴 했던 것인지, 아니면 속아주는 척하는 것인지, 속눈썹이 손바닥을 간질이는 감각이 느껴졌다. 이내 그의 눈이 감겼다는 것을 알 수 있었다.

"왜 잘 해주는 걸까."

그는 얼굴을 반만 드러낸 채로 입술을 끌어올렸다.

"내게 원하는 것이 있어?"

"글쎄."

"바라는 것이 있어, 이아나?"

똑똑한 남자였다. 그러니, 상황의 이상함은 이미 알아차렸으리라. 나는 이 남자가 어째서 핵심을 족족 빗겨 가며 말하는 것인지 궁금했다.

"오빠야말로 묻지 않아?"

사람의 침묵에는 여러 가지 의미가 있다. 말하기 어려운 것 그리고 말하고 싶지 않은 것, 그리고 할 말이 많아서 어느 것도 꺼내지 못하는 것. 또 많은 것이 있겠지만.

체이서의 입술이 달싹인 건 어느 쪽이었을까.

어째서 이 남자는 내가 여기를 탈출하려 했을 때, 푸딩이를 숨기려 했던 때처럼. 내게 추궁하듯 묻지 않나?

"오빤 궁금한 게 많을 텐데."

"……맞아. 네가 내게 궁금한 것이 있듯이 나도 네게 궁금한 게 있지."

체이서가 여전히 눈이 가려진 채로 말했다.

"하지만 기다리는 거야."

나는 시선을 떨어트렸다. 그가 이런 식으로 나온 탓에 아주 잠깐 목적을 가라앉히고, 진심을 꺼내 들었다.

"나한테 뭘 해주려 하지 않아도 돼."

그가 움찔했다.

"아니, 더는 나한테 그렇게 하지 않아도 돼."

체이서의 손이 눈을 가린 내 손을 붙잡았다.

"이아나."

하나 나는 말을 멈추지 않았다.

"이제 와 오빠가 해주었던 것이 나쁘다고 말할 생각은 없어."

그저 이상한 것을 이상하다고 깨달았을 뿐.

"다만 나는 당신에게 바라는 게 없으니까."

그러면 달라진 호칭의 의미를 알아챌 것이라 생각했다. 잠시간의 침묵 끝에 체이서가 입술을 열었다.

"……내가 싫어진 거니?"

체이서는 내가 출소하던 날, 날 부르던 나긋한 그 목소리 그대로 물었다. 그러나 난 알았다. 이건 평정을 가장한 목소리라는 걸. 아울러 벽이 무너지기 직전의 음성이라는 것도 알았다.

"아무 생각 없어."

그럼에도 나는 말을 멈추지 않았다.

"싫어하냐고 물었지?"

내 손은 여전히 체이서의 얼굴을 가리고 있었다.

"정확하게는 당신에게 아무런 기대도 없어."

아마, 이번 일이 지나면 더는 이런 이야기를 할 기회는 오지 않을지도 모른다. 도퓰릿 저택에 있을 때 우리는 이런 이야기를 나누지 않았다. 그때 내겐 딱히 생각이란 게 없던 때긴 했지만, 그럼에도 가끔 드는 이상함을 그저 넘겼으니까.

어쩌면 나와 이 남자는 서로를, 스스로를 기만하며 마주한 채 살아온 건지도 모르겠다. 분위기는 몇 초 전과 판이했다. 실을 당기듯 팽팽해진 공기가 뺨을 쿡쿡 찔렀다. 나는 압박에 밀리지 않았다.

체이서가 얼굴에서 내 손을 떼어냈다.

"지금부터, 네가 바라는 걸 들어준다고 해도?"

"그런 게 의미가 있어?"

나는 담담하게 이야기했다.

"내가 무엇을 바라든 오빠는 오빠가 바라는 대로 행동할 거 잖아?"

나는 그의 눈을 피하지 않았다.

"내게 족쇄를 채웠던 것처럼."

체이서는 내가 도뮬릿에서 지내는 동안 저 편할 대로 행동했다.

"나를 감금했던 날처럼."

물론 그로 인해 생명을 구했던 날들을, 그의 노고를 잊지 않았다. 그저 그뿐이다.

"하……. 하하."

체이서가 벌떡 자리에서 일어났다. 그러고는 흐트러진 모습 그대로 나를 빤히 응시했다.

"하, 하하……. 이아나. 이거, 내가 후회할 차례인가?"

그 순간 시야가 휙 뒤집혔다. 정신을 차렸을 때 등 뒤로 푹신한 소파의 감촉이 느껴졌다. 시선을 올리면 체이서가 나를 내려다보고 있었다.

처음 보는 얼굴을 하고서.

공기는 끓어 넘칠 것 같은 냄비 속 물처럼 아슬아슬하게 유지되고 있었다. 이것이 뚝 끊어지면 어찌 될지 나도 알 수 없었다.

그는 곧이어 잠을 자지 못해 잔뜩 붉어진 눈으로 나를 담았다. 눈앞의 붉은 홍채 속에서 가늠할 수 없는 것들이 침잠하고 다시 파도치고 있었다.

"이제 와 붉은 장미를 사랑하게라도 되었나?"

그에게서 으르렁거리는 듯한 낮은 음성이 흘러나왔다.

"그가 내 목이라도 갖다 바치라던가? 널 이렇게 홀로 사지로 돌려

보내는 놈이?"

"도뮬릿이 사지였어?"

내 반문에 그가 깊은 웃음을 흘렸다.

"붉은 장미에게 그렇겠지."

이 또한 처음 보는 웃음이었다.

"이아나, 나를 포기하려고?"

나는 눕혀진 그대로 고개를 갸웃했다. 포기라.

"그건 한 번이라도 가졌을 때 하는 이야기 아닐까?"

"이아나."

나는 대답하지 않았다. 여기까지만 해도 충분했으니까. 하나 그
럼에도.

"왜?"

내 입이 멈추지 않았다.

"응?"

"그리고 왜 후회하려고?"

나는 천천히 웃었다. 그러고는 이어서 말했다.

"어차피 오빠는 후회하지 않을 거잖아."

와르르 쏟아낸다. 굳이 자극할 생각은 없었으나 나도 모르게 진
심이 흘러나왔다. 주워 담을 수는 없었다.

"그리고 있지 소용없을 때 하는 게 후회야. 오빠."

내가 더는 대답하지 않음에도 체이서는 이미 많은 걸 알아차린
것 같았다. 그의 웃음소리가 커졌다. 정녕 우스워서 나온 소리가 아

님을 그도 나도 알고 있을 것이다.

난 태연하고 고요하게 말을 이었다.

"후회한다고 해서 이전으로 돌아갈 수 없지."

지나간 일은 결코 돌이킬 수 없다. 이제는 상흔조차 남지 않았지만 가끔은 발목이 무거워 들여다보게 되는 것처럼.

걷다가 나도 모르게 쇠사슬의 소리를 듣는 것처럼.

이 모든 것이 결국 이상한 것이었음을 알게 되었듯이. 똑똑한 당신은 이미 알았겠지.

내가 알아차린 것을 이 남자가 모를 리 없었다. 이 남자는 도덕을 모르는 것이 아니라 도덕마저도 이용하는 남자였다.

"이미, 오빠는 후회해도 소용없는 일이라 생각하지?"

당신은 똑똑한 남자니까.

"뭐하러 후회해?"

나는 그 상태에서 마침표를 찍었다.

"이렇게 생각하잖아."

이 남자가 나를 아는 만큼 난 이 남자를 안다. 우리는 너무나도 곁에 붙어 있었다. 지나칠 정도로.

다가온 것은 이 남자였지만 거리를 허용한 것은 나다.

이 남자 덕에 수없이 목숨을 보전했다. 이날까지 살아 있게 해주었다. 거기에 마음이 느슨해져 버린 것인지도 모른다. 관성과 타성에 젖어가면서 잘못되었다는 것을 모른 채.

내 손이 잠시 머뭇거리다가 그의 뺨을 건드린다. 그러고는 무심히 이어 말했다.

"하지만 나는 잘못이라고도 생각 안 해."

사람인지라 이 공간에서 매번 목숨을 다해 나를 지키는 이 남자와 조그만 흑마법사님에게 정이 들지 않을 수는 없었다.

"내겐 용서할 수 없는 게 생겼고. 오빠는 반성하지 않을 거야. 우리는 서로를 잘 알아."

밉지만 밉진 않다. 모순덩어리를 치워내는 건 사실 쉽다.

"오빠가 후회하지 않는다면, 나도 용서할 필요는 없겠지."

둘 중 하나를 완전히 지워내면 된다.

"그냥 오빠에 대한 생각을 하지 않기로 했어."

체이서의 표정이 처음으로 무너져 내렸다.

"……그건 안 돼."

산산이 부서진 채 날것에 가까운 낯이 드러났다. 웃음기 하나 없는 얼굴은 그가 분노할 때조차 보지 못한 표정을 보여주고 있었다.

"역시, 붉은 장미를 사랑하게 된 건가?"

체이서가 목소리를 잔뜩 낮췄다. 쉬어버릴 것 같이 황홀하고 오싹한 음성이 귀를 가득 메운다.

"하지만 그거 알아?"

그가 일그러진 얼굴로 미소했다.

"이아나. 푸른 장미는…… 누군가를 사랑할 수 없어."

나는 눈을 들어 올렸다. 한눈에 담게 된 모습은 엉망일 정도로 처참했다.

"잘 생각해 봐."

그가 고개를 기울였다. 젖은 머리카락이 달라붙은 얼굴은 막 지옥에서 올라온 악마처럼 농염하고 선정적이었다.

"그 남자를 볼 때 심장이 터질 듯 뛰던가? 보지 않을 때 보고 싶어 타는 갈증을 느낀 적은? 한걸음에 뛰어가기 위해 전쟁마저도 불사할 만큼 집착을 느낀 적은?"

나는 그것이 누구의 감정이냐고는 묻지 않았다. 그저 물끄러미 쳐다볼 뿐.

"아니, 없어."

진심이었다. 그가 말하는 것이 사랑이라면 나는 그런 것을 느껴본 적이 없었다.

내 삶은 언제나 잔잔한 물처럼 고요하고 잠잠했다. 나는 모든 일에 쉽게 적응했고 쉬이 놀라지 않으며 타인에게 관심을 거의 두지 않았다. 마치 이런 것에 타고난 사람처럼.

"많은 장미를 거느려야 하는 푸른 장미는 타고나길 무심함을 갖고 태어나지. 모든 푸른 장미가 그러했어. 이아나."

이것이 정녕 푸른 장미의 특징이라면 나는 푸른 장미다운 사람이었다.

"태초의 장미가 정한 규칙이었지. 어느 것에 지나친 사랑을 준다면, 미쳐버린 다른 장미들이 세상을 파괴할 테니까. 죄 없는 이들이 다칠 테니까."

호흡이 교차했다.

"붉은 장미에겐 열정을, 노란 장미에겐 충성을, 흰 장미에겐 희열과 치유를, 마지막으로 흑장미에겐 집착을."

느릿한 목소리 사이로 수많은 가늠할 수 없는 감정들이 스며 있었다.

"그러니, 이아나 넌 사랑을 할 수 없어."

나는 그를 빤히 응시하다가 천천히 입술을 열었다.

"거짓말이지?"

이것은 거짓말이다.

"내게 거짓말을 하지 않는다면서."

과거 '이아나'는 체이서를 사랑했으니까. 이건 거짓말이다. 나를 바라보던 체이서가 점차 표정을 가라앉혔다. 그러더니 고개를 숙여 웃음을 토해냈다.

"맞아, 거짓말이야."

이윽고 고개를 든 그는 평소와 같은 얼굴로 돌아와 있었다. 그러나 표정 여기저기에 채 가시지 못한 붉음이 묻어있었다. 그의 웃음 사이로, 붉은 눈에는 떨어져 내릴 것 같은 눈물이 자리했다.

"하지만 이아나, 넌 단 한 번의 거짓은 허락한다고 했는걸."

긴 눈물이 그의 뺨으로 가로질러 내려갔다.

"……그건, 내가 아니지?"

내가 아니라 '이아나'.

마차에서 느꼈던 의문을 이리도 빠르게 묻게 될 줄은 몰랐다. 이런 기회가 오게 될 줄도.

"맞아."

체이서는 순순하게 인정했다. 오히려 가벼운 대답에 내가 놀랄 정도로. 나는 그의 팔을 콱 붙잡았다.

진실이 드러날 시간이었다.

"나를 이곳으로 데려온 사람이 너야?"

나는 마침내 근본적인 의문에 도달했다. 서로 색이 다른 눈동자가 마주한 이 순간에.

"맞아, 이아나."

이 남자는 내 이름이 이아나가 아님을 알면서도 그렇게 불렀다. 이제는 어쩔 수 없이 내 소유가 되어버린 이름을.

"내가 널 이곳으로 데려왔어."

체이서의 손이 무방비한 내 손을 파고들어 깍지를 꼈다.

"그리고 너를 사랑하게 되어버렸지."

쓴웃음을 짓는 얼굴로 가는 눈물 줄기가 흘러내린다. 남자는 울고 있으면서도 나긋한 미소를 지었다.

"이렇게 될 줄은 몰랐어."

희고 긴 섬세한 손가락이 장미 넝쿨이 칭칭 감기듯 내 손을 옭아맨다.

"이렇게 미쳐버릴 줄은."

깍지를 낀 손으로 희미한 빛이 일렁거렸다. 그 빛을 본 순간 나는 눈을 크게 떴다.

"내 동생이 죽을 때까지도 전혀, 예상하지 못했어."

그 빛은 푸른색이었다. 언젠가 내 손에서 본 적 있는, 푸른 장미의 빛이었다. 귀로는 계속해서 체이서의 음성이 들려왔다. 진한 후회를 담은 목소리였다.

"어째서 내가 푸른 장미의 수호신이 있는 곳을 아는지 궁금하지 않아?"

그는 내게 보냈던 편지를 말하고 있었다.

"어떻게 붉은 장미의 수호신을 봉인할 수 있었는지는?"

그와 동시에 내 안에서 여차하면 언제든 튀어 나갈 준비를 하던 푸딩이가 움찔 떠는 것이 느껴졌다.

"푸른 장미의 힘은 둘 중 하나. 시간을 회귀하거나. 차원을 넘게 하지."

"……뭐?"

"내 동생은 시간을 회귀하는 힘을 가졌고, 죽기 전에 내게 모든 힘을 넘겼어. 그리고 난 시간을 거슬러 왔지."

결국 모든 것을 아는 채로 시간을 거슬렀기에 푸딩이를 봉인했고 푸른 장미의 수호신도 손에 넣었다는 소리였다.

나는 말이 나오질 않았다.

"사실 내가 있던 곳은 내 동생이 예기치 못하게 죽은 시점에서 장미가 다 같이 미쳐버렸을 테니까."

"……세상이라도 지켰다는 거야?"

"그런 거창한 것은 아니야. 이아나, 내 동생은 이기적인 푸른 장미였거든."

체이서가 고개를 숙였다. 그와 동시에 그에게서 눈부신 푸른빛이 흘러나왔다. 그러나 이내 검은빛과 뒤섞이고, 오묘하고도 신비하지만 음습한 느낌을 자아냈다.

"그 애는 내가 자신을 사랑해주길 바랐지. 오직 나만 살려 과거로 보내면서까지."

오래전 아퀼라가 보여주었던 장면을 떠올렸다. 체이서가 '이아나'를 잡고 눈물을 흘리던 장면을.

"그 애는 어리석었어. 그 힘을 쓰면 사라지는 거니까. 돌아가서 마주한 건 영혼이 사라지고 껍데기만 남아 있는 모습이었지."

몸이 움직이지 않았다. 지금 흘러나오는 푸른빛과 검은빛이 섞인 아지랑이 때문인 것 같았다.

"내가 돌아간 곳은 푸른 장미의 영혼이 사라진 세상이지만 나는 그 애의 껍데기만이라도 지켜야 했지."

모든 퍼즐이 착착 맞아떨어지며 돌아가는 기분이었다.

감방에서 눈을 뜬 도튤릿 공작의 여동생. 자신의 죄목을 모르는 여인.

그리고 간수들이 기억하던 '이아나'의 모습.

〈제가 배운 사람이 아니라 적당한 표현을 못 찾겠군요. 그…… 그때의 아가씨의 눈에 초점이 좀. 없었다고 할지…….〉

"어떻게든 육체만이라도 살려서, 고대 힘을 가득 품은 신전에 넣고."

캄브라캄.

〈으음, 표현하자면 말입니다. 그때의 아가씨는…… '인형' 같은 느낌이었지요, 아마?〉

"하지만 유일무이한 것은 다시 존재할 수가 없었던 거지."

체이서는 손등으로 눈물을 닦아내며 웃었다.

"그래서 널 부르게 된 거야."

그가 깍지를 낀 내 손을 들어 올려 입술에 스치듯 가져다 댔다.

"이아나."

일렁이는 빛 사이로 진한 향기가 느껴진다.

"차원을 넘어온 나의 푸른 장미."

그가 천천히 내 앞에 무릎을 접어 나를 올려다보았다. 고고하던 얼굴을 떨어트리며.

"난 그저 껍데기만 남은 동생에게 충실하려 했지만."

나직한 음성이 다른 때와 다르게 더욱 진득하게 파고들었다. 그가 다시 한번 앞서 했던 말을 중얼거렸다.

"너를 사랑하게 될 줄은 몰랐다는 거야."

웃음기 사이로 광기 어린 눈동자가 아찔한 유혹을 담고 휘어졌다.

"이렇게 갈망하게 될 줄도."

채 떨어지지 못한 눈물을 턱 끝에 매단 채로.

나는 말을 침묵한 채 체이서를 응시했다. 이런 상황에서 무슨 말을 해야 할지 나는 알지 못했다. 그저 체이서가 남긴 말이 액체 속 덩어리진 가루처럼 목구멍을 가로막았다.

답답한가? 아니, 그보다는 아주 많은 생각이 스쳐 지나갔다. 나치고는 드물게 복합적인 감정을 느꼈다.

어느 날 감방에서 눈을 뜨게 된 것이 이런 이유였다니. 이것과 관련해서 나에게는 작은 비밀이 있었다. 사소하다면 사소한, 보잘것 없는 비밀이.

"설마 내가……."

나는 입술을 열다 말고 입을 꾹 다물었다. 자연히 말도 끊겼다. 입밖으로 채 나오지 못한 말은 목구멍에서 맴돌았다.

내가 세상을 이동한 것과 이곳 책 속, 즉 원작만을 기억하는 건 당신 탓이야?

내가, 다른 세상에서 누구였는지 어떤 얼굴이었는지. 가족은 있었는지 기억나지 않는 것도 당신이 한 일이야?

그리고 내가 단 한 번도 내 세상으로 돌아가고 싶다고 생각하지 않은 것도 당신 탓이야?

모든 것이 이 남자의 탓이었냐고 물으려 했다.

그러나 나는 입술을 가로막았다. 묻지 않으려 했던 것은 아니다. 다만 말을 하려는 순간에 번개와 같은 무언가가 머리를 스쳐 지나갔기 때문이었다.

일종의 감에 가까웠다.

이 남자의 탓이 아니다, 라는 감이 강렬하게 들었다. 몹시도 비논리적인 감이었지만 그럼에도 자연스럽게 이것이구나 받아들이게 된 것.

나는 이게 푸른 장미의 힘이라는 걸 알았다.

내 힘이 진실을 알려주고 있었다. 이건 이 남자의 탓이 아니라 내 능력이었다는 걸. 낯선 세계에 지나치게 적응을 잘하는 것도, 무심했던 것도. 아니, 내 성격이 이러한 것이 모두. 적응을 잘하게 만들어준 푸른 장미의 힘이자 특성 덕분이었다는 것을.

나는 얼굴을 쓸어내렸다.

상황이 다르지만 갑자기 '이아나'가 이해가 갈 것 같았다. 그녀의 일기장에 꼿꼿하게 쓰여 있던 악필이 가슴에 꾹 박혀 들어갔다.

「모두가 날 필요로 했어.」

그녀는 괴롭다고 한마디도 적어놓지 않았지만, 저 한마디만 잔뜩 일그러져 있었다. 꼭꼭 눌러쓰다 못해 양피지가 뚫릴 것같이 진하게 말이다.

나는 '이아나'가 어떤 삶을 살았는지 알지 못한다.

그저 흑장미가 오랫동안 푸른 장미를 감금했으며 도플릿이 아니면서 그들의 성을 가진 채 살았고 체이서를 사랑했다는 것을 알 뿐. 의도하지 않았던 것이 삶에 억지로 개입했다는 점은 같지 않았을까.

푸른 장미의 특성을 가지고 있었다면 자신을 필요로 하는 관심들이 부담스러웠겠지.

하나 생각할 시간은 길지 않았다.

괴로움은 빠르게 사그라들었다. 나타난 것보다 빠르게, 스펀지에 스민 물이 거꾸로 빨려가듯이 깨끗하게.

나는 본래 고민을 오래 하지 않았다. 이것이 푸른 장미에 특성이라 할지라도, 이미 나는 그런 사람이었다.

그래. 이미 일어난 일은 일어난 것. 어찌할 수 없는 것이다.

그러니.

돌이킬 수 없는 거라면.

나는 고개를 획 들어 올렸다.

체이서는 여전히 내 앞에 무릎을 꿇고 나의 손을 잡고 있었다. 마치 왕에게 충성을 맹세한 독실한 기사처럼.

독실한 기사? 그와는 너무나도 어울리지 않는 단어였다. 나는 입술을 꾹 다문 채 그에게 손을 뻗었다.

내 손이 그의 멱살을 쥐었다.

"왜, 이제 와."

그가 시선을 들어 올렸다.

"죄인처럼 구는 거야?"

"……."

"반성할 생각도 없으면서."

내 말에 체이서의 입술이 차차 올라갔다.

"아……. 들켰어?"

그의 턱 끝에는 여전히 눈물이 매달려 있었다.

"넌, 돌아가도 똑같이 행동할 거잖아?"

"맞아."

아슬아슬하게 매달려 있던 눈물이 뚝 떨어졌다.

"필요하다면 그렇게 할 거야."

그가 미소 지었다.

"그리고 너를 다시 사랑하고 말겠지."

그는 내가 잡아당기는 손에 못 이겨 순순히 끌려왔다. 아니, 못 이긴 척하는 것이다.

"내가 듣고 싶은 건 그런 말이 아니야."

"어떤 말을 원해?"

나는 대답하지 않은 채 손에 힘을 주어 그를 밀어냈다. 이내 그가 바닥에 누웠다. 아마 푹신한 카펫이 깔린 만큼 아프진 않을 것이다.

"일단 자."

체이서의 눈은 이제 홍채의 색과 흰자위가 구분이 안 될 정도로 붉었다. 피로에 잔뜩 적셔진 사람처럼. 물론 이런 말을 하는 것은 꿍꿍이가 있어서였지만 그가 알 리 없었다.

아니다. 꿍꿍이가 있는 것 정도는 알겠지만. 속내는 결코 알 수 없겠지.

"이아나, 난 네가 무슨 생각을 하는지 모르겠지만."

거짓말처럼 체이서가 내가 막 생각하던 말을 읊조렸다. 그는 누운 채로 나를 느릿하게 올려다보았다.

"오빠가 모르는 것도 있어?"

"그럼. 항상 궁금해."

흐트러진 그의 머리칼과 눕게 되며 구겨진 셔츠가 고스란히 보였다. 왼쪽 가슴 부근에서 어렴풋하게 검은 꽃잎같은 걸 본 것도 같았다.

"네 존재를 알게 된 순간부터."

그는 멱살을 잡고 있던 내 손을 붙잡았다.

"너는 언제나 불가해의 영역이었어. 이해하지 못해서 궁금했고."

그의 목소리가 조금씩 낮아지고 있었다. 분노해서 낮아진 것과는 다른 양상이었다. 낮고, 또 점차 잦아들고 있다.

"이해하지 못하는 순간이 어느 순간부터 즐거워졌지."

그가 눈을 반쯤 감은 채, 네 편지를 받는 날을 기다렸어. 하고 중얼거렸다. 편지? 내가 반문하는 동안 체이서는 내 손을 끌어당겨 자신의 눈 위에 올려놓았다.

그의 입술이 그린 듯이 휘어졌다.

"넌 내 인생에 유일하게 풀지 못하는 물음표이자, 문제였음에도."

나른한 숨이 튀어나왔다.

"너를 떠올리는 순간이 눈 깜빡이는 것보다 많았어."

그는 매 순간 날 생각했다는 말을 돌려 말했다. 그리고 이윽고 낮은 날숨을 내쉬며 움직임을 멈췄다. 나는 붙잡힌 채로 속으로 숫자를 세다가, 40까지 세었을 즈음에 천천히 손을 떼어냈다. 손은 어처구니없을 정도로 쉽게 떨어졌다. 툭. 나를 잡고 있던 그의 손마저 바닥으로 떨어진다.

손 아래로 보인 것은 눈꺼풀을 닫고 긴 속눈썹을 아래로 향한 채 잠든 얼굴이었다.

몸부림 끝에 셔츠가 많이 구겨진 탓에 그의 모습은 마치 이대로 박제하면 조각인가 착각할까 싶을 만치 황홀하고 퇴폐적인 모습이었다.

나는 숨을 삼켰다.

인간인가 싶을 만치 화려한 모습에 눈을 빼앗길 시간이 없었다. 그대로 허공에 손을 들어 그의 얼굴 앞으로 조심스럽게 가져다 댔다. 그리고 휘휘. 미약하게 흔들어보았다.

'정말 잠들었을까?'

그럴 것이다. 고르게 숨을 뱉고 있는 얼굴은 진짜 잠든 것처럼 보였으니까. 그만큼 피로를 품고 있던 얼굴이었다.

하나 이 남자는 그럴 필요가 있다면 피로로 죽는 한이 있어도 눈을 감지 않을 수 있는 남자였다.

그를 잘 알지 않던가.

내게 꿍꿍이가 있다는 걸 모르지 않았을 텐데…… 어째서 내 한마디에 바로 눈을 감았는지 몰라도. 천천히 손가락을 오므렸다. 다른 한 손으로 주머니를 꽉 쥐었다.

'지금이라면……'

주머니 속 주사기를 꺼내도 될까? 확인을 위해서 30여 분을 기다렸지만 그는 눈을 뜨지 않았다. 이것이 인내심 대결일지 정말 잠든 것인지…… 생각의 추는 '잠들었다' 쪽으로 기울어졌다. 그럼에도 섣불리 움직이지 못했다.

이윽고 손가락을 오므린 끝에 손을 과감하게 쭉 뻗었다. 그리고 그의 코앞에서 멈췄다.

덥석. 내 손이 붙잡혔다.

"심심한 거야?"

반쯤 눈을 뜬 체이서가 나른하게 웃으며 내 손끝에 입을 맞췄다.

"미안하지만…… 내 이아나, 조금만 더."

잘게. 놀랍도록 쉬고 거친 음성으로 속살거리며 그는 다시 눈을 감았다. 내 손을 입술로 가져온 상태 그대로.

등줄기로 식은땀이 흐른다.

'대체.'

본능적으로 알았다.

체이서는 자지 않는다는 걸. 아니, 정확하게는 완전히 잠들지 않는다. 조금 전 실험하듯 펼쳐본 작은 동작에 알았다.

언제 어디서든 눈을 뜰 수 있게. 작은 기척에도 움직일 수 있게 짐승처럼 대비하고 있다는 걸. 느낄 수 있었다.

'만약 주사기를 꺼냈다면…….'

나는 곤히 잠든 얼굴을 보았다. 색색, 남자의 단 숨이 잔잔하게 울려 퍼졌다.

평화로운 악당의 얼굴과는 다르게 방 분위기는 긴장으로 가득했다.

그렇게 돌아온 도플릿에서의 첫 밤이 저물었다.

제이르가 말했다.

그곳에 머무른 시간이 일정 시간을 넘어서는 안 됩니다. 라고 말이다. 내가 도퓰릿 내에서 체이서를 쓰러트리고, 티아라를 챙겨서 나오는 동안 그는 다른 곳에서 사건을 일으킬 거라했다.

도퓰릿 영지 근처에는 범죄 도시가 많다. 이들은 '자유도시'란 이름으로 불리지만, 실상은 무법지대. 이런 도시가 많은 이유는 체이서가 의도한 바였다. 정확하게는 전 도퓰릿 공작이 저지른 일을 물려받아 더욱 크게 키웠다.

아무튼 제이르는 범죄를 소탕한다는 목적 하에 이 도시들 중 하나에 문제를 일으켜 시선을 끌 예정이었다.

이 도시 중 어디가 중요한지는 르나그와 도퓰릿의 내부 사정을 아는 내가 정보를 주었고, 도시를 직접 건드리는 건 제이르가, 프란시아는 성기사들을 빌려주었다. 체이서는 함정인 걸 알겠지만 사람을 아예 보내지 않을 수는 없다.

그럴 만할 걸 건드릴 테니까.

나는 여기에 대해 이리 생각했다. 오랫동안 원수지간이니 헤르님은 도퓰릿을, 도퓰릿은 헤르님을. 서로의 치부 정도는 하나씩 알고 있겠지.

나는 고요하게 기다렸다. 사실 저택에 돌아온 뒤로 내가 할 일은 없다. 본래 여기 살 적에도 내가 할 일은 없었다. 그저 등 따시게 먹고 자고, 가끔 밖을 산책할 뿐이었으니.

푸딩이는 잔뜩 긴장한 탓인지 내 안에서 빠져나오지 않았다. 여차하면 바로 튀어나와야 한다나.

조그만 흑마법사님과도 재회했지만 이야기를 오래 나눌 수는 없었다. 그도 그럴 것이 살벌한 낯을 한 체이서가 단 한 순간도 빼놓지 않고 내 방, 내 곁에 있었으니까.

물론 여기서 살벌한 얼굴이란 당연히 내가 보는 얼굴이 아닌 그가 부하 혹은 조그만 흑마법사님에게 보이는 얼굴이었다.

내가 돌아보면 언제나처럼 빙긋이 웃고 있었으니.

사색이 된 상대의 얼굴에서 짐작해볼 뿐이었다.

이처럼 전과 같은 생활을 해도 들여다보면 판이했단 소리다. 체이서는 작정한 사람처럼 내 곁을 한시도 떠나지 않았다.

······이쪽이 도움이 되긴 한데.

기회를 노리는 입장이니, 나로서는 그가 책무를 보러 사라지는 것보다야 자주 보이면 좋긴 했다.

'설마하니 그 책무를 내 방에서 볼 줄은 몰랐지.'

오늘도 자연스럽게 내 방 책상에 앉아 있는 이를 보며 속으로 쯧혀를 찼다.

"계속 이야기해봐. 푸른 장미가 사라지면 상실감을 느낀다고?"

내 시선을 느꼈는지 부드러이 웃는 얼굴이 뻔뻔하기 짝이 없었다. 어쩐지 내 방에 못 보던 책상이 생겼더라니, 마음먹고 옮겨놓은 거였나. 나는 이런 생각을 하며 하던 대화를 계속했다.

"맞아. 상실감을 느끼지."

체이서의 옆에서 기회를 엿보는 한편 나는 또 다른 기회도 놓치지 않았다. 모든 정보를 아는 이에게 직접 물을 수 있는 기회 말이다.

"푸른 장미가 없어졌을 땐 본능적으로 알아, 내 삶엔 더는 의미가 없구나. 하고."

"……그게 심해?"

"글쎄, 한 번 겪어보니 심하진 않던데."

체이서가 고개 숙여 웃었다. 잔잔 웃음이 뒤따랐다.

"인간은 때로 절망해도 결국 살아가잖아? 그런 느낌이야."

나 이전의 푸른 장미이자 여동생의 죽음을 이야기한다기엔 참으로 고요한 웃음이었다. 웃는 것부터가 이상한 거지만.

"모르지. 나는 그랬지만 다른 장미들이 어땠을지는. 비슷했을 것 같지만……."

체이서가 고개를 돌렸다.

"푸른 장미는 반드시 같은 세상에 존재해야 해. 그래서 영혼이 없으면 다른 세상에서라도 데려오기 위해…… 푸른 장미의 힘 중 하나가 차원 이동을 할 수 있게 하는 힘인 걸지도 모르지."

"회귀하는 건?"

"그건 푸른 장미가 이 세상에 태어났을 경우. 그땐 회귀하는 힘을 갖지."

체이서가 턱을 괸 채 알려주었다.

"그런데 이상하지? 최초의 장미로 오랜 시간이 흐른 지금 더는 장미들은 예전처럼 푸른 장미에게 연연하지 않아."

그의 고개가 느릿하게 기울어졌다.

"갈증을 느낀다고 하던데?"

"그렇지. 견딜 수 있는 정도의 갈증."

체이서가 가볍게 머리를 끄덕였다. 부드러운 미소와 함께.

"푸른 장미가 죽더라도 견딜 수 있는 고통이 찾아올 뿐이니까."

한 번 푸른 장미를 상실해본 회귀자가 말했다. 이에 나는 눈을 찌푸렸다.

"아까는 반드시 같은 세상에 있어야 한다며."

"아프지 않을 뿐이지 미치지 않는다고는 안 했어, 이아나."

그는 나긋하게 설명했다. 예전에는 차라리 죽는 것이 좋을 만큼 커다란 고통과 상실, 이와 함께 미쳐버렸다면, 시간이 흘러 공백이 생긴 지금은 고통은 무뎌지고 서서히 광기가 찾아올 뿐이라고.

어느 쪽이든 좋은 것은 아니었으나 전자가 훨씬 끔찍한 일인 건 사실이었다.

여기서 나는 근본적인 의문이 들었다.

그렇다면 왜 푸른 장미와 장미들은 이런 기형적인 관계를 갖게 되었는가? 타인의 존재 여부와 선택으로 삶이 갈리다니 다른 장미 입장에서는 너무나 억울하지 않은가?

이 맹목은 어디서부터 기인한 것이지?

이처럼 그는 정보를 술술 알려주는 것 같았지만.

"대체 왜 이렇게까지 기울어진 관계가 된 거야?"

"그거야, 기원이 그러하니까?"

"최초에 어땠길래?"

체이서는 결코 쉽지 않았다. 그에게 많은 것을 물었다. 대체로 푸른 장미나 장미에 관한 것, 그리고 푸른 장미 수호신에 대한 것이나…… '이아나'에 관한 것을 묻기도 했다.

체이서는 모든 것을 답해주지는 않았다. 특히나 푸른 장미의 수호신이나 '이아나'에 관한 것은 물어보아도 웃을 뿐 들어주지 않았다. 지금 이 상황처럼.

"글쎄."

체이서가 의자에서 천천히 몸을 일으켰다. 그는 내가 있는 곳으로 손쉽게 성큼 걸어왔다.

"……듣지 않아도 상관없어."

"그래도 생각이 나지?"

"……."

"궁금하고."

그의 나긋한 목소리가 귀를 파고들었다. 마치 내가 생각하고 있는 바를 알고 있다는 듯이.

확실히 그렇기는 했다.

내 힘을 다루고 싶었고, 다루기 위해서는 알아야 했으며 그 정보는 저 남자가 가지고 있다.

"거래라도 하자는 거야?"

"그렇게 말하면 안 돼. 이아나."

그는 웃으며 친히 악당론 강의를 해주기까지 했다.

"날 이용하겠다고 해야지. 뼛속까지 발라 먹어주겠다고."

"……그렇게 말하면 이용은 당해주고?"

"물론."

그가 제 단추 위에 손을 얹었다.

"어디서부터 벗을까?"

"뭐?"

"뼈를 바르려면 몸을 봐야 하지 않겠어?"

"미친 소리 그만해."

체이서는 더는 금욕적인 옷차림을 고집하지 않았다. 아니, 옷 갈아입는 시간조차 아까워하는 것 같았다. 갈아입는 시간에도 아주 잠시 잠깐 사라져 채 단추를 채우지 못한 흐트러진 옷차림으로 나타나곤 했으니까.

지금도 그러했다. 나는 은근히 눈길을 돌렸다.

"너무 많은 걸 내주면 날아가 버린다는 걸 이젠 알았으니까. 어떡하면 좋을까."

탐색전의 연속이었다.

"듣지 않아도 상관없는데. 이젠 알려주는 사람이 하나가 아니니까."

"나밖에 대답해줄 수 없을걸."

나른한 목소리에는 확신이 가득 담겨 있었다.

"푸른 장미에 관해서는. 특히나 네가 바라는 정보는 말이야, 이아나."

왜인지 그의 눈이 잠시 내 다리 쪽을 향한 것 같았다.

"그래서, 묶어두려고?"

움찔. 그의 어깨가 미세하게 떨렸다.

"그래도 상관없는데. 어차피 마음대로 할 거라면."

"……아니야."

정말 그리해도 상관없다는 투로 이야기했다. 이리 된다면 곤란은 해지겠지만 방법이 없는 건 아니었다.

체이서도 더 긴장을 놓을지도 모르고.

"하나씩 알려주려고."

하나 그렇지 않다는 듯 대답한 그가 나를 응시했다. 동시에 그의 손이 뻗어왔다.

"남은 것이 아쉬워서라도. 곁에 머물러 주면 좋겠는데."

손가락이 부드러이 귀에 닿았다가, 사락 소리와 함께 내 머리를 귀 뒤로 넘겼다.

"…무슨 짓이야?"

내 얼굴 위로 어느새 그의 그림자가 짙게 드리워진 채였다.

"난 지금 납작 엎드리는 거야, 이아나."

낮게 속살거리는 목소리는 유혹적인 한편 낮고 황홀했으며 은근했다.

나는 눈썹을 들어 올렸다.

"어딜 봐서?"

"정말인데."

심드렁한 내 표정에 체이서가 턱을 잡고 고민하는 시늉을 하더니 이내 천천히 무릎을 접었다.

"무릎이라도 꿇으면 되려나."

그는 다리를 꼬아 희게 드러난 내 무릎에 입을 맞췄다. 맨살에 닿는 부드럽고 물기 어린 감촉이 선연했다.

"제발 나를 선택해주세요."

그는 그러고는 고개를 들어 나와 시선을 마주했다.

"나를 버리지만 말아 주세요."

넘실넘실 광기가 흘러넘치는 눈 위로 그동안 보지 못했던 것이 담겼다.

"다른 장미와 나누는 건, 끔찍한 일이지만."

한순간 그의 시선이 날카로이 변했다. 하나 이건 잠시뿐이었다. 그는 광기와 간절함이 뒤섞인 채 나를 바라보고 있었다. 나는 무릎 위에 올려놓은 그의 손을 떼어냈다. 그러나 떼어놓기 위해 잡았던 손은 도리어 내 손을 잡고 옭아맸다.

"네 일부라도 가질 수 있다면."

그가 나지막하게 속삭였다.

"그럼 네 그림자에라도 머무를 수 있을 것 같아."

난 교차한 손을 응시하다 무심하게 시선을 돌렸다. 아주 작은 행동이었지만 그의 반응을 이끌기에는 충분했다.

무심한 내 얼굴에 그의 표정이 무너져 내렸다.

"네가 바란다면 세상도 가져다줄 수 있는데."

그가 내 손에 얼굴을 기댄 채로 작게 중얼거리며 자신의 권력을 은연중에 드러냈다. 난 고개를 저었다.

"괜찮아. 오빠가 말하는 세상 안에 내가 원하는 것이 없을 테 니까."

이렇게 말하면서 나는 속으로 낭패감을 느끼고 있었다.

"이아나, 넌…… 나를 황홀한 나락에 가둬두는구나."

그가 중얼거리는 틈에서 그의 정수리를 가만히 내려다본다. 끊어 질 듯 작은 음성이 새어 나왔다.

"끝내는 후회하게끔."

체이서는 빈틈을 내줄 듯하면서 결코 내주지 않았다.

이제는 의심스러웠다.

도전할 기회가 오긴 할까?

하나 다시 며칠이 흘렀을 때, 기회가 왔다.

기다려왔던 순간이었다.

말했듯 체이서는 내 방에서 모든 책무를 처리했다. 책상이 생긴 것과 더불어 앉아서 양피지를 보는 것을 종종 보았다. 처음부터 저 기 앉았던 건 아니고, 며칠이 지나니 그저 내내 옆에만 있을 수 없는지 뭔갈 하나씩 가져와 보더라고.

책무를 여기서 처리한다는 것은 곧 보고 또한 이곳에서 받는다는 것을 말했다.

"공작님, 문제가 생겼습니다!"

정중히 노크하고 들어온 수하 하나는 정중함과 다르게 다급함을 얼굴에 가득 담고 있었다.

"스체루텐에서 대규모 분란이⋯⋯."

"분란?"

수하가 일이 터졌음을 보고하는 동안 나는 옆에서 모든 것을 듣고 있었다. 당연했다. 여긴 내 방이었으니.

'시작한 건가⋯⋯.'

제이르가 보내는 신호였다. 나는 입술을 꾹 다물었다. 손을 가벼이 쥐며 초조함을 달랬다.

"스체루텐이라⋯⋯."

체이서의 표정은 아무런 변화가 없었다. 오히려 그는 수하에게만 보이는 차가운 얼굴로 머리를 비스듬히 기울일 뿐이었다.

그는 여유로웠다.

"어떡할까요? 인원을 더 보내야 하겠습니까?"

"글쎄."

그가 한쪽 입꼬리를 끌어당겼다. 눈은 전혀 웃지 않은 채로.

"지켜보도록."

체이서가 그렇게 명을 내린 순간이었다.

똑똑똑.

누가 들어도 빠른 템포의 노크소리가 울려 퍼졌다. 허락이 떨어지기가 무섭게 문이 열렸다. 활짝 열린 문 사이에서 누군가가 사색이 된 채로 달리듯 들어왔다.

"공작님, 판테스가 불타고 있다는 보고입니다!"

급히 들어온 수하가 또 다른 도시의 이름을 언급했다.

"방화인가?"

"아, 아니요."

수하는 아주 잠깐이지만 나를 흘끗 보았다. 눈치를 보는 듯하다가 얼른 이어 말했다.

"싸움 도중에 커다란 폭발이……. 아무래도 화기류 취급을 잘못한 것 같습니다. 왕국에 전달할 폭약이……."

폭약, 이 제국에서는 군수품에 해당하는 것이었다. 그리고 그것이 범죄 도시에 있다는 소리는 곧 이 남자가 군수품 밀수에도 관여했다는 소리였다. 체이서의 표정이 처음으로 변했다. 그가 자리에서 일어났다. 그러나 그가 곧 고개를 돌렸다. 내가 그의 옷자락을 붙잡고 있었으니까. 나는 천천히 눈을 들어 올렸다.

"……가게?"

허공에서 시선이 교차했다. 다급함에 일단 붙잡고 본 것에 가까웠다.

그도 그럴 것이 체이서가 그곳에 가서는 안 되니까.

초조함을 이기지 못한 손에 꾹 힘이 들어갔다. 아주 잠깐이었으나 그가 알아차리기엔 충분했을 것이다.

체이서의 표정으로 뜻 모를 빛이 스친 것 같았다.

"가지 말까?"

나지막한 목소리가 내게 물었다.

나는 체이서의 손을 놓았다. 그러고는 무심히 고개를 저었다.

"아니, 상관없어."

네가 가든 가지 않든 상관없다는 듯이. 그리고 내려가는 내 손이 덥석 붙잡혔다.

"이아나, 무엇을 해도 좋지만."

"……."

"나를 놓지만 마."

체이서가 내 손에 깍지를 쥐며 작게 속삭였다. 허리로 단단한 팔이 감긴다. 그가 고개를 숙여 내 귀에 직접 목소리를 흘렸다.

"그렇기만 하면 뭐든 속아줄 테니까."

작은 웃음기가 포함된 녹진한 음성이었다. 아울러 끝에는 한숨 쉬듯 웃은 것도 같았다.

"뭐든 들어줄 테니까."

나는 눈동자를 느릿하게 굴렸다. 그의 어깨 너머 수하를 향해서였다. 체이서에게 눈짓하자 그의 입술이 반사적으로 열렸다.

"공작님."

체이서가 수하를 보지 않고 말했다.

"먼저 가 있도록."

그는 그리 말하고는 느릿하게 고개를 돌렸다.

"1대대를 데려가."

"예! 알겠습니다!"

수하는 잠깐 이해할 수 없다는 낯을 했지만 이어 흘러나온 체이서의 말에서 의심의 빛을 모두 지웠다. 수긍했다는 듯이 인사를 올리면서.

1대대는 체이서 휘하 기사 중 가장 뛰어난 이들이었다. 특히나 대인 상대로 타의 추종을 불허하는 이들이었다. 들개 같은 무리였으니까.

체이서의 옆에서 그들이 어떻게 침입자를 저지, 처리하는지 보아왔기에 나는 숨을 꼴깍 삼켰다. 제이르와 프란시아의 기사들은 괜찮겠지? 괜찮을 거야.

쿵쿵.

조용히 뛰는 가슴을 달래듯 속에서 부드러운 기운이 느껴졌다. 이건 푸딩이의 기운이다. 마치 손등을 핥듯 까슬하면서도 부드러운 느낌에 웃음을 흘렸다.

'고마워.'

이어서 문이 닫히고 방 안에는 나와 체이서만 남았다.

바깥으로 우르르 몰려가는 발소리가 들렸다. 아마 내 방 앞에 대기해 있던 기사단일 터다.

그렇게 소란이 가라앉고, 고요함이 찾아왔다.

내 손은 여전히 체이서의 손에 잡혀 있었다. 어쩐지 평소와는 다르게 방이 드넓게 느껴진다. 나와 그의 시선이 교차했다.

"갖고 싶은 건 없어?"

체이서가 뜬금없는 말을 했다.

갖고 싶은 것. 바라는 것.

신기하게도 체이서와 리케도르안은 내게 묻는 것이 같았다. 하나 내가 뜻에 반하는 소원을 이야기했을 때 반응은 판이하다. 리케도르안이 울면서 들어주는 남자라면 반면 체이서는 선별해서 들어줄 남자였으니까. 그리고 내게 체념을 만들어준 남자였다.

몇 년 전 내가 도망을 포기하고 도뮬릿 저택에 남기로 정했을 때도 그는 이렇게 물었다.

나는 그때 소원으로 정원을 산책하고 싶다고 말했다.

"왜. 세상의 보화라도 잔뜩 가져다주게?"

그러자 그는 다시 보지 못할 진귀한 것들을 저택에 가득 쌓아두고,

"바란다면 못 해줄 것도 없지."

내게 선물이라 말했다.

"내 물건들은 모두 지하창고에 박아뒀니?"

당시 나를 살살 달래려는 듯한 나긋한 음성을 모를 리 없었다. 지금도 그는 나를 그렇게 달래려 하고 있었다.

"박아두다니. 보관이지."

그가 고개를 기울여 부드럽게 웃었다.

"언제든 네가 원하면 가져올 수 있게 말이야."

체이서는 내게 수많은 선물을 주었지만 대부분이 창고로 돌아갔다. 내가 쓰지 않거나 무관심했기 때문이었다. 그리고 그건 지금도 마찬가지라는 걸 확인했다.

'모든 물건은 창고에 있다.'

티아라도 마찬가지다. 다행히 창고에도 가본 적 있었다. 이 저택 내에만 있는 거라면 어디든 갈 수 있었으니.

체이서는 제 개인 방마저도 아무렇지 않게 드나들 수 있도록 했다. 여기에만 있다면 무엇을 해도 상관없다는 듯이. 설사 도튤릿의 기밀이 쌓인 곳이라도 내가 바라면 기꺼이 내주었으리라.

체이서가 내게 선물을 주던 무수히 많은 날 중 황제의 티아라를 주던 날을 떠올렸다.

〈네게 잘 어울린다. 역시 네 건가 봐.〉

내게 왕관을 씌우며 즐거워하던 날을.

전부 그대로 있다면 계획에는 차질이 없을 것이다. 모든 것을 확인한 뒤 나는 천천히 고개를 들었다.

'남은 건.'

이 남자를 쓰러트리는 거다. 며칠간 고민했다.

'찌르는 곳은 목 아니면 손목.'

그 밖에 핏줄이 드러난 곳이어야 한다. 피부층이 두꺼운 곳에 넣어서는 소용이 없을 거라고 들었다. 난 고심 끝에 항상 노출된 목이 가장 쉽다고 여겼다.

손목은 늘 웃옷에 가려져 있었으니 말이다. 그렇다면 이 주사기를 어떡하면 이 남자의 목에 꽂을 수 있는 것인가.

처음엔 이 남자가 자는 순간을 몇 번이나 노리려 했다.

하지만 이런 시도 실패 끝에 도리어 한 가지 사실을 알게 될 뿐이었다. 그는 단 한 순간도 긴장을 풀지 않는다는 걸. 이 남자의 삶을 증명하는 것이기도 했다.

나는 가볍게 숨을 토해냈다.

"오빠."

손을 까딱까딱 움직이자, 체이서가 꽃에 이끌린 나비처럼 나붓하게 허리를 숙였다. 그와 나 사이가 훌쩍 가까워졌다. 내가 소파에 앉아 있었기에 그에게 갇혀 올려다보는 형국이었다.

'동정할 생각은 없지만……'

나는 천천히 눈을 내렸다.

아무래도 이 저택에 너무 오래 머문 것이 틀림없다.

제 아버지를 살해한 다시 없을 죄를 저질렀지만 리케도르안 못지않은 학대와 아버지가 남긴 원한을 유산처럼 받은 남자였다. 악이 되지 않고는 버티지 못할 환경. 이해하고 싶지는 않다만 연유는 알 것 같단 소리다.

딱히 알고 싶지 않은 걸 알게 되는 기분은 이렇다.

귀찮고 성가시다.

이 남자가 이렇게 키워질 수밖에 없던 환경을 아는 것은 흡사 얇은 피아노 줄이 손목에 감긴 것 같았다. 얇고 투명해서 느슨할 때는 전혀 느끼지 못하다가, 팽팽해지고서야 존재감을 문득 알아차리는 거지. 지금처럼.

그렇다고 하고자 하는 걸 멈출 생각은 없지만 마음이 조금 약해지려고 하는 것은 어쩔 수가 없다. 시간은 흔적을 남기니. 이 남자가 여기까지 생각했나 싶기도 하다.

이윽고 나는 입술을 열어, 조용히 이야기했다.

"푸른 장미는 모든 장미를 굽어살필 의무가 있다고?"

체이서가 잠시 놀라 눈을 깜빡 이내 고개를 숙여 미소했다.

"의무는 아니야. 그냥 그리하지 않으면 하나가 미쳐버리는 거지."

살랑. 눈앞에서 결 좋은 검은 머리칼이 흔들렸다.

"관심받지 못한 한쪽이."

체이서가 엄지로 자기 입술을 꾹 눌러 늘어트리듯 문질렀다.

"노란 장미가 왜 배신이란 꽃말을 뒤에서 달게 된 줄 알아?"

부드러운 목소리는 가볍게 옛 이야기를 담았다.

"긴긴 시간 동안…… 거의 선택 받지 못했거든."

르나그, 긴 장발을 가진 남자의 모습을 떠올리고 움찔했다.

"그들은 단 한 번 푸른 장미를 강탈한 순간 배신자가 되었지. 충성을 삶의 목적 삼은 이들이었으니까 반발하지도 않았어. 마침 수호신도 뱀이라 오해 사기도 좋았고."

체이서가 웃음과 함께 한마디를 덧붙였다.

"뭐, 대체로 뱀 같은 성정을 뒤에 숨기고 있는 편이니 오해만은 아니었지. 이번 시대의 노란 장미가 유달리 특이한 남자였을 뿐."

"르나그."

"그래. 너만 바라보고 있으니 떼어놓지 않을 수가 없잖아."

나는 내 뺨에 다가오는 손을 탁 치고는 눈을 들어 올렸다.

"단 한 번의 나쁜 짓으로 배신자가 된 거라면 흑장미는 어때?"

흑장미들의 만행을 꼬집는 말이었다. 체이서는 웃음과 함께 태연히 대답했다.

"참을성이 가장 없는 것이 흑장미지."

"사랑받지 못하면 죽어?"

"응."

그의 눈에서 웃음기가 잠시 사라졌다. 진지한 시선이 허공에서 겹쳤다.

"사랑받지 못하면."

체이서가 고개를 숙인 채로 속삭였다.

"죽을 것 같아."

나는 오랫동안 생각했다.

이 남자가 긴장을 푸는 순간은 없다.

그래, 그렇다면. 방법은 단 한 가지였다.

"그렇다면."

스스로 풀게 만들어야겠지, 긴장을. 그의 멱살을 쥐고 쭉 잡아당겼다.

"베풀어줄게."

"뭐?"

대답할 겨를은 없었다. 체이서의 입을 막았으니까. 입술로. 그의 눈동자가 커졌다. 난 처음으로 찢어질 듯 크게 벌어진 붉은 눈동자를 보았다.

입술에서 푹신한 감촉을 느끼며 손을 그의 목 뒤로 감았다. 그대로 손을 뒤로 쭉 뺀다.

제이르가 내게 준 주사기의 개수는 3개다.

'실패할 때를 대비한 거였지만……'

나도 제이르도 알고 있었다.

한 번이라도 실패하면 그것으로 끝이라는 걸. 더는 기회는 없을 거란 것도. 본디 사냥이란 그렇지 않던가. 짐승 같은 이 남자를 목표로 설정하는 순간부터 우리 두 사람은 알고 있던 것이다.

잡아먹지 못하면 잡아먹힌다는 걸.

그렇기에 제이르는 마지막 이동하기 직전에 인사 뒤로 죄송하다고 했다. 나보다는 주군의 생명이 중요했을 것이다. 탓할 생각은 없었다. 장미들의 강렬한 반대가 있었음에도 내가 고집한 계획이었으니까.

그러니까.

실패하고 싶지 않다.

체이서의 몸이 채 풀어지지 않았다는 것을 느끼고 입술을 살짝 떼어냈다.

그도 나도 눈은 감지 않았다.

"당신 말대로야. 나는 사랑하고 사랑받는 건 잘 모르겠어."

나는 체이서가 하듯이 눈을 가늘게 휘었다.

"하지만."

그를 조롱하듯이.

"한 번쯤은 베풀어줄게."

그의 오만함을 흉내 내면서. 떨어진 입술이 다시 겹쳐진다. 이번 또한 가만히 멈춰선 그를 관찰하며 기회를 가늠하던 그 순간이었다.

"……흡!"

시야가 확 뒤집혔다. 나는 그대로 눈을 크게 깜빡였다.

어느새 자세가 뒤바뀐 채 체이서의 다리 사이에 앉아 있었다. 그가 내 허리를 잡은 채 나를 내려다보았다.

엉덩이로 단단한 허벅지가 느껴졌다.

눈이 마주치자 그가 나른한 웃음을 보였다.

다행스럽게 손은 여전히 쭉 뻗은지라 소매 속에 숨긴 주사기는 들키지 않은 채였다. 하나 입술이 막혀 말을 할 수는 없었다.

그의 눈이 천천히 더욱 깊게 휘어진다. 눈꺼풀 사이로 위험할 정도로 빛나는 눈. 붉은 눈동자는 맹수의 것이나 다름없었다.

모든 욕망이 풀려난 것처럼 단단하게 나를 잡아챘으니까.

체이서가 눈을 감았다. 마치 지금부터 모든 것을 방관할 것처럼.

그의 키스는 리케도르안의 서툴지만 날것 같은 입맞춤과 다르게 능숙하고 부드러웠다. 별생각이 없던 나조차 움찔하고 말 만큼.

놀랄 정도로 예민한 곳을 찾아 건드렸다. 나는 파고드는 것에 눈이 감기는 것을 참으며 시선을 옮겼다.

더는 숨길 필요가 없다.

소매 밖으로 주사기가 튀어나왔다.

나는 지체하지 않고 이것을 그의 목에 꽂아 넣었다. 입술을 떼었다가 다시 겹치면서.

나는 체이서가 주사기를 뽑거나 몸을 벌떡 일으켜 나를 던지거나, 하다못해 나를 분노한 눈으로 볼 줄 알았다. 이 순간이 가장 관건이었다. 식은땀 어린 긴장이 손을 가득 채운다.

그러나 체이서가 보여준 행동은 예상과 전혀 달랐다.

체이서가 한 손을 내 손을 잡고, 주사기를 더욱 깊숙이 찔러 넣었다.

나는 눈을 크게 떴다.

그는 살짝 벌어지는 입술을 놓치지 않고 더욱 파고들었다. 허리를 단단하게 얽맨 손이 허리 위를 살살 문질렀다.

"훗······."

야릇한 감각이 척추를 파고들었다. 그러는 동안에도 시선은 오직 내게 고정한 채였다. 마치 이걸로 저를 찌르는 대신에. 찌르는 동안만이라도 자길 보아달라는 듯이. 이를 알아챌 수 있을 만큼 강렬하고 집요한 시선이었다.

강한 극독이었으나 약효가 돌기까지는 약간의 시간이 걸렸다. 그 시간을 벌기 위해서라도 그를 떼어놓을 수 없었다.

떼어내지 못하는 내 난감함을 알아챈 듯 체이서는 내 손에 깍지를 얽고 피식 웃었다. 그러고는 입술을 잠깐 떼어내 목과 손목 안쪽에 깊이 맞췄다.

"너…… . 흡."

하나 이는 잠시뿐 다시 입술이 맞부딪쳤다.

째깍째깍. 초침이 흘러간다.

나는 시계를 바라보며 교차하듯 흘러가는 쾌락을 꾹 눌러 참았다.

체이서는 거짓말처럼 내가 느끼는 지점을 찾아내 살살 문지르고 핥았다. 내가 참지 못하고 그의 손을 잡아 내 손에 가둬둘 만큼. 그럼에도 그가 입술을 깊이 파고들다 못해 가슴의 리본이 살살 풀렸다.

벼랑을 달리는 것처럼 아슬아슬한 키스였다.

나는 그의 목을 끌어당긴 채로 체이서의 뒷머리를 한 움큼 잡았다. 노려보면서. 체이서는 웃으며 입술을 꾹 눌러 붙였다. 그의 손은 더는 움직이지 않은 채 내 허리를 잡고 있을 뿐이었다.

천천히 입술이 떨어진다.

그리고 툭. 주사기가 떨어졌다.

텅 빈 채로.

나는 깨끗하게 비워진 주사기를 내려다보다 시선을 들었다. 격렬한 키스에 숨이 차, 달뜬 날숨을 내쉬면서.

"흐음."

먼저 입을 연건 체이서였다.

"시스타민 독과 알타파 풀, 저주마법을 혼용한 건가. 나머지 하나는 모르겠네. 새로운 극독인가?"

체이서가 작게 속삭였다.

"확실히 이 정도면 나라도 듣겠어. 이아나."

격렬한 키스 끝에 막 입술이 떨어진 뒤라 여전히 거리가 가까웠다. 나는 입술에 달라붙는 날숨에 입술을 꾹 다물었다.

"그럴 거야."

아무렇지 않게 손등으로 입술을 비비며 목소리를 흘렸다.

"코끼리 삼백 마리도 쓰러트린다는데, 아무리 너라도 쓰러지겠지."

"아하."

내 말에도 그는 별 반응이 없었다. 내 표정이 이상해졌음은 물론이었다.

"극독이야, 당신. 죽을지도 몰라."

그의 가슴을 꾹 찌르며 무심하게 보았다. 체이서는 내 손가락을 잡으며 눈을 휘었다.

"네 손에서라면 죽어도 괜찮겠다."

"……미쳤구나."

나는 농담은 그만두고 표정을 굳혔다.

"당신. 알면서……. 왜 당한 건데?"

그가 몰랐을 리 없다. 이해되지 않는 일의 연속이었다. 이 남자는, 날 붙잡아 더한 결과를 돌려주면 돌려주었지 얌전히 당할 남자가 아니었다.

"그래야. 네가 날 봐줄 테니까."

내 얼굴이 어땠을지 보지 않아도 상상이 갔다. 이해할 수 없는 낯으로 보고 있겠지.

"이대로 죽는 건 아닌가 보네."

그의 혀가 느릿하게 제 입술을 축였다.

"그것도 나쁘지 않았지만."

체이서가 고개를 숙여 내 어깨 위에 머리를 얹었다. 조금 지쳤거든 한눈에도 그의 몸이 느려진 것이 느껴졌다.

"그냥 도망가려는 건 아닌 것 같고, 뭐가 필요해?"

체이서 정확히 내 의도를 맞췄다. 흠칫 소름이 돋았다. 이내 입술을 꾹 깨물었다.

"……황제의 티아라."

역시나 모든 것을 눈치채고 있었다.

"아. 그거."

귀로 체이서의 웃음소리가 파고들었다. 더욱 낮아진 소리였다.

"……이번에도 필요한가 보네."

"이번에도?"

체이서는 더는 말이 없었다.

"지하실에 있어. 위치는 알지?"

"……알아."

체이서는 웃음이 헤퍼졌다. 나직하게 소리를 내며 머리를 내 어깨에 문질렀다. 착하다, 중얼거리면서.

"가져가."

"그냥 준다고?"

"네가 필요하다면. 본래 네 거잖아."

그의 얼굴이 보이지 않았지만 알 수 있었다. 체이서의 목소리는 천천히 작아지고 동굴을 기어가듯 낮아지고 있었다. 흡사 잠에 잠긴 것 같은 음성이었다.

반항 한번 없이 얌전히 잠에 빠져드는 모습을 보며 묻지 않을 수가 없었다.

"왜?"

모든 시간 나를 감금하고 묶어두던 남자였다.

"왜 주는 거야."

이것을 찾으면 나는 지체 없이 떠날 것이다. 그가 모르지 않을 것이다.

"내 부탁 들어줬잖아."

체이서가 속삭인다.

〈와서 재워줘.〉

거기에 대고 묻고 싶었다.

"⋯⋯무슨 꿍꿍이야."

이건, 네 방식이 아니지 않으냐고.

"사랑해, 이아나."

그러나 대답할 체이서는 이미 잠들고 없었다. 그의 몸을 밀어내자 부드럽게 소파로 밀렸다.

잠들 듯 기절한 그를 남겨두고 등을 돌렸다.

깨물린 입술이 따끔했지만 신경 쓸 겨를은 없었다. 나는 문을 열고 걸음을 옮겼다.

복도에는 아무도 없었다. 아마 체이서의 명에 전부 다 제이르가 있는 도시로 몰려간 듯했다. 하기야 저택, 특히나 내 방 주변을 지키는 이들은 가장 실력이 뛰어난 이들이었으니까.

텅 빈 복도를 달리면서 나는 이상한 기분이 들었다. 이것은 지하로 내려가는 계단을 내려가며 더욱더 커졌다.

〈사랑해, 이아나.〉

어째서 다들 이토록 맹목적인가? 나는 진실한 사랑을 해보지 못했다. 하지만 보아온 것은 있다.

사랑이란 내가 가진 것을 모두 희생한다는 의미만은 아닐 텐데. 팽팽한 피아노 줄이 나를 잡아당기는 것 같았다. 후회하나? 아니. 나는 같은 순간이 온다면 똑같이 그를 눕혔을 것이다. 그럼에도 더는 이 공간에 있고 싶지 않았다. 그러니 어쩌면 내 발목을 잡는 건.

나는 천천히 걸음을 멈췄다.

지하실에 다다라서였다. 그리고 지하실 문 앞에 서 있는 조그만 인영을 보았다.

"마쉬멜."

나도 사람이기에 주변에 정을 주고 만 것일지도 모른다. 나를 옭아맨 자와 그자의 귀여운 수하에게까지도.

"오랜만이네, 아가씨."

변함없이 조그만 흑마법사님이 몸을 돌렸다. 그의 손에는 잘 보지 못했던 긴 지팡이가 보였다. 저게 뭔지 안다. 그가 대규모 마법을 쓸 때가 잡곤 하던 것이었다. 이를테면 내 발목을 묶은 쇠사슬을 저택의 길이만큼 늘릴 때처럼.

"응, 오랜만이네요."

우리는 공백이 없었던 것처럼 반갑게 인사했다. 정확히는 나만 반갑게 웃었지만.

"보고 싶었어요."

"모라고? 넌 쥬인님한테 내가 죽는 꼴이 그렇게 보고 싶냐?"

"에이, 안 죽을 텐데."

"왜?"

나는 어깨를 으쓱였다.

"그 주인님 제가 잠재우고 왔거든요."

마쉬멜이 질린다는 표정을 지었다.

"기오이 일을 쳐꾸나. 쳐써."

"오이요? 기어이겠죠."

"기오이!"

"네네. 오이."

나도 마쉬멜도 한껏 풀어진 표정을 하고 있지만 서로가 알고 있으리라. 물밑에 자욱하게 깔린 긴장을. 마쉬멜이 낮게 한숨을 쉬었다. 나는 그런 마쉬멜을 담았다.

"그래서 저 잡으러 온 거예요?"

"아니."

마쉬멜이 고개를 저었다.

"그런 비슷한 꿈을 들은 것 같긴 한데."

그러고는 나를 보지 않으며 중얼거렸다.

"나는 정확한 꿈을 듣찌는 못했다."

그렇기에 눈감아주겠다는 이야기였다. 지나가게 해주겠다는 건지, 빠져나가게 해주었다는 건지 모르겠지만.

"그럼 나 저쪽에 필요한 거 있는데 가도 되죠? 지금 내가 바빠서."

"아가씬 요전하구나."

"그럼요. 사람이 어디 쉽게 변하나."

창고의 문을 여는데 툭, 마쉬멜의 지팡이가 내 어깨에 닿았다.

"아가씨, 내가 보낸 편지를 받지 못해 써?"

"네? 그런 거 받은 적 없는데."

마쉬멜이 미간을 살짝 찡그렸다. 그가 조그만 머리를 살래살래 흔들었다.

"이런. 발테이즈 휴작에게 부탁했눈데. 씹었군."

"그러게 평소에 잘하지 그러셨어요."

"뭐야?"

나는 씩 웃고는 창고 안으로 들어갔다. 창고에는 삼엄한 감시 마법과 고난도의 다중 함정 마법이 걸려 있었지만 나에게는 예외였다. 체이서가 마쉬멜로 하여금 이 마법을 수정하며 나만은 아무런 영향을 받지 않게 만들었으니까.

길을 잘 알고 있는 창고 안에서 황제의 티아라를 꺼내오는 건 어렵지 않았다. 그렇게 티아라를 거머쥐고 나오니, 마쉬멜이 긴 지팡이를 잡고 기대어 서 있었다.

"아직 안 갔어요?"

"뭐야, 그 떠돌이 개를 보는 눈은?"

"아니, 그렇게 보진 않았는데."

나는 웃으며 들고 있던 것을 손에서 흔들었다.

황제의 티아라를 본 마쉬멜의 눈이 커졌다.

"아가씨, 너 설마 캄브라캄에 들어갈 고냐?"

"네? 네."

"집으로 돌아가려고?"

"네?"

이게 갑자기 무슨 소리야. 나는 고개를 갸웃하면서도 아니라 대꾸했다. 그리고 알아차렸다.

"마쉬멜 씨도 알고 있었구나? 내 정체에 대해서요."

"……."

"어쩐지 처음부터 아가씨, 아가씨 하면서도 막 대하더라니. 가짜인걸 알아서였네."

"나는 모든 사람을 그로케 대한다."

"그건 자랑이 아니에요."

마쉬멜이 조그만 손으로 머리를 쓸어내렸다. 복잡하고 머쓱해 보이는 표정이었다.

"영혼이 없어진 몸을 살려둔 건 흑마법이니까."

그래서 알고 있단 소리다. 하기야 체이서 최측근이니 모르는 것도 이상할지도. 물론 그 남자는 고고하게 홀로 알고 있을 거라고 생각했는데. 신기하긴 했다.

"오빠가 마쉬멜 씨를 믿나 보네요."

"주인님은 내 절박함을 믿는 거겠지. 원래의 몸으로 돌아가고 싶다는."

조그만 아이 같은 얼굴로 어울리지 않는 어른스러움이 스쳐 지나간다.

"그래소 나눈 너를 도울 수 없다, 아가씨."

내가 정이든 만큼 이 조그만 흑마법사님 또한 그랬을 것이다. 그만큼 이 저택은 크고 사람은 없고, …외로운 곳이었다.

"하지만 쥬인님은 말씀하셨찌. 아가씨가 위험해지면 안전한 곳으로 데료다주라고."

"명이군요."

"몽이지."

마쉬멜은 원래 몸으로 돌아가고 싶고, 그렇기에 체이서를 배신할 수 없다.

"이졔 2대대 기사들이 이곳에 들이닥칠 것 같우니. 위협에서 이동시켜쥬는 거다."

"네. 그럼요."

나는 웃으며 끄덕였다. 왜인지 마음이 짠했다.

"고마워요."

활짝 웃는 얼굴을 끝으로 마쉬멜의 얼굴이 사라졌다.

눈을 뜨면 익숙한 풀숲이 보였다. 저택 뒤쪽 후원이었다.

오래전 저택에서 첫 탈출을 할 때 와 보았던 곳이기도 했다.

'여기서 어디로 나가면 문이었지?'

현재 나갈 수 있는 모든 문에 리케도르안의 사람이 기다리고 있었다. 시간이 촉박했으니 얼른 밖으로 나가야 했다. 땀이 나는 손에 왕관이 미끄러지지 않도록 고쳐 잡고, 치마를 올려 돌돌 묶었다. 그러고는 천천히 걸으며 머리 장식을 했던 것들을 툭툭 풀어내렸다. 체이서의 장단에 맞춰주기 위해 했던 것이었다.

풀숲 사이로 툭툭 사라지는 보석들, 어느새 나는 가벼운 원피스 하나만을 걸치고 있었다. 그렇게 쭉 걸었을 때 길이 양방향으로 나뉘었다. 아무래도 중문으로 이어지는 길인 줄 알았는데. 아닌 것 같지?

'어느 쪽으로 가야 하지?'

고민하는 순간 뒤에서 발소리가 들렸다. 다급하게 뛰어오는 발소리, 이 순간 내게는 결코 달갑지 않은 소리였다.

"여긴가?"

"찾아보지!"

아가씨, 아가씨! 어찌 이리도 빨리 알아차렸는지 몰라도 2대대 기사들이 나를 찾고 있었다. 나는 낭패한 얼굴로 뒤를 보았다가 얼른 다시 길을 바라보았다. 어쩌지? 이 선택이 아주 중요한 선택이 될 것 같은데. 내가 입술을 꾹 깨물 때였다.

쉬이익!

긴 화살이 바닥에 꽂혔다. 놀라 소리를 지를 뻔하다 가까스로 입술을 가로막았다.

"저쪽에서 이상한 소리가 들렸는데?"

"화살 소리야. 미친! 누가 화살을 쏜 거냐? 아가씨가 다치시기라도 하면……. 어서 달려!"

가까워지던 발소리가 멈추고, 곧 멀어지는 소리가 들렸다.

나는 그제야 숨을 흡 내쉬었다. 그와 동시에 누군가가 부드러이 내 어깨를 잡아 차렸다.

"저쪽입니다."

익숙한 목소리였다. 나직한 음성의 주인공은 바로…….

고개를 들어 올리면 긴 활을 잡고 있는 남자가 보였다. 그는 주변을 경계하고 있었다.

"……르나그?"

활에서 금빛 기운이 흘러나오고 있었다. 익숙한 느낌이라 생각했다. 프란시아가 칼리스토를 무기로 만들었을 때 무기에서 흰빛이 기운이 흘렀던 것처럼. 그의 활에서는 아줄르가 가진 우아한 금빛이 흘러나오고 있었다.

르나그의 무기는 활이었구나. 고아한 곡선이 그와 참 잘 어울린다는 생각을 했다.

"무기가 참 잘 어울리네요, 르나그"

상황과는 맞지 않는 내 인사에 르나그의 얼굴에 잠시 난감한 기색이 어렸다.

"감사합니다, 이아나 양."

그리 말하면서 그는 주변을 한 번 더 둘러보았다. 그러고는 내 앞을 가리듯 서더니, 활을 들어 조준했다. 동시에 활의 모양이 순식간에 작아졌다. 신기하게도 겨눈 화살이 전혀 없는데도 그가 시위를 잡아당기자 반투명한 화살이 생겨났다.

쉬이익.

쇄도하는 소리와 함께 신음이 들렸다. 털썩 쓰러지는 소리도 함께였다.

"더는 여기 머무는 것은 위험할 것 같습니다. 이아나."

나 또한 같은 생각이었다. 지금까지 보인 기사들은 르나그가 시선을 돌리거나 눕혔지만, 얼마나 더 남아 있을지 모를 일이었다. 거기다 체이서가 예상과 다르게 얼마나 누워 있을지도 모르고. 르나그가 무릎을 접어 내게 손을 내밀었다.

"잠시, 실례해도 되겠습니까?"

르나그의 얼굴을 본 순간, 그는 이런 순간에도 안경을 끼고 있구나 싶었다. 참 고집스럽게 안경을 낀다는 생각 또한 함께.

여기까지 생각한 순간 쓴웃음이 흘러나왔다.

"……으음, 저도 달릴 수 있는데……."

그의 얼굴은 시간이 없다고 외치는 것 같았다.

"시간이 없네요."

"네."

"그러니 제가 할 말인 것 같아요, 그건. 나야말로 실례할게요."

나는 그의 손을 잡으며 중얼거렸다. 손을 잡았지만 그는 잠시 멈칫했다. 하나 이는 잠깐일 뿐 르나그가 내 손을 가벼이 잡아 허리에 팔을 둘렀다. 곧이어 발끝이 획 들렸다.

정말이지. 다들 획획 잘도 안아 드네. 사람의 몸이 그리 가벼운 무게가 아닐 텐데 말이다. 옆으로 풀숲이 획획 지나갔다. 르나그는 사람을 안은 채라곤 믿기지 않을 빠른 속도로 뛰었다.

"어디로 가는 거예요?"

이 근처에 중문이 하나 있을 건데. 그쪽으로 간다기엔 영 낯선 길이었다.

"담을 넘을 겁니다."

"담이요?"

나는 드높은 벽을 보았다. 넘기엔 너무 높은데?

"쭉 뛰어가면 벽이 낮아지는 구간이 나옵니다. 벽보다는 담에 가까운 구간이지요."

"아하."

르나그가 말한 것처럼 조금 더 달려가자, 잠시 낮아지는 구간이 나왔다.

르나그는 아마 저 구간이 본래 문을 만들려다 막은 것일 거라고 설명했다.

"본래 저곳에도 감시가 삼엄했으나 소란이 일고 모두 중문과 정문 쪽으로 향하더군요."

기사들은 내가 문으로 나갈 줄 알았나 보다. 하긴 실제로 그리했으니.

"제가 알기 쉬운 사람이라서 다행이네요."

"보통 사람들이 생각하는 패턴이니 그런 것만은 아닙니다."

르나그는 담을 올려다보며 말했다.

"……그리고 이아나 양은 결코 알기 쉬우신 분은 아니고요."

그치고는 신기하게도 희미한 장난스러움이 깃든 말이었다. 조금 놀라 그를 쳐다보려 했지만 그보다 르나그의 움직임이 빨랐다. 한 번에 크게 도약한 르나그가 담에서 튀어나온 돌들을 하나씩 밟았다. 마치 산양이 절벽을 오르는 것을 보는 기분이었다.

그러나 담 꼭대기로 휙 올라갔을 때 르나그는 지체하지 않고 한 번에 뛰어내렸다. 나는 힉, 소리를 내며 눈을 질끈 감았다.

'이곳에서 롤러코스터를 타는 기분을 느낄 줄이야.'

이전 생에서도 그리 좋아하지 않았던 걸로 기억하는데……. 아 아닌가.

눈을 뜨면 다시 땅이었다. 나는 느린 숨을 토해냈다.

"괜찮으십니까?"

어느새 르나그가 걱정 어린 낯으로 나를 내려다보고 있었다.

"……괜찮아요."

"안색이 좋지 않습니다."

"그건, 조금 전에 뛰어내릴 때 놀라서 그래요. 여기서 느낄 줄 몰랐던 기분이었던 지라."

나는 슬쩍 웃으며 그의 팔을 토닥이듯 두드렸다.

"절 도와주신 건데, 여기서 징징거릴 만큼 못돼먹지는 않았어요."

"……여기서 제가 징징거리고 못돼먹게 행동하셔도 괜찮다고 하시면 어찌 됩니까?"

"네?"

르나그가 아닙니다, 말하며 고개를 살래살래 저었다. 느슨하게 풀린 머리카락이 함께 움직였다.

그러고 보니 그의 옷자락을 붙잡는 동안 그의 머리칼도 함께 잡고 있었구나 싶었다. 아프진 않았으려나?

"이아나 양, 좋은 소식과 나쁜 소식이 하나씩 있습니다."

"어느 것부터 들으면 되나요?"

"당신이 바라시는 대로."

난 시간이 없으니 둘 다 빠르게 설명해달라 부탁했다.

"좋은 소식은 벽을 벗어난 순간부터 추적으로부터는 자유로워졌다는 겁니다."

그가 고개를 돌리더니 내게 한 곳을 가리켰다. 르나그가 손짓한 곳으로 시선을 옮기니, 대기하고 있는 이들이 보였다.

"제 사병입니다."

"아하."

아직 체이서의 기사들은 저택 내부를 뒤지고 있는 것 같으니 잘된 일이었다.

"그럼 나쁜 소식은요?"

그러자 르나그가 잠시 입을 다물었다.

"여기 오기 전 장미들은 내기를 했습니다. 아니, 치열한 거래와 협상에 가깝습니다."

뜬금없는 말이었지만 나는 가만히 경청했다.

"도뮬릿 저택은 출입문이 3개입니다. 정문과 중문 그리고 은밀한 후문이지요."

"맞아요."

나도 알고 있는 사실이었다. 후문은 내가 아니라 헤르님의 첩자가 알아온 것이었지만.

"저희는 치열한 언쟁 끝에 한 방위씩 맡기로 결정했습니다. 각각이 정문, 중문, 그리고 후문을 맡는 식으로요."

그렇다는 건 르나그가 중문을 맡았다는 이야기였다.

"협의한 것은 자기가 맡은 방향으로 이아나 양이 나타나면 어떻게든 당신을 안전한 곳으로 모시는 것이지요."

"어……. 고마운 일이네요."

싸움이 일어나지 않은 게 어디냐 싶었다. 체이서 때문에 뭉쳤다 뿐이지 세 사람은 일촉즉발의 폭탄처럼 자주 살벌했으니 말이다.

"여기서 나쁜 소식입니다. 이아나 양."

르나그의 부드러운 목소리가 귓바퀴에 내려앉았다. 볼수록 나직한 목소리와 살벌한 눈매가 균형을 이루지 못하는구나 생각할 때였다. 그의 입매가 보일 듯 말 듯 끌어 올라갔다.

"목적지는 헤르님의 성일 것이나, 제 마법사의 실력이 부족하여 한 번에 그곳으로 이동하긴 어렵군요."

"아…… 그래요?"

"예. 그래서 발테이즈 저택으로 먼저 이동하려는데 어떻습니까?"

나는 순순히 고개를 끄덕였다.

"연락은……."

"물론 할 생각입니다."

르나그는 그리 말하고 쓴 웃음을 지었다. 잠시 침묵 끝에 그가 이어 말했다.

"어차피 하지 않을 수는 없습니다."

그건 그랬다.

"그리고 대공 각하 성격에 그쪽에서 곧 집요하게 연락하겠지요."

"하하하……."

소란이 일었고 본인과 프란시아가 만나지 않은 걸 알게 되면 그럴 터였다.

어쩐지 르나그가 '각하'라는 단어를 미묘하게 삐뚜름하게 말한 것 같았지만 모른 척했다. 어차피 리케도르안과는 다시 만나야 했다. 우리의 목적은 그의 생명을 구하는 것이었으니까. 르나그도 이를 염두에 두고 한 말인 듯했다.

그렇다면야. 티아라를 손에 넣은 시점에서 어디로 이동하든 상관없었다. 당장 이곳에서 벗어나는 것이 급선무였으니까.

"그런데, 르나그"

나는 고개를 갸웃했다.

"어쩐지…… 즐거워 보이시는데요?"

르나그가 멈칫했다.

"……오해이십니다."

그가 눈을 슬쩍 굴렸다가 희미하게 눈매를 휘었다.

"그저…… 수하가 부족하여 완벽하게 모시지 못한 슬픔은 느끼고 있습니다만."

슬픈 얼굴이 아닌 것 같은데. 내 시선을 슬쩍 피하는 거로 보아, 이 남자 거짓말을 잘 못 하는구나 싶었다.

하나 완전히 거짓말은 아닐 것이다. 실제로 제이르가 이 정도 거리를 한 번에 이동하는 건 본인 같은 대마법사 정도나 되어야 가능하다고 했으니까.

그런 그도 마법진의 보조를 받았을 정도였다. 도퓰릿과 헤르님의 거리를 떠올린 나는 수긍했다. 그러니까 그거네. 밖으로 나왔을 때 리케도르안이 아닌 프란시아나 르나그를 만날 경우 헤르님으로는 당연히 가지 못한다. 세 사람이 찢어져 기다린 이유를 알 것 같았다.

"그럼 시간이 없는 것 같으니 바로 이동해요."

나는 웃음기 어린 목소리로 그를 채근했다. 어쨌거나 시간이 촉박했다. 언제 문이 열리고 기사들이 바깥까지 뛰어나올지 모르는 일이었으니.

그리 말하면서도 고개 숙여 살짝 웃었다. 다들 대단한 이들이면서 어찌 내 앞에서만큼은 속이 빤한 사람들이 되는 것인지. 웃는 한

편 마음 한구석의 의문이 갈수록 커졌다. 이런 맹목적인 관계는 왜 어떻게 시작되었는가?

"이동하겠습니다."

르나그의 마법사가 익숙한 마법진을 그리고, 이어 백마법의 푸른 빛이 우릴 휘감았다. 푸른빛을 본 순간 떠오르는 것이 있었다. 체이서의 손에 맺혀있던 푸른빛.

위험하게도 두 장미의 힘을 가진 남자. 쓰러트렸지만 어쩐지 그게 끝이 아닐 거란 예감이 강하게 들었다.

"도착했습니다."

눈을 뜨면 우아한 양식의 저택이 보였다.

"발테이즈 저택에 오신 것을 환영합니다."

그리 중얼거리는 르나그는 왜인지 내 얼굴을 보지 못했다.

"르나그?"

"아. 죄송합니다."

"평생 이런 일이 있을 줄 몰라서……."

그가 나를 보지 않은 채 작게 읊조렸다.

"……행복합니다."

반대로 돌려진 얼굴 대신 귀 위쪽이 붉어진 그의 귀를 겨우 보았을 뿐이었다. 나는 눈을 굴리다가 말고 아직 그에게 안겨 있다는 사실을 상기했다. 그러나 그에게 이 사실을 일깨워줬다간 더욱 빨개진 얼굴을 볼 것 같았다.

"이런 상황을 예상하지 못해, 제가 잘 모실 수 있을지 염려되지만……."

일단 이동을 위해 잠시 르나그의 저택에 머무르기로 한 것이니 서로가 편한 쪽이 좋을 것 같았다. 나는 그의 긴장을 풀어주기 위해 적당한 말을 태연히 던졌다.

"긴장하지 말아요."

그의 팔을 톡톡 다독여주면서.

"만약 저희가 결혼했다면 제가 이곳에서 살았을 거잖아요?"

약혼 관계였으니, 그렇지 않았을까? 물론 그리되진 않았지만 가정하고 편하게 여겨달라는 의미로 말했다. 그런데 이게 화근이었나 보다. 어디선가 펑 하는 소리가 들린 것 같았다.

어라. 말을 잘못했나.

"그…… 그런 말은."

시선을 들면 르나그가 엉망으로 붉어진 얼굴을 애써 가리고 있었다.

자신의 얼굴이 잘 붉어진다는 점을 인지하는 리케도르안과 다르게 그는 이런 스스로에게 익숙하지 못한 것 같았다.

"어, 괜찮으세요?"

그가 얼굴을 잡은 채로 고개를 절레절레 저었다.

"하아……. 보지 마십시오."

결국 그가 애원하듯 말했다.

"상상만 해도 행복한 탓에. 엉망일 테니까요."

5
좋아하는 마음으로는 안 됩니까?

르나그의 집은 크고 우아한 분위기였다. 공간마다 필요한 것이 적절하게 배치되어 있었고 조화를 이루었다.

크지만 텅 빈 느낌이 강한 혜르님이나 마찬가지로 크고 우아하기까지 하지만 어딘가 살벌하고 긴장된 느낌이 흐르는 도뮬릿과는 상반된다고 할지.

'진짜 집이란 느낌이네.'

나는 조금 신기한 마음으로 천장을 올려다보았다

르나그의 직업은 알다시피 감옥의 총 관리장이다. 직장이 감옥인 만큼 그의 집이 제일 살풍경할 법도 한데, 반대라는 것이 꽤 신기하게 느껴졌다. 오히려 내가 보았던 성과 저택 중에 가장 가정적인 느낌이었다. 안내해준 방에서 쉬고 나니 어느덧 반나절이 흘러 저녁이었다.

"식사는 마음에 드셨습니까?"

내가 낮잠을 조금 오래 잔 탓에 이곳에서의 저녁 식사는 늦은 시간에 치러진 참이었다.

"네. 아주 맛있던걸요."

난 식사를 딱히 가리지 않는다. 그럼에도 맛있었다는 듯이 허공에 나이프로 써는 흉내를 냈다.

"특히나 구이 요리가 맛있던걸요. 아, 스튜랑요."

정말이었다. 나름 남부럽지 않은 것들을 먹으며 살았지만 여기서 먹은 것도 참 맛있더라고. 이곳은 마법이 함께 발달한 세계라 언제 어디서든 음식을 갓 나온 것처럼 따끈따끈하게 한 채로 먹을 수 있었다.

"입맛에 맞으셔서 다행입니다."

르나그가 맞은편에서 찻잔을 내려놓았다.

"원래 잘 가리지 않는 편이긴 한데, 맛있었어요. 정말요."

우리는 식사를 마치고 응접실에서 간단한 차 한 잔을 하던 중이었다.

"그렇군요. 직접 만든 보람이 있어서 다행입니다."

"네?"

다음 순간 나는 르나그의 말에 멈칫했다. 하마터면 찻잔을 놓칠 뻔했다. 출렁이는 잔을 얼른 수습하고 고개를 들었다.

"직접 만드셨다고요?"

"네."

"어…. 요리 실력도 좋으셨구나."

내 당황스러운 반문에도 태연한 답이 돌아왔다. 보통, 귀족 남성이 요리도 할 줄 알던가? 아니, 그렇지 않다. 내가 상식이 좀 부족해도 결코 흔한 일은 아니었다. 내 얼굴이 살짝 굳었다. 생각보다 더 귀한 요리를 먹은 것 같은데.

"부담 가지시라 드린 말씀은 아니었습니다만."

"아. 아뇨. 그게 아니라. 제가 생각보다 더 귀중한 식사를 했구나 싶어서요."

나는 뺨을 검지로 살살 문지르며 눈을 휘었다.

"그럼 더 감사 인사를 드려야죠. 아무나 먹지 못하는 것 같은데요."

"그건… 그렇습니다."

"네?"

"단 한 사람을 위한 식사였으니까요."

나는 말을 잇지 못하고 눈을 데굴데굴 굴렸다. 르나그의 얼굴을 보아하니 저쪽은 순도 100퍼센트의 사심 없는 진심을 말한 듯한데. 심지어 이로 뭘 바라겠다는 얼굴조차 아니니, 퍽 곤란했다.

난 최대한 태연하게 입술을 열었다.

"저 혹시나 해서 묻는 건데. 예전의 제가 가정적인 남자가 좋다고 했나요?"

혹시 이것도 '이아나'가 남긴 말인가 싶어 물었다. 르나그는 고개를 내저었다.

"그건 아닙니다만. 가정적인 남성이 좋으시다면 기꺼이…."

"아뇨, 아뇨. 그렇다는 게 아니고요."

"싫으십니까?"

"아니, 호오를 따지자면 좋은 쪽이긴 한데요. 그런 뜻으로 물은 건 아니라."

"확실히 예전에도 그렇게 말씀하신 적은 없지만… 비슷한 말씀은 하셨지요."

르나그가 턱을 잡으며 작게 고개를 끄덕였다.

"지나가는 말이었으니 기억하지 못하실 수도 있습니다."

그 말에 멈칫한 것은 물론이었다. 저건… 다시 말하자면 본인은 지나가는 말 한마디에 요리를 시작했다는 소리 아닌가?

"오래전에 맛있는 것이 좋다고 하셨습니다."

"…맛있는 거야 누구든 좋아하니까요."

"사랑하는 사람이 만들어준 것을 한 번쯤 먹어보고 싶다고도 하셨지요."

"……."

그건 나도 괜찮은 것 같긴 한데. 우연찮게도 '이아나'가 나랑 취향이 어느 부분에서 겹쳤구나 싶었다.

나는 할 말을 잃고 그의 어깨너머를 바라봤다. 그러다 말고 얼굴을 길게 쓸어내렸다. 작은 한숨이 새어 나왔다.

"생각해보면요."

나는 찻잔 손잡이를 괜히 잡았다가 놓았다.

"이것저것 은혜를 받아놓고서 제대로 돌려드린 적이 없네요."

"아닙니다. 저는 주었다고 생각하지 않습니다."

르나그가 제 손을 가슴에 가져다 댔다.

"어디까지나 제가 좋아서 베푼 호의니까요."

이 남자는 상대의 마음을 가볍게 하는 말솜씨를 가졌다. 그리고 때로 이것은 사람의 마음을 더 무겁게 만들기도 한다. 아이러니하게도 말이다.

"저희는 내일 돌아가나요?"

"일단은 그럴 예정입니다만."

르나그가 가슴에서 손을 떼어내며 찻잔을 살짝 잡았다가 놓았다.

"아, 그리고 연락 말씀인데."

연락이라면 리케도르안, 즉 헤르님 측에 건네는 연락을 말할 터다.

"연락은 내일 하려 합니다."

"아, 네."

이미 한 줄 알았는데. 아직 안 한 건가? 나는 고개를 갸웃했다. 르나그는 웬 보석을 내 앞에 보여주었다. 정확하게는 보석이 박힌 목걸이였는데, 중앙 보석 부분이 불이라도 붙은 것처럼 번쩍번쩍 빛나고 있었다. 이것이 연락장치라고 했다. 먼 곳에서도 통신할 수 있다고.

"…이거, 계속 빛이 들어오는데요?"

"아마 헤르님 연락일 겁니다."

르나그가 산뜻하게 말했다.

"미친 듯이 연락이 오고 있지만 받고 있지 않지만요."

"아하하, 네."

그렇게 부드럽게 할 말은 아닌 것 같은데. 이리 생각하면서도 그저 웃었다.

"이미 하얀 장미와는 합류했을 테니 지금쯤 이아나 양이 이곳에 있다는 것을 예상했을 겁니다."

"으음, 그렇군요."

"아니었다면 도률릿 저택 앞으로 어마어마한 사병이 몰렸다는 소식이 들렸겠지요."

내가 빠져나오지 못했다면 그대로 전쟁이 일어났을 거라는 얘기로 들리는데. 나는 난감하게 웃었다. 이렇게 맹목적이지 않아도 되는데 말이지.

"아마 지금쯤 한창 달려오고 있을지도 모르겠군요."

르나그의 긴 손가락이 잔 손잡이를 톡 건드렸다.

"좌표를 모르니 이동 마법을 쓸 순 없을 테고."

그가 눈을 가늘게 좁혔다. 마치 상황을 가늠하는 것처럼 보였다.

"말을 타고 달려오고 있을지도요."

마찬가지로 나도 같은 생각이긴 했다. 리케도르안이라면 어떻게든 달려올 것 같은 느낌이 든달까. 그래서 굳이 연락을 해달라 강력하게 피력하지 않았다. 빠르면 내일쯤 다시 보게 될 것 같았으니까. 아마 그도 알고 있을 것이다.

그럼에도 르나그는 보일 듯 말 듯 미소 지어 보였다.

"그리고 대공 각하께서 여기 도착하셨을 즈음에 이아나 양을 이동시켜드릴까 싶기도 합니다."

봄바람처럼 보드라운 음성이었으나 담긴 의미는 그렇지 않았다.

"…네? 어디로요?"

"헤르님 성으로 말입니다."

"짓궂으시네요."

"이런 심술 정도는 봐주십시오."

그가 찻잔을 들어 올린 채로 고개 숙여 얼굴을 누그러트렸다.

"당신에게 위험을 감수하게 하지 않았습니까."

"으음. 보복할 대상을 잘못 고르신 것 같은데…. 저한테 하셔야 하는 것 아닌가요."

"아닙니다. 잘 골랐습니다."

본인이 그렇다면야 할 말은 없지만. 리케도르안에게 미안했지만 하루 정도는 르나그의 심술 아닌 심술을 넘어가기로 했다. 르나그에겐 빚진 것이 많았으니까.

그렇게 한차례 차를 마시고 우리는 티 테이블에서 소파로 자리를 이동했다. 방 안에 시종을 전혀 두지 않은 터라 르나그는 직접 테이블을 치우는 신기한 모습을 보였다.

성격상 직접 치우는 게 편하다나.

캄브라캄에서는 별도의 시종을 두지 못하는 터라 몸에 익었다고 한다. 치우는 모습을 한참 보다 소파에 목을 기대 눈을 감았다. 이곳에 오자마자 잠시 잤지만 그럼에도 피곤했다. 줄곧 도뮐릿에서 신경을 곤두세워 잠을 잘 자지 않은 탓이다.

'기회를 노렸어야 했으니.'

긴장이 풀려서인지 맥없이 잠이 계속 쏟아진다.

잠깐 동안 눈을 감았던 것 같은데. 얼마나 시간이 지났을까.

눈앞에 뭔가 일렁이는 것 같았다. 나도 모르게 눈을 떴다. 그리고 눈앞에서 멈칫한 손이 보였다. 르나그의 손이 허공에 둥둥 떠 있었다.

"아…."

"으응, 르나그?"

나는 눈을 비비며 목을 바로 세웠다. 불편한 자세로 졸았더니 목이 뻣뻣했다. 다시 눈을 뜨면, 르나그가 어쩔 줄 모르는 얼굴로 주춤 서 있었다. 여전히 손을 허공에 멈춘 채로.

아마도 내게 뻗으려 했던 것 같은데.

르나그가 화들짝 놀라 자신의 손을 다시 가져왔다. 의도한 바가 아니었다는 듯 당황한 얼굴이었다.

"저, 불편한 자세로 주무시는 것 같아 계속 불렀는데… 깨어나지 않으셔서."

"네. 깨우려 했던 거죠? 괜찮아요."

나는 손을 뻗어 그의 팔을 톡톡 토닥여주었다. 그러고는 내 옆자리를 톡톡 쳤다. 그가 숨을 삼키며 내 옆자리에 앉았다.

나는 우아한 모습을 물끄러미 보다가 입을 뗐다.

"조금 전에도 말했던 것 같은데."

왜일까, 이런 생각이 들었다. 앞으로 르나그와 이렇게 조용하고 차분하게 대화를 나눌 시간은 없을 것 같다고. 그러니 이 순간에 담았던 말을 해야 했다.

"내게 바라는 것이 없나요?"

잔잔하게 가라앉은 침묵 속에서 서로 다른 색의 눈이 교차했다. 노란 장미를 품은 듯 금색 눈이 느리게 깜빡였다. 눈매가 날카로울 뿐 놀라는 모습마저도 차분하고 정갈한 남자였다.

"지금이라면 들어줄 수 있어요."

"…무엇이라도 말입니까?"

조금 전까지만 해도 극구 사양하던 남자가 조용히 반문했다.

"정말, 무엇이라도 들어주실 수 있습니까?"

보통 평소에 장난스러운 사람이었다면 이런 모습이 어색해 보일지도 모르나 그는 늘 진지하고 정돈된 남자였다. 나는 칼처럼 벼려진 눈매를 마주하며 작게 고개를 끄덕였다. 그가 오해하지 않도록 느릿하게.

"무엇이든지요."

그의 눈이 일순 깊어졌다. 동시에 망설임이 스친 듯했다. 추측하기로는…… 내게 바라는 것이 없거나 이제 생각하는 건 아닌 것 같고. 아마도 이렇게 말했음에도 꺼내기를 저어하는 것 같았다.

결국 내가 먼저 손을 뻗었다.

"생각하신 것이 있는 거죠?"

톡. 내 손이 닿자 그가 움찔 놀랐다. 살짝 커진 눈동자가 우스워 나는 웃음을 터트렸다. 워낙 무섭고 심각한 얼굴을 기본형으로 가진 사람이라 이렇게 조금만 놀라도 전혀 다른 표정이 되곤 했다. 나는 그의 손가락 끝을 잡았다. 그는 약간의 난감한 기색을 보이면서도 피하지는 않았다.

"제가 생각한 것이 맞나요?"

"맞습니다."

그가 숨을 삼키며 대답했다. 목울대가 꿀꺽 넘어가는 것이 고스란히 보였다.

"그럼 말씀해주세요."

그의 시선이 아래로 떨어진다.

"곤란하실지도 모릅니다."

"그렇게 여기지 않을게요."

그렇게 말하고는 속으로 잠시 멈칫했다. ……잠시만.

'여기서 입이라도 맞추자면 어떡하지?'

앞서 나간 상상일지도 모르지만 나는 괜히 심각해졌다. 쉽게 생각하자면 어쩔 수 없는 상황이었다. 체이서와도 한 마당에 모든 장미랑 하지 말라는 법은 없지 않나 싶지만……

'하는 김에 프란시아 뺨에 뽀뽀하는 기분으로 르나그랑도……'

여기까지 엉뚱한 생각을 하다 나는 고개를 살래살래 저었다. 그저 실없는 생각이었을 뿐. 르나그를 두고서 그리 여기고 싶진 않았다. 되도록 진지해지는 것을 피하고 싶을 뿐이지 닥친 상황을 회피

하지는 않았다. 그럴 생각도 없었고, 이미 뱉어버린 말이 있지 않나.

"그래서 뭔가요?"

"그건……"

망설이듯 고개를 떨어트렸던 르나그가 나를 바라보았다. 결심이 선 눈이었다.

"그럼 곤란하시더라도……"

곤란했다.

'분명 곤란해하지 않겠다고 했지만……'

그에게 미안한데 곤란하다. 그냥 곤란한 것도 아니다. 매우 곤란했다. 나는 얼굴을 쓸어내렸다. 이 상황에 대해서 어찌 말하면 좋을지 몰랐다.

"저, 르나그."

한참 준비하던 그가 나를 바라보았다. 나는 입술을 달싹였다.

이제 와서 물린다는 말은 못 하나요? 진짜 할 거예요?

그러나 입속을 맴맴 맴돌던 말은 단 한마디도 밖으로 빠져나오지 못했다. 그도 그럴 것이 뱉은 사람이 나인 걸 어떡하겠나. 그저 손에 얼굴을 반쯤 묻고 고개를 저을 뿐이었다.

"……아무것도 아니에요."

내가 그렇게 말하는 사이 준비가 모두 된 것인지 그가 내 앞에 무언가를 내려놓았다.

그리고 그가 내려놓은 것을 본 나는 더욱더 심란해졌다. 다름 아닌 모락모락 김이 피어오르는 물이었으니까. 대야인지 뭔지. 크기는 대야인데 한눈에 봐도 금박을 씌운 데다 아주 비싸 보이는 그릇을 보고 있으니 심란함이 더욱 커졌다.

결국 나는 참지 못하고 말했다.

"죄송한데, 르나그."

"네. 말씀하십시오."

"제가 원래 말을 번복하는 사람은 아니거든요."

"네. 말씀하시지요."

내가 하려는 말을 눈치챘는지 그가 고개를 아래로 숙였다. 응접실에는 그와 나 둘뿐이었다. 이런 광경을 다른 사람이 보지 못하는 건 정말 다행인 것 같긴 한데.

"저, 이건 좀 아닌 것 같아서 다시 한번. 아니. 아니. 마지막으로 한번 물을게요."

나는 손가락으로 아래를 가리켰다.

"정말 이걸로 괜찮아요?"

"예."

그가 작게 웃었다.

확실히 내가 허락하면서부터 딱딱하던 그의 표정이 더욱 누그러지고 부드러워졌다. 하지만.

"발을 씻게 해 달라니요!"

근데 그가 바란 소원이 터무니없다는 게 문제다.

"무슨 문제가 있습니까?"

"없겠어요? 발은…… 그. 보통 시종이 씻겨줄뿐더러 나는 직접 씻을 줄 알아요."

"네. 저도 그 사실을 잘 알고 있습니다."

아니, 그런데 왜 이런 걸 소원으로 비는 건데. 나는 더 크고 거창한 것도 들을 마음의 준비를 했단 말이다. 그것도 만반의 준비를! 너무 어처구니가 없어서 말을 잃었다.

"왜 발인가요?"

"예?"

"손도 있고, 팔도 있고. 몸도 있는데……."

그러자 르나그가 고개를 돌리며 뺨을 살짝 부여잡았다. 어찌하나 싶은 곤혹스러운 기색이었다.

"다른 곳이면 모르나 몸은 조금……."

"아니. 예시가 그렇단 말이에요."

물론 짐작 가는 바가 없는 건 아니었다.

"저 르나그, 혹시 조심스러운 질문인데, 혹여 이런 쪽으로 취향이 있으시다거나. 성, 성벽이."

"네?"

"설마 발을……."

"예? ……어떤 것을 말씀하시는지 잘은 모르나 아닙니다."

그가 단호하게 부인했다. 성벽이란 단어에서 놀란 것 같았다.

"아뇨 농이에요. 그냥 여쭤봤어요⋯⋯."

나도 안다. 그런 건 아닌 것 같아서 엉뚱한 질문부터 해봤다. 왜, 발을 특히나 좋아하는 성향이라거나⋯⋯. 혹시나 이런 성벽이 있나 해서 말이다. 실없는 소리는 여기까지 하고. 나는 끙 숨을 흘리며 진짜 질문을 꺼내 들었다.

"혹시 이것도 제가 이전에 무심히 흘려보냈던 말인가요?"

"⋯⋯."

그는 대답이 없었다. 침묵은 곧 긍정이었다. 나는 손에 얼굴을 묻은 채로 쓴웃음을 지었다. 이쯤 되면 '이아나'가 어떤 생각을 하고 살았는지 궁금해질 지경이었다. 생생하게 그녀의 취향을 하나씩 답습하고 있으니.

르나그는 그릇의 끝부분을 쥐었다가 놓았다.

"죄송합니다. 제가 너무 곤란한 부탁을 드렸던 것 같습니다."

찰랑거리는 물을 톡 두드린 르나그가 곧 고개를 들어 나를 담았다.

"그럼 이건 없던 걸로 해주⋯⋯."

"아니요. 앉으셔요."

르나그가 이상한 취향을 가진 것도 아니고. 과거의 '이아나'가 어떤 상황에서 이런 말을 꺼냈는지 몰라도 그는 지나가는 말조차 기억했다. 내가 들어주겠다고 이야기 한 것이다. 번복할 생각은 없었다.

"그냥 한번은 빼보려 했어요."

나는 치마를 살짝 들어 발끝으로 툭 물을 두드렸다. 그러고는 곤란하다는 듯 웃어 보였다.

"부끄럽잖아요."

부끄럽다기보다는 평생 이런 걸 해볼 일이 있었을까 싶은 마음이었지만.

"……이아나 양께서 이전에 하신 말씀도 있었지만."

나와 마주하던 르나그가 작게 숨을 내쉬었다.

"오늘 슬리퍼를 신고 뛰지 않으셨습니까."

실례하겠습니다, 작은 인사와 함께 그의 손이 조심스럽게 내 발목을 쥐었다. 그의 손이 큰 건지 발목이 한 손에 잡혔다.

"이건 약초를 섞은 물입니다."

그도 검사인 것은 마찬가지라 손에 긴 흉터가 보였다. 아니다. 무기는 활이었던가. 그는 내 발등 위로 물을 끼얹으며 말을 이었다.

"오늘 급히 뛰셨으니 상처가 나지 않았을까 염려했습니다."

그의 말처럼 내 발목과 발등에는 자잘한 생채기가 있었다. 도룰릿 저택 내에서 나는 실내용 신발을 신고 활동했고, 그건 뛰기에 적합하지 않았다.

하지만 체이서의 눈을 속이기 위해서는 미리 신발을 갈아 신을 수 없었고, 체이서를 눕힌 뒤에는 그럴 시간이 없었다. 나조차도 생각하지 못했던 것을 떠올린 걸까. 나는 살짝 놀랐다. 전혀 생각지 못했던 문제였으니까.

"이런 건 내버려 두면 금방 나아요."

"맞습니다."

르나그가 수긍했다.

"물론 상처는 시간이 지나면 아무는 것이나…… 아픈 시간이 짧으셨으면 좋겠습니다."

이런 얼굴을 보고 아프지 않다고 말을 할 수는 없었다. 결국 나는 끄응 소리를 내며 그에게 발을 내주었다.

찰싹.

한동안 응접실에는 물을 끼얹는 소리, 참방참방 물이 튀겨지는 소리만 들렸다. 부드러운 체온과 따뜻한 물 때문인지 나른한 졸음이 쏟아진다. 나는 졸음을 쫓으려 눈을 비볐다.

"그런데 궁금한 것이 있는데……."

여전히 이건 아니다 싶었지만 그가 평소보다 더 부드럽고 즐거워 보여, 지적하는 대신 다른 이야기를 꺼냈다. 대화로라도 어색함을 몰아낼 요량이었다.

"말씀하십시오."

생각해보면 오늘 낮 도뮬릿의 후원에서 그와 마주했을 때 나는 갈림길에 서 있었다.

"낮의 갈림길에서 혹시 다른 방향은 다른 문이랑 연결된 길이었나요?"

그냥 혹시나 싶어 가벼이 물었다. 조금은 어색한 이 상황에서 할 말이 딱히 없었으니 분위기를 풀 겸 겸사겸사해서 말이다. 그런데 의외의 반응이 돌아왔다. 르나그가 난감한 얼굴을 보인 것이다.

그는 내 발을 잡은 그대로 눈을 살짝 내렸다.

"그렇습니다."

나는 작은 헛웃음을 토했다.

"르나그는 정말 거짓말을 못 하네요."

그는 난감하게 눈동자를 굴렸다. 살면서 절대 듣지 못했을 말을 들은 사람처럼.

"꼭 그렇지는 않을 겁니다만……. 이아나 양 앞에서는 그럴지도요."

이런 모습도 진솔하기 짝이 없단 걸 본인은 자각하지 못하는 것 같다.

"……싫으십니까?"

"거짓말 하는 사람보다는 진솔한 쪽이 좋아요."

나는 그리 말하고는 물이 튄 뺨을 살짝 문질렀다.

"상대가 거짓을 말하는지 아닌지 파악하는 건 힘들고 귀찮거든요."

그런 노력조차 들이지 않는 것이 오히려 게으른 것일지도 모르지만. 아무튼 난 그랬다. 이렇게 말하고는 턱을 괴었다. 대화 도중에도 그는 열심히였다. 참 뭐든 열심히 하는 사람이네.

그가 내 발을 잡은 탓에 가까이서 르나그의 얼굴을 보게 되었는데, 그의 안경에 미세하게 실금이 가 있는 것을 보았다.

'안경에 금이 갔잖아?'

자세히 보지 않으면 모를 만큼 미세했다. 하지만 예전에 누군가에게 듣기로 안경 낀 입장에서 저런 건 매우 거슬리고 시력에도 좋지 않다고 들은 것 같았다.

물론 르나그는 실제로 눈이 나쁜 것은 아니었지만…… 영향이 없진 않을 거였다. 르나그의 어깨를 톡톡 건드렸다.

"저, 르나그. 안경에 실금이 간 것 같아요."

"아, 보셨습니까? 맞춰둔 안경이 없어서."

"다른 것은 없나요?"

"있었습니다만, 모두 깨져서요."

그가 아무렇지 않다는 듯 작게 미소했다. 안경은 전투에 맞지 않다. 그리고 그는 전투가 멀지 않은 직위와 작위를 가진 사람이었다. 나는 잠시 고민하다가 턱에서 손을 떼어냈다.

"저, 실례해도 되나요?"

"이아나 양이라면 얼마든지 괜찮습니다만……."

나는 망설임 끝에 조심스럽게 손을 내밀었다. 그가 내 발을 조심조심히 잡았듯 천천히 르나그의 안경을 벗겼다.

"이아나 양?"

"괜찮아요."

나는 그의 얼굴을 들여다보며 또박또박 말했다. 그가 한마디도 놓치지 않도록.

"더는 무섭지 않아요."

그가 울 것 같은 표정을 했다.

"그러니, 안경은 끼지 않아도 돼요."

414

"불⋯⋯편한 것은."

나는 한 번 더 말했다.

"무섭지 않아요."

그가 참지 못하고 고개를 숙였다. 우는 걸까?

아니, 울 것이다. 왜인지 확신에 가까운 기분이 들었다. 그러나 고개를 들었을 때 그는 울고 있지 않았다.

대신 나지막한 목소리로⋯⋯.

"사랑합니다."

내게 고백했다.

그의 얼굴을 본 순간 그저 아직은 울지 않았을 뿐이라는 걸 알았다.

"당신께 폐가 되는 줄 알면서도 품은 이 마음은⋯⋯. 어찌하여야 합니까? 그럼에도 저는."

그가 무어라 더 이야기하기 전에 나는 얼른 손을 뻗었다.

툭.

안경이 바닥으로 떨어진다.

"아니요, 르나그."

나는 그의 눈을 가린 채로 작게 속삭였다.

"당신에게 이야기할 것이 있어요."

나는 좀 더 빨리 얘기해야 했는지도 모른다.

당신에게 미안하지만 이젠 안다. 내가 깨달음이 늦었다. 이 눈물을 봐야 할 사람은 내가 아니다. 이리도 날카로운 얼굴을 하고서 가슴에 품은 것만은 지나치게 순수한 이 남자의 마음을……. 가볍게 외면해선 안 됐던 것이다.

그동안 무심히 흘려보냈던 시간을 반성했다. 아울러 이제야 알았다. 왜 오늘이어야만 했는지. 당신과의 조용한 대화가 어째서 오늘이 마지막일 거라 예감했는지.

오늘로 모든 걸 이야기하면 더는 이전의 관계로 돌아갈 수 없음을 알기에.

하지만 이야기해야 했다.

나는.

'이아나'가 아니에요.

그리 말하려던 때였다.

"하지 마십시오."

그의 말이 빨랐다. 그의 손이 내 손 위로 겹쳐지고 이어 내 손을 쥐었다.

"르나그? 잠시만 그게 아니라, 중요한 말이라."

그가 거절한다고 느꼈을까 봐 얼른 말을 이으려 했다. 그러나 그가 내 손을 단호하게 잡았다.

"아니요. 하지 마십시오."

말을 가로챈 그가 빠르게 토해냈다.

"……어떤 말씀을 하시려는지. 알고 있습니다."

르나그의 입술이 잘게 떨렸다. 바람에 흔들리는 나무처럼 아주 세차게. 그가 눈을 감는 것이 느껴졌다. 손바닥으로 물기가 느껴진다. 이윽고 그의 목소리라고는 믿을 수 없을 만큼 미약한 음성이 쥐어짜듯이 힘겹게 흘러나왔다.

"……알고 있습니다."

알고 있다니, 무엇을 말인가. 나는 감정을 드러내지 않으려 애쓰며 그의 얼굴을 훑었다. 내가 눈을 가려놓은 탓에 보이는 것은 반절의 얼굴밖에 없었다.

"어떤 걸 알고 있단 건가요?"

"아마도, 모두일 겁니다."

그가 드러낸 것의 반만 알아들은 기분이었다. 하지만 동시에 나는 그가 무엇을 말하는지 알아차렸다.

"알고 있었습니다."

조금 전 그의 말이 인정하지 못하듯 애절했다면 이젠 확신이 깃든 어조였다.

"당신이 우리의 첫 만남을 기억하지 못한다는 것은."

그의 목소리는 내가 흠칫 놀랄 만큼 태연하게 흘러나왔다. 공연히 손이 움찔 떨렸다.

"어쩌면 저와의 모든 기억을 기억하지 못한다는 것도 함께."

나는 입술을 달싹였다. 무슨 말을 하면 좋을지 알지 못했다. 입술이 열리는 일은 없었다. 결국 할 말을 찾지 못했으니까.

나는 내가 위로에 너무나 서툴다는 걸 잘 알고 있었다. 이런 내가 감히 위로조차 건네지 못할 상황에서 할 수 있는 건 침묵 외엔 없었다.

"이전의 당신을 본 사람이라면 알 겁니다."

그는 반만 드러난 얼굴로 읊조렸다.

"……다른…… 사람 같다는 것을."

사랑하는 사람이 어느 날 다른 사람이 되어 있는 건 어떤 기분일까.

"당신에게 더는 제가 기억하는 모습이 남아 있지 않다는 것도. ……곧바로 알았습니다."

르나그가 무엇을 어디까지 아는지는 모른다. 그러나 기억하지 못하는 것은 결국 다른 사람이 된 것이나 다름없다.

그는 사랑했기에 더 잘 알 것이다.

"그래서 어쩌면……. 어쩌면."

그의 속눈썹의 잔떨림이 고스란히 느껴진다. 이를 따라가듯 그의 목소리가 미세하게 떨렸다.

"어느 날 죽음에서 깨어난 당신은 모든 기억을 잃은 것이고."

그는 힘겹게 말을 이었다.

"제가 아는 당신은 사라지고."

그러나 끝으로 갈수록 헐떡이듯 숨이 흩어진다. 숨을 고르는 시도는 번번이 날숨에 부서지고 기화했으나 그는 애써 말을 맺었다.

"다시 눈 뜬 당신은 전혀…… 전혀……."

그는 결국 말을 잇지 못했다. 나는 그가 침묵한 말을 알고 있었다.

"새로운……."

어느 날 이 남자가 아는 '이아나'는 사라지고. 다른 사람이 있었다는 걸.

"태연하려 애썼습니다."

캄브라캄이라는 거대한 단체의 수장이었다. 눈치채지 못할 리 없었다. 모른 척 눈 감고 있던 사람은 나 하나만이 아니었던 거다.

난 입술을 꾹 다물었다.

그는 말을 하고 싶지 않아 하는 것 같았다. 인정하고 싶지 않은 것 같았다. 눈 감고 있는 이에게 억지로 눈을 틔워 보게 해야 하는가. 아니면 지금처럼 계속 모른 척해야 하나.

"어쩌면, 그 말이 맞아요. 당신이 사랑했던 사람이 더는 이 세상에 없다면요?"

그럼에도 나는 남자에게 끝내 알려주고 싶지 않은 진실을 알려주었다. 눈앞에 있는 것이 그저 낯선 사람이라면 어찌할 것이냐고.

손바닥 밑으로 눈물이 흘러내렸다.

"안다고 말씀드리지 않았습니까. 그것도 아주 오래전에…… 감으로서 먼저 깨달았는지도 모릅니다."

웃지도 울지도 못한 입술은 이 순간에도 나를 배려하듯 부드러운 목소리를 토해냈다.

"아는데도, 눈앞의 당신에게 심장이 뛰지 않을 수는 없었습니다."

그의 입술이 꾹 다물렸다 열렸다.

"다시, ……다시. 사랑에 빠지는 것은 어렵지 않은 일이었습니다."

나는 점차 깨달았다.

"제가 어찌하여야 했을까요."

담백하게 흘러나오는 목소리는 사실 그의 심장을 찢어 흘러나온 고백일 것이란 걸.

"당신의 가문에 대해 제대로 눈치채지 못한 당신조차 이다지도 사랑스러운데."

그가 입을 다문 채 헐떡였다.

"제가 어찌하여야······."

나는 그가 어떤 혼란을 겪었는지 묻지 않았다. 그저 괴로운 목소리로 짐작해볼 뿐. 마침내 그 끝에서 사랑의 끝을 어찌하기로 마음먹었는지 또한 묻지 않았다.

"당신이 그동안 어떤 생각을 한 건지 더는 묻지 않을게요. 하지만 르나그, 이젠······. 당신이 깨달은 것이 있다면, 앞으로 우리 관계 또한 바뀌는 것이 옳지 않을까요?"

모든 걸 알았으니. 상황이 다르지 않으냐 말하려 했다. 내게 기억이 없고, 다른 사람인 걸 알았다면 앞으로 그만 더욱 괴로워질 뿐이니까.

그 사랑이 '이아나'로 기인한 것이라면 더욱더.

"나는 당신에게 돌려줄 수 없어요."

"돌려주시지 않으셔도 됩니다."

"괴롭잖아요."

무엇보다 설사 정말 나를 사랑한다고 해도 나는 돌려줄 수 없었다. 그는 고개를 내저었다.

"저를 기억하지 못하는 것은 상관없습니다. 하나 돌려받지 못하고, 기억하지 못하여 정리하라 하신다면."

그의 목소리가 낮게 가라앉는다. 그는 끝끝내 마지막 물음과 울음을 함께 던졌다.

"그럼 이미 사랑해버린 마음은 어디로 흘려보내야 합니까?"

내 거절을 부드러이 다시 거절하면서. 날카롭고 벼린 칼 같던 남자가 무너지는 모습은 강인했던 만큼 애처로웠다.

나는 그를 안타깝게 바라보다가 손을 살짝 움직였다.

"일단 눈물부터 닦고 얘기해요."

일단 그의 눈물부터 닦아주어야 할 것 같아 손을 떼어내려 하는데, 그가 내 손을 잡고 고개를 한 번 더 저었다.

"보지 마십시오."

그가 망설이더니 작게 덧붙였다.

"흉합니다."

"흉하지 않아요."

"……보지…… 않으셨으면 좋겠습니다."

솔직한 말로 상황엔 어울리지 않지만…… 우는 미남의 얼굴은 절경이면 절경이었지. 결코 흉하진 않을 텐데.

나는 작게 숨을 내쉬었다.

"알았어요. 그럼."

그러고는 내 손을 잡은 그의 손을 떼어낸다. 그의 손이 움찔했지만 아랑곳하지 않고 그의 손을 내 얼굴에 올려두었다.

"이렇게 하면 되겠다, 그렇죠?"

우리는 서로의 눈을 가려준 형국이었다. 조금 우스운 몰골에 작게 웃음이 새어 나간다.

"나는 아무것도 듣지 못한 걸로 할게요."

이미 모든 걸 듣고 말한 것이나 다름없으나 그럼에도 당신을 위해 이렇게 말한다.

"당신은 울지 않았고, 나도 보지 않았어요."

당신이 토해내고 알고 싶지 않아 하던 진실들. 이것은 이 남자의 절절한 사랑에 대한 배려였다.

"그러니 말해 봐요. 돌아간다면, 어찌하고 싶나요?"

나는 듣지 않은 때로 돌아간다면요. 하고 덧붙였다.

이 세계는 체이서가 회귀한 세계다. '이아나'는 텅 빈 몸뿐이었고 몸만이 살아 움직였다고 했다. 돌아온 시점이 언제인지는 알 수 없다. '이아나'가 르나그와 처음 만난 뒤가 아닐까? 조심스럽게 추측해볼 뿐이다.

그러니.

"바라는 대로 해줄게요."

당신의 사랑을 가벼이 여겨서는 안 될 것이다. 죽은 이를 줄곧 홀로 사랑해온 남자가 더는 괴롭지 않길 바랐다. 안타까웠다. 그저 무심히 끝낼 수도 있던 것이나 지금까지 아무런 계산 없이 잘해준 그에게 주고 싶었다.

포기하든 일깨워주든. 그가 스스로 만든 착각에 잠기든.

선택할 수 있게.

작은 바람 소리가 들렸다. 나 또한 눈이 가려져 알 수는 없지만 그가 웃은 것 같았다.

"이아나 양은 참으로 잔인하신 분이시군요."

그가 '과거의 당신과 현재의 당신을 택하라니.' 하고 나직하게 중얼거렸다.

"다신 볼 수 없는 사람과 눈앞에 있는 당신."

실제로 그리 말한 건 아니었지만 반문하지 않고 그의 답을 기다렸다.

"시작은 오래되었습니다. 아주 오래. 그럼에도 눈앞에 집중하고 싶다 하면요."

눈을 뜨면 손 틈으로 희미하게 비치는 빛이 보였다. 넓은 손가락 사이로 툭 잘린 그의 얼굴이 보인다.

"지금 내 눈에 보이는 사람이 스스로 다른 사람이라 주장하는 당신이라면."

긴 눈물이 날카롭고 섬세한 턱선 끝에 맺혔다. 어쩜 눈물마저도 본인을 닮은 것인지. 차마 떨어지지도 못한 물방울이 애처롭게 흘러 목울대까지 흘러내린다.

"이 마음이 지워지지 않으면 어찌합니까?"

그는 잠시 손을 떼어냈다.

커다란 손이 조심스럽게 내 얼굴을 더듬어 다시 내 눈을 가렸다. 나를 불편하게 했다 생각했던 모양이다. 나는 가만히 그가 내 눈을 가리도록 두었다.

누군가가 그러길 인간의 눈동자는 진실의 창이라 했다. 그건 거짓을 담을 때의 제스처 등을 말한 것이었던 거겠지만.

다른 의미에서 눈은 그 사람을 대변하는 것이 아닐까. 같은 몸이라도 사람이 달라지면 눈빛이 다르다. 나는 눈을 피하지 않는 버릇이 있었고, 그는 오래전부터 눈치챘을지도 모른다.

그러니 결국.

"캄브라캄에서 유일하게 나를 웃게 하던 당신은 언제나 마른 땅 같은 내 삶의 단비 같은 존재였습니다."

나는 그의 눈물을 가려주었고.

"더는 이전의 당신이 없다고 해도."

그는 내 눈에서 흘러나오는 진실을 외면한 것이 아닐까.

"해바라기가 태양을 향해 자라나듯. 그저 지금 이대로 당신을 사랑하고 싶습니다."

참 손이 따뜻한 남자였다. 그렇기에 내 손도 따뜻했으면 좋겠다 생각했다.

"말씀드렸듯 다시, 다시 사랑에 빠지는 것은 어렵지 않았기에."

말과 다르게 떨리는 목소리는 나를 달리 보는 건 결코 쉽지 않았음을 알려주는 것 같았다.

"……당신을 사랑하고 싶습니다. 이젠, 당신이 없으면 죽을 것 같아요."

그가 끝내 최후의 한마디를 토해냈다.

"현재의 당신을…… 사랑하고 싶습니다."

'이아나'는 과연 알고 있었을까. 자신이 사라졌다는 소리에 세상이 사라진 듯 구슬피 우는 사람이 있다는 것을. 그리고 새로운 사랑에 이다지도 슬피 우는 남자는 섧고 사랑스러웠다. 무심한 나조차 마음이 아주 아프도록.

"사랑을 감히 청하지는 않겠습니다."

이 순간 체이서의 말이 머리를 스쳤다. 긴긴 시간 동안 선택받은 적이 없다던 노란 장미.

"사랑해도 되겠습니까?"

단 한 차례의 과오로 배신자란 꼬리를 붙이게 된 이들은 오랫동안 어떤 생각을 했을까.

"내가 이전의 '이아나'가 아니라도 말인가요?"

"……"

그는 대답이 없었다. 눈물을 떨어트릴 뿐이었다. 그는 알고 있을 것이다. 그가 처음 사랑했던 이는 다시는 세상에 돌아오지 못한다는 것을. 나는 그가 어떤 마음인지 알지 못했다.

"예. 당신이 눈앞에 있는 것만으로도 숨을 쉴 수 있으니까요."

만약 지금의 나를 사랑하더라도 그는 마찬가지로 보답받을 수 없을 것이다.

그리고 이것이 그저 현재의 나를 사랑하고 싶다는 착각이라고 한다면.

"르나그."

그에게서 나온 간절한 바람이었다.

"사랑하는 것을 허락해주십시오."

이 사랑이 혼란 속에 피어난 착각이었다 해도 기꺼이 가려주기로 했다. 어쩌면 세상에 더는 없는 사람을 사랑하고 있을지도, 혹은 긴 짝사랑의 종말 끝에 또 한 번 외사랑을 시작한 걸지도 모를 남자에게.

"나를 사랑해도 좋아요."

가장 슬픈 허락을 내렸다.

그 순간 눈에서 그의 손이 떨어졌다.

"예."

그리고 그곳에는 처음 보는 얼굴로 웃는 남자가 있었다.

더는 안경도 가면처럼 쓰고 있던 예의도 온데간데없는 부드러운 웃음이.

"이아나."

나는 깨달았다. 지금까지의 생각이 잘못되었다는 것을.

"사랑합니다. 지금까지처럼요. 아니, 어쩌면 더욱더."

그가 사랑하는 건 오롯이 나였다. 나를 똑바로 바라보며 사랑을 말하고 있다.

"저는."

그가 조심스럽게 내 손을 잡아 손등에 입을 맞추었다.

"늘 한 걸음 뒤에 있겠습니다."

내가 없으면 곧 죽을 것같이 굴면서. 곁에만 있게 해달라는 모습을 한 채.

"허락만 해주신다면."

"……그래요."

이리 말하고는 아주 잠깐 생각했다. 사랑을 받지 못한 장미는 미쳐버리고 만다는 체이서의 말을.

아울러 조금씩 이 기형적인 관계를 이해하고 받아들이는 내가 있었다.

"이아나!"

리케도르안을 다시 만나게 된 건 이로부터 무려 이틀이 지난 뒤였다.

르나그는 내게 고백한 다음 날 아무것도 없었던 얼굴로 헤르님 저택으로 이동했고, 그의 예상은 정확하게 맞아떨어졌다. 아무도 없는 헤르님 성이 우릴 반긴 것이다. 리케도르안은 발테이즈 저택으로 떠나고 없다고, 말을 돌려 돌아오는데 꼬박 하루가 걸려, 이틀이 지나고서야 그를 다시 보게 되었다.

나는 박살이 난 문과 리케도르안을 번갈아 보았다. 문은 무슨 죄일까, 생각하다가 작게 웃음을 터트렸다.

"리케도르안."

내 작은 부름 한 번에 꽃망울이 터지듯 환하게 피어나는 울음과 웃음이 있었다. 커다란 짐승처럼 달려온 그는 내 앞에서 멈칫하더니 머뭇거렸다.

"뭘 망설여요?"

"안아도 될까 해서요."

나는 소리 내어 웃다가 이내 팔을 벌렸다.

"그럼 이렇게 해주면 돼요? 읍!"

하마터면 혀를 깨물 뻔했다. 그도 그럴 것이 허락이 떨어지기 무섭게 발이 붕 허공으로 떠오른 것이다. 그는 내 허벅지를 안은 채로 나를 올려다보았다.

"놀랐잖아요."

"아……. 미안해요."

리케도르안이 시무룩하게 시선을 늘어트렸다가 얼른 들었다.

"너무 반가워서."

그제야 그의 손에 무언가 들려 있음을 알았다. 그건 황제의 티아라였다. 그가 내 머리 위에 이것을 씌우며 청아하게 웃었다. 반짝반짝한 햇살을 반사하면서.

"이아나, 당신을 본 순간 해가 다시 뜬 것처럼 행복해졌어요."

나라도 당황하지 않을 수 없었다. 언제부터 이렇게 예쁜 말만 골라 했더라. 이 남자가? 매번 왕왕 짖던 남자가 말이지.

아무래도 아직도 어린 그의 잔상에서 완전히 벗어나지 못한 걸까. 나는 미소와 함께 자연스레 그의 뺨을 만져주었다.

그러나 그것도 잠시 그가 성큼 걷자, 놀란 나는 리케도르안의 목을 얼른 끌어안았다. 리케도르안은 그대로 성큼성큼 걸어 나를 책상 위에 내려놓았다.

"리케도르안?"

그러고는 반문할 틈도 없이 입술로 입술이 파고들었다. 나는 놀라 눈을 깜빡이다 말고 그의 옷자락을 쥐었다. 그러자 기다렸다는 듯이 허리로 손이 파고들었다. 나는 황급히 한 손을 등 뒤로 짚었다. 이대로 눕지 않기 위해서 버티는 동안 그는 틈을 놓치지 않고 리본을 풀어 내렸다.

아니, 잠깐만 시작부터 너무 격렬한데…….

리케도르안이 잠시 입술을 떼어내며 느릿하게 혀로 입술을 쓸었다. 붉은 입술과 선홍빛 혀가 야릇하게 보였다.

"언제든, 해도 좋다고 했잖아요?"

……목적어 빼먹는 건 여전하구나. 나는 맛이 가기 직전의 그를 보다 난감하게 눈을 굴렸다. 일단 싫은 건 아닌데……. 문제는 이 방에 그와 나만 있던 건 아니었다는 거다.

"어머나, 별꼴이다."

낯익은 목소리가 들렸다.

"그렇지, 칼리스토?"

리케도르안 어깨너머로 팔짱을 끼고 어처구니없게 그를 노려보는 프란시아가 있었으니까.

"죽여버릴까?"

캬앙! 캬웅!

"너도 별꼴이라 생각한다고? 좋네."

프란시아가 삐죽 입술을 끌어올렸다.

"가라, 몸통 박치기."

그녀가 저 변태 대공님을 박아버려. 하고 중얼거리고. 나는 마찬가지로 심상치 않은 한 사람, 르나그의 반응을 보며 얼굴을 쓸어내렸다. 그도 그럴 것이 르나그의 손에는 어느새 아줄르가 꽤나 거대한 크기로 모습을 드러내고 있었으니까.

나는 리케도르안의 입술을 손으로 막으며 낮게 한숨을 내쉬었다.

난장판이네.

소란스러운 응접실이 정리된 것은 그로부터 한참 뒤의 일이었다. 의도치 않게 장미 배 수호신 대전을 볼 뻔한 나로서는 한 것도 없이 지치는 기분이었다.

이동 마법에는 이동 피로가 분명 없는 것으로 아는데, 그러니 이 피로는 눈앞에 보이는 풍경 때문이다.

-냥. 왜 그러냐, 인간?

나는 고개를 돌리고 지그시 옆을 응시했다.

'너 때문이잖아.'

주먹으로 콩, 아프지 않게 푸딩이의 머리를 때렸다.

-냥, 이 몸이 뭘 했다고?

뭘 했기는. 조금 전에 날 두고 벌어진 싸움엔 빠질 수 없다며 제일 먼저 뛰어드는 것이 이 3살 수호신이었다. 아니, 수호신과 장미가 어찌나 닮았던지 먼저 도발하고 선빵 치는 것까지 닮았더라고. 덕분에 개판 오 분 전이었던 상황을 정리한 것이 내 한마디였다.

〈다들 여기서 싸우세요, 전 방에 갈게요.〉

그냥 무심히 보다가 툭 던진 작은 말에 다들 조용해지더라?

그리고 지금 이 상황이었다.

"일단 다들 보다시피. 황제의 티아라는 무사히 가져왔어요."

상황이 상황이었다 보니 황제의 티아라는 아직도 내 머리 위에 얹혀 있었다. 내가 벗으려 하자 프란시아가 벌떡 일어났다.

"앗 언니, 벗지 마! 잘 어울린단 말이야. 완전 언니 거!"

프란시아가 콧김을 내뿜을 기세로 크게 말했다.

"어울리고 말고를 떠나서…… 이건 반납할 건데."

"반납하기 전까지 쓰고 있으면 안 돼?"

"어?"

"그러면 되겠다!"

프란시아는 자신이 말하고서 박수를 짝 쳤다. 그러고는 성큼 걸어와서 삐뚤어진 왕관을 바로잡아 주기까지 했다.

"잘 어울려."

"아니……. 고마워."

이게 그렇게 초롱초롱한 눈으로 말할 일인가. 그리 생각하면서도 고개를 끄덕였다.

"다들 그렇게 생각하죠?"

그러다 고개를 돌리다 말고 르나그와 눈이 마주쳤는데 그 또한 진지한 낯으로 입술을 열지 않겠나.

"잘 어울리십니다."

"아, 고……마워요?"

그러더니 내 인사를 듣고 수줍게 고개를 돌리는 것이 아닌가. 이게 무슨 상황인가 싶었다. 일단은 이야기를 계속해보자 싶어 말을 이었다.

"그래서 이걸 얼른 황제 폐하께 전달하고, 원했던 목표를 달성하도록 해요."

우리가 바란 바는 캄브라캄으로 들어가는 것. 이를 위한 황제의 요청을 무사히 수행해냈다.

"황실로 바로 달려가야겠죠?"

"그럴 필요는 없을 거예요, 이아나."

잠자코 있던 리케도르안이 말했다.

"대화라면 당장 나눌 수도 있을 테니까."

"어떻게요?"

그의 말인즉 이러했다. 황실 측에서 언제든 소통할 수 있게 마법 도구를 건네주었다는 것이다. 통신 마법이 걸린 구슬은 언제든 원할 때 황제와 대화할 수 있다고. 무려 제국의 주인과 말이다.

'그러고 보니 대공이었지.'

새삼스럽게 리케도르안의 직위가 실감 나는 기분이었다. 일단 오늘은 시간이 늦어 내일 오전에 바로 황실에 연락을 취하기로 했다.

황제 폐하께서는 보기보다 일찍 주무시는 모양이었다.

하기야 리케도르안이 헤르님 성으로 돌아온 시간이 늦은 밤이긴 했다. 여기서 발테이즈 후작령까진 평범한 속도로 나흘에서 일주일이 걸리니 얼마나 숨 가쁘게 달려왔느냐는 증거도 되겠지만. 그렇게 앞으로의 계획 등 이야기가 하나씩 마무리되어갈 즈음이었다.

문득 생각난 것이 있었다.

"그러고 보니 르나그. 물어볼 것이 하나 있는데요."

눈앞의 지도를 정리하던 르나그가 고개를 들었다. 그는 조금 전까지 막 캄브라캄으로 가는 최단 거리를 설명했던 참이었다.

"무엇입니까? 무엇이든 물어주십시오."

"아, 다름이 아니라요. 혹시 도퓰릿의 흑마법사에게 편지를 하나 받으신 적 있으세요?"

난 이리 말하고는 한마디를 더 덧붙였다.

"이름은 마쉬멜이에요."

그러자 르나그가 움찔했다. 짐작 가는 바가 있는 낯이었다.

〈아가씨. 내가 보낸 편지를 받지 못해써?〉

마쉬멜은 분명 내게 편지를 보냈다. 듣자 하니 르나그가 내게 전달하지 못했던 모양이지만.

〈이런. 발테이즈 휴작에게 부탁했는데. 씹었군.〉

이해 못 할 일도 아니다. 르나그는 오직 나만 생각한 내 편이었고, 마쉬멜은 최측근이었으니 자연히 경계당했을 것이다. 나와 마쉬멜의 관계는 잘 몰랐겠지.

"죄송합니다. 가로채려던 것은 아니었습니다."

르나그가 당황한 얼굴로 말했다. 별도의 검증을 거쳐 안전성을 확인한 뒤에 건네려 했다며.

"다만 이아나 양의 얼굴을 본 순간 반가운 마음에 모두 잊은 탓에⋯⋯."

"아니에요. 탓하려던 것은 아니었어요."

다행히 르나그는 짐 속에 편지를 가지고 있었고, 나는 곧 이것을 받아볼 수 있었다. 자연히 회의는 파하는 대신 좀 더 이어졌고, 나는 장미들이 보는 앞에서 편지를 열었다.

「살다 살다 내가 아가씨에게 편지를 쓸 일이 오다니. 이거, 원. 말 세로군. 말세야.」

인사말을 대신한 투덜거림에 나는 작게 웃음을 터뜨렸다. 삐뚤삐 뚤한 어린애 글씨와 다르게 다분히 어른스러운 말투의 불균형이 그 저 우습기만 했다.

그러나 곧 내 입술에서 웃음이 차차 사라졌다.

"이아나?"

"언니."

이를 이상하게 여긴 것인지 리케도르안과 프란시아의 부름이 들 렸다. 하지만 나는 편지에서 눈을 떼어낼 수 없었다.

손이 살짝 떨렸다.

편지의 내용을 요약하자면……. 이러했다.

「이전에 푸른 장미의 능력에 대해서 물은 적 있지? 아가씨, 말해 두는데. 푸른 장미에 관한 기록은 제국 어디에도 없어.

단 한 곳, 도뮬릿을 제외하고는.」

분명 황제는 황제의 티아라를 가져오면 캄브라캄에 갈 수 있게 허락하는 것은 물론, 푸른 장미에 관한 정보를 열람할 수 있게 해주 겠다고 했다.

그런데 이건 황실의 말과 다르지 않은가?

아니. 이를 떠나서……. 편지엔 연이어 충격적인 이야기가 담겨 있었다.

「아가씨, 아가씨가 그 몸에서 눈을 뜨기 전까지. 그 몸을 살아 움 직이게 한 흑마법을 어떻게 고정시켰으리라 생각해?」

나는 마법을 잘 모른다.

그러니 마법에 대한 것은 잘 모를지라도 글은 아니까 이 편지는 제대로 읽을 수 있다.

「흑장미의 능력이야.

아가씨의 몸에는 흑장미의 세뇌가 남아 있어. 흑마법을 고정하려고 했던.」

체이서의 힘은 세뇌다. 그것은 무의식중에 사람을 조종하는 힘 아니던가.

「자꾸만 도퓰릿으로 돌아가고 싶단 생각이 들지 않았어? 그랬다면 여전히 아가씨 몸에 남아있는 거야.」

나도 모르게 편지를 꽉 쥐었다.

「아가씨, 만약 이것을 없애고 싶다면. 그리고 푸른 장미의 힘을 제대로 쓰고 싶다면. 아가씨가 해야 할 일은 한 가지야.」

편지는 한 가지를 알려주고 있었다.

「푸른 장미의 수호신을 찾아.」

나는 편지를 내렸다.
어쩐지 순순하게 보내주던 모습이 조금은 이상하다 싶더라더니. 체이서의 마지막 얼굴을 떠올리던 나는 허탈한 웃음을 토해냈다.
물론 그것이 진심이 아니었던 건 아니겠지만. 그는 평생을 악당으로 살아온 남자답게 마지막까지 최후의 보루를 만들어두었다.

푸른 장미의 수호신.

⟨푸른 장미의 수호신이 궁금하지 않니?⟩

체이서가 보내온 편지에 쓰여있던 말들.

⟨네게 돌려줄 날만 기다리고 있어.⟩

그의 편지에 있던 말들이 눈앞에 놓인 마쉬멜의 편지와 겹쳐진다.

「친애하는 제자이자 내 죄악에게. 이것이 아가씨에게 보이는 내 마지막 친절이야.」

나와 함께 수년을 보낸 조그만 흑마법사님. 나의 스승이자 친우가 마지막 호의를 남기고 있었다.

「잘 기억해둬. 장미와 수호신은 아주 긴밀하게 연결되어 있어. 아가씨는 느꼈을 거야. 아직 깨닫지 못했을 뿐.」

여기까지 읽었을 때 내 손에서 편지가 뚝 떨어졌다. 모두가 놀란 낯으로 보는 것 같았지만 되돌아볼 겨를이 없었다.

"이아나!"

나는 황급히 테라스의 문을 열고 난간을 붙잡았다. 그리고 떨어지기라도 할 것처럼 상체를 길게 내밀었다.

이윽고.

희미한 소리가 들렸다. 왜, 그동안 듣지 못했나?

내 어깨가 파르르 떨렸다.

'너구나.'

희미한 소리라 생각한 것의 소리가 변했다. 흡사 목소리 같은 것이 노래를 부르고 있었다. 점점 커지는 소리가 이제야 닿아서 행복하다는 듯이 더욱 커졌다.

아주 기분이 좋다는 듯이.

이 음성은 물속에서 울리듯 거대하고 웅장했으며 감미로웠고…… 아주 따뜻했다. 테라스를 쥐고 있던 내 손이 하얗게 질렸다. 나는 본능적으로 알 수 있었다. 지금 들려오는 이 소리가 바로, 수호신의 음성이라는 것을.

끝으로 체이서가 했던 말이 스쳐 지나간다.

〈기억해. 칸탈라의 대성당이야, 이아나.〉

체이서가 말한 일자를 떠올린 나는 허탈하게 웃었다. 그도 그럴 것이……. 며칠 남지 않은 시점이었다.

고개를 숙여 웃다말고 천천히 고개를 들었다. 뒤로는 어느새 내 허리를 꽉 잡은 손이 있었다. 등을 돌리면 나를 걱정 어린 눈으로 보는 리케도르안이 있었다. 나를 보며 유려하게 떨어진 속눈썹이 둥근 곡선을 그리고 있었다. 그는 마치 울 것 같은 낯이었다.

"괜찮아요."

나는 그의 손을 잡고 토닥였다. 왜인지 지금 생각하는 것을 잊고 이렇게 말해야 할 것 같았다. 나는 잠시 침묵했다가 한마디를 덧붙였다.

"머릿속이 시원해졌으니까."

진심이었다. 내겐 안개 속을 걷는 듯 두루뭉술한 것보다는 차라리 계략일지언정 불편한 가시밭길임이 한눈에 보이는 편이 나았다. 해결 수단을 강구할 수 있을 테니까.

'생각할 것이 많겠네.'

시간이 별로 없지만 말이다.

"이아나, 지금 당신의 얼굴을 알고 있어요?"

"어떤 얼굴인데요?"

"…처음 이곳에 왔을 때, 내게 왜 족쇄는 채우지 않느냐고, 물을 때의 얼굴이에요."

나도 모르게 내 뺨을 만졌다. 내가 어떤 표정이었지? 그가 말하는 것이 어떤 얼굴인지 알지 못했다. 하지만 리케도르안이 이런 표정을 할 만큼 서글프게 만든 건 알겠다.

"잘은 모르지만 아무렇지 않게 느낄 일이 아닌 거죠?"

"그건 그렇죠."

그저 내 수호신이 나만큼, 아니. 아주 오랜 시간 동안 갇혀 있었다는 것이 안타까웠을 뿐이다.

"그렇다고 리케도르안 당신이 그런 얼굴을 하게 할 일은 아니에요."

"……."

"음, 아닌가."

나는 그의 머리를 잡아, 내 어깨로 내려오게 했다. 그러고는 살짝 토닥였다. 새삼스럽게 도뮬릿을 벗어났구나, 하는 생각을 다시 했다. 그리고 짧은 시간이었지만 편안히 머물렀던 발테이즈 후작저도 아니라는 생각 또한. 그만큼 울 것 같은 얼굴을 한 남자의 존재감은 컸다.

리케도르안의 어깨너머로 프란시아가 보였다. 그녀는 리케도르안을 지그시 노려보다가 입을 삐죽이고는 날 보며 손가락을 들어 올렸다.

그러고는 자신의 입술을 잡아 쭉 늘였다가 잘라내는 시늉을 하고는 이어서 제 목에 손을 가져다 대고 쭉 그었다. 마치 변태는 처단해버려! 하는 듯한 음성이 들리는 것 같아, 나는 작게 미소를 터트렸다.

나는 잠시 시선을 내리깔았다가 이어 프란시아와 눈을 마주쳤다. 내 입술이 소리가 들리지 않게 그녀를 불렀다. 그녀에게 입 모양으로 작게 중얼거리자 그녀가 끄덕였다.

'언니 부탁이라 들어주는 거지만.'

입 모양으로 대꾸하면서.

'질투나.'

그러고는 그녀는 르나그를 붙잡아 방을 나섰다. 문이 닫히고 방 안엔 나와 리케도르안 둘밖에 남지 않았다. 나는 르나그가 나가기 직전 나를 한번 보았지만 아무런 말을 하지 않고 나갔음을 알았다. 내가 무엇을 하든 따르겠다는 얼굴이었으니.

쓴웃음이 흘러나왔다.

고요한 방 안, 아니. 테라스로 쌀쌀한 바람이 불었다. 그러나 추위 는 크게 느낄 수 없었다. 커다란 체구가 나를 감싸다시피 하고 있었 으니까. 손을 뻗어 그의 머리칼 위에 올려두었다.

부드러이 흩날리던 은빛 머리칼이 손가락에 휘감겼다. 이 밤과 달빛에 잘 어울리는 은은한 청색으로 물든 채로.

"리케도르안. 상황에 맞지 않지만 할 얘기가 있어요."

나는 너무나 커서 내 어깨에 기대려면 한참을 숙여야 하는 남자 에게 말했다. 그러자 심상치 않은 말이란 걸 눈치채기라도 하듯 내 허리에 감긴 팔에 힘이 들어갔다. 그는 나를 보지 않은 채로 내 어깨 에 얼굴을 더욱 묻었다. 마치 커다란 짐승이 어리광을 부리는 것 같 았다.

"……나를 버린다는 말이면 싫어요."

그가 애원하듯 중얼거렸다. 파묻힌 음성은 뭉개졌지만 알아듣는 건 어렵지 않았다. 나는 웃으며 고개를 저었다. 기민한 남자구나 싶 었다.

"아니요. 그 반대인데."

가지런히 정돈된 가마를 보다가 천천히 고개를 돌렸다.

"이젠 대답을 돌려줄 때가 된 것 같아서요."

생각해보면 리케도르안은 육감마저 짐승처럼 발달한 남자였다. 언제나 내가 결정적인 말을 하려 할 때면 본능적으로 눈치채고 표정부터 달라졌다.

캄브라캄에서 이별을 말할 때라거나 다시 만날 수 없을 약속을 할 때라거나. 그가 움찔하더니 내 어깨에서 얼굴을 떼어냈다.

"당신에게 고백에 대한 대답을 돌려줄 차례 말이에요."

쭉 생각해왔다. 여전히 푸른 장미와 장미들의 관계는 이해할 수 없는 것투성이였다. 내가 이 세계에 와서 이뤄낸 것과 '이아나'가 피워낸 것들 그 사이에서 손을 휘적거리며 유영하고 있는 것만 같았다.

꽃들.

사람을 꽃으로 만든 세계. 질식할 만큼 아름다운 향기를 품은 이들은 각기가 형언할 수 없는 상처를 품고 있었다. 여기 눈앞에 모든 어린 시절을 차가운 캄브라캄 지하에 빼앗긴 남자처럼.

리케도르안은 잔뜩 얼어붙고 긴장한 채로 나를 바라보고 있었다. 내가 무슨 말을 해도 절대 떨어지지 않겠다는 듯이 나를 붙잡은 손은 떨어질 줄 몰랐다. 리케도르안이 입술을 깨물었다.

"……울어야 해요?"

"글쎄요."

나는 가벼운 미소를 터트리며, 손을 그의 입술로 가져갔다.

"입술, 깨물지 말아."

"……."

"아프잖아."

그의 눈이 순간 흔들렸다. 푸르른 눈으로 물기가 일렁거린 것도 같았다. 달빛이 은은하게 쏟아지는 아래, 여전히 아주 머나먼 곳에서 나의 수호신이 행복한 노래를 들려주고 있었다.

나는 미소하며 천천히 입을 열었다. 이내 활짝 웃으면서.

"사랑해요."

그의 눈이 찢어질 것처럼 커졌다. 그리고 나는 그의 눈을 보며 또 박또박 다시 말하지 않을 수가 없었다.

"그리고 당신에게 사과해야 할 것 같아요."

타인과 스스로에게 무심하다는 것은 결국은 나에 대해서도 잘 모른 채로 살아왔다는 것을 의미한다. 체이서는 푸른 장미는 사랑을 할 수 없다고 거짓을 말했지만, 나도 '이아나'도 사랑을 했다.

여기 있는 색색의 장미들, 장미의 이름을 가진 사람들처럼.

"당신이 좋아요. 이제 당신을 향해 느낀 이 감정이 무엇인지 알 것 같아."

나는 가슴을 꾹 누르며 중얼거렸다. 그러고는 하지만, 하고 속삭였다. 사랑이 사랑이란 것을 깨닫게 된 이 시점에 한 가지를 더 알게 되었다.

"리케도르안, 당신이 말한 사랑이 다른 이를 제외하는 배타적인 사랑이라면."

"……."

"나는 아마 다른 장미를 버리지 못할 거예요."

수호신의 존재를 아는 순간 불현듯 찾아온 깨달음이었다.

나는 프란시아와 르나그를 버리지 못할 거야.

"당신에게 오롯하게 모든 마음을 쏟지 못할지도 몰라요."

버린다는 것은 몸과 마음에서 떼어놓는다는 것을 의미했다. 그렇다면 나는 리케도르안에게만 집중할 수 없을 것이 분명했다. 마음 한구석을 간지럽히고 따뜻하게 채우는 이것이 사랑이란 걸 알았다.

하나 나는 르나그에게 사랑을 허락했다. 오히려 체이서의 엇나간 감정과 르나그의 우직한 감정을 보며, 이들의 사랑을 보며 깨우친 깨달음이었기에. 내가 꽃피운 것을 외면할 수는 없었다.

"그러니까."

나는 리케도르안이 내게 보이는 맹목적인 감정을 안다. 내 모습은 그를 괴롭게 할지도 모른다.

"나는 당신이."

"상관없어요."

리케도르안이 내 말을 단호하게 자르고 들어왔다.

"나는 단 한 가지가 중요해요."

"리케도르안."

"나를 사랑해?"

"……."

444

그의 눈을 마주했다.

"맞아."

그도 나도 알고 있다. 돌려 말하는 건 좋아하는 스타일이 아니었다.

"널 사랑해."

"나만?"

"……너만."

심장이 미약하게 쿵쿵 뛰기 시작했다. 이 사실을 아는지 모르는지 리케도르안은 내 입술에 도장을 찍듯 입술을 꾹 눌렀다.

"한 번 더."

내가 놀라 눈을 깜빡이는 것도 아랑곳하지 않고 다시 한번 눌렀다.

"한 번 더, 응?"

나른하게 가라앉은 눈은 어찌할 줄 모르는 열기로 가득 차 있었다.

"……싫어."

"하아, 이아나."

"……또 하면 닮을 것 같으니까. 당신이 되새기는 게 좋겠어요."

좋아하면 닮는다는 말이 있던데. 나는 리케도르안이 늘상 하던 손등으로 입술을 가리는 행동을 따라 하며 슬쩍 얼굴을 돌렸다.

그러나 리케도르안은 이런 나를 놓아줄 생각이 없었다는 듯 내 얼굴을 따라 얼굴을 움직였다. 피해도 푸른 눈동자가 쫓아왔다.

"이아나."

"부르지 말아요."

강렬한 떨림은 아니었다. 그러나 심장에서부터 흘러나오는 떨림은 무심한 흑백과 같던 세상을 색채로 물들이는 것임에 틀림없었다.

슬그머니 눈을 돌리면 형언할 수 없는 표정을 담은 남자의 얼굴이 있었다. 이를 채 한눈에 담기도 전에 그의 입술이 나를 덮었다. 여전히 서툴면서도 날것에 가까운 키스였다. 나는 서서히 눈을 감았다. 조급한 손이 내 가슴 위의 리본을 잡아당겼다. 오늘은 리본을 푼다고 내려가는 옷은 아니었지만······.

나는 푸스스 웃음 지었다.

"뭐예요. 그때 못했던 2차전?"

살짝 입술이 떨어졌을 때 하아, 숨을 몰아쉬며 말했더니, 그의 눈동자가 따라붙었다. 어느새 리케도르안의 손에는 완전히 풀려난 리본, 아니 이제는 끈이 나풀나풀 흩날리고 있었다.

"고백하자마자 이런 반응이라니. 사실은 내 몸이 목적이었어요?"

웃음기 어린 내 농에도 리케도르안은 웃는 대신 눈을 천천히 내리깔았다. 청순하며 고결하기까지 한 얼굴이 고스란히 달빛 아래 드러났다. 새하얀 낯빛과 다르게 붉디붉은 입술이 천천히 열렸다.

"아니요."

가라앉은 눈동자는 그의 인격이 어느 쪽인지 가늠할 수 없게 했다. 그는 내 리본을 가져가 입을 맞추더니 떼어냈다.

그러고는 시선이 나를 향했다. 그의 손가락이 다시 내려가 목 앞에 위치했다.

"이렇게 하려고요."

그가 내 손을 잡아, 리본이 제 목을 두르게 했다. 묶기만 한다면 어여쁜 목장식이 될 것처럼 흰 목덜미 위로 붉은 끈은 몹시도 잘 어우러졌다.

그가 고개를 숙여 내 입술을 살짝 아프지 않게 깨물었다. 귀 끝과 목덜미를 붉게 물들인 채로. 입술을 떼어낸 그가 천천히 한쪽 무릎을 접었다.

"내가 당신을 가지는 것이 아니에요. 이아나."

낮지만 청명한 목소리가 귀를 가득 채웠다. 캄브라캄에서도 나는 이 목소리를 좋아했던 것 같다.

"당신이 날 가져주세요."

"……"

"날 묶어둔 채 언제든 당신이 나타나기만 한다면 기꺼이 꼬리치는 짐승이 될 터이니."

평생의 반을 갇혀 구속만큼은 누구보다 끔찍하게 여길 남자가 말했다.

"사랑은 내게만 허락해주세요."

기어이 묶어버린 끈의 끝을 내게 내밀며.

"그 말은 오직 나만을 위해 남겨둔다면."

그는 내 허벅지 뒤쪽을 잡아 제 쪽으로 당겨왔다. 치마가 들리며 하얀 발목이 드러난다.

"나는 기꺼이 당신의 장미 정원조차도 눈 감을 테니."

리케도르안은 이마저 달콤하다는 듯 한쪽 허벅지에 내 발을 올리곤 그대로 내 종아리를 잡아 들어 올려, 발목에 입술을 맞췄다.

"⋯⋯사랑해요."

그의 손이 종아리까지 올라간 치마 아래로 내려가 조금씩 파고들었다. 야릇한 손길에 나는 신음을 터트리지 않게끔 입술을 꾹 다물었다.

"말해주세요."

그의 눈매가 온순하게 접혔다. 귀와 목은 붉게 물들인 채로. 그러나 나는 이 순간 그가 세상에서 오직 내게만 얌전한 짐승이었음을 인정하지 않을 수 없었다.

"당신의 사랑은 내 거야."

밤이 내려앉은 이곳에 희고 푸르게 욕구로 물든 남자의 얼굴이 너무나도 선명하게 보였으니까.

"그렇죠?"

청초하지만 녹진하게 달라붙는 집착이 깃든 목소리였다. 하지만 이것이 싫지 않았다. 어떤 연유에서 나온 것인지 이제는 모르지 않기 때문이었다.

나는 그를 그저 물끄러미 바라봤다.

한참을 달싹였다. 목구멍으로 맴맴 맴도는 말을 쉬이 뱉지 못했다. 그리하여 내가 말을 다시 꺼낸 건 약간의 시간이 더 흐른 뒤였다. 그때까지도 리케도르안은 가만히 내 대꾸를 기다렸다. 마치 이 대로 망부석이라도 되어 영원히 기다릴 것처럼.

"……미련하네요, 당신."

이런 말이 먼저 나가고 말았다. 그의 말에 헛웃음이 나오고 말았으니까. 처음 볼 때부터 느낀 것이지만, 은은하고 깨끗한 은발과 순도 높은 푸르른 눈동자는 그를 귀족적이고, 성스럽게 만들었다. 이런 그는 결단코 지하와 밤, 어둠과는 어울리지 않았다.

그러나 나를 향해 볼을 붉혀 나른하게 웃는 남자는 누구보다 뒤로 뜬 달과 밤이 잘 어우러져 보였다. 언제부터 당신은 낮보다 밤에 어울리는 사람이 되었나.

가슴에 깃든 어둠이 그를 밤에 어우러지게 만든 걸까? 괜한 감상에 사로잡혔다.

"나는 사람에게 대체로 무심하고, 대부분의 일이야 어떻게 되든 상관없다는 주의지만."

나는 나지막하게 고백을 덧붙였다.

"이럴 때 그런 말을 하면 안 되는 건 알아요."

"상관없잖아요. 제가 괜찮다면."

하나 리케도르안은 수줍게 웃어 보였다. 그 말이 틀리진 않지만. 내가 못내 표정을 지우지 못하자, 그는 더욱 깊이 웃었다.

"이아나는 불편한가요? 내가 너무 쉽게 받아들여서?"

그가 손을 조금 더 올렸다. 거친 손끝과 내 허벅지가 마찰한다. 나는 이번에도 신음을 꾹 눌러 참았다. 그는 내 무릎에 입술을 가져다 댔다.

오히려 지금 내 모습이 기쁘고 반갑다는 듯이.

"더 불편해 해주세요."

"훗, 리……케도르안"

"그렇게 계속 내 생각을 해주세요."

나도 모르게 상체를 숙여 그의 머리를 잡았다. 그는 내 무릎에 입술을 가져다 댄 채로 바람 소리를 내며 웃었다. 분명 발갛게 물든 얼굴은 그인데, 여전히 어느 쪽 인격인지 구분할 수 없었다.

"이아나, 대답해주세요."

그가 답을 종용했다. 아니, 청에 가까웠다. 그러나 입술은 무릎에서 떨어질 줄 몰랐다.

"네?"

어느새 더욱 올라간 치마는 커튼 자락처럼 나풀나풀 올라가 그대로 흔들렸다. 그는 하얗게 드러난 허벅지를 조심스럽게 잡아 손끝으로 문질렀다.

"사랑은 내 것이죠?"

"웃……."

"내게만 사랑한다고 말해줄 거죠?"

"……그래요."

결국 나는 더운 숨을 내쉬며 고개를 끄덕였다. 그가 내 끄덕임을 보았는지는 알 수 없지만.

그의 눈은 한곳을 향해 고정되어 있었다.

'기어이 보고 마네.'

희게 드러난 허벅지 안쪽으로 붉게 새겨진 문신이 보였다. 활짝
피어난 장미 문신이었다. 자리가 자리다 보니 나도 씻을 때나 옷을
갈아입을 때 정도가 아니면 잘 보지 못하는 것이기도 했다.

그가 하는 양을 바라보다 보니 몸의 열이 더욱 오르는 기분이었
다. 그만큼 그는 내 문신에서 눈을 떼어내지 못했다.

이대로 두면 쭉 그저 바라보기만 할 것처럼.

"예쁘네요."

그가 눈을 반쯤 내리뜨며 중얼거렸다. 달뜬 숨이 함께였다.

"예뻐요."

거친 손끝이 문신의 정확한 위치를 찾아 쓰다듬었다. 살살 문지
르는 감촉에 나는 입술을 꾹 깨물었다. 이곳이 이렇게 예민한 곳인
줄, 처음 알았다. 샤워할 때 직접 만져보는 것과는 차원이 다른 감각
이었다.

"이아나, 참지 말아요."

리케도르안은 그런 나를 알아차렸다는 듯이 말했다.

"참지 말아 주세요, 네?"

"뭐를?"

그가 올려다보고 내가 내려다보는 형국이었다.

"무엇이든지요."

그의 뒷머리를 잡은 탓에 내 머리칼이 그의 머리 위로 장막을 두
르듯 흘러내린다. 그대로 바람에 흔들렸다. 달콤한 장미 향기가 코

끝을 스친다. 그는 내 머리칼 사이에서 해사하게 웃었다. 그러더니 고개를 내려 내 문신 위로 입을 맞추었다.

"허락해주신다면, 이대로…… 당신과 밤을 보내고 싶어요."

그가 입술을 묻은 채로 낮게 속삭였다. 농익은 음성에는 채 숨기지 못한 수줍음이 묻어나왔다. 이제는 붉은 장미를 새길 필요가 없었다. 이미 그의 문신이 아주 은밀한 곳에 자리 잡고 있었으니까. 가슴에도 자리 잡은 것처럼.

그럼에도 이리 묻는 것은……. 붉게 달아오른 이 얼굴에 일렁이는 욕망을 대변한 것이리라. 나는 그의 양 뺨을 잡고 그대로 들어 올렸다.

"정말……."

내 목소리가 작게 새어 나간다.

"요망하네. 당신."

배시시. 청초한 눈매가 휘어졌다. 하지만 웃으면서도 내 눈치를 보는 것이 느껴졌다.

"……싫어요?"

그렇기에 인격이 변한 것이 아닌, 이성이 있는 그쪽이란 것을 알았다. 나는 작게 웃었다.

"아니. 싫지 않은데. 당신은 언제나 곧게 던지는 것 하나밖에 모르는구나 싶어서요."

"나쁜 말도 나쁜 짓도 모르지 않지만요."

그럴 것이다. 황제 앞에서라거나 체이서와 있던 모습을 보니 어엿하다 못해 냉정하고 위엄 넘치는 대공이었으니까.

"당신이 이런 모습을 가장 좋아하고, 또 이런 모습만을 보이고 싶으니까요."

"어떤 모습?"

"솔직한 모습이요."

그가 내 손에 기댄 채로 눈을 감았다. 긴 속눈썹이 파르라니 떨렸다.

"……설사 거절당하더라도 다시 당신의 발밑에 울며 빌고 엎드릴지언정."

"……."

"당신을, 더는 아프게 하고 싶지 않은 내 바람이기도 해요."

그가 한 손으로 내 손목을 쥐었다가 놓았다. 날 쇠사슬처럼 옭매던 흑장미와는 다르지 않았느냐고 묻는 듯이. 나는 고개 숙여 미소했다. 그의 뺨을 쓸어내렸다.

"응. 그러네요."

"……."

"달라서 좋아한 게 아니라. 당신이라서 좋아한 거지만."

그러자 고개를 든 그는 금방이라도 울 것 같은 얼굴을 했다.

"참 눈물이 많아요."

"싫……."

"싫지 않아요. 내가 눈물이 없어서 그런가."

나는 엄지로 툭 굴러떨어지는 눈물을 닦아주었다.

"나 때문에 우는 얼굴 보기 좋다고 하면 이상해요? 변태인가."

결국 흘러나온 울음 때문에 붉게 흐려진 얼굴이 참 예쁘다고 하면 이상할까.

"우는 얼굴이 참 예쁘거든."

그러나 나는 솔직하게 말했다. 리케도르안이 자리에서 벌떡 일어나 나를 그대로 번쩍 들어 올렸다.

"리케도르안?"

나는 반문하면서도 순순히 그의 단단한 몸에 몸을 맡긴 채 그가 하는 양을 그대로 두었다. 그와 내가 있던 곳은 응접실이었지만 응접실 바로 옆에는 간이 침실이 있었다.

전형적인 귀족 저택 구조였다. 그는 푹신한 침대에 나를 내려놓고는 손을 쥐었다가 폈다. 막상 침대에 내려놓으니 긴장이라도 되는지 더는 손을 뻗지 못했다.

"……괜찮나요?"

허락을 구하듯 건네온 청아한 음성에 나는 웃음을 머금고는 그대로 돌아앉았다. 그리고 긴 머리칼을 한데 모아 한쪽 어깨로 늘어트리고는 그대로 고개만 반쯤 돌렸다.

"어쩌죠."

그가 숨을 참는 소리가 들렸다.

"나, 단추가 많은데."

나는 손을 들어 등 뒤의 단추를 쓸어내렸다.

"풀어줘."

이어서 파르르 떠는 손이 단추를 하나씩 풀어내렸다. 떨림이 등을 타고 고스란히 전해졌다. 리케도르안이 풀어내다 말고 멈칫했다.

"리케도르안?"

"이아나……."

그런 그가 이상해 불렀더니 놀란 음성이 돌아왔다. 돌아보려 했으나 그럴 수 없었다.

그가 내 어깨를 붙잡고 그대로 등에 입술을 가져다 댔기 때문이었다.

"당신 등에 장미 문양이 나타났어요."

"어떤 장미 문양이요?"

"푸른…… 장미요."

등에? 지금까지는 없던 것이었다. 있었다면 거울 등을 통해 한 번도 보지 못할 리 없을 테니까.

"내가 처음으로 보는 거예요?"

아마도 그럴 것이다. 내가 조용히 끄덕이자, 이내 허리로 단단한 팔이 파고들었다.

달뜬 목소리가 뒤를 이었다.

"너무 좋아요."

툭, 하는 소리와 함께 나머지 단추가 뜯어지는 소리가 들렸다.

그와 동시에 등이 반쯤 드러난 곳이 느껴졌다. 소름이 오싹 돋는 서늘한 바깥공기를 느끼며 나는 작게 미소했다.

"뭐해요. 마저 풀어줘요."

뚝. 무언가 끊기는 소리가 한 번 더 들렸다. 마지막으로 남은 단추가 바닥으로 떨어진다. 흘끗 뒤를 본 나는 리케도르안의 이성 또한 끊어졌음을 알았다.

낮게 가라앉은 눈이 내 등줄기를 낱낱이 훑고 있었다. 손끝으로 쓸어내리자 오싹한 소름이 오소소 돋았다.

"…예뻐요."

짧은 사이 쉬어버린 목소리는 더욱 분위기를 녹진하게 가라앉혔다. 배 속이 꽉 조여 오는 기분이었다.

"너무 예뻐서."

"웃, 리케."

"한입 삼켜버리고 싶을 만큼."

리케도르안이 선사하는 감각에 온몸을 예민하게 곤두세우면서도 그의 목소리에 집중했다. 혹시나 인격이 바뀐 것일까 봐. 그러지 않았으면 해서. 이성이 있는 당신이길 바랐다.

그리고 내 바람은 이루어졌는지 돌아섰을 때 그의 얼굴은 붉어져 어찌할 수 없는 표정이 떠올라 있었다. 내가 좋아하는 표정이다.

내 몸에서 벗겨낸 옷이 툭 바닥으로 떨어졌다. 리케도르안은 내가 다치지 않도록 조심스럽게 눕히더니, 차례차례 어깨, 가슴, 배꼽…… 순으로 입 맞추며 내려갔다. 나도 모르게 가슴에 놓인 손을 겹쳐 잡았다.

다리 사이에서 멈춰선 리케도르안이 촉, 붉은 장미 문신에 입을 맞추더니 그대로 파고들었다. 허벅지가 파르르 떨리다 못해 힘이 꽉 들어갔다. 숨이 막힐 법한데 그는 멈추지 않았다.

아득한 곳으로 툭 떨어지는 기분이 들었다. 머리를 뒤로 밀어내며 눈을 꽉 감았다. 새하얀 빛이 툭툭 터지며 불꽃이 터지는 것만 같았다.

발가락을 꽉 조이던 끝에 툭, 떨어졌다. 바람 빠진 고무 인형처럼 늘어진 채 숨을 몰아쉬면, 그제야 리케도르안이 얼굴을 떼어냈다. 달빛 아래 잔뜩 상기된 얼굴, 그의 눈으로 기대 어린 빛이 돌았다. 리케도르안은 입을 맞추려다 잠시 멈칫하고는 목으로 내려왔다. 그러고는 한참이나 얼굴을 묻었다.

"이아나…… 여기까지, 할까요?"

숨을 몰아쉬는 와중에 나는 멈칫했다.

"그게 무슨 소리예요?"

내가 아무리 처음이라지만 이게 에피타이저 수준이라는 건 잘 알고 있었다.

"……당신이, 힘들어 보여서."

"그럴 리가요. 참을 수 있어요?"

"……"

"오늘이 지나면 언제 또 올지 모를 날인……"

입술이 나를 덮쳤다. 나는 입을 겹친 채 배시시 웃고는 그대로 단단한 목 뒤로 손을 감았다.

그 뒤로는 나도 리케도르안도 욕망에 몸을 맡긴 시간이었다.

"……이아나, 힘을 빼요."

"흐, 빼, 뺐……."

"큽, 조금만 더……."

그는 땀을 뻘뻘 흘리는 나를 보며 어찌할 줄 몰라 했다. 우스운 건 이 어쩔 줄 모르는 얼굴과 하반신 아래가 정반대였단 거다.

"당신, 너무, 크……웃."

정염이 활활 타오르는 시간이었다. 나는 붉은 장미의 새빨간 환상을 본 것도 같았다. 그만큼 땀과 열로 범벅된 농염한 시간이었다.

어느 순간 리케도르안이 모든 것을 토하듯 긴 신음을 터트렸다. 그가 내 어깨를 아프지 않게 물고는 그대로 꽉 끌어안았다. 핏줄이 선 팔뚝이 보였다.

"하아……."

그가 긴 숨을 토해냈다. 마지막까지 무너지지 않은 자세에서 그의 배려를 느꼈다. 이대로 누워도 좋으련만 리케도르안은 위에서 나를 한참이나 바라봤다.

"……예뻐요."

"……네."

"예뻐요. 이아나."

"응……."

"정말, 예뻐서, 이대로 행복해도 될까 싶을 만큼요."

나는 이 순간 본 웃음을 평생 잊지 못하리라 생각했다. 그리고 감상은 딱 거기까지였다.

"한 번 더 해도 될까요?"

리케도르안이 배시시 웃으며 귀로 야릇하고도 기함할 소리를 하기 전까지는.

"……아이고."

생각해보면 이전 세계에서 나는 책을 참 좋아했던 것 같다. 뭐, 감수성을 자극하는 문학을 즐겨 읽었다면 좋았겠지만…… 내가 즐겨 읽었던 건 도색 서적이다.

그럴싸한 단어로 말해서 그렇지 야한 책, 꾸금 책, 빨간 책 말이다. 아무래도 연령 제한 있는 책을 읽다가 우연히 전연령이 읽는 책을 보게 되면 동화책을 잡은 기분을 느끼곤 했다.

각설하고 그런 곳에 나오는 아침의 짹짹짹, 하고 새 우는 소리가 정말 싫었는데 말이지…….

짹짹짹.

나는 새가 지지배배 지저귀는 오전의 풍경을 보며 얼굴을 쓸어내렸다.

'눈 깜빡할 사이에 아침이네…….'

나는 어찌저찌 상체를 일으켜 세우기는 했지만 이불을 둘둘 감은 채 일어설 줄 몰랐다. 그도 그럴 게 허리에서 느껴지는 뭉근한 고통, 온몸이 뻐근해서 움직이질 못하겠다.

'할 일이 많은데 말이지.'

나는 슬그머니 아래를 향했다. 조금 전까지 이곳엔 단단한 팔을 내게 휘감고 새근새근 잠든 남자가 있었다. 한데 지금은 왜 없느냐 하면……. 아침에 끙끙 숨을 흘리며 앓는 나를 보고 깜짝 놀라 일어 났다는 얘기다. 그러고는 헐레벌떡 달려나가서 데려온 사람이 바로, 프란시아였다.

"전쟁이라도 일어난 줄 알았네."

그녀는 불만이 가득한 표정이었다.

"자다 말고 대공새끼가 쳐들어와서 깜짝 놀랐어. 전쟁이라도 난 줄 알았네, 정말."

아무래도 늘어지게 늦잠을 자던 모양이었던지 색이 연한 곱슬머 리카락이 부스스하게 흐트러져 있었다. 심지어 옷차림도 바지 잠옷 위로 가운만 하나 걸친 모양새였다.

"그건 그렇고."

프란시아가 못마땅하다는 듯이 눈을 마구 찡그렸다. 이어서 이마 에 마저 주름을 지웠다. 화를 내기 직전의 상태였다.

"누가 이렇게 무식하게 해?"

나는 그저 미소하고 말았다. 나도 동의 못 하는 건 아니었던 지라. 가리기엔 이미 늦었다. 살짝 이불을 내리자 보이는 어깨가 온통 울 긋불긋 물들어 있었다. 더 내리자면 더욱 난리통일 터였다.

"언니, 죽여도 돼?"

"어?"

"개새끼네."

그녀답지 않은 험한……은 아닌가. 몇 년 전 도뮬릿에서도 그녀의 입은 이미 험한 바 있었다. 나는 뺨을 긁적였다.

"음, 진정해. 이건 어, 쌍방인데."

"누가 몰라? 그래도 그놈이 개새끼야."

"어……."

"명확히 말하면 다른 말도 아니잖아, 언니."

프란시아가 돌연 화사하게 웃었다.

"대공 각하는 짐승 같은 힘을 가지셨고, 그러니까 연약한 사람을 대할 땐 조심해야 한다, 그렇지? 보통 사람의 뼈는 버드나무 가지처럼 똑 부러트리는 사람이니까."

"……그렇지?"

예시가 살벌하긴 하지만 실제로 그러했다.

"짐승 같은 사람이 그 힘을 함부로 막 썼어. 그럼 그게 뭐다?"

"뭔데?"

"짐승 새끼지."

"……."

나는 입술을 감싸 쥐었다. 실상 프란시아가 말한 것처럼 리케도르안이 거칠지는 않았다. 오히려…….

〈이아나, 조금만…… 조금만 더 힘을 빼요……. 다, 흐, 다칠 것 같아서…….〉

침대 장식을 악력으로 부술지언정 나는 유리 세공하는 것처럼 몹시 조심스럽게 대한 남자였다. 그럼에도 아픈 건 아마……

'무식한 크기 때문인가.'

나는 손으로 원통 모양을 만들어보다 이내 포기했다.

재현이 어려울 것 같았다.

아무튼 간에 리케도르안이 헐레벌떡 프란시아를 데려온 건 치료를 위해서였다. 프란시아 본인도 이를 모르지 않는 듯했고, 오히려 이 사실에 더욱 날뛰었음은 물론이었다.

"자는데 깨워서 미안해."

"아니야. 언니가 사과할 일은 아니지!"

프란시아가 거세게 고개를 내저었다. 그러고는 활짝 화사하게 웃었다.

"그리고 언니는 언제나 예외야. 언제라도 부려먹어도 돼."

나는 리본을 묶다 말고 손을 들었다. 그녀의 머리칼을 쓰다듬으며 마주 웃었다.

"고마워."

프란시아의 능력은 실로 대단했다. 그녀의 흰빛이 나를 감싸자, 둔탁한 통증이 씻은 듯이 사라진 것이다.

이어서 프란시아는 보복이랍시고 리케도르안이 내 살갗에 남긴 모든 흔적을 지워버렸다. 어디 한번 분해 보라고 말이다. 나는 리케도르안이 이를 알게 된다면…… 다시 한번 새기지 않을까 생각했지만 그녀를 위해 밖으로 꺼내진 않았다.

옷을 꺼내 입고 리본까지 바로 묶고 나니 어제의 흔적도 없이 깔끔해졌다. 어제의 일은 흐트러진 침대보와 부서진 침대 장식으로만 남아있을 뿐. 나를 물끄러미 바라보던 프란시아가 손을 앞으로 모았다가 꼼지락 쥐었다가 폈다. 무언가 할 말이 많은 기색이었다.

"저 언니……."

"응?"

"있잖아. 솔직하게 물을게."

프란시아는 말이 잘 나오지 않는지 입술을 지그시 깨물었다가 놓았다.

"나랑 노란 장미는 이제 여기서 나가야 해?"

리케도르안이 그녀를 데려온 까닭에 이제 프란시아는 어제 있던 일을 모르지 않았다.

"푸른 장미가…… 하나를 선택하면. 다른 장미들은 따라야 하니까……."

그리고 이를 '선택'이라 여기는 듯했다. 나는 그녀를 천천히 바라보다가 입을 열었다.

"내가 나가 달라고 한다면 나갈 거야?"

"응."

"앞으로 나랑 평생 못 봐도?"

그러자 놀란 듯 나를 본 프란시아가 눈을 크게 깜빡였다. 동그란 눈에 눈물이 가득 차오르는 건 순식간이었다.

"그건 싫지만. 그래도……."

"그래도?"

"언니가 선택한 거니까."

그녀가 입술을 꾹 다물었다.

"따를 거야."

눈물을 머금고도 꿋꿋하게 참아내는 모습이 처음 프란시아를 만났던 때를 떠올리게 했다. 악에 차 있었으며 두려움과 공포로 가득 찬 눈동자는 눈물을 잔뜩 품고 있었지만 끝내 울지는 않았던 작고 처참했던 소녀를.

나는 빙긋 웃었다. 그러고는 다가가 그녀의 어깨를 장난스레 껴안았다.

"그럼 여기 있으면 되겠다."

"응. 바로 나갈…… 어?"

"여기 계속 있으면 돼."

우리가 처음 만난 날처럼. 이번에도 내가 한걸음 먼저 다가간 채로 그녀의 양 손을 잡았다.

"계속 같이 있어도 돼."

"……."

"사람 관계를 어떻게 무 자르듯이 하루아침에 자를 수 있겠어. 너도 르나그도 리케도르안도. 세상에는 맹목적인 관계 하나만이 있는 것이 아니야."

프란시아는 그날같이 손을 뿌리치지 않았다. 그저 길을 잃은 아이처럼 흔들리는 눈으로 나를 보았다.

"사람에게 소중한 것이 꼭 하나만 있으라는 법은 없어."

물론 그 소중함에는 차등이 있을 수 있으나 그럼에도 모두 소중하다는 사실은 변함없다. 하나를 선택하면 나머지를 비참하게 버리는 관계. 천년에 가까운 시간 동안 누군가는, 아니, 수많은 선택 받지 못한 이들이 이 기형적인 관계에 아파하고 상처받아 왔을까.

"내겐 너도 소중해, 프란시아."

맞잡고 있던 손등으로 눈물이 뚝 떨어졌다. 프란시아는 눈조차 깜빡이지 못한 채로 눈물만 뚝뚝 떨어트렸다. 커다란 눈동자에서 떨어진 것이라 그럴까. 옥구슬같이 굵고 큰 눈물만 뚝뚝 떨어트리는데, 안타까운 마음이 들었다. 그녀는 마치 이런 말은 평생 처음 들어보았다는 얼굴을 하고 있었으니까.

"어차피 난 선택 받지 못할 테니까. 버림받을 거라 생각했어."

프란시아가 턱 끝을 소매 끝으로 꾹꾹 누르며 단정하게 말했다.

"우린 그런 관계니까. 그래도 언니를 다시 볼 수만 있으면."

담담해서 더욱 가슴을 파고드는 목소리로.

"계속 아주 먼 곳에서라도 볼 수 있다면 좋을 거라고."

"왜 그런 생각을 해. 아니. 이제 안 해도 돼."

난 위로에 서툴지만…… 어쩐지 앞으로 그 능력이 아주 많이 커질 것 같은 기분이 들었다.

"으음, 안아줄까?"

우는 아이를 달래는 데는 뭐가 좋을까 고심 끝에 나온 말에, 대답을 들을 겨를도 없이 나와 비슷한 체구가 품에 쏙 안겼다.

프란시아에게서는 청순한 향기가 났다.

오래전에 주워듣기로는 백장미는 장미 품종 중 향기가 흐린 편이라 했는데…… 내가 잘못 안 것 같다.

"언니가 세상에서 제일 좋아!"

해사하게 웃는 얼굴에서는 세상 어디를 뒤져도 찾지 못할 향기가 가득 묻어 있었으니까.

"칼리스토, 뭐해! 너도 안겨! 이제 언니한테 꼭 붙어 있는 거야."

캬오! 아웅! 어느새 그녀 옆으로 소환된 칼리스토가 앙증맞은 앞발로 내 다리에 폭 매달렸다. 수호신과 장미가 하는 행동이 아주 똑같았다.

"언니, 미안해."

프란시아가 눈물을 머금은 눈으로 배시시 웃었다.

"뭐가?"

"……으응, 안 되면 엉엉 울어서라도 언니를 잡아보려 했어. 동정을 사도 좋으니까. 연민만큼 질척한 건 없으니까."

"연기였다는 거야?"

그녀는 웃음으로 대답했다. 프란시아는 이렇게 말했지만 나는 이 눈물이 가짜고 연기일 거란 생각은 하지 않았다. 그 정도도 알아보지 못할 만큼 순진하진 않았다. 그럼에도 모른척하기로 했다.

"괜찮아. 연기여도 기뻤으니까."

"……"

내 말에 멈칫한 프란시아가 눈을 둥글게 휘었다.

"언니는 무심한 것 같으면서도 다정해."

"그거 이상한 말이네."

"그런데 언니를 표현하기엔 더 적절한 말이 없는 것 같아."

그녀도 동의하는지 내 말에 끄덕였다가 다시 나를 보았다.

"언니가 내 푸른 장미라서. 우리의 왕이라서 너무 좋아."

잠시지만 뜻을 알 수 없는 것이 그녀의 눈동자로 스쳤다.

"난 언니가 생각하는 것보다 더 못되고 약은 아이지만."

프란시아가 고개를 숙여 톡 내게 이마를 가져다 댔다. 내게 이마를 맞댄 채로 아름다운 미소를 보였다.

"이런 내게 평생 속아줘, 언니."

색이 다른 눈동자에 각기 다른 빛이 고였다. 반달로 접힌 눈이 몹시 어여뻤다. 나는 눈을 크게 깜빡이다가 이내 웃었다.

"그래. 그럴게."

앞으로 삶을 함께할 장미. 내 삶의 동반자를 마음속으로 인정하면서.

프란시아와 이야기를 끝내고 문을 열었을 때, 나는 문 앞에서 예상치 못한 사람과 마주쳤다.

"잘 주무셨습니까."

르나그였다. 그가 내 방 앞에 있다니? 아니, 엄밀히 말하면 응접실이었으니 내 방은 아니었다.

"네. 좋은 오전이에요. ……저, 르나그. 계속 여기에 있었어요?"

프란시아는 방을 나간 지 오래였다. 점심시간에 보자며 약조를 하고서 말이다. 프란시아가 르나그를 보았다면 한마디 했을 것 같은데, 그럴 리는 없겠지만 혹시나 싶어 물어보았다. 본능 같은 확신이 들었다.

그는 대답하지 않았지만 이 또한 대답이다. 르나그의 침묵은 언제나 긍정에 가까웠으니까. 나는 언제나처럼 단정한 모습을 한번 훑듯 보았다.

단정해 보였으나 무언가 조금 이상했다. 미묘하게 잘못 채워진 단추라거나, 평소보다 느슨하게 묶여 살짝 흐트러진 긴 머리라거나.

"……이른 아침에 산책 도중 발소리가 들렸습니다. 대공 각하가 급하게 어디론가 달려가기에. 당신에게 무슨 일이 생긴 줄 알고."

나는 왜일까. 그가 이곳에 계속 서 있던 거라면 나와 프란시아의 대화를 모두 들었을 것 같다는 생각이 들었다.

장미들은 기본적으로 신체 능력이 뛰어나다. 보통 사람과는 다른 신체는 비단 가장 뛰어난 리케도르안 만큼이 아니어도 이런 문 너머의 말소리를 어렵지 않게 들을 수 있다 하였다.

물론 그렇기에 헤르님 성의 모든 방은 방음 마법이 기본으로 걸려 있었지만…….

나는 흘끗 문을 응시했다. 오늘 아침에 리케도르안이 부순 탓에 문고리가 날아가고, 문 아귀가 살짝 맞지 않았다. 아마 문틈으로 말이 샜거나. 마법이 사라졌거나 둘 중 하나였을 거다. 거기까지 생각하고 고개를 들어 올렸다.

"보다시피 아무런 일도 없어요. 염려 마세요."

내 말에도 그는 내게서 눈을 떼어내지 못했다. 꺼내지 못한 말 대신 눈으로 수많은 말을 건네는 듯한 시선이었다.

"이아나 양."

그가 작게 읊조렸다. 아주 낮고 작아서 귀를 아주 기울여야 겨우 들리는 크기였다.

"……한 번만."

"네."

"안아봐도 되겠, 습니까?"

그는 말하던 도중 무언가 목에 걸린 듯 잠시 멈췄지만 이어 끊어질 듯 작은 목소리로 이었다. 그의 얼굴은 붉지 않았다. 나는 그런 그를 가만히 바라보다가 끄덕였다.

커다란 몸이 나를 끌어안았다. 리케도르안은 언제나 내게 안기려 들듯 파고들었다면 르나그는 작은 포옹조차도 그다웠다. 포근한 이불 같았다. 그저 체온으로 나를 덮을 뿐이었다. 불면 날아갈까 주의를 기울이는 배려가 넘치게 느껴졌고 닿은 것도 닿지 않은 것도 아닐 정도로 조심스러웠다.

"사랑합니다."

나는 손을 들어 그의 등을 토닥토닥 두드려주었다.

이 사랑이 부디 그를 너무 상처입히지 않길 바란다. 내 무심한 배려가 오히려 나쁜 선택이 아니었기를 바란다.

"당신은 그저 사랑하는 것을 허락했을 뿐이고, 그저 그뿐이지만."

그는 작게 자신의 기쁨을 흘려주었다.

"버림받지 않아 기쁩니다."

그는 배려 넘치는 음성으로 조곤조곤 속삭인 뒤에 떨어졌다. 한 걸음 떨어지고서야 깨달았다.

그는 더는 안경을 끼고 있지 않았다.

그로부터 단 이틀 뒤.

황제를 만나는 것은 어렵지 않았다. 티아라를 가져왔다는 소식에 곧바로 황성으로 향하는 이동마법진을 열어준 것이다. 그럼에도 먼 거리였으나 이쪽에 제이르가 있는 탓에 이동은 어렵지 않았다. 그렇게 나와 리케도르안이 은밀하게 입성했다.

-기분 나쁜 기운이 느껴진다, 냥.

푸딩이가 내 안쪽에서 속삭였다. 그 말에 나는 걷다 말고 움찔했다. 헤르님 성으로 돌아온 뒤로 한동안 푸딩이는 내 안에 있지 않고 헤르님 성을 활보했다.

적어도 나와 리케도르안이 거사를 치르는 동안엔 내 안에 없었단 얘기다. 그래서 오랜만에 내 안으로 들어왔더니 좀이 쑤신 듯 다른 날보다 말이 많았다.

'기분 나쁜 기운이라니? 자세히 말해봐.'

-모르겠다 냥, 비 온 뒤의 질퍽질퍽한 땅에 빠진 것처럼 기분 나쁘다. 냥!

세 살치고는 이제 나름 훌륭한 어휘를 갖추게 된 수호신님이었지만 여전히 푸딩은 자신이 경험한 것에서 표현하는 한계가 있었다. 나는 곰곰이 고민하다가 옆에서 걷던 리케도르안에게도 작게 알려주었다.

'푸딩이 뭔가 이상하대요.' 그의 귀에 속삭이는 정도였으니 앞에서 걷던 시종은 듣지 못했으리라. 설사 들렸다 하더라도 이 말에서 추측할 수 있는 건 아무것도 없을 터였다.

'생각할수록 푸딩, 이름 잘 지은 것 같단 말이지.'

-난 전혀 그렇게 생각하지 않는다, 냥!

이름으로 잠시 투덜거림을 들어주는 사이, 알현실에 도달했다. 이번 또한 은밀한 입성이었던 탓에 커다란 방은 아니었다.

문이 열리고, 작은 홀이 우릴 반겼다. 물론 말이 작다지, 이 거대한 황성의 한 곳답게 보통의 응접실과는 비교도 되지 않을 정도로 넓었다.

찌이익! 꿰애액!

문을 열고 들어온 뒤로 가장 먼저 우릴 반긴 건 황제의 음성도 시종의 음성도 아닌 박쥐의 울음소리였다. 지난 알현에서 보았던 박쥐가 문 바로 위 천장에 앉은 채 꿰애액 울고 있었다.

'……초인종인가.'

나는 무심히 생각하며 울음소리를 넘겼다.

-초인종이 뭐냐, 냥?

'그런 게 있어.'

지난번엔 시종이 우리의 방문을 알렸던 것과 다르게 우리만 들여
보내고 다시 문을 닫았다. 달칵, 문이 닫힌 뒤에야 홀을 훑어보았다.
아무도 없었다. 아니, 한 사람 있다면 지난 알현에서도 보았던 수염
을 기른 노년의 남자였다. 그는 우리를 보더니 살짝 묵례했다. 나보
다는 리케도르안에게 한 듯했다.

"웨스벳."

우아하면서도 쉰 음성이 부르기 무섭게 박쥐가 얼른 날아올라 한
곳에 내려앉았다. 새하얀 손목 위였다.

"왔는가?"

휘장이 저절로 걷히고, 그곳에 앉아 있던 황성의 주인이 등장
했다.

"이토록 빠르게 재회할 줄이야, 놀랍기 그지없구나."

그녀는 커다란 황좌에 앉은 채로 우리를 반겼다. 한쪽 눈을 가린
긴 머리칼도 고아하리만치 사람을 압도하는 느낌도 여전한 사람이
었다. 그러나 마쉬멜의 편지를 본 탓에, 나는 전과 같이 그녀를 볼
수 없었다.

황실은 제 손에 '푸른 장미'기록이 없으면서 있는 척 나를 속였다.

"황제 폐하를 뵙습니다."

나는 망토를 잡고 허리를 깊이 숙였다. 이어서 리케도르안이 인

사를 올렸다. 생략된 것이 많은 약식 인사였다.

"고개를 들라."

고개를 들면 느릿하게 웃는 황제의 얼굴이 보였다.

"그래, 이번에도 그대는 건방지기 짝이 없군. 헤르님?"

"제 인사의 무엇이 마음에 차지 않으셨는지 모르나. 존경하는 마음은 예와 다름없으니 감히 헤아려 주시길 바라봅니다."

리케도르안은 고개를 까딱 숙인 그대로 말을 이었다. 그러고는 고개를 들어 한 걸음을 더 좁혔다. 황제에게 가까워지기보다는 내 앞을 지키겠다는 듯이.

"재밌구나."

황제는 불쾌해하는 대신에 손가락 끝으로 턱밑을 비비듯 쓸어내렸다.

"이리 건방지게 구는 것은 마땅히 그럴 만한 이유가 있기 때문일 거야. 그렇겠지?"

"여부가 있겠습니까."

"당연히 그래야 할걸세. 짐이 그동안 얼마나 힘들게 도퓰릿의 청을 끊어냈으니 노고를 안다면 말이지."

"도물릿에서 어떤 제안을 했습니까?"

"로스넌 탄광을 황실에 선물하겠다고 하더군. 짐이 수년간 눈독을 들이던 제안조차 어렵사리 끊어낸 것을 알아야 할 걸세."

체이서가 끊임없이 황제에게 무언가 협상을 제안했다는 소리였다. 그것으로 무엇을 바랐는지는 말을 하지 않아도 알 수 있었다.

"본론부터 꺼내자는 얼굴이군? 짐은 그대의 그런 모습을 좋아하네, 대공."

"영광입니다."

"아, 물론 옆에 앉히고 싶단 얘기는 아니니 안심하게."

황제가 툭 제 옆자리를 가리켰다. 남편 삼을 생각은 없다는 농에 리케도르안은 웃지 않았다.

"그래, 간결하게 가볼까. 그것은 가져왔는가?"

"예. 가져왔습니다."

이미 통신 마법으로 보고했기에 전부 알 것이면서도 한차례 물음과 대답이 오갔다.

"이아나."

황제의 티아라는 내 손에 있었다. 정확히는 내가 든 상자에. 나는 상자를 열었다. 튼튼한 보석함 속에서 티아라가 영롱한 자태를 드러냈다. 잠시 놀란 눈을 하던 황제가 얼른 입을 다물었다. 오늘도 긴 머리로 한쪽 눈을 가린탓에 표정을 알아보기 어려웠다.

"진짜로군."

황제는 단 한마디로 판단하더니, 이어서 손을 뻗는 순간 보랏빛 아지랑이가 티아라를 들어 올렸다. 눈 깜짝할 사이에 티아라는 황제의 손에 들려 있었다.

"……드디어 내 손에 다시 들어왔다."

황제가 티아라를 문질렀다. 그 모습을 보고 있으려니 문득 생각났다.

〈……이번에도 필요한가 보네.〉

체이서는 이번에도 이것이 필요하냐고 했다. 이상했다. 체이서가 말하는 이번이란 그가 회귀한 후를 말할 터. 그렇다면 회귀하기 전에도 저것이 필요했단 소리다.

왜 필요했지? 만약 '이아나'가 저것을 필요로 했다면? 어디에 썼을 것인가. 생각의 줄기가 쭉쭉 뻗어나갔다.

오랜 시간 동안 흑장미는 푸른 장미의 모든 것에 집착했다. 푸른 장미에 대한 모든 정보를 제 가문에만 두고 독점할 정도로.

사고가 한차례 널을 뛰었다. 감에 가까운 질문이었다.

그렇다면 혹시 저것은 푸른 장미와 관련한 물건인가?

논리적 근거가 없는 의문이나 체이서가 건넨 한마디로 인해 나는 그럴지도 모른다는 결론을 내렸다. 마침 황제가 고개를 들어 올렸다.

"그럼 캄브라캄에 대한 허락은 주시는 것으로 생각해도 되겠습니까?"

"허하겠다."

기다렸던 허락이 떨어졌다. 그래, 지금은 기이한 의문이 아니라 리케도르안의 생명을 최우선을 생각할 때였다. 내가 한껏 고개를 치든 의문을 삼키는 순간이었다.

"한데 짐이 주기로 한 것이 하나 더 있었지. 푸른 장미와 관련한 이야기였나. 그러했던 것 같은데."

은근히 흘리는 말은 그녀가 모든 것을 기억하고 있으면서도 이를 넌지시 말할 뿐이라는 것을 알려주었다. 마치 협상하듯이.

그녀가 정확히 나를 보고는 다시 리케도르안을 향했다.

"이건 푸른 장미와 단둘이서만 이야기하겠네."

나를? 나는 고개를 살짝 숙이는 척하며 눈을 가늘게 좁혔다. 지난 알현과는 다른 반응이었다. 그때도 내 정체에 관심을 기울였지만 이런 식의 과도한 관심을 주지는 않았다.

그때와 다르게 독대를 요청할 만큼의 일이 생긴 것인가. 아니면 관심을 보일 법한 '변화'가 내게 일어난 것인가.

"대답이 없군."

나와 같은 색이지만 전혀 다른 분위기를 품은 자색 눈동자는 결단코 반대를 용납할 생각이 없다고 말하는 듯했다.

"…송구하오나 그건 어려울 듯합니다."

리케도르안의 등이 시야를 가렸다.

"장미들이 푸른 장미를 어떤 존재로 여기는지는 짐도 알고 있네만. 하나 그렇다고는 하나 짐은 그대가 밟고 있는 이 땅의 주인이다. 지금 내 뜻을 무시하겠다는 건가?"

"그 자리를 보전하기 위해 제가 드린 것이 결단코 작지 않으리라 생각합니다."

"그래서? 물러나지 않으면 짐과 반목하겠다? 재밌군, 대공. 나는 지금이라도 도뮬릿의 손을 들어줄 수 있네."

"폐하."

나는 리케도르안의 손을 잡았다.

476

"제가 현재 몸이 좋지 않습니다. 대공 각하께서는 제 몸과 건강을 염려하고 계십니다."

여기서 황실과 반목해서는 좋지 않다. 어찌 됐든 그녀는 이 제국의 주인이었고, 캄브라캄에 드나들 권한을 주는 이였다. 나는 천천히 눈을 깜빡였다. 침착하고도 차분하게. 그리고 무심하게 시선을 흘리면서.

"보통 사람의 뼈 정도는 버드나무 가지처럼 부러트리는 대공 각하와 다르게 제 몸은 한없이 약하여 오랜 시간 바깥 공기를 견디지 못합니다."

"호오라."

나서는 것을 좋아하지 않지만 체이서가 내게 이야기 한 것을 기억하고 있다. 황실이 한쪽의 편을 들면 곤란하다는 이야기. 그러니 이제 와 체이서 쪽으로 마음이 돌아서지 않게 하는 것이 중요할 것이다. 적이 되면 곤란했다.

"제 오라비가 저를 저택에만 둔 것도 그런 까닭에서입니다."

물론 체이서가 나를 가둔 건 다른 이유가 있었지만 그 성격에 황제에게 미주알고주알 털어놓지 않았을 터다. 아니나 다를까 황제가 느릿하게 고개를 주억였다.

"흐음, 그런 거라면야. 대공이 예민한 것도 내 친히 이해하겠네만."

"감사합니다."

"그대의 몸은 다른 장미와 다른가 보군."

"…그렇습니다."

실제 로푸른 장미가 연약한지는 나도 모른다. 하지만 황제가 생각하기에 체이서가 싸고 돌만 한 이유는 되겠지. 역시나 체이서는 황제에게도 나에 대해 이야기하지 않았던 거다.

"그럼에도 나는 그대와 이야기를 나눠보고 싶네."

"외람되오나 그건 제 안전을 보장받을 수 있는 이야기일까요?"

"맹랑한 영애로구나."

그녀는 재밌다는 듯이 소리 내어 웃었다. 그러고는 끄덕였다.

"짐의 모든 것을 걸고 맹세하지. 이야기는 단 5분. 이야기가 끝났을 때 그대는 안전하게 이 방에서 나갈걸세. 이 정도면 되겠나?"

왜인지 황제에서 숨길 수 없는 호의가 보이는 것 같았다. 나는 이것을 한번 믿어보기로 했다.

"리케도르안."

나는 그를 불렀다.

"끝나고 나면 푸딩을 같이 먹어요."

리케도르안이 움찔했다. 현재 내 안에 푸딩이 있다는 사실을 그도 알아차린 것 같았다. 황제가 위험하다면, 언제든 대처할 수 있으리라.

이윽고 리케도르안이 한 발짝 양보하는 것으로 결론이 났다. 끼이익, 시종이 문을 열었다.

"긴장하였나?"

"독대라니 참으로 떨립니다."

"그렇게 말하는 것 치고는 그다지 떨리는 낯은 아니군. 그래."

"본래 표정이 없는 편입니다."

"그러한가."

"제게 하실 말이 있으신가요?"

리케도르안이 채 물러나지 않았건만 흘러나온 내 말에 황제는 유쾌하다는 듯이 웃음을 터트렸다.

"없다고 하면 거짓이겠군."

리케도르안의 걸음이 멈칫했다. 그는 가만히 황제를 올려다보았다. 그의 눈으로 위험한 빛이 스쳤다. 마치 날 잘못 건드렸다가는 그대로 두지 않겠다는 듯이.

나는 문이 닫히기 직전 리케도르안의 얼굴을 보았다.

차갑게 가라앉은 얼굴로 황제를 보던 그는 나와 눈이 마주친 순간 얼굴을 누그러트렸다. 그러고는 낮게 한숨을 쉬며 내게 문 바로 바깥에 있겠다고 속삭였다.

"무슨 일 있으면 크게 날 불러요. 아니. 작아도 상관없어요."

그가 엄지로 입술을 죽 그으며 말했다.

"당신 목소리라면 어떤 크기라도 상관없이 들을 수 있을 테니까."

황제에게도 들렸겠지만 아랑곳하지 않는 얼굴이었다. 나는 웃으며 그를 안심시키듯 답했다.

"있다 봐요."

적인가 아군인가.

그녀는 대체 무슨 꿍꿍이인가.

끼이익, 문이 닫혔다. 그렇게 리케도르안이 완전히 나간 뒤, 적막한 공간엔 나와 황제 그리고 황제의 시종인 노년 사내뿐이었다.

"이것 참. 언제 보아도 헤르님 대공의 행동은 용맹하달지. 맹랑하달지……."

작게 중얼거리던 황제가 천천히 시선을 옮겼다. 어스름한 푸른 빛이 섞인 신비한 자안이 나를 담았다.

"그럼 오붓한 이야기를 시작해볼까. 영애."

황제는 곧바로 본론을 꺼내려는지 별다른 인사치레와 같은 말을 하지 않았다. 그녀는 자신의 긴 머리카락을 한 번 쓰다듬고 떼어냈다. 손 위에는 우리가 바친 티아라가 있었다. 그녀는 긴 손가락에 티아라를 끼고 빙글빙글 돌렸다.

"먼저 이건 정말 고맙네."

"아닙니다."

"이제야 말하는 것이네만 사실 그대들이 가져올 거라 생각하지 않았어."

"그런가요?"

나는 대답하고서야 내 말투가 무례하게 들릴 수도 있음을 알았지만 이미 엎질러진 뒤였다. 그러나 다행스럽게도 황제는 크게 신경을 쓰는 기색이 아니었다. 가만 보면 어딘가 시원시원한 구석이 있는 사람이었다.

"그래서 그대에게 호의를 베풀고 싶은 생각이 들었네. 빠른 시간 내에 가져온 보상이라 생각하게."

군더더기 없이 핵심만 쭉쭉 들어가는 것이, 남에게나 자기에게나 바라는 것이 똑같은 사람인 것 같기도 했다.

"기왕 솔직해진 참에 한마디 더 해볼까? 난 그대를 참 보고 싶었네. 혹시 아는가?"

"……영광입니다."

"그대의 오라비에게 무수히 보고 싶다 말했건만 한번을 보여주지 않았지."

보통 이럴 땐 가문의 영광이라 말하는 법이라는데. 가문이 가문인지라 그 말은 뱉지 못했다. 뱅뱅 돌던 티아라가 멈췄다. 황제가 허공으로 던진 티아라를 탁 잡아챘다.

"영애, 이걸 보고 무언가 느껴지는 것이 없나?"

"황관을 보고…… 말인가요?"

"그래."

그녀가 툭툭. 티아라의 가장 큰 보석을 엄지로 건드렸다. 이윽고 모양 좋은 입술이 열리며 생각지 못한 말이 흘러나왔다.

"이건 본래 푸른 장미의 물건이거든. 느껴지는 바가 있을 터인데."

나는 흘끗 티아라를 보았다가 끄덕였다. 태연자약한 내 반응에 황제는 놀랍다는 낯이었다. 이어서 눈을 살짝 찌푸렸다.

"그렇군요."

"놀라지 않나?"

"……송구하나 그동안 너무 놀랄 일이 많았습니다."

누가 최근 내 행보를 알았다면 충분히 이해할 것이다. 황제는 놀란 표정을 지우지 않으며 티아라로 턱을 톡톡 두드렸다.

"으음, 아무리 부동, 무심함이 푸른 장미의 특성이라지만 이리도 놀라지 않을 줄이야. 그럼…… 그대는, 그대가 이 시대의 푸른 장미가 아니란 사실도 이미 알고 있는 건가?"

그녀의 말에 나는 멈칫했다. 그녀는 이 말에도 내가 놀라지 않을 거라 생각하고 말한 것 같지만 도리어 난 이 말에야말로 놀랐다. 저 말인즉 황제도 내가 차원을 이동한 걸 안다는 소리 아냐?

'황당하네.'

당혹스럽고 놀라웠다. ……이쯤 되면 리케도르안이랑 프란시아만 몰랐던 것 같은데. 남자주인공이랑 여자주인공이 이런 곳에서 특별함을 뽐내는 거냐고.

나는 침착하게 생각을 정리했다.

리케도르안과 프란시아. 이 두 사람은 본래의 '이아나'와 마주하지 않았으니 알 수 없었다 쳐도, 황제는 어떻게 이를 알아차릴 수가 있나? '이아나'를 보지 못했을 텐데? '이아나'의 일기로 보아, 그녀는 나처럼 흑장미 저택에 감금되었다. 주체가 체이서가 아니라 체이서의 부친이었을 따름이다.

"그렇게 경계할 건 없네. 이게 다름 아닌 짐의 장미로서의 능력이니 말일세. 장미의 능력은 알겠지? 흰장미가 가진 치유능력 같이."

"예, 압니다."

"흠, 이제야 동요를 보이는구나."

"실례지만 어떤 능력인지 감히 여쭤도 되겠나요?"

"그대는 당황하면 말투가 미묘해지는군?"

나도 모르게 드러낸 당혹에 황제는 오히려 여유를 되찾은 것 같았다. 그녀는 흥미롭다는 눈으로 나를 내려다보았다.

"정확히는 능력이라기보다 이 내가 불완전한 장미라 알아보는 것에 가깝다고 알면 될 걸세. 완벽하지 못하니, 완벽한 자를 알아보는 것이지. 본능처럼."

불완전한 장미.

그러고 보면 저 소리를 들은 적 있다. 지난 알현 때에도 나왔던 이야기. 캄브라캄 석판에 그려져 있던 장미는 푸른 장미를 포함해 총 다섯 송이다. 그 안에 보라색 장미는 없다.

"단순히 불완전해서 알아보는 것이라면, 그럼 능력이 아니지 않습니까?"

"그게 참 애매하단말일세."

황제는 골치가 아프다는 듯 관자놀이를 꾹꾹 눌렀다.

"짐이 가진 장미는 푸른 장미를 증오하는 것에서 힘을 얻는 존재거든. 참 기이한 존재이지 않나? 이 장미란 것의 기원이 그러하다네."

황제에게서 한 번도 듣지 못했던 이야기가 흘러나왔다. 장미의 기원, 알고 싶었던 것이다. 나는 고개를 끄덕였다. 확실히 장미란 존재는 기묘하다.

"네. 이상합니다."

"그래. 그럴 걸세. 짐은 지금 이 장미의 기원에 대해 이야기 할 걸세."

"푸른 장미에 대해 알기 위해선 거기서부터 들어야 하나요?"

"그렇지. 그래, 이야기 하기 전에……그대는 신을 믿나?"

"네?"

갑자기 신이라니. 확실히 이 나라는 신을 믿고 신전도 있지만……. 황실과 신전을 따로 둔 나라답게 신을 믿고 믿지 않고는 개인의 자유에 맡기는 나라였다.

"믿지는 않습니다."

"그런가? 그럼 한 가지 철학적인 질문을 해볼까."

그녀가 유혹하듯 녹진한 미소를 지었다. 한 손으로 턱을 괴고 나머지 한 손으로 피아노를 치듯이 타닥 자신의 뺨을 두드렸다.

"만약 신이 죽는다면, 죽은 신이 어디로 갈 것 같은가."

장미 얘기를 하다 말고 신이라니. 신과 죽음이란 모순된 단어는 둘째치고, 널뛰는 얘기에 난 그저 고개를 갸웃할 뿐이었다.

"이해가 안 된다는 표정이군."

"아닙니다."

"아니. 지금 저 여자가 무슨 개소릴 하는 건가, 이렇게 생각하진 않나?"

"……그렇게는 생각하지 않았습니다."

"그렇게는. 솔직한 영애군."

황제가 내 말을 부분적으로 되풀이하다 말고 작게 웃음을 터트렸다. 마쉬멜이 그랬다. 내 성격은 자칫 잘못 입을 놀리다가 윗사람에게 칼 맞기 좋은 성격이라고.

"제가 무례했습니다. 놀란 나머지 실언을 했습니다."

그 말을 듣고 어쩌면 체이서가 나를 내보내지 않는 건 칼 맞지 말라는 조치인가 하는 엉뚱한 생각을 하기도 했다.

"아닐세. 짐이 허락한 무례니까. 그리고 그대가 뭘 하든 그리 화가 나진 않아. 일단은 짐 또한…… 장미이니까. 본능을 좇지. 그래, 어쩔수 없이 말이야… 그대가 사랑스럽게 보인다고 할까?"

그래서 자꾸 유혹할 듯 아찔하게 웃으시는 건가요, 언니? 하마터면 이렇게 물을 뻔했다. 진짜 그러려 했던 건 아니고 아름답게 웃으시는 얼굴이 그러했단 얘기다.

"푸른 장미, 그대는 불완전한 보라색 장미와 푸른 장미를 증오하면서도 애타게 갈구하는 이 장미에 대해 꼭 알아야 하네."

"…예."

"황실의 피를 이어받은 자 중, 황태자가 된 이들은 어떤 동화를 듣게 된다네. 짐 또한 그랬지."

황제가 시선을 먼 곳에 두었다. 내가 눈앞에 있지만 다른 것을 덧씌워보듯이.

"그 동화는 굳이 길게 언급하지 않겠네. 길고 지루한 얘기가 될 테니. 짐은 이야기꾼 소질은 없어."

글쎄. 사람들은 이 언니 얼굴만 봐도 훌륭한 관객이 될 것 같은데. 볼수록 사람의 시선을 끄는 미모에 언변을 구사하였으니까. 이걸 카리스마라고 하던가.

"이건 어느 이름 모를 신을 다룬 이야기이네."

이야기꾼에는 소질이 없다는 말과 함께 그윽한 목소리가 나를 이
야기로 이끌었다.

이 세상엔 현명하디현명한 신이 있었습니다.

신은 모든 피조물을 공평하게 사랑했으며 자신을 돕는 이들과 함
께 세상을 평화롭게 유지했고.

오랜 시간 세상의 균형을 지켰다네요.

그러던 어느 날 세상을 굽어살피던 신은 힘이 다해 죽음을 맞이
하고…… 죽은 신은 갈기갈기 조각납니다.

신은 신이었던 만큼 커다란 힘을 가진 탓에 죽고 나서 사랑했던
세상에 모두 묻힐 수가 없었어요.

신의 파편들은 다른 세상으로 뿔뿔이 흩어지고, 신이 보살피던
세상에는 단 한 조각을 남기는데.

어느 날 이 단 하나의 조각이 묻힌 자리에 탐스러운 장미가 피었
습니다.

바로 신이 살아 있던 시절 유달리 아끼던 작디작은 식물이에요.
하지만 신의 파편이었기 때문에 장미는 세상에는 줄곧 없던 단 하
나뿐인 장미가 되었습니다.

그리고 신 아래에서 신을 너무나 사랑했던 네 존재는, 신의 죽음
에 엉엉 울다가……. 신의 파편을 본 순간 모든 영광을 버리고 힘을

버리고. 똑같이 꽃이 됩니다.

누군가는 열정적으로 사랑했던 마음을.

누군가는 영원히 지키고 싶은 보호와 신념을.

누군가는 아픔을 치유하던 기억을.

또 누군가는…… 강렬히 사랑했던 집착만을 남긴 채로.

말 못 하는 식물이 되었습니다.

죽은 신의 파편은 행복했을까요? 그건 모릅니다. 식물이 된 파편은 대답이 없었으니까요.

하지만 시간이 더욱 흐른 어느 날.

기적이 일어납니다.

신의 파편이 돌연 변덕을 부려 인간이 되었던 날.

다른 장미들은 어떻게 변했을까요?

그리고 그 뒤에는?

그리고……. 아무도 몰래 신을 사랑하던 한 존재가 있었습니다.

멀리서 신을 보았지만 힘이 부족해, 무엇도 되지 못했습니다.

똑같이 꽃도 되지 못했어요.

하지만 그에게 신을 사랑했던 마음은 남아있던 탓에 스스로를 장미라 불렀습니다. 이 마음은 날로 날로 그리워지다가 어느 날 다른 이름이 되고 말았어요.

왜, 나만 이토록 사랑해야 하지?

바로, '질시'였지요.

"……똑같이 인간이 되었나요?"

거기까지 이야기를 듣다 말고 나는 질문했다. 황제의 그윽한 목소리가 멈췄다. 이야기엔 소질이 없다고, 길게 풀지도 않을 거라더니. 한편의 극을 본 듯한 기분이 들었다.

"그렇네."

동시에 내가 잘 꾸며진 동화를 들었나 의심스러웠다. 아니, 동화라고 하긴 했지. 내용이 동화 같지 않았을뿐.

"그러니까. 이게 모두 사실이란 말인가요?"

"황당한가?"

머리가 지끈거리는 것 같았지만 황제 앞에서 머리를 짚을 수는 없었다. 황제가 웃으며 묻는 말에 난 그저 입술을 꾹 다물었다.

"솔직히 말씀드려서, 한 편의 위대한 건국 설화를 들은 것 같아요."

"더 솔직히 말해보게."

"신이 초대 황제쯤 되시나요?"

"애석하게도 그렇진 못하네. 주인공이 황실이 아니니."

황제의 음성이 약간이지만 낮게 가라앉았다. 나는 고개를 들었다.

"그럼, 마지막에 나온 존재가…… 황실인가요?"

"그렇네."

황제는 그 뒤로 수많은 역사가 있었다. 라는 말과 함께 핵심만을 요약하면 이러했다.

"최초의 장미가 나타났던 시대엔 혼란과 전쟁이 가득했지. 시간이 흐르며 황실의 시조가 인간의 권력을 잡았지만. 푸른 장미를 향한 맹목적인 충성을 꺾을 수는 없었다네. 장미 가문이 괜히 지금도 푸른 장미를 왕으로 받드는 것이 아닐세."

그야 그럴듯했다. 듣자 하니 시작부터가 신을 쫓아 모든 걸 버린 존재들이라 하지 않나.

"황실의 시조는 가장 인간적인 존재였기에 제국의 주인은 될 수 있었지만. 영향력은 푸른 장미를 이 땅에 가둬두는 데에 그쳤지.

황제가 꾹꾹 자신의 관자놀이를 눌렀다.

"그 자신은 여전히 신을 갈망하는 그 마음을 품은 채로, 자신을 '보라색 장미'라 일컫네."

조금 전부터 황제의 목소리가 달라졌다고 느꼈다. 착각인가 싶었지만⋯⋯. 착각이 아니었다.

"황실의 시조는 영원을 꿈꾸었던 모양이야."

황제가 깊이 숨을 내쉬었다. 많은 감정과 한이 섞인 숨이었다.

"푸른 장미를 사랑하다가 미쳐서 질시하고, 그 자리를 차지하고픈 꿈을 꾼 것이지."

배배 꼬이고 괴팍하며 삐딱한 웃음이 그녀의 우아한 얼굴에 걸렸다.

"그래서인지 시조가 남긴 이 힘은 역대 보라색 장미를 품은 인간의 영혼을 물들였네. 후손들 하나도 빠짐없이."

터무니없던 이야기와 내가 알고 있던 장미의 이야기들이 톱니바퀴처럼 이가 맞물려 돌아가는 소리가 들리는 듯했다.

"짐은, 이걸 '오염'이라고 불러."

황제가 천천히 손을 올렸다. 나는 어느새 황제의 손끝이 떨리고 있음을 목도했다. 영문 모를 불안감이 나를 덮쳤다. 왜? 황제가 이토록 내게 호의적인데, 뜻을 알 수 없었다. 푸딩이가 느끼는 감정인가?

아니다. 그것과도 달랐다. 내 본능이 외치고 있었다.

내가 지금 보는 것은 조금 전의 황제와는 다른 존재라고. 이건 황제를 처음 알현했을 때 느꼈던 불길한 느낌이었다. 이윽고 황제의 주변으로 검고도 음습한 자색의 희끄무레한 인영이 보이는 것 같았다. 착각이 아니었다.

저 황제의 곁에는 '다른 것'이 함께 있다.

황제는 줄곧 한쪽 얼굴을 머리카락으로 가리고 있었다. 살랑. 어디선가 불어온 바람에도 꿋꿋하게 가려져 있던 것이 그녀의 손에 들려 움직였다. 지난 알현에서 보았던 상처가득한 반쪽 얼굴이 드러난 순간 난 숨을 삼켰다.

"짐은 삼켜지지 않기 위해 안간힘을 썼네만."

짐승이 할퀸 듯 깊이 할퀸 상처로 가득한 얼굴, 관자놀이부터 눈가, 입술 끝까지 가로지르는 거대한 사선이자 흉터.

"황제의 자리에 오르고 나서야 비로소 알게 되었네. 시간이 지나면 짐도 오염되고 말 거란 것을 말일세."

"그것이 무엇인지."

그녀는 이 흉터가 아무렇지 않은 얼굴로 웃었다. 차디찬 미소였다.

"⋯⋯그 오염이란 무엇인가요?"

그녀의 눈이 깊고도 어두운 빛을 드러냈다.

"짐이 가진 힘 안에는 역대 보라색 장미였던 영혼이 있네."

"네?"

그 순간 영롱하다고 생각했던 보라색 눈으로 기묘한 푸른 빛깔이 섞였다.

"쉽게 말해 선대 황제들의 영혼이. 이 힘에 휘둘려 끔찍한 질시에 사로잡힌 영혼들이 죽어서도 안식을 받지 못하고 들러붙어 있단 말일세."

눈동자가 굴러 나를 향했다. 오싹함이 들었다.

"덕분에 제국의 황제는 누구보다 현명하고 분별 있는 판단과 계책을 낼 수 있지만."

그녀는 고개를 기울여 아름다운 낯으로 미소했다. 사람을 홀리듯 황홀했으나 광기가 스민 시선과 함께.

"동시에 미치기 쉬워지지."

긴 머리칼이 커튼처럼 흘러내린다.

"미치지 않기 위해 스스로 얼굴을 망가트리지 않았다면 짐은 푸른 장미에 미친 폭군이 되었을 것이네."

모든 이야기를 듣고 난 뒤여서일까. 저 자안 속에서 일렁이는 푸른 빛이 끝내 푸른 빛을 동경한 무엇인가로 보이는 듯한 착각이 들었다.

몇 분 전과는 전혀 다른 사람이 된 듯한 시선 때문일지도 모른다. 무거운 위압감이 나를 짓눌렀다.

"그래서 그대가 필요해 영애. 부탁하네."

이 나라의 절대자가 한낱 영애인 내게 간청하듯 말했다.

"짐의 아군이 되어주게."

지금껏 내 장미들이 보인 시선과는 결이 달랐으나 그럼에도 그녀의 눈은 명백한 갈망을 품고 있었다.

"지금까지는 이 최초의 푸른 장미가 가지고 있던 티아라로 어찌 저찌 이 힘을 눌러뒀네만. 더는 힘들 것 같아서 말일세."

"제게 무엇을 바라시는 건가요?"

"이 땅을 어지럽히는 장미들이 모조리 사라졌으면 하네."

나는 숨을 들이켰다. 주먹을 꾹 쥐었다가 펴며 황제와의 거리를 가만히 가늠했다. 아직은 모르겠지만 혹시라도 내게 위해를 가할 때를 대비해서였다.

"그 장미에 저와 현 장미 가문의 주인들도 포함된 걸 아시는지요?"

"역시 그건 어렵겠나?"

나는 대답하지 않았다. 황제의 얼굴에 초조함이 스쳤다.

"……미안하네. 실언이었군."

그녀는 이제야 자신이 한 실수를 알아차린 것처럼 보였다.

지금까지 단단했던 얼굴이 놀랄 정도로 빠르게 무너져 내렸다. 정말이지 지켜보고 있던 내가 깜짝 놀랄 정도로.

"하아, 보다시피 짐은 간신히 균형을 유지하고 있네. 방금도 짐의 의지로 한 말이 아니야."

황제가 자신의 눈을 가렸다. 가늘게 열린 입술 사이로 여린 음성이 새어 나왔다.

"제발, 도와주게."

나는 눈을 크게 깜빡였다.

"나는, 미치고 싶지 않아."

허물을 벗어던진 음성에 쥐었던 주먹마저 스르륵 힘이 빠졌다. 손가락 사이로 드러난 황제의 눈이 울 것처럼 일렁거렸다.

"장미를 지워달라는 게 아니야, 내게서 이 힘을 지워주게."

"……."

"이 나라를 오래도록 이끌어가고 싶어."

"……제가 무엇을 할 수 있나요?"

"캄브라캄으로 가게."

황제가 정신을 차린 듯 조금 차분해진 음성으로 이야기했다.

"캄브라캄에 관한 자료를 주지. 캄브라캄으로 가면 그대는 충분히 그리 할 수 있어."

우습게도 모든 것이 하나로 귀결되었다. 캄브라캄. 내가 눈을 뜬 공간.

그곳에서 리케도르안의 수명을 원래대로 돌릴 수 있을 뿐만 아니라 황제의 힘을 없앨 수도 있다고 한다.

나는 지고한 자리에 위치한 여성을 보며 숨을 삼켰다. 지금부터 할 이야기는 일단 목을 걸고 봐야 할 것 같은데, 그럼에도 하기로 했다.

"들려주신 푸른 장미에 대한 이야기는 여기서 끝인 가요?"

"그렇네."

"결국 황실에는 푸른 장미에 대한 자료는 없었던 거군요."

"……."

나는 시선을 피하지 않았다.

"감히 제국의 황제 폐하께 드릴 말씀은 아니지만 한 가지 드리고 픈 말이 있습니다."

"무엇이지?"

"제게 바라는 것이 이리 크고 많으신데, 폐하께서는 제게 무엇을 해주실 수 있으신지요?"

아름다우신 폐하께는 미안하지만 나는 정이 들지 않은 사람에게는 뻔뻔하고 단호하게 선을 그을 수 있는 사람이었다.

어느 날 갑자기 나타나 옛이야기 하듯 거대한 진실을 던지고, 내게 반강제로 청을 하는 것이 어린아이의 아집과 다를 것이 무어란 말인가? 그녀에게도 나름의 고충과 상처가 있음은 알겠다. 하지만 이런 식의 통보는 달갑지 않았다.

"그대와 대공이 캄브라캄에 가는 것을 허락했네."

"이는 저희가 가지고 계신 티아라를 바친 대가로 알고 있습니다."

"……."

"약속하신 자료도 사실 기원에 대한 이야기로 끝입니다. 이 마저도 보라색 장미에 대한 설명이셨습니다. 푸른 장미의 정보가 '보관' 되어 있다고 하셨지요. 저 와 대공님에게 거짓을 말씀하셨습니다."

"그러한데?"

"푸른 장미에 관한 것은 모두 사라진 지 오래라고 하던데, 사실인지요."

"도뮬릿 공작이 말하던가?"

나는 대답하지 않았지만 황제에게는 충분한 대답이 된 듯했다.

"모두 거짓은 아니네."

그녀는 자신의 거짓을 일부 시인하면서도 해명을 함께 드러냈다.

"푸른 장미에 대한 기록이 남아 있는 것은 아니야. 짐의 주변을 떠도는 망령들이 속삭이는 이야기는 알지만. 이쪽이 유용하다는 것도 알지."

"기록이 있다는 것이 거짓이었군요."

"그렇지. 망령의 말을 기록할 순 없으니."

"그렇다면 이와 별개로 무엇을 해주실 수 있나요?"

"살다 보니 이런 질문을 듣는 날도 오는군."

불호령이 떨어질지도 모른단 예상은 했다. 하나 왜인지 황제는 화를 내는 대신에 천천히 웃었다.

"뭐. 나쁘지 않아. 바라는 것이 있어 운을 뗴었지? 말해보게."

오히려 감이지만 그녀는 이쪽을 더욱 반겨하는 것 같았다.

그녀가 씩 웃었다. 처음의 여유를 되찾은 얼굴이 위엄 어린 빛을 드러냈다. 동시에 그녀는 어린아이처럼 신나 보였다.

"짐은 이 땅의 누구보다 '장미'에 대해 잘 안다고 자부할 수 있다. 푸른 장미뿐 아니라 다른 장미에 관한 것도 모두. 궁금한 것은 없나? 무엇이든 답할 수 있지."

이 말은 과연 진실일까. 나는 그녀의 진실 여부를 두고 고민했다. 저울은 조금 전, 제발 이 힘을 거둬달라고 애원하던 모습을 믿는 쪽으로 기울었다.

"저는 오라비가 가둬둔 푸른 장미의 수호신을 되찾고, 캄브라캄에서 헤르닝 대공 각하의 수명을 원래대로 돌리고 싶어요. 하지만 제 오라비가 가진 비정상적인 집착은 이를 가만히 두지 않겠죠."

"그런데?"

체이서를 잘 알았다. 아름답지만 독과 가시를 품은 듯 위험한 남자. 사랑과 독점욕을 별개로 여기는 남자였으니.

아직은 내 목적을 모르는 것 같았지만……. 리케도르안을 살리려는 행동을 눈치채면 무슨 수를 써서든 방해할지도 몰랐다. 여인의 두 눈이 나를 담았다.

"짐이 가진 힘의 본질은, 흑장미와 비슷한 구석이 있지. 그래서 잘 알고 있네. 이대로 그대를 절대 포기하지 않을 거란 것을."

"네."

"장담컨대 이대로 두면 도뮬릿 공작은 반드시 전쟁을 일으킬 걸세. 그대도 이미 알고 있겠지?"

"……."

그 말이 사실이다. 실제로 다른 장미들, 리케도르안과 프란시아, 르나그도 예상한 일이기도 했다. 그리고 이를 절대 원하지 않기도 했고. 황제는 해결책을 던졌다.

"흑장미를 죽여 이 세상에서 말살하는 것이 제일 좋겠지만 현실적으로 어려우니, 다른 방법이 없진 않네."

살벌한 말을 담담하게 이은 황제가 말했다.

"장미제전을 일으키게."

"네?"

장미제전. 익히 아는 단어였다. 하지만 여기서 나올 줄은 몰라 눈을 깜빡였다. 그거. 장미들끼리 합법적으로 치고받는 싸움 아닌가?

말이 싸움이지 전쟁이다. 전쟁을 피하려는 방법을 물었더니, 전쟁을 하란다. 이런 모순이 또 어디 있나. 이 사람이 이미 반쯤 미친 건가. 그런 합리적인 의심을 할 즈음이었다.

내 표정을 보았는지, 황제가 미소를 띠었다.

"노려보지 말게. 지금부터 설명하려 하니."

"……노려보지 않았습니다."

"이런 너무 귀엽게 굴지 말게. 나는 귀여운 영애에게 약하거든."

그녀는 가벼운 농을 던지고는 설명을 이었다.

"장미 제전을 말한 것은 이 싸움에 정해진 규칙 때문일세. 이 제전은 고대 규칙에 따라 승자가 정해지면, 패배한 가문은 다신 문제를 일으킬 수 없네."

"문제를 일으키지 못한다는 게 어떤 것을 말씀하시나요?"

"제약이 걸리게 되지. 죽기 전까지 평생."

"……혹시 감금이라도 당하나요?"

"아니, 그런 게 아닐세. 이를테면 '전쟁을 일으키지 않는다' 혹은 '푸른 장미의 곁에 나타날 수 없다' 등으로 분란을 일으킬 수 없게 제약을 만드는 거지. 무언의 힘이라 생각하게."

여기까지 듣고서 나는 곰곰이 생각에 빠졌다. 장미들의 비상식적인 힘을 생각하면 이해가 되지 않는 것도 아니다. 잘 생각해보면 나쁘지 않은 제안이다.

나는 생각 끝에 천천히 고개를 끄덕였다.

"알았어요."

고요한 홀 안에서 움직이는 것은 그녀의 어깨에 앉은 박쥐뿐이었다.

박쥐라. 왜 하필이면 수호신이 박쥐였을까. 박쥐를 옆에 둔 황제는 더는 반쪽 얼굴을 가리지 않았다. 거리낄 것이 없다는 듯이.

"폐하의 소원은 힘을 없애는 것, 하나뿐이신가요?"

"그렇네."

그녀는 그리 대답하며 장미 제전의 과정에 대해서도 간단히 설명해주었다. 푸른 장미를 두고 벌이는 전쟁답게 방식은 내가 정할 수 있다고 한다.

결코 나쁘지 않은 정보였다. 아니, 이 정도면 대단히 만족스러운

498

정보 아닌가. 머릿속으로 빠르게 계획이 스쳐 지나갔다.

이걸 잘만 사용한다면 어쩌면 이 꼬인 문제를 풀 수 있을지도 모른다는 생각이 들었다.

"감사합니다."

"원하는 것을 얻고자 하는 자리니, 감사할 것은 없네."

그녀는 조금 전에 보였던 음습하고 광기 어린 낯은 온데간데없이 총명하고 현숙한 황제로 돌아와 있었다. 그제야 이 사람이 품고 있는 것에 대해 다시 생각했다.

조금 전의 모습을 보아 황제를 완전히 믿을 수는 없었다. 더구나 이미 한번 나를 속였다, 다시 속이지 말라는 법은 없다. 다만 나라를 위해 힘을 버리고 싶다, 절박함을 일부나마 믿어보기로 한 것이지.

"폐하, 외람된 이야기지만."

자신이 원하지 않았던 힘이 어느 날 주어지고, 휘둘린다는 건 어떤 느낌인가. 사실 나는 이런 느낌을 이미 알고 있다.

"사실 저는. 인외의 힘이 인간의 운명을 이리저리 좌지우지하는 것을 그다지 좋아하지 않습니다."

이건 어느 날 감방에서 눈을 떴을 때부터 줄곧 하던 생각이었다. 내 뜻과는 전혀 상관없이 다른 세상으로 오게 되었으니까. 그렇기에 줄곧 이 기묘하고도 맹목적인 관계의 뿌리가 궁금했고, 기원이 궁금했다.

황제는 이를 충족시켜준 것이다.

잠시 눈을 크게 뜬 황제는 이내 천천히 눈을 휘었다.

"그 점은 짐과 생각이 같군."

그녀는 자신의 의지와 상관없이 망령에 시달려 폭군이 되는 상황은 바라지 않는다고 했다.

"망령들은 올바른 판단을 내리되 자아는 죽어가는 황제를 만들지. 인형과 무엇이 다르겠나?"

그리 말하는 황제의 모습이야말로 그녀 본연의 모습이 아닐까 했다. 그녀는 좋은 사람은 아니었지만 좋은 황제였다. 그 뒤로도 한참의 대화 끝에 독대가 끝이 났다.

"영애, 혹시 그대의 정원에 장미가 더 필요하진 않나?"

황제의 농밀하고도 짓궂은 농담과 함께.

리케도르안의 성에 도착했을 때는 어둑어둑한 저녁이었다.

황성에서 돌아오자마자, 피로한 몸을 뉘이는 대신 모든 이들을 불렀다. 십분 뒤 리케도르안의 집무실에 프란시아, 르나그 그리고 제이르와 리케도르안까지 한데 모였다.

"언니, 어떻게 됐어?"

프란시아는 황성에서 있었던 일의 결과가 궁금한지 얼굴에서 호기심을 지우지 못한 채 물었다.

"잘 해결됐어."

나는 웃으며 그리 대답하고는 돌연 반문했다.

"프란시아, 혹시 장미들의 기원에 대해 알아?"

"응? 기원? 뭘 말하는 거야?"

"그냥. 장미가 언제부터 존재했는지? 처음으로 기원에 대해 들었다."

"아하. 그건 나도 잘 모르는데. 역사는 내 분야는 아니지만 음, 되게 오래전부터 아닌가?"

그녀의 말을 들어선 프란시아는 황제가 알고 있던 기원에 대해 잘 모르는 기색이었다. 르나그나 리케도르안을 보아도 그러했다.

'황실이 독점했던 정보였나?'

하기야 그쪽은 아예 시초 유령이 달라붙어 있는 입장이니. 그럴 수도 있겠다 싶었다. ⋯⋯이거야 원. 갈수록 내 주변이 비범하다 못해 비정상적인 존재들의 집합소가 되는 기분이었다. 하지만 이것도 끝이 얼마 남지 않은 것 같으니까 참을만 했다.

"우선 할 이야기가 있어. 티아라를 가져온 건은 잘 해결되긴 했는데, 그건 어디까지나 우리가 평화롭게 캄브라캄에 들어갈 입장권을 받았단 얘기고."

나는 프란시아뿐 아니라 나머지 사람들, 마지막으로 리케도르안을 바라보며 말했다.

"한 가지 고비가 남았어요."

"어떤 고비입니까?"

"우리, 한곳에 쳐들어가야 할 것 같아요."

"어디?"

"도퓰릿의 근거지야."

내 말에 놀라는 사람은 없었다. 그저 담담히 내 말을 기다릴 뿐. 물론 리케도르안은 슬쩍 미간을 찌푸리긴 했다.

나는 지역명을 말했다.

"내 수호신이 그곳에 갇혀 있어요. 캄브라캄에 가기 전에 반드시 데려와야 해요."

지금도 귀를 기울이면 들려오는 희미한 노랫소리. 아마도 나는 나의 수호신을 만나야 완전해질 것이다. 도퓰릿에 쳐들어가는 일도 일이지만. 나는 다음으로 중요한 안건을 꺼냈다.

"그리고 한 가지 청이 있는데."

나는 한 사람씩 차례로 쳐다봤다.

"우리, 장미제전을 일으키죠."

"……네?"

가장 먼저 대답한 것은 르나그였다. 그는 믿기지 않는다는 눈으로 빠르게 깜빡였다.

"그게 대체 무슨 소리 이십니까?"

"말 그대로예요."

나는 씩 웃으며 집무실 책상을 짚었다.

"다들, 날 두고 한번 싸워볼래요?"

물론 진심은 아니었고, 심각해진 분위기를 잠시 풀어보고자 한 농이었다. 나는 좀처럼 하지 않던 손을 펼쳐 톡톡 내 뺨을 두드렸다.

"상품은 내 사랑인데."

"······언제 일으키면 됩니까?"

"네?"

내가 반문하기 무섭게 누군가 끼어들었다.

"언니."

프란시아가 심각한 얼굴로 나를 불렀다. 전혀 생각지 못한 반응에 난 얼떨떨하게 응? 하고 고개를 돌렸다. 프란시아가 심각한 얼굴 그대로 말했다.

"그런 건 들어오자마자 말을 해줬어야지."

한 손엔 언제 든 것인지 모를 거대한 망치를 손에 든 채로.

그리고 마지막으로 돌아본 곳엔······. 리케도르안이 울먹이는 얼굴로 서 있었다.

"······제 자리는 제가 지키면 되나요? 이아나."

마찬가지로 자신의 검을 빼든 채. 나는 숨을 삼켰다.

······거, 농담도 못 하겠네요. 선생님들.

〈4권에서 계속〉

감방에서 남자주인공을 만났습니다 3

초판 1쇄 인쇄 2020년 9월 18일 **초판 1쇄 발행** 2020년 9월 25일

지은이 문시현
펴낸이 연준혁

웹소설본부 본부장 이진영
편집 오가진

펴낸곳 ㈜위즈덤하우스 **출판등록** 2000년 5월 23일 제13-1071호
주소 경기도 고양시 일산동구 정발산로 43-20 센트럴프라자 6층
전화 031)936-4000 **팩스** 031)903-3893 **홈페이지** www.wisdomhouse.co.kr

ⓒ 문시현, 2020

ISBN 979-11-90908-86-3 04810
　　　979-11-90908-83-2 (세트)

이 도서의 국립중앙도서관 출판예정도서목록(CIP)은 서지정보유통지원시스템
홈페이지(http://seoji.nl.go.kr)와 국가자료종합목록시스템(http://www.nl.go.kr/
kolisnet)에서 이용하실 수 있습니다. (CIP제어번호: CIP2020036108)